**TASCABILI
BOMPIANI**

283

I LIBRI DI
ALBERTO MORAVIA

Alberto Moravia
Gli indifferenti

Introduzione di Edoardo Sanguineti

Bibliografia di Tonino Tornitore

Cronologia di Eileen Romano

TASCABILI
BOMPIANI

ISBN 88-452-4624-8

© 1949/2005 RCS Libri S.p.A.
Via Mecenate 91 - Milano

XXIII edizione Tascabili Bompiani dicembre 2005

INTRODUZIONE
di
Edoardo Sanguineti

Ha scritto Moravia, in una sua celebre "confessione" (e lo ha replicato in diverse occasioni), di poter concedere che *Gli indifferenti*, pubblicati nel 1929 a proprie spese, contenessero "una certa quantità di pessimismo" e che vi si esprimesse "una critica abbastanza acerba di una data società". Ma ha aggiunto immediatamente: "posso assicurare che quando li scrissi non intendevo né criticare una società né manifestare idee e sentimenti pessimisti", e ha escluso infine ogni diretta intenzione satirica o moralistica. Parlando del suo primo romanzo, Moravia ama porre in luce, quasi esclusivamente, una problematica di ordine formale: "ricordo benissimo che per me la questione importante, al tempo che componevo quel mio primo romanzo, era di fondere la tecnica del romanzo con quella del teatro, questione – come si vede – del tutto letteraria" (*Confessioni di scrittori*, Torino 1951). Che oggi sia concesso vedere invece, negli *Indifferenti*, un documento di quasi saggistica lucidità, tanto esso appare energicamente impegnato, nato da un diretto desiderio di analisi, moralistica e satirica, della società borghese negli anni del fascismo italiano, pare cosa naturale, ma altrettanto naturale è poi avvertire che tale analisi emerge per quel tanto che in Moravia esiste di una effettiva capacità di rispecchiamento artistico, ossia di quella "ambizione, propria a tutti i romanzieri, di creare personaggi autonomi, vivi, a tutto tondo". Ora, nel suo primo romanzo, è precisamente questa capacità di rispecchiamento che appare subito la più poeticamente sensibile, e tale da lasciare in ombra il programma più squisitamente e astrattamente letterario, o meglio da illuminarlo e giustificarlo a fondo, illustrandone la inconfutabile funzionalità, senza che per questo abbia poi a crearsi una qualche opposizione tra i propositi formali d'avvio e l'opera conclusa, nella sua effettuale soluzione espressiva. Il disinteresse obiettivo del giovane Moravia, che desidera escogitare una tecnica di tipo fortemente drammatico, atta a creare personaggi carichi di una loro profonda autenticità, gli ha aperto di fatto, ancorché certo in maniera imperfettamente consapevole, la via del realismo. Siamo di fronte, si vuole dire, a quella felice convergenza tra schietta osservazione del reale e assunzione critica di profili tipici di umanità, tra impegno stilistico-strutturale e determinazione di un penetrante sistema di rispecchiamento, che è, a ben guardare, la più sicura radice della poesia.

Negli *Indifferenti* si inaugura quella tipica tecnica moraviana di ferma opposizione di un ambiente umano che rifiuta costantemente di riconoscersi e di giudicarsi, e che nemmeno possiede, in ogni caso, la capacità di una qualche autocoscienza, e di una figura oscuramente consapevole ma debole sul piano immediatamente vitale per questa sua oscura consapevolezza, e intanto, nella sua alienazione, interiormente divisa. Anzi, parrebbe che, nel suo primo romanzo, Moravia empiricamente affidi il ruolo di un tale personaggio a due figure: il giovane Michele e la sorella Carla; e anzi Carla, per una sua più ricca varietà di atteggiamenti psicologici, per una sua più feconda disponibilità drammatica (e basterà pensare a quello che è forse l'episodio più potente dell'intiero romanzo, alla scena della seduzione mancata e del vomito nella casa del giardiniere, al capitolo VII), risulta anche più tipicamente e concretamente la portatrice di una qualche coscienza morale (o di una qualche onesta volontà di coscienza morale), sia pure inutile, in effetti, a lei medesima e agli altri. Ma qui appunto sarà concesso evitare quello che a noi è sempre apparso come uno dei più costanti e pericolosi fraintendimenti della critica moraviana: chi voglia immediatamente convincersene ha soltanto da rileggere le ultime pagine del romanzo, dove, dopo uno svolgimento in apparenza parallelo, fratello e sorella vengono a ritrovarsi di fronte, radicalmente divisi, radicalmente incapaci di comprendersi, delineati secondo una tecnica, a loro volta, di violenta opposizione. Mentre Michele appare chiuso, proprio come al principio dell'opera, nel suo cupo e cupamente vano anelito verso una sincerità e una fede irraggiungibili, e anzi ora più chiuso e più disperatamente cosciente che mai, irrecuperabile veramente per l'ipocrisia del mondo borghese che lo circonda ('"È impossibile andare avanti così.' Avrebbe voluto piangere; la foresta della vita lo circondava da tutte le parti, intricata, cieca; nessun lume splendeva nella lontananza: 'impossibile'"), Carla si dimostra ormai capace di orientarsi perfettamente nella gran selva dell'esistenza sociale, ormai bene riconciliata, e sia pure assai amaramente, forzosamente riconciliata, con il mondo ("... le pareva che Michele si stesse rovinando la vita; 'e invece tutto è così semplice', aveva pensato infilandosi davanti allo specchio i pantaloni da Pierrot: 'lo prova il fatto che nonostante quel che è avvenuto io mi travesto e vado al ballo'"). Se la storia di Carla è la storia di un difficile e doloroso adattamento, ma di un adattamento comunque riuscito, quella di Michele è, precisamente all'opposto, la storia di un adattamento mancato, e appunto per questo, almeno in superficie, non è nemmeno una storia. Il che è stato appunto rimproverato, con grave ingiustizia, all'autore, non appena si è avvertito che l'agire di Michele è fondato sopra un principio di semplice ripetizione, e quasi si direbbe di vera e propria coazione a ripetere, con al più un movimento di ordine "quantitativo", se vogliamo impiegare questi termini, non "qualitativo": come dimostrano i ripetuti scontri con Leo su cui è poi fondata, in ultima analisi, tutta la costruzione narrativa, dall'insulto inefficace del III capitolo allo schiaffo mancato del VI, al lancio del portacenere, che naturalmente non raggiunge il bersaglio, dell'VIII, sino al celebre colpo di rivoltella che non parte, poiché l'arma, inutile dirlo, è scarica, del XV. Ma in questo vuole appunto collocarsi il contrasto fondamentale tra le due figure: mentre Michele vive di ripetizione, e non può vivere altrimenti, la peripezia di Carla disegna, lungo il suo particolare arco narrativo, il profondo modificarsi di un atteggiamento vitale, il nascere di una situazione veramente, squallidamente nuova. Il che già dimostra che le categorie del romanzo borghese, con i loro specifici ideali drammatico-narrativi, se troppo meccanicamente applicate all'opera di Moravia finiscono per tradire il significato profondo della sua scrittura e della sua arte.

Si voglia ancora considerare la zona conclusiva degli *Indifferenti*. Chi suppone che il gusto dell'intreccio, o dell'"imbroglio", agisca in Moravia come una sorta di pretestuoso supporto intellettualistico e letterario non può certamente cogliere tutta la crudele ironia e tutto l'amaro sarcasmo che pesa sopra questo lucido scioglimento: che è poi quel "gusto fatalistico di simmetrie morali" che l'autore attribuisce a Carla sin dalle prime pagine del libro, ma che conviene direttamente restituire al romanziere. Che significano, che possono significare, in effetti, quelle nozze architettate da Leo con tanta pronta energia, quanta ne era occorsa per architettare, dapprima, la seduzione della stessa Carla? Quel capovolgersi della "sudicia avventura" nel decoroso matrimonio borghese della fanciulla con l'amante della propria madre? Saltando e urtandosi "come due fantocci senza vita, dalle membra di legno, dagli occhi spalancati ed estatici", fratello e sorella, usciti dalla stanza di Leo, tornano a casa in un taxi. Michele giuoca la sua ultima carta: per una volta ancora, debolmente e sofisticatamente come sempre, egli tenta di influenzare il destino, di spezzare il cerchio di quelle dure simmetrie morali che, insolubili, stringono lui come stringono Carla. "Tutto è finito", dice tra sé, accorgendosi che non potrà impedire quelle nozze e, guardando le "guance puerili" della sorella, "è una donna", pensa, e si sente vinto: Moravia si affretta ad annotare che Michele, domandando un'ultima volta a Carla se veramente essa sposerà il suo seduttore, parla "come un bambino mal convinto". L'adattamento di Carla coincide, tristemente, con la sua raggiunta maturità di donna, e respinge immediatamente il fratello, incomprensivo e astratto, in una conclusa, insuperabile sua immaturità: si sarebbe tentati di riconoscere, al fondo degli *Indifferenti*, l'archetipo di un rito di iniziazione, con tutto il suo cerimoniale crudamente sessuale, giocato in una forma violentemente degradata, se non proprio grottescamente parodica: nessuna sublimazione simbolica, ad ogni modo, può intervenire a temperare l'evidenza nuda dei fatti, la spietata nettezza della verità concreta. È da questa evidenza e nettezza, relata all'archetipo occulto, che deriva la straordinaria potenza della scena nella casa del giardiniere.

Il risultato ultimo dell'iniziazione di Carla, questa deformata e volgare maturità di donna che si manifesta nel capitolo conclusivo, di donna "stanca di esaminare se stessa e gli altri", non è che il passivo riconoscimento della naturale violenza del mondo, la rinunzia, dolente ma lucidissima, ad ogni sforzo di resistenza: "la vita era quel che era, meglio accettarla che giudicarla, che la lasciassero in pace". Il programma iniziale di Carla è realizzato ("'Finirla', pensava 'rovinare tutto...'"), ma la rovina non giunge, come ci si poteva attendere, dalla seduzione: giunge, paradossalmente, dal matrimonio. Ebbene, non è possibile, a questo punto, confondere con l'etica moraviana la conclusione morale della vicenda di Carla, il fatalismo dello scrittore, il suo pessimismo critico, con la resa del personaggio che, sgomento, cede al giuoco calcolato di Leo, incarnazione perfetta della più ferma logica borghese: l'etica moraviana, se mai, si illustra in Michele.

Ma certo la disperazione oggettiva degli *Indifferenti* è poi qui: è nel fatto che la rivolta cieca di Carla non possa attuarsi che scatenando l'impassibile meccanismo che dovrà condurla a diventare una nuova Mariagrazia, è nel fatto che la rivolta di Michele, il solo personaggio oscuramente cosciente anche di tale impassibile meccanismo, non trovi nessuna via per potersi esprimere. Anzi, si può affermare che la rivolta di Michele è proprio per questo, nel mondo moraviano, una rivolta autentica: perché rimane nel limbo delle intenzioni e dei sentimenti, perché non precipita nella fatale distorsione pratica, che non si accontenterebbe davvero di spegnerla, ma la corromperebbe e la convertirebbe nel suo contrario. Ed è errore confondere materialmente la morale dell'autore con la condizione morale oggettiva che la sua arte viene a rappresentare: è errore esigere, in particolare, dalla sua rappresentazione, un'etica "costruttiva", quando così energicamente "costruttiva" è, in concreto, l'operazione di smascheramento da lui compiuta.

Ritorniamo all'immagine estrema di Carla, travestita accanto alla madre ("il Pierrot bianco e la spagnuola nera"), immagine che è davvero qualcosa di più che una straordinaria invenzione figurativa, di una evidenza clamorosamente filmica: in quella rappresentazione della fanciulla ormai donna, che "camminava sulla punta dei piedi, col tricorno un po' di traverso, e sorrideva misteriosamente", che "così travestita si sentiva un'altra, più gaia, più leggera", accanto a quella Mariagrazia che "sorrideva stupidamente" (e si presti attenzione a questo tema del sorriso che trascorre da un personaggio all'altro), si coglie qualcosa che segna con grande energia il vero termine di caduta della parabola romanzesca: nel travestimento è comunicato, come in parte già si accennava, l'estremo simbolo della iniziazione riuscita. Come in una allegoria, la vestizione conclusiva, equiparando anche sul piano esterno (e proprio per un giuoco di società) la figlia alla madre, salda indissolubilmente in maschera le due figure femminili. E meglio si comprende così il carattere grottesco della mancata catastrofe: sullo schema di un lieto fine patetico, che porta, che dovrebbe portare, dalla rovina morale alla riabilitazione matrimoniale, Moravia innesta, derisoriamente, il suo violentemente calcolato sfasamento di giudizio, perché è poi appunto tale sfasamento la forma peculiare della critica borghese di cui Moravia è capace, ed è poi la sorgente stessa, sia detto una volta per tutte, delle cosiddette ambiguità moraviane. Di fatto, l'atteggiamento di Carla è, nell'epilogo del libro, la versione parodica del tradizionale scioglimento in letizia, scioglimento che è qui, per così dire, ridotto a mero schema, tecnicamente efficace, come una sorta di ritornello costruttivo ormai privo di senso: alla lettera, appunto, un travestimento. Se la rovina di Carla doveva essere la riprova oggettiva e pratica della autenticità della sua rivolta morale, ebbene, qui, deformato ogni termine, la salvezza conclusiva, in cui "tutto è così semplice", diviene il segno, non già della vittoria del personaggio, ma proprio della sua sottoscritta abdicazione.

Ricordiamo, per un istante, quella Carla che noi conosciamo in apertura, una Carla che sente bene quanto il mondo che la circonda, il mondo in cui respira e vive, il mondo di cui, voglia o non voglia, è parte essa stessa, sia "opprimente e miserabile e gretto", una Carla che aspira a "farla finita", e che tuttavia non può concepire altra soluzione che non sia quella di "rovinare tutto", cercando di usare violenza, in se stessa, a quella vita che "non cambia... non vuol cambiare". E proprio nel suo primo colloquio con Leo, colloquio in cui già si delinea intiera la trama della sua torbida peripezia, si accorge di parlare "con una certa teatrale decisione", e sente subito di "recitare una parte falsa e ridicola". Da questa teatralità sino al travestimento conclusivo è stabilita una linea diretta di congiunzione drammatica, perché, come appunto si avvertiva, nel mondo degli *Indifferenti* ogni impulso reattivo è destinato a ripiegarsi e a riconvertire la propria direzione, a risolversi nella regola generale: tutti i personaggi, in una parola, in quanto partecipi di un tale ambiente, sono fatalmente tarati, ancorché, s'intende, diversamente tarati. Appartenere a questo ambiente, ad ogni modo, significa per Moravia, come immediata conseguenza, essere segnati da una sorta di peccato originale, di innato vizio cui non è concesso sfuggire. Ed ecco, nella conclusione, ogni recitazione di rivolta è finita, ogni "parte falsa e ridicola" è giunta al suo termine, qui dove ogni recitazione effettivamente comincia, e l'ordine torna infine a regnare, qui dove la confusione è la sola norma dell'esistere. E Carla? Carla "avrebbe voluto gridarglielo a Michele: 'tutto è così semplice', e già pensava di fargli trovar del lavoro, un posto, un'occupazione qualsiasi, da Leo, appena si sarebbero sposati...". Anche Michele, come la sorella, dovrebbe ormai adattarsi, dovrebbe ormai trovare "un'occupazione qualsiasi". Perché, precisamente come dice la madre, in un tratto di scialba apparenza, ma non poco significativo nella sua sostanza profonda, "se no chi sa dove si andrebbe a finire". Ma, attenzione, Carla non grida nulla: Carla inquadra il proprio contegno in quella che, per lei come per Michele, è la più tipica didascalia di tutti i dialoghi del romanzo: "avrebbe voluto". E questo, proprio nel momento in cui è messo in causa il problema della sincerità nei rapporti umani in generale. Il che non avviene già perché la sua ansia di ribellione e la sua volontà di raggiungere fede e sincerità siano psicologicamente o eticamente inautentiche in sé, ma perché sono storicamente, socialmente deformate, così come accade per Michele: perché precisamente, nel mondo degli *Indifferenti*, la rivolta non può che configurarsi, se non vuole contraddirsi clamorosamente, e lo si avvertiva, come intenzione, come astratto e arido tormento.

Sta di fatto che la proposizione di Mariagrazia, "se no chi sa dove si andrebbe a finire", potrebbe bene essere assunta come epigrafe suprema da scriversi in fronte al romanzo. *Gli indifferenti* segnano, nella nostra letteratura narrativa, l'atto definitivo di morte del buon senso borghese, non per frontale eversione, del che si dovrebbero cercare documenti in una zona assai lontana dall'arte di Moravia, ma per semplice svuotamento interno, ovvero, come già dicevamo, per semplice deformazione. È quel "buon senso" degradato a volgare "senso comune" che riempie delle sue formule esaurite e stancamente opache pagine e pagine del romanzo, per dare voce ormai soltanto al miserabile egoismo e alla pallida ottusità morale di questi personaggi perduti. E tutto qui appare colto dal vivo, con quasi repellente fedeltà al vero, come captato da un ideale magnetofono, non certo attento a una riproduzione meccanica, in un senso grezzamente naturalistico, ma tale da poter registrare, con una ferma caratterizzazione delle più tipiche strutture logiche e verbali, lo stile ideologico e culturale di un ambiente, di una classe. È questo "buon senso" in decomposizione che dà voce alla stupidità di Mariagrazia, al cinico affarismo di Leo, al grottesco sentimentalismo di Lisa, e persino, si badi bene, all'angoscia morale dei due protagonisti, alla stessa insofferenza di Carla e alla stessa indifferenza di Michele: e basterebbe, per quest'ultimo eroe, pensare alle sue fantasticherie prima del delitto mancato, intorno al delitto stesso e al conseguente processo, fantasticherie in cui trova meschino sfogo e compenso tutta la sua pratica impotenza, così che egli possa consolare, in certo modo, la propria incapacità di un tragico decoro: il che qui si configura, sempre con forte realismo critico, come uno strano, ambiguo impasto di grandezza dostoevskijana e di teatrale volgarità da "reportage" di cronaca nera. Né sarebbe poi difficile, in generale, antologizzare ad arte zone assai vaste del romanzo, al fine di comporre una sorta di nuovo, aggiornato *Dictionnaire des idées reçues*, poiché, da questo punto di vista, *Gli indifferenti* sono, anzitutto, una enciclopedia delle sciocchezze della conversazione media borghese, di ambizioni mondane in stile familiare, e come nei colloqui si raccoglie un terribile repertorio topico, così, nei monologhi interiori dei personaggi, una formidabile collezione dei luoghi comuni della coscienza borghese mondana.

Ma è nel personaggio di Lisa che l'arte della degradazione, nel romanzo, tocca il suo culmine, a questo riguardo, ed è naturale: perché Lisa è il luogo fondamentale di verifica dell'indifferenza di Michele, è la prima figura in cui viene a delinearsi il motivo, assai caro a Moravia, dell'ipocrisia erotica borghese.

È chiaro come, già negli *Indifferenti*, il contegno sessuale sia, agli occhi di Moravia, una delle chiavi fondamentali di ogni umano comportamento, il che vale per tutti e cinque i personaggi che agiscono nel romanzo: per Michele, per Carla, per Mariagrazia, per Leo, per Lisa. E tocchiamo l'altro polo capitale dell'arte di questo narratore, quel sesso che, insieme con il denaro, stabilisce i criteri di fondo per ogni possibile giudizio intorno alla realtà umana e sociale, per ogni possibile interpretazione dell'esistere. È nell'erotico, integrato con l'economico, che i personaggi si definiscono in pieno. Come la rivolta di Carla si esprime e si cancella nel sesso, così la indifferenza di Michele, al limite, è una cosa sola con la sua mancanza di comunicazione sessuale, con la sua impotenza sessuale, si vorrebbe dire, ancora una volta strettamente congiunta alla sua impotenza economica. Il suo rifiuto o la sua incapacità di rapporti autentici con le cose e con gli uomini si verifica innanzi tutto nel suo non accettare le regole del giuoco sessuale borghese: e sono regole che Leo sa illustrare, bisogna dirlo, con grande evidenza pratica e proprio con tutto quel tale buon senso, o senso comune, almeno, di cui si discorreva appunto ora. La purezza morale di Michele, agli occhi dell'uomo borghese, non può non apparire che come un tratto di straordinaria ingenuità inferiore, un vero e proprio capovolgimento dell'ordine "naturale" delle cose. Appunto come dice Leo, del resto: "mi sembra che il mondo sia capovolto". Ma questa indifferenza, questa ingenuità e impotenza, sarebbero imperfette se riuscissero misurate soltanto sul pratico cinismo di Leo. La funzione di Lisa è, a questo proposito, essenziale: si tratta di documentare l'altra faccia della situazione, l'ipocrisia sentimentale, che è l'ovvia veste con cui la concreta brutalità calcolatrice, manifestata da Leo, deve ricoprirsi non appena abbia a tradursi nei termini dell'esperienza femminile. Si legga allora qualche tratto essenziale del v capitolo:

"Tutto questo è ignobile" pensava disgustato; ma appena si furono seduti, abbatté Lisa sopra i cuscini come se avesse voluto prenderla; vide quel volto chiudere le palpebre lustre e abbandonarsi a una specie di estasi tra ripugnante e ridicola; l'impressione fu così forte che ogni desiderio scomparve; baciò freddamente la bocca della donna, poi con una specie di gemito si accasciò con la testa in quel grembo; oscurità: "Voglio restar così fino alla fine della visita", pensò, "e non vederla più, e non baciarla più".

...Michele non si muoveva, non gli era mai accaduto di vedere la ridicolaggine confondersi a tal punto con la sincerità, la falsità con la verità; un imbarazzo odioso lo possedeva. "Almeno tacesse" pensava; "ma no, deve parlare".

Ma ritorniamo ancora a Carla. E domandiamoci un'altra volta: che cosa deve poi provare il lettore, assistendo idealmente all'ultimo atto del dramma? Con quali sentimenti deve accompagnare l'uscita di Carla dal palcoscenico del romanzo? Moravia elude con eguale cura ogni determinazione patetica: persino il lampo d'ironia, che potrebbe nascere spontaneo dalla carica grottesca di fondo, si estingue immediatamente. Rimane, e deve rimanere, a conclusione, quel senso tagliente di uno spietato rigore morale, che non sgorga propriamente da una qualche partecipazione o reazione emotiva, ma, per così dire, dal nudo dimostrarsi della realtà, penetrata nella sua interna logica di sviluppo, e dal destarsi di una più precisa coscienza critica che deve naturalmente accompagnare tale dimostrazione e penetrazione. Il personaggio di Moravia non è più il personaggio tipico del tradizionale romanzo borghese, frutto di una proiezione ideologica univoca e compatta, non è più un eroe in cui si configurino, tipicamente, valori positivi o negativi nettamente determinati: la tensione eroica, comunque pretenda di caratterizzarsi, qui crolla alle radici stesse del conflitto, per dissolversi come spontaneamente in una ambigua indifferenza etica. Questa indifferenza, ancora prima di essere un dato psicologico particolare, è il carattere fondamentale, obiettivo, della realtà stessa, esattamente come tornerà ad esserlo la noia trent'anni più tardi. Se mai, l'indifferenza, paradossalmente, è ora, sul versante della riduzione psicologica, la misura del solo valore residuo, della coscienza, e sia pure manchevole e contraddittoria, del reale stesso nella sua indifferenza, ma lo è a un prezzo enormemente alto, un prezzo che ne rivela subito la radicale precarietà e negatività: la perdita di contatto con la vita. Dal momento che il mondo non sembra poter mutare, dal momento che l'esistenza, prima ancora del personaggio, replica sempre i modi uniformi della sua miseria, secondo un ritmo incorreggibile, dal momento che la società in cui si vive appare tanto salda da potersi considerare immodificabile ancora nella propria struttura come nella propria sostanza morale, non rimane altra alternativa che questa: o preservare, da puri spettatori, sdegnosamente ma inattivamente, la propria fittizia innocenza, e salvare la coscienza etica sopra la povera scialuppa di una vera impotenza di fatto, oppure approdare, oltre ogni vano sforzo di resistenza, a un normale adattamento, senza inutili clamori e senza inutile disperazione, stipulando il proprio solido contratto sociale, rivestendo la propria naturale maschera, al fine di essere una persona viva, come tutti gli altri, né meglio né peggio, in ultima analisi. Per dire tutto in una formula, il romanzo italiano cessa, con *Gli indifferenti*, di essere proposta di una certa immagine di destino, per diventare, in qualche modo, proposta di una critica al destino: operazione di smascheramento. Col che vogliamo anche dire che al lettore del primo romanzo di Moravia non può non intervenire qualcosa di veramente affine a quello che Brecht si proponeva di ottenere, con ben altra consapevolezza, s'intende, oltre che con una tecnica ovviamente differenziata, presso il proprio spettatore. Da questo punto di vista, anzi, la celebre teatralità procurata da Moravia all'interno della sua narrativa può trovare nuova spiegazione e motivazione. L'indifferenza è allora, in primo luogo, una nuova forma narrativa, una specifica tecnica romanzesca in vista di un determinato effetto di "straniamento".

Infine: il personaggio di Carla può concepirsi (e analogamente il personaggio di Michele) come la figura in cui è definitivamente parodiato, sulla piccola scala della famiglia borghese del ceto medio, lo spirito, ormai così arcaico, così arcaicamente inattuabile, della rivolta romantica, l'ultimo residuo, appunto, dello spirito eroico: osiamo la parola, l'ultimo residuo dello spirito titanico. Anche in questo senso, mi pare, tutti i calcoli tornano, il romanzo degli *Indifferenti* è davvero, e davvero funzionalmente, una "tragedia mancata". Qui non ci si abbatte, come è fin troppo chiaro, protestando sino all'ultimo, in lotta disperata, contro un destino avverso, ma si finisce per fantasticare, piuttosto, con un poco di ripugnanza e con un poco di compiacimento, sull'inevitabile sorte della futura signora Merumeci, sorte a suo modo esemplare di una donna ricca che "si diverte, viaggia, ha un amante, che più? tutto quel che può avere una donna lo ha...". Ebbene, è chiaro che si può bene aspirare a farla finita, ma le vie stesse della rivolta sono già borghesemente predisegnate, se pure di rivolta, a questo punto, è ancora possibile parlare, e altro non rimane che percorrerle ordinatamente. Si tratterà, in sostanza, in termini precisamente borghesi, qui dove non è nemmeno concesso sbagliare veramente, di quelle crisi di adolescenza o di giovinezza, come per solito infatti vengono battezzate, che bisogna pure attraversare, presto o tardi, e meglio se presto, un poco come avviene per le malattie dell'infanzia: sono crisi salutari, destinate a trovare, in un modo o nell'altro, la loro provvida risoluzione. E si capisce allora che il Moravia di Agostino e di Luca, in un certo senso, è già in netta formazione nel Moravia di Carla e di Michele (con tutta la deformazione, anche, s'intende, del caso). Per ora, almeno, per quanto ci si agiti e ci si dibatta, tutto suona infallibilmente falso, tutto è puro teatro, in ogni verso, inutile recitazione: la coscienza morale è qui così egregiamente soffocata e deviata, che non è più possibile essere sinceri nemmeno con se stessi. Si può bene entrare, infatti, nel letto di Leo, con la speranza di trovarci, anche a prezzo della propria rovina, qualcosa che potrà finalmente spezzare ogni vincolo con il soffocante mondo del composto conformismo sociale, qualcosa che riporterà a contatto con una vita vera e sofferta, ma si troverà poi, in quello stesso letto, come in un delizioso incubo, pronto su misura, l'abito nuziale. A incarnare il fato avverso, qui dove tanto si discorre, e con tono assai poco convincente, per forza di cose, di fatalità, non stanno forze con cui lottare sia cosa degna e tragica: di fronte a Carla c'è soltanto Leo, e Leo è una fatalità ambigua e meschina, una piccola fatalità bifronte, corruttrice e salvatrice insieme, proporzionata a una tragedia familiare che nell'intenzione vorrebbe anche rifarsi, pare, a Eschilo e Shakespeare, ma che di fatto, per forza di cose sempre, e cioè precisamente per forza di storia, "desinit in *pochade*". E questo non per colpa, si vuole dire, ma per merito di Moravia, di uno scrittore che cioè, senza ingenue illusioni, e questa volta davvero con corrosivo realismo, di fronte allo spettacolo di una società in rovina, perviene a constatare, lucidamente e scetticamente, che soltanto le dimensioni volgari e sgradevoli del grottesco e i luoghi comuni del romanzo d'appendice, criticamente assunti e distaccatamente aguzzati, "straniati" insomma, possono sperare di riflettere il vero volto del mondo.

È questa impossibilità del tragico che si esprime princi-
palmente nella indifferenza di Michele. Si vedano le sue riflessioni a principio del capitolo XII:

Non esistevano per lui più fede, sincerità, tragicità; tutto attraverso la
sua noia gli appariva pietoso, ridicolo, falso; ma capiva la difficoltà e i pericoli della sua situazione; bisognava appassionarsi, agire, soffrire, vincere
quella debolezza, quella pietà, quella falsità, quel senso del ridicolo; bisognava essere tragici e sinceri.

Occorre non lasciarsi ingannare dalla proiezione psicologica: la perdita del senso del tragico, negli *Indifferenti*, non
può e non deve essere spiegata come un semplice tratto di
carattere, perché il carattere è qui spia di una effettuale condizione storica, e si determina riflessivamente, come coscienza della condizione stessa. Michele, coerentemente, deve rimpiangere come una sorta di paradiso perduto, quel paradiso che è la nostalgia perenne dei grandi eroi moraviani,
il mondo borghese anteriore alla decadenza, in cui tutto un
registro di stimoli sinceri poteva incarnarsi naturalmente, e
rivestire uno spontaneo decoro morale, e con tale decoro
una non meno spontanea grandezza tragica. Il rimpianto
della moralità tragica è rimpianto di un mondo in cui "non
si pensava tanto e il primo impulso era sempre quello buono": in termini di estetica romantica, nostalgia della romantica "ispirazione". Dove si coglie, intanto, in germe, anche la
posteriore mitologia di Moravia (e cioè appunto la nascita di
Agostino e di Luca): nella spontanea illusione della prospettiva postuma, quella società appassionata e tragica, attiva e
sincera, non potrà riuscire pensabile che come "natura". Ma
per ora i termini di Michele sono ancora, del tutto realisticamente, storici e sociali:

"Come doveva esser bello il mondo" pensava con un rimpianto ironico, quando un marito tradito poteva gridare a sua moglie: "Moglie scellerata; paga con la vita il fio delle tue colpe" e, quel ch'è più forte, pensar tali parole, e poi avventarsi, ammazzare mogli, amanti, parenti e tutti
quanti, e restare senza punizione e senza rimorso: quando al pensiero seguiva l'azione: "ti odio" e zac! un colpo di pugnale: ecco il nemico o
l'amico steso a terra in una pozza di sangue; quando non si pensava tanto, e il primo impulso era sempre quello buono; quando la vita non era

come ora ridicola, ma tragica, e si moriva veramente, e si uccideva, e si odiava, e si amava sul serio, e si versavano vere lacrime per vere sciagure, e tutti gli uomini erano fatti di carne ed ossa e attaccati alla realtà come alberi alla terra.

Abbiamo letto, è vero, che si tratta di un rimpianto ironico. Ma giova avere un poco di pazienza, e proseguire oltre, per poche righe:

A poco a poco l'ironia svaniva e restava il rimpianto; egli avrebbe voluto vivere in quell'età tragica e sincera, avrebbe voluto provare quei grandi odi travolgenti, innalzarsi a quei sentimenti illimitati... ma restava nel suo tempo e nella sua vita, per terra.

L'impossibilità della tragedia, la perdita del senso del tragico, diviene, allo sguardo di Michele, con molta esattezza e con molta nettezza, la perdita stessa di contatto con il reale, il simbolo della patita alienazione vitale: dell'indifferenza, della noia. Michele è proprio il personaggio adeguato a rispecchiare in sé, tipicamente, la nuova condizione dell'uomo borghese nel momento in cui assume una sua critica coscienza, cioè precisamente una coscienza di crisi, e può essere tale personaggio a patto di accogliere come proprio contenuto spirituale, all'interno dello stesso mondo borghese, il solo contenuto che gli rimane disponibile, precisamente come residuo, la nostalgia della sua possibile immagine ideale: un personaggio, vogliamo dire, in cui si esprime la nostalgia del personaggio stesso, nel senso integro e vero della parola. L'immagine tipica perduta per sempre appare rievocata da un passato tanto concluso e cristallizzato da poter essere sostituito a volontà, non senza aperta ironia, almeno inizialmente (ma è appunto ironia storicamente oggettiva), con le sue proiezioni letterarie, in dimensioni mitiche e rigide. E questo è davvero grande realismo.

Ed ecco, conseguentemente: se la sola vita morale superstite si esprime nella nostalgia della morale (così come il personaggio si costituisce come nostalgia del personaggio), la vita morale è ormai una forma superstite di bovarismo storico.

Ma Michele sa che tale bovarismo è insieme la radice di

un acquisto di coscienza, che gli permette di non essere un Leo, e di una grottesca debolezza vitale, che gli impedisce di essere anche solamente un Leo; sa di esprimerla, dico, e la esprime come indifferenza:

> Vanità e indifferenza, nel giro di pochi minuti Leo aveva saputo farlo cadere in ambedue queste sue meschine voragini.

Nel simbolo narrativo: qui le rivoltelle non sparano perché ci si dimentica di caricarle, con tutto l'inevitabile quadro clinico che si può facilmente sottintendere per il caratteristico atto mancato, proprio come in un molto agevole esempio estratto ad arte dalla *Psicopatologia della vita quotidiana*. E qui possiamo integrare la citazione da cui, assai prima, avevamo preso le mosse: la cristallizzazione affettiva agisce con perfetto rigore sulla coppia emotiva di base, amore e odio:

> "Tutto qui diviene comico, falso; non c'è sincerità... io non ero fatto per questa vita". L'uomo che egli doveva odiare, Leo, non si faceva abbastanza odiare; la donna che doveva amare, Lisa, era falsa, mascherava con dei sentimentalismi intollerabili delle voglie troppo semplici ed era impossibile amarla: ebbe l'impressione di volgere le spalle non al salotto, ma ad un abisso vuoto e oscuro: "Non è questa la mia vita" pensò ancora con convinzione; "ma allora?".

È la domanda che Moravia lascia realisticamente insoluta, è la morale dell'intera favola degli *Indifferenti*.

Torniamo indietro. A preparare questa proclamazione della nostalgia di Michele sta, nel capitolo VII, quel primo rivelarsi che egli ha del suo mondo sognato durante la passeggiata sotto la pioggia all'uscita dal Ritz: nell'interno di una macchina lussuosa un uomo immobile a cui si avvinghia una donna in atto supplichevole. Questa scena gli sembra nascere come un'allucinazione dall'interno della sua anima, gli pare proiettare in figura, d'un tratto, qualcosa che egli reca in sé, chiuso nell'intimo suo, qualcosa che è sempre rimasto nel fondo della sua coscienza. E Michele sa che si tratta, in ultima analisi, di vuote fantasticherie che "non avrebbero trasformato neppure in minima parte la realtà in cui viveva". Michele sa che nessuna fede può ricondurlo a quel cosmo di valori smarriti, perché, in primo luogo, se in quel limbo in cui vive concretamente, "limbo pieno di fracassi assurdi, di sentimenti falsi", egli potesse mai recuperare una tale fede, essa dovrebbe poi dimostrarsi comunque inautentica, giacché essa non ha fondamento migliore che il suo mediocre bovarismo.

Eppure, paradossalmente, come già si avvertiva, se qualcosa resta in Michele di non impuro è proprio quella sua resistenza, astratta quanto ostinata, nel suo bovarismo, la sua sterile inibizione, rigorosamente traumatica, ad ogni adattamento: il suo vizio è una sola cosa con la sua virtù, con l'impotenza della sua indifferenza, che gli impedisce di ingannarsi così a fondo e così volgarmente come gli altri. Si pensi all'episodio del "fantoccio réclame" che chiude il capitolo XIII: qui Michele scopre questa semplice verità, che se mai egli riuscisse a superare la propria indifferenza, cedendo al giuoco e alle lusinghe delle disponibili passioni falsificate, credendo di credere, volendo volere, egli approderebbe sì, infine, alle spiagge della vita, ma di quella sola vitalità ormai sperimentabile che è la vitalità grottescamente irrigidita e automatica del fantoccio "stupido e roseo". Se Michele rinunziasse alla sua inutile nostalgia, se cedesse alla illusione di una autenticità socialmente bene adattata, se trasformasse il suo bovarismo in azione vera, la sua impotenza in buona volontà, Michele sarebbe semplicemente un Leo. Partecipare alla concretezza del presente, del corrotto presente, guarire dai propri traumi di inibizione vitale, è possibile ormai soltanto a prezzo della propria corruzione: e reciprocamente, è possibile sottrarsi alla decadenza dell'esistere a patto di rifiutarsi, direttamente, alla vita. E Michele, figura della nostalgia, è necessariamente, come si avvertiva, figura dell'impotenza. Il suo essere indifferente è la ultima, miserabile forma di nobiltà etica che è concesso ritrovare all'interno di una classe che non ha più speranze di redenzione: è la nobiltà negativa dell'impartecipazione.[1]

[1] Ci sia concesso rinviare, per questo punto, anche al nostro studio *Il Manzoni di Moravia* (in "Lettere Italiane", XIII, 2, aprile-giugno 1961 p. 220; ora in *Tra liberty e crepuscolarismo*, Milano 1961, p. 205).

Gli parve di vedere se stesso e la sua sincerità; gli parve di ricevere da quel fantoccio sorridente la risposta alla sua domanda: "A che cosa servirebbe aver fede?". Era una risposta scoraggiante: "Servirebbe" significava il fantoccio "ad avere una lama, una felicità come la mia, come quella di tutti gli altri, di umile, stupida origine, ma scintillante... e poi l'essenziale è che rade". Era la stessa risposta che gli avrebbe dato una di quelle tante persone dabbene: "Fai come me... e diventerai come me", mettendo la propria persona stupida, goffa, volgare, come un esempio, come uno scopo da raggiungere in cima alla dura montagna dei suoi pensieri e delle sue rinunzie. "Ecco a che cosa servirebbe" insisteva il suo spirito maligno, "servirebbe a diventare un fantoccio stupido e roseo come questo qui". Imbambolato egli guardava il pupazzo che, con un movimento continuo, a piccole scosse automatiche, una, due, tre, affilava la sua lama, e avrebbe voluto colpirlo in faccia e spezzare quel sorriso radioso. "Piangere dovresti" pensava, "piangere a grosse lacrime". Ma il fantoccio sorrideva e affilava.

Anche la nostalgia del tragico, anche la nostalgia dell'eroico sono vane, e sono vane per questo: perché esse hanno soltanto senso finché rimangono nostalgia e non pretendono di tradursi seriamente in azione, che è ormai pretesa assurda e grottesca, finché insomma esprimono, negativamente, soltanto la vergogna di una classe. È cioè assai difficile decidere se sia cosa più grottesca tentare di sparare all'amante della madre e seduttore della sorella con una rivoltella scarica, o sparargli davvero con un buon colpo di pistola, con un'arma caricata a dovere, come se tutto ciò potesse avere un significato accettabile ancora.

Moravia ha più volte dichiarato il suo debito verso Freud e verso Marx. Ha scritto più volte che se è vero che "il marxismo, spesso discutibile quando suggerisce soluzioni positive, è inoppugnabile e perfettamente fondato nella sua diagnosi negativa dei mali del mondo borghese", è altrettanto vero che la diagnosi di Freud è inconfutabile, parallelamente, nel suo aspetto negativo, "nei riguardi della materia che tratta". Moravia ammetteva di avere una conoscenza assai superficiale della psicoanalisi e di aver letto poco Freud, ed è assai probabile che egli possegga una conoscenza altrettanto superficiale del materialismo storico e che abbia letto poco Marx ("La Fiera letteraria" del 25 luglio 1946, p. 5). Ma Moravia dichiarava anche di essere stato un freudiano prima di saperlo, esattamente come egli è stato, prima di saperlo, in quel suo senso tutto particolare e proprio tutto borghese che si è visto, un marxista: nel senso in cui, direbbe probabilmente il romanziere, non possiamo non dirci tutti marxisti e freudiani. Come è caratteristico di una borghesia criticamente avvertita, Moravia ha accolto da Marx e da Freud la sola "pars destruens". Ebbene, l'indifferenza di Michele non è di una qualità diversa: al suo sguardo l'orizzonte intiero delle passioni borghesi si rivela, senza possibilità di inganno, radicalmente corrotto, il mondo appare popolato di innumerevoli Leo, cioè di uomini che vivono di nuda avidità e di cinica libidine, avendo ridotto il loro meccanismo esistenziale al più elementare scheletro, ai più semplici moventi, alle sole realtà, direbbe Moravia, autenticamente irreducibili: sesso e denaro. Ma Michele non può, non vuole accettare per la propria vita un adattamento riduttivo di questa specie, e ancora meno accettare la mitologia borghese che cerca di velare, con la sua ipocrisia, il meccanismo reale e brutale della vita: non può accettare, in particolare, il rapporto con Lisa, né con l'allegro cinismo che Leo gli consiglia, né con il patetico sentimentalismo che Lisa stessa costruisce artificiosamente. Michele viene così a rappresentare un'esigenza insoddisfatta e, per sua natura, perennemente sospesa di eticità, e in questa sospensione persino apertamente risibile e perfettamente cosciente di essere tale. E allora è assai probabile, s'intende, che abbia ragione chi legittimava l'obiezione del lettore borghese di fronte al contegno di Carla e di Michele, per la quale sarebbe sufficiente "fare di Leo un buon marito e dare a Michele un'amante giovane" per togliere ai due protagonisti "ogni ansia e desiderio di rivolta".[2] Esatto, ed è proprio il pensiero di Moravia, in fondo. Ma Moravia non crede davvero che quelle due piccole condizioni siano così piccole come possono naturalmente apparire al lettore borghese. Perché, per realizzarle, occorrerebbe, e niente di meno, non soltanto fare di Leo e di Lisa il contrario giusto di ciò che essi sono in effetti, ma

---

[2] S. Guarnieri, *Cinquant'anni di narrativa in Italia*, Firenze 1953, p. 367.

fondare nella concretezza della realtà sociale tutte quelle tali condizioni che potrebbero permettere una tale trasformazione. Ma il lettore borghese, che in Michele e in Carla vede "capovolto" il suo mondo, come dice benissimo Leo, non può che aspirare immediatamente a raddrizzarli, e per la via più breve: "se no chi sa dove si andrebbe a finire", come dice benissimo Mariagrazia. Ma al lettore borghese, per solito, basta poi molto meno, e cioè rifiutare direttamente anche quella parte negativa e diagnostica delle ideologie di Marx e di Freud, di cui Moravia si è saputo mirabilmente giovare.

Un'amante giovane? Lo sa benissimo anche Michele. Ecco, a principio del capitolo VIII, quanto è dato leggere:

... la sua solitudine, le conversazioni con Lisa gli avevano messo in corpo un gran bisogno di compagnia e di amore, una speranza estrema di trovare tra tutta la gente del mondo una donna da poter amare sinceramente, senza ironie e senza rassegnazione: "Una donna vera" pensò; "una donna pura, né falsa, né stupida, né corrotta... trovarla... questo sì che rimetterebbe a posto ogni cosa". Per ora non la trovava, non sapeva neppure dove cercarla, ma ne aveva in mente l'immagine, tra l'ideale e materiale che si confondeva con le altre figure di quel fantastico mondo istintivo e sincero dove egli avrebbe voluto vivere...

Che è l'ultima incarnazione romantica della "donna che non si trova".

Ma per concludere, adesso. A definire Michele vi è almeno un altro tratto fondamentale, e che giova a chiarire definitivamente la questione ora toccata dell'amante giovane da trovarsi per il nostro Michele. Immediatamente prima dell'episodio del fantoccio, Moravia colloca una sintomatica evocazione. Michele ricorda che una volta sola in vita sua egli si è trovato di fronte a un'incarnazione precisa e persuasiva, cioè non meramente nostalgica e visionaria, del suo sognato "paradiso di concretezza e di verità", quel paradiso, ricordiamo, in cui si possono versare "vere lacrime per vere sciagure": egli ha potuto intravvedere e, almeno per un istante, sperimentare quel suo mondo ideale "nelle lacrime di una donna pubblica fermata per strada e portata in una camera d'albergo". In quella prostituta Michele pensa di aver trovato un'anima "intera, coi suoi vizi e le sue virtù", un'anima che "partecipava delle qualità di tutte le cose vere e solide, di rivelare ad ogni momento una verità profonda e semplice". Moravia innalza qui, ancora una volta, l'eterna immagine della prostituta (e precisamente, presso il suo Michele sentimentale, delle lacrime della prostituta) come emblema di una sincerità vitale che vince tutti i limiti dell'onesta società borghese, impiegando uno dei luoghi comuni più fissati e irrigiditi della lunga tradizione romantica. Se qualcosa di profetico l'episodio possiede, questo dovrà riferirsi, piuttosto, al tema stesso della *Romana*, cioè al tema di questo ultimo grande romanzo della cultura europea, in cui è riproposto il mito, ossessivo alla civiltà borghese (e si capisce, i termini sono sempre quelli, sesso e denaro, freudismo e marxismo), della "putain respectueuse". E il pianto della prostituta è, inevitabilmente, programmaticamente, un pianto da libro di lettura (non fosse, si capisce, il personaggio alquanto scabroso), "una specie di pianto infantile", suscitato, repentino e infrenabile, dal "pensiero della madre morta". Inutile aggiungere che il pianto scoppia "ad un tentativo di Michele di costringerla a qualche abilità puramente professionale". E qui, nel trapasso dal negativo al positivo, l'ideologia moraviana scopre di colpo quel suo fondo logoro che la crudeltà morale dello scrittore realista, per tutto il resto del libro, era riuscita a coprire: il sentimentalismo etico.

BIBLIOGRAFIA ESSENZIALE

Bibliografia generale

La bibliografia che segue è stata selezionata in base ai seguenti criteri:
– contributi significativi
– testi in lingua italiana (anche in traduzione)
– in linea di massima monografie complessive, cioè che si soffermino su più aspetti e/o opere di Moravia, onde evitare inutili sovrapposizioni con la bibliografia specifica premessa a ogni suo testo.

F. Alfonsi, *Moravia in Italia. Un quarantennio di critica (1929-69)*, Carello, Catanzaro 1986.
F. Alfonsi - S. Alfonsi, *An Annotated Bibliography of Moravia Criticism in Italy and in England*, Garland Publ., New York - London 1976.
G.B. Angioletti, *Orientamenti della poesia e del romanzo*, ACI, Torino 1957.
G. Antignani, *Scrittori contemporanei*, Pironti, Napoli 1950.
S. Antonielli, *Dal decadentismo al realismo*, in *Orientamenti culturali*, III, Marzorati, Milano 1958.
M. Apollonio, *Letteratura dei contemporanei*, La Scuola, Brescia 1956.
A. Asor Rosa, *Centralismo e policentrismo nella letteratura italiana unitaria*, in *Letteratura italiana. Storia e Geografia. L'età contemporanea*, vol. III, Einaudi, Torino 1989, pp. 45-7.
L. Baldacci, *Letteratura e verità*, Ricciardi, Milano-Napoli 1963.
B. Baldini Mezzalana, *Alberto Moravia e l'alienazione*, Ceschina, Milano 1971.
G. Baldissone, *Le voci della novella*, Olschki, Firenze 1992.
G. Bàrberi Squarotti, *La narrativa italiana del dopoguerra*, Cappelli, Bologna 1968.
R. Barilli, *La barriera del naturalismo*, Mursia, Milano 1964.
B. Basile, *La finestra socchiusa. Ricerche tematiche su Dostoevskij, Kafka, Moravia e Pavese*, Patron, Bologna 1982.
S. Battaglia, *La narrativa di Moravia e la defezione della realtà*, in "Filologia e Letteratura", VIII, II, 1961, pp. 113-42.

M. Battilana, *Critica letteraria e psicanalisi*, in "Prospetti", 18-19, 1970, pp. 200-10.

C. Benussi, *Il punto su Moravia*, Laterza, Bari 1987.

C. Benussi, *Introduzione alla lettura di Moravia*, in "Problemi", 82, 1988, pp. 163-92.

R. Bertacchini, *Figure e problemi di narrativa contemporanea*, Cappelli, Bologna 1961.

F. Biondolillo, *I contemporanei. Panorama della letteratura italiana odierna*, Padova 1948.

C. Bo, *Il posto di Moravia nella narrativa di oggi*, in "La Fiera letteraria", 18 marzo 1951.

C. Bo, *Riflessioni critiche*, Sansoni, Firenze 1955.

C. Bo, *Inchiesta sul neorealismo*, ERI, Torino 1956.

C. Bo, *Per Alberto Moravia*, in "Nuova Antologia", ottobre-dicembre 1990, pp. 263-7.

E. Bonessio di Terzet, *Esperienza estetica e realtà*, Città Nuova, Roma 1976.

C. Bragaglia, *Il piacere del racconto. Narrativa italiana e cinema*, La Nuova Italia, Firenze 1993.

S. Briosi, *Alberto Moravia*, in *Dizionario critico della letteratura italiana*, vol. III, UTET, Torino, 1986².

C. Brumati, *Alberto Moravia dagli "Indifferenti" al "Conformista"*, in "Ausonia", x, 1955, pp. 27-42.

E. Cane, *Il discorso indiretto libero nella narrativa italiana del '900*, Silva, Roma 1969.

U. Carpi, *Alberto Moravia*, in *Un'idea del '900. 10 poeti e 10 narratori del '900*, a cura di P. Orvieto, Salerno, Roma 1984.

L. Caruso-B. Tomasi, *I padri della fallocultura*, SugarCo, Milano 1974.

G. Cattaneo, *Letteratura e ribellione*, Rizzoli, Milano 1972.

G. Cecchetti, *Alberto Moravia*, in "Italica", xxx, 3, 1953, pp. 153-67.

E. Cecchi, *Di giorno in giorno*, Garzanti, Milano 1954.

N.F. Cimmino, *Lettura di Moravia*, Volpe, Roma 1966.

E. Circeo, *La narrativa di Moravia dagli "Indifferenti" a "La noia"*, in "Rassegna di cultura e di vita scolastica", 30 settembre 1961, pp. 4-6.

G. Contini, *Letteratura dell'Italia unita (1861-1968)*, Sansoni, Firenze 1968.

L. Crocenzi, *La donna nella narrativa di Alberto Moravia*, Mangiarotti, Cremona 1964.

M. David, *Letteratura e psicanalisi*, Mursia, Milano 1967.

M. David, *La psicoanalisi nella cultura italiana*, Bollati-Boringhieri, Torino 1990 [nuova edizione].

G. Debenedetti, *Saggi critici*, Mondadori, Milano 1955.

G. Debenedetti, *Il romanzo del Novecento. Quaderni inediti*, Garzanti, Milano 1971.

O. Del Buono, *Moravia*, Feltrinelli, Milano 1962.

S. Del Giudice, *Moravia. Saggio critico*, Barca, Napoli 1958.

E. De Michelis, *Introduzione a Moravia*, La Nuova Italia, Firenze 1954.

M. Depaoli, *Il fondo "Alberto Moravia"*, in "Autografo", n. 15, ottobre 1988.

P. De Tommaso, *Narratori italiani contemporanei*, Ateneo, Roma 1967.

G. De Van, *Il realismo culturale di Alberto Moravia*, in "Belfagor", XXVIII, 2, 31 marzo 1973, pp. 222-34.

R. Esposito, *Il sistema dell'in/differenza. Moravia e il fascismo*, Dedalo, Bari 1978.

C. Falconi, *I vent'anni di Moravia*, in "Humanitas", v, 2, pp. 189-205.

E. Falqui, *Prosatori e narratori del Novecento italiano*, Einaudi, Torino 1950.

E. Falqui, *Novecento letterario*, Vallecchi, Firenze 1963.

E. Falqui, *Moravia tra i classici*, in "L'Approdo letterario", 42, 1968, pp. 67-76.

D. Fernandez, *Il romanzo italiano e la crisi della coscienza moderna*, Lerici, Milano 1960 [Paris 1958[1]].

G. Ferroni, *Storia della letteratura italiana. Il Novecento*, Einaudi, Torino 1991.

G. Finzi, *No, non è il più grande scrittore del 900*, in "Millelibri", 36, novembre 1990.

L. Fiorentino, *Narratori del '900*, Mondadori, Milano 1965.

F. Flora, *Scrittori italiani contemporanei*, Nistri Lischi, Pisa 1952.

F. Flora, *Storia della letteratura italiana*, vol. v, Mondadori, Milano 1953 [1945[1]].

B. Fornari-F. Fornari, *Psicoanalisi e ricerca letteraria*, Principato, Milano 1974.

M. Forti, *Per un ritratto critico di Moravia*, in "Aut aut", 69, maggio 1962, pp. 245-66.

R. Frattarolo, *Moravia e la critica*, in "La Fiera letteraria", 18 marzo 1951.

R. Frattarolo, *Ritratti letterari e altri studi*, Giardini, Pisa 1966.

C. E. Gadda, *I viaggi, la morte*, Garzanti, Milano 1958.

C. Garboli, *La stanza separata*, Mondadori, Milano 1969.

E. Giannelli, *Basta con Moravia*, Roma 1980.

A. Giuliani, *Moravia, interiore posteriore*, in *Pubblico 1979. Produzione letteraria e mercato culturale*, a cura di V. Spinazzola, il Saggiatore, Milano 1980.

G. Grana, *Moravia dall'indifferenza alla noia*, in *Profili e letture di contemporanei*, Marzorati, Milano 1962, pp. 193-9.

E. Groppali, *L'ossessione e il fantasma. Il teatro di Pasolini e Moravia*, Marsilio, Venezia 1979.

A. Guglielmi (a cura di), *Vent'anni di impazienza*, Feltrinelli, Milano 1965.

J. Jacobelli (a cura di), *Per Moravia*, Salerno, Roma 1990.

A. La Torre, *La magia della scrittura*, Bulzoni, Roma 1987.

A. Limentani, *Alberto Moravia tra esistenza e realtà*, Neri Pozza, Venezia 1962.

F. Longobardi, *Alberto Moravia*, "Il Castoro", La Nuova Italia, Firenze 1969.

R. Luperini, *Il Novecento. Alberto Moravia: dalla coscienza della crisi alla crisi della coscienza*, Loescher, Torino 1981.

E. Lupetti, *Alberto Moravia*, Cenobio, Lugano 1957.

G. Luti, *Narrativa italiana dell'800 e 900*, Sansoni, Firenze 1964.

G. Manacorda, *Alberto Moravia*, in W. Binni (diretto da), *I classici italiani nella storia della critica*, vol. III, La Nuova Italia, Firenze 1977, pp. 777-835.

G. Manacorda, *Storia della letteratura italiana contemporanea (1940-75)*, Editori Riuniti, Roma 1977.

G. Manacorda, *Storia della letteratura italiana fra le due Guerre (1919-1943)*, Editori Riuniti, Roma 1980.

C. Marabini, *Gli anni Sessanta. Narrativa e storia*, Rizzoli, Milano 1969.

P. Mattei (a cura di), *Moravia*, in "Wimbledon", 7, 1990, pp. 2-9.

W. Mauro, *Realtà, mito e favola nella narrativa italiana del Novecento*, SugarCo, Milano 1974.

W. Mauro, *Il ponte di Glienike. La letteratura della disfatta*, Grisolia, Marina di Belvedere (CZ) 1988.

P. Milano, *Il lettore di professione*, Feltrinelli, Milano 1960.

A. Miotto, *Moravia e la psicanalisi*, in "La Fiera letteraria", 30 gennaio 1949.

M. Mizzau, *Tecniche narrative e romanzo contemporaneo*, Mursia, Milano 1965.

A. Momigliano, *Storia della letteratura italiana*, Principato, Milano-Messina 1966[8].

G. Pampaloni, *Realista utopico*, in Alberto Moravia, *Opere (1927-47)*, Bompiani, Milano 1986.

G. Pampaloni, *Alberto Moravia*, in *Letteratura italiana. Il '900*, vol. II, Garzanti, Milano 1987.

P. Pancrazi, *Scrittori d'oggi (IV serie)*, Laterza, Bari 1946.

G. Pandini, *Invito alla lettura di Moravia*, Mursia, Milano 1973.

R. Paris, *Alberto Moravia*, La Nuova Italia, Firenze 1991.

P.P. Pasolini, *Passione e ideologia*, Garzanti, Milano 1960.

W. Pedullà, *La letteratura del benessere*, Libreria Scientifica, Napoli 1968.

W. Pedullà, *Le caramelle di Musil*, Rizzoli, Milano 1993.

L. M. Personé, *Scrittori italiani moderni e contemporanei: saggi critici*, Olschki, Firenze 1968.

M. Piccinonno, *Discorrendo di Alberto Moravia*, Edizioni del Grifo, Lecce 1992.

L. Piccioni, *La narrativa italiana fra romanzi e racconti*, Fabbri, Milano 1959.

L. Piccioni, *Maestri e amici*, Rizzoli, Milano 1969.

G. Pullini, *Volti e risvolti del romanzo contemporaneo*, Mursia, Milano 1971.

G. Pullini, *Narratori del Novecento*, Marsilio, Padova 1972[4].

G. Pullini, *Tra esistenza e coscienza. Narrativa e teatro del '900*, Mursia, Milano 1986.

G. Pullini, *Un personaggio scomodo come una coscienza critica*, in *Alberto Moravia. Il narratore e i suoi testi*, La Nuova Italia Scientifica, Roma 1987.

E. Ragni, *Alberto Moravia*, in *Letteratura italiana contemporanea*, a cura di G. Mariani, M. Petrucciani, vol. II, Lucarini, Roma 1980.

G. Rando, *La bussola del realismo*, Bulzoni, Roma 1992.

M. Ricciardi, *Lo stile di Moravia*, in *Alberto Moravia. Il narratore e i suoi testi*, La Nuova Italia Scientifica, Roma 1987.

L. Russo, *I narratori*, Principato, Milano-Messina 1958.

U. Saba, *Scorciatoie e raccontini*, Mondadori, Milano 1946.

A. Saccà, *Moravia, lo sconosciuto*, "Il Secolo d'Italia", 4.8.1998.

C. Salinari, *Preludio e fine del realismo in Italia*, Morano, Napoli 1967.

E. Sanguineti, *Alberto Moravia*, Mursia, Milano 1962.

N. Sapegno, *Storia della letteratura italiana*, vol. III, La Nuova Italia, Firenze 1954.

S. Saviane, *Moravia desnudo*, SugarCo, Milano 1976.

S. Saviane, *Il nuovo Moravia desnudo*, GEI, Milano 1986.

I. Scaramucci, *Romanzi del nostro tempo. Moravia tra esistenzialismo e freudismo*, La Scuola, Brescia 1956.

I. Scaramucci, *Alberto Moravia*, in *Letteratura italiana. I contemporanei*, vol. II, Marzorati, Milano 1963, pp. 1455-81.

I. Scaramucci, *Studi sul Novecento*, IPL, Milano 1968.

F. Schettino, *Proposte di lettura. Guida di Moravia con note di metodologia*, in "Belfagor", XXX, 30 settembre 1975, pp. 569-82.

E. Siciliano, *Campo de' Fiori*, Rizzoli, Milano 1993.

O. Sobrero, *Il romanzo per Moravia*, in "Inventario", VI, 1-2, gennaio-aprile 1954, pp. 155-71.

O. Sobrero, *Il Moravia novelliere*, in "Inventario", VI, 3-4, maggio-dicembre 1954, pp. 156-78.

G. Sommavilla, *Peripezie dell'epica contemporanea. Dialettica e mistero*, Jaka Book, Milano 1980.

G. Spagnoletti, *Romanzieri italiani del nostro secolo*, ERI, Torino 1960.

G. Spagnoletti, *La letteratura italiana del nostro secolo*, vol. II, Mondadori, Milano 1985.

M. Sticco, *Dagli "Indifferenti" alla "Romana"*, in "Vita e Pensiero", febbraio 1948.

M. Sticco, *Il romanzo italiano contemporaneo*, Edizioni Vita e Pensiero, Milano 1953.

N. Tanda, *Realtà e memoria nella narrativa contemporanea*, Bulzoni, Roma 1970.

R. Tessari, *Alberto Moravia. Introduzione e guida allo studio dell'opera moraviana*, Le Monnier, Firenze 1975.

G. Trombatore, *Scrittori del nostro tempo*, Manfredi, Palermo 1959.

V. Volpini, *Prosa e narrativa dei contemporanei*, Edizioni Studium, Roma 1967.

P. Voza, *Coscienza e crisi: il '900 italiano. L'autore in cerca di personaggi*, Liguori, Napoli 1982.

T. Wlassics, *Da Verga a Sanguineti*, Giannotta, Catania 1974.

Interviste o riflessioni critico-autobiografiche

N. Ajello-A. Moravia, *Lo scrittore e il poeta. Intervista sullo scrittore scomodo*, Laterza, Bari 1978².

F. Camon-A. Moravia, *Io e il mio tempo. Conversazioni critiche con F. Camon*, Edizioni Nord-Est, Padova 1988.

C. Cases, *Risposta a 8 domande sulla critica letteraria in Italia*, in "Nuovi Argomenti", 44-45, 1960, pp. 16-7.

G. Dego, *Tre giorni con Moravia*, in "Il Falco", 1977.

D. d'Isa, *Moravia. Dialoghi confidenziali con Dina d'Isa*, Newton Compton, Roma 1991.

A. Elkann-A. Moravia, *Vita di Moravia*, Bompiani, Milano 1990.

D. Maraini, *Il bambino Alberto*, Bompiani, Milano 1986.

A. Moravia, *"Gli indifferenti" giudicato dall'autore*, in "Il Tevere", 6 gennaio 1933.

A. Moravia, *Ricordo degli "Indifferenti"*, in "La Nuova Europa", 4 novembre 1945.

A. Moravia, *Storia dei miei libri*, in "Epoca", 28 marzo 1953.

A. Moravia, *Risposta a 9 domande sul romanzo*, in "Nuovi Argomenti", maggio-agosto 1959.

A. Moravia, *Gli Italiani non sono cambiati*, in "L'Espresso", 2 agosto 1959.

A. Moravia, *Risposta a 8 domande sulla critica letteraria in Italia*, in "Nuovi Argomenti", 44-45, 1960, pp. 59-62.

A. Moravia, *L'uomo come fine*, Bompiani, Milano 1964.

A. Moravia, *Volevo scrivere una tragedia, è nato un romanzo*, in "Corriere della Sera Illustrato", 19 maggio 1979.

A. Moravia, *Breve autobiografia letteraria*, in *Opere 1927-47*, Bompiani, Milano 1986.

A. Moravia, *Diario cinese 1986*, a cura di D. Maraini, in "Nuovi Argomenti", III, 38, aprile-giugno 1991, pp. 21-6.

A. Moravia, *Lettere di viaggio 1934-39*, a cura di D. Maraini, in "Nuovi Argomenti", III, 39, luglio-settembre 1991, pp. 15-30.

E. Siciliano, *Alberto Moravia, vita, parole e idee di un romanziere*, Bompiani, Milano 1982.

L. Vaccari, *Il mio Edipo per caso. "Gli indifferenti" compiono 60 anni*, in "Il Messaggero", 16 luglio 1989.

Scelta bibliografica su "Gli indifferenti"

E. Accrocca-L. Jannantoni, *Roma allo specchio nella narrativa italiana da De Amicis al primo Moravia*, Istituto Storia Romana, Roma 1958.

F. Agnoletti, *Zaino in spalla*, in "Il Bargello", 17, 1929.

G. Alberti, *Fatti personali*, Sansoni, Firenze 1958.

A. Asor Rosa-A. Cicchetti, *Roma*, in *Letteratura Italiana. Storia e Geografia. L'età contemporanea*, vol. III, Einaudi, Torino 1989, pp. 604-9.

M. L. Astaldi, *Nascita e vicende del romanzo italiano*, Treves, Milano 1939.

U. Badano, *Un caso di 17 anni fa*, in "Giornale di Torino", 9 aprile 1946.

B. Basile, *Lo specchio e la finestra degli "Indifferenti" di Moravia*, in E. Raimondi-B. Basile (a cura di), *Dal "Novellino" a Moravia*, Il Mulino, Bologna 1979, pp. 241-87.

G. A. Borgese, *"Gli indifferenti"*, in "Corriere della Sera", 21 luglio 1929.

A. Borlenghi, *Carattere della carriera narrativa di Alberto Moravia dalle sue origini ad oggi*, in "Giustizia", 17 aprile 1954.

M. Camillucci, *Roma nei prosatori contemporanei*, in "Studi Romani", gennaio-febbraio 1960.

E. Cane, *Il discorso indiretto libero negli "Indifferenti"*, in "Sigma", 16, dicembre 1967, pp. 49-62.

R. Carbone, *Alberto Moravia e "Gli indifferenti"*, Loescher, Torino 1992.

U. Carpi, *Gli indifferenti" rimossi*, in "Belfagor", 6, 1981, pp. 696-707.

R. Cavalluzzi, *La metamorfosi del romanzo. L'attività narrativa del primo Novecento*, Adriatica Bari, 1988.

E. Cecchi, *Libri nuovi e usati*, Esi, Napoli 1958.

A. Chiesa, *Moravia, "Gli indifferenti"*, in "Avvenimenti", 21 novembre 1990.

G. De Donato, *Libri da Duce*, in "Stampa-Tuttolibri", 18 gennaio 1992.

A. R. Ferrarin, *"Gli indifferenti" di Alberto Moravia*, in "Augustea", 30 giugno 1929, p. 377.

G. C. Ferretti, *Introduzione al neorealismo*, Editori Riuniti, Roma 1974.

A. Frateili, *Un romanzo del nostro tempo*, in "La Tribuna", 13 agosto 1929.

G. Granata, *Moravia o dell'indifferenza*, in "Saggiatore", dicembre 1931.

A. Guglielmi, *L'utopia di Moravia*, in "Rendiconti", maggio 1993, pp. 18-26.

O. Guidi, *Immagini metaforiche e simboliche negli "Indifferenti" di Moravia*, in "Gli Annali-Università per stranieri", gennaio-giugno 1991, pp. 107-17.

T. Kezich, *"Gli indifferenti"*, in "Letteratura", 72, 1964, pp. 121-3.

A. Lanocita, *"Gli indifferenti"*, in "L'Ambrosiano", 29 luglio 1929.

M. Mascia Galateria, *Come leggere "Gli indifferenti" di Alberto Moravia*, Mursia, Milano 1975.

G. Pampaloni, *Introduzione*, in A. Moravia, *Gli indifferenti*, Classici Bompiani, Milano 1967.

C. Pavolini, *"Gli indifferenti" di Moravia nella riduzione per il teatro*, in "La Fiera letteraria", 18 aprile 1948.

A. Perelli, *I 60 anni degli "Indifferenti"*, in "Cultura e scuola", 113, gennaio-marzo 1990, pp. 282-6.

A. Perelli, *La faccia al muro e altre storie: un percorso per "Gli indifferenti"*, in "Italianistica", gennaio-aprile 1992, pp. 93-105.

G. Petronio, *Moravia e l'indifferenza*, in "Il Mondo operaio", 16 gennaio 1951.

G. Piovene, *Su Alberto Moravia*, in "La Libra", settembre-ottobre 1929.

P. Prini, *L'esperienza del "negativo" nella narrativa contemporanea*, in "Humanitas", XII, 7, 1957, pp. 527-36.

G. Ravegnani, *Scrittori nuovi*, in "La Stampa", 25 settembre 1929.

E. Rocca, *Tappe del romanzo tedesco e letteratura italiana*, in "Critica fascista", 1 settembre 1929.

A. Sala, *Un romanzo non tradito. "Gli indifferenti" sullo schermo*, in "Corriere d'informazione", 9 ottobre 1964.

M. Sarfatti, *"Gli indifferenti"*, in "Il popolo d'Italia", 25 settembre 1929.

I. Scaramucci, *Lo sfacelo della famiglia borghese nella narrativa di Moravia*, in "Belmondo", 3, 1952.

F. Schettino, *Oggettività e polivalenza del narratore negli "Indifferenti" di Moravia*, in "Revue des Etudes Italiennes", 3-4, 1974.

O. Sobrero, *Il romanzo per Moravia*, in "Inventario", VI, 1-2, 1954, pp. 155-71.

A. Solari, *Alberto Moravia dall'indifferenza alla noia*, in "Lo Specchio", 9 agosto 1959.

S. Solmi, *Scrittori negli anni*, il Saggiatore, Milano 1963.

L. Strappini, *Le cose e le figure negli "Indifferenti" di Moravia*, Bulzoni, Roma 1978.

T. Tornitore, *La struttura degli "Indifferenti"*, in *Generi temi percorsi. Guida*, Bompiani, Milano 1989.

T. Tornitore, *"Gli indifferenti" e la critica*, in "Nuovi Argomenti", III, 37, 1991, pp. 60-98.

M. Tosi, *La società urbana nell'analisi del romanzo*, Ianua, Roma 1980.

G. Ungaretti, *Vita d'un uomo*, Mondadori, Milano 1974.

P. Voza, *Coscienza e crisi: il Novecento italiano. L'autore in cerca di personaggi: la formazione degli "Indifferenti"*, Liguori, Napoli 1982.

T. Wlassics, *Il paesaggio dell'indifferenza: lo sfondo degli "Indifferenti" di Moravia*, in "Sigma", 28, 1971, pp. 3-14.

T. Wlassics, *L'indifferenza degli "Indifferenti": interpretazione del romanzo di Moravia*, in "Italica", 48, 1971, pp. 301-13.

A. Zambardi, *Genesi e funzionalità dell'oggetto letterario. "Gli indifferenti" di Moravia*, in F. Ferrara (a cura di), *Sociologia della letteratura, Atti del I Convegno Nazionale*, Bulzoni, Roma 1978, pp. 497-506.

C. Zavattini, *"Gli indifferenti"*, in "L'Italia letteraria", 21 luglio 1929.

V. P. Zima, *Per una sociologia del testo. "Gli indifferenti" di Alberto Moravia*, in "L'Immagine Riflessa", VI, 2, 1983, pp. 217-25.

Tonino Tornitore

CRONOLOGIA

1907

Alberto Pincherle nasce a Roma il 28 novembre in via Sgambati. Il padre, Carlo Pincherle Moravia, architetto e pittore, era di famiglia veneziana. La madre, Gina de Marsanich, di Ancona. La famiglia aveva già due figlie, Adriana ed Elena. Nel 1914 nascerà un altro figlio, Gastone, il quale morirà a Tobruk nel 1941. Alberto Pincherle "ebbe una prima infanzia normale benché solitaria".

1916-1925

All'età di nove anni si ammala di tubercolosi ossea, malattia che gli dura, con alternative di illusorie guarigioni e di ricadute, fino ai sedici anni. Moravia parlando di questa malattia disse "che è stato il fatto più importante della mia vita". Passa cinque anni a letto: i primi tre a casa (1921-1923), gli ultimi due (1924-1925) nel sanatorio Codivilla di Cortina d'Ampezzo. Durante questo periodo i suoi studi sono irregolari, quasi sempre a casa. Frequenta, un anno soltanto, a Roma, il ginnasio "Tasso"; più tardi vi ottiene "a mala pena" la licenza ginnasiale, "solo mio titolo di studio". Per compensare l'irregolarità degli studi, legge molto. Al sanatorio Codivilla si abbona al Gabinetto Vieusseux di Firenze. "Ricevevo un pacco di libri ogni settimana e leggevo in media un libro ogni due giorni." In quel periodo scrive versi, in francese e in italiano, che definirà bruttissimi, e studia con ostinazione il tedesco. L'inglese lo sapeva già.

1925-1929

Nel 1925, definitivamente guarito, lascia il sanatorio Codivilla e si trasferisce a Bressanone, in provincia di Bolzano, in convalescenza. A causa di un apparecchio ortopedico che porta per alcuni anni cammina con le grucce. Legge molto: prima del sanatorio aveva già letto Dostoevskij, *Delitto e castigo* e *L'idiota* (che gli erano stati regalati da Andrea Caffi), Goldoni, Manzoni, Shakespeare, Molière, Ariosto, Dante. Dopo il soggiorno in sanatorio, legge *Una stagione all'inferno* di Rimbaud, Kafka, Proust, i surrealisti francesi, Freud e l'*Ulisse* di Joyce, in inglese.

Nell'autunno del 1925 cessa del tutto di comporre versi e inizia la stesura de *Gli indifferenti*. Si dedica al futuro romanzo per tre anni, dal 1925 al 1928, essendo "ormai troppo indietro per continuare gli studi". La salute ancora fragile lo porta a vivere in montagna passando da un luogo all'altro, sempre in albergo.

Nel 1926 incontra Corrado Alvaro che lo presenta a Bontempelli. Nel 1927 pubblica la prima novella, *Cortigiana stanca*, nella rivista "900" che Bontempelli aveva fondato un anno prima. La novella uscì in francese con il titolo *Lassitude de courtisane*, perché la rivista veniva allora stampata in edizione bilingue italiana e francese.

1929

Gli indifferenti dovevano uscire presso l'editore della rivista "900": "I novecentisti (Marcello Gallian, Aldo Bizzarri, Pietro Solari, Paola Masino, Margherita Sarfatti) si erano impegnati con Bontempelli a scrivere ciascuno un romanzo. Ma il solo che scrisse il romanzo fui io. Però l'editore di '900' che avrebbe dovuto pubblicare i nostri romanzi, rifiutò il mio, dopo averlo letto, con la motivazione poco lusinghiera che era una 'nebbia di parole'".

Moravia parte per Milano per portare il romanzo a Cesare Giardini, allora direttore della casa editrice Alpes (il cui presidente era Arnaldo Mussolini). Pensando a una risposta in breve tempo, soggiorna a Stresa sul Lago Maggiore per un mese. Poi non avendo ricevuto risposta torna a Roma. Lì dopo sei mesi riceve una lettera "entusiasta" di Giardini, seguita poco dopo da una richiesta di pagare le spese dell'edizione: "non è possibile – scriveva Giardini – presentare in consiglio d'amministrazione un autore completamente ignoto". Moravia si fa prestare 5000 lire dal padre e fa uscire il romanzo nel luglio del 1929.

Il libro ebbe molto successo: la prima edizione di 1300 copie fu esaurita in poche settimane e fu seguita da altre quattro fra il 1929 e il 1933. Il libro poi venne ripreso dalla casa editrice Corbaccio dell'editore Dall'Oglio che ne pubblicò 5000 copie.

La critica reagì in modi diversi: Borgese, Pancrazi, Solmi furono molto favorevoli; Margherita Sarfatti sul "Popolo d'Italia" recensì il libro con grande simpatia, pur avanzando delle riserve d'ordine morale che accomunarono tutti coloro che si occuparono del libro. Sempre nel 1929 s'intensificano le sue collaborazioni su riviste: Libero De Libero gli chiede di scrivere per "Interplanetario". Moravia vi pubblicherà alcuni racconti tra cui *Villa Mercedes* e un brano de *Gli indifferenti* che era stato omesso al momento della pubblicazione del volume e che s'intitola *Cinque sogni*.

Continua a scrivere novelle: *Inverno di malato* è pubblicata nel 1930 su "Pegaso", rivista diretta da Ojetti.

Incomincia a viaggiare e a scrivere articoli di viaggio su vari giornali: per "La Stampa", allora diretta da Curzio Malaparte, va in Inghilterra dove incontra Lytton Strachey, E.M. Forster, H.G. Wells, Yeats. Fra il 1930 e il 1935 soggiorna a Parigi e a Londra. "Frequentavo sporadicamente a Versailles il salotto letterario della principessa di Bassiano, cugina di T.S. Eliot, allora editrice della rivista 'Commerce', più tardi, a Roma, di 'Botteghe oscure'. Mi era stata presentata dal mio amico Andrea Caffi. Nel salotto incontravo Fargue, Giono, Valéry e tutto il gruppo destinato a chiamarsi 'Art 1926'."

I suoi rapporti con il fascismo peggiorano.

Nel 1933 Moravia fonda con Pannunzio la rivista "Caratteri" (ne usciranno quattro numeri). "Feci collaborare molti scrittori poi divenuti noti tra i quali Landolfi e Delfini." Nello stesso anno insieme con Pannunzio fonda la rivista "Oggi", destinata attraverso vari passaggi a divenire l'attuale testata omonima.

Nel 1935 escono *Le ambizioni sbagliate*, un libro al quale lavorava da ben sette anni: "in questo romanzo c'erano senz'altro cose sentite e autentiche ma in complesso vi mancava il carattere spontaneo e necessario che avevano avuto *Gli indifferenti*". E infatti il libro, oltre a non avere successo, venne ignorato dalla critica per ordine del Ministero della Cultura Popolare.

Moravia passa da "La Stampa" alla "Gazzetta del Popolo".

1935-1939

Per allontanarsi da un paese che incomincia a rendergli la vita difficile, Moravia parte per gli Stati Uniti. È invitato da Giuseppe Prezzolini alla Casa Italiana della Cultura della Columbia University di New York. Vi rimane otto mesi, tenendovi tre conferenze sul romanzo italiano, discutendo di Nievo, Manzoni, Verga, Fogazzaro e D'Annunzio. Parentesi di un mese in Messico. Breve ritorno in Italia dove scrive in poco tempo un libro di racconti lunghi intitolato *L'imbroglio*. Il libro fu proposto alla Mondadori che lo rifiutò. Moravia allora incontrò Bompiani e glielo propose. L'editore si consultò con Paola Masino che fu favorevole alla pubblicazione. Iniziò così una collaborazione praticamente ininterrotta con la casa editrice milanese.

Nel 1936 parte in nave per la Cina (vi rimarrà due mesi). Compra a Pechino *The Waste Land* di T.S. Eliot. Cerca di avere un visto per la Siberia e Mosca ma non l'ottiene.

Nel 1937 vengono assassinati in Francia Nello e Carlo Rosselli, cugini di Moravia.

Nel 1938 parte per la Grecia dove rimarrà sei mesi. Incontra saltuariamente Indro Montanelli.

Torna in Italia e vive ad Anacapri con Elsa Morante che ha incontrato a Roma nel 1936 e che sposa nel 1941. Il matrimonio venne celebrato da padre Tacchi-Venturi, testimoni Longanesi, Pannunzio, Capogrossi e Morra.

Nel 1940 pubblica una raccolta di scritti satirici e surrealisti intitolata *I sogni del pigro*.

Nel 1941 pubblica un romanzo satirico, *La mascherata*; "basato da una parte su un mio viaggio al Messico e dall'altro sulla mia esperienza del fascismo", il romanzo mette in scena "un dittatore coinvolto in una cospirazione provocatoria organizzata dal suo stesso capo della polizia". Il libro, che aveva ottenuto il nulla osta di Mussolini, fu sequestrato alla seconda edizione. Moravia cerca di far intervenire, a favore del libro, Galeazzo Ciano, allora ministro degli Esteri. "Questi prese il libro dicendo che lo avrebbe letto durante un viaggio che stava per intraprendere. Andava a Berlino, da Hitler. Non se ne seppe più niente." In seguito alla censura de *La mascherata* non poté più scrivere sui giornali se non con uno pseudonimo. Scelse quello di Pseudo e sotto questo nome collaborò frequentemente alla rivista "Prospettive" diretta da Curzio Malaparte.

Nel 1942 scrive *Agostino* che verrà pubblicato nel 1943 a Roma presso la casa editrice Documento, da un suo amico, Federico Valli, in un'edizione di 500 copie con due illustrazioni di Renato Guttuso; l'edizione era limitata perché l'autorizzazione alla pubblicazione era stata negata. Poco dopo, "fu diramata una 'velina' con l'ingiunzione di non farmi scrivere più affatto". E contemporaneamente gli si impedisce di lavorare per il cinema, sua unica fonte di guadagno: infatti due sceneggiature, entrambe scritte per Castellani, *Un colpo di pistola* e *Zazà*, non portano la sua firma. Durante i 45 giorni, collabora al "Popolo di Roma" di Corrado Alvaro. "Poi il fascismo tornò con i tedeschi e io dovetti scappare perché fui informato (da Malaparte) che ero sulle liste della gente che doveva essere arrestata." Fugge con Elsa Morante verso Napoli ma non riesce a varcare il fronte e deve passare nove mesi in una capanna, presso Fondi, tra sfollati e contadini. "Fu questa la seconda esperienza importante della mia vita, dopo quella della malattia, e fu un'esperienza che dovetti fare per forza, mio malgrado."

Il 24 maggio 1944, nell'imminenza della liberazione di Roma, la casa editrice Documento stampa *La Speranza, ovvero Cristianesimo e Comunismo*, un saggio che testimonia un primo approccio alle tematiche marxiste.

Con l'avanzata dell'esercito americano, Moravia torna a Roma dopo aver trascorso un breve periodo a Napoli.

"Subito dopo la guerra, vivacchiavamo appena." Al mattino scrive romanzi, come al solito. Al pomeriggio scrive sceneggiature per guadagnare. Scrive due sceneggiature: *Il cielo sulla palude*, per un film di Augusto Genina su Maria Goretti; e, più tardi, lavorerà alla sceneggiatura de *La ro-*

mana che sarà diretta da Luigi Zampa. Esce presso L'Acquario il volumetto illustrato da Maccari intitolato *Due cortigiane e Serata di Don Giovanni*.

Nello stesso anno Valentino Bompiani, tornato a Milano, gli propone di ripubblicare *Agostino*, riprendendo così i legami interrotti dalla guerra. Il romanzo vince il Corriere Lombardo, primo premio letterario del dopoguerra. Ricomincia la collaborazione con diversi giornali fra cui "Il Mondo", "Il Corriere della Sera", "L'Europeo".

1946

Iniziano le traduzioni dei suoi romanzi all'estero. Ben presto sarà praticamente tradotto in tutti i paesi del mondo. Nello stesso anno inizia la fortuna cinematografica di Moravia: da romanzi e racconti vengono tratti film. Alcuni esempi: *La provinciale* con la regia di Mario Soldati, *La romana* di Luigi Zampa, *La ciociara* di Vittorio de Sica, *Gli indifferenti* di Francesco Maselli, *Il disprezzo* di Jean-Luc Godard, *Il conformista* di Giuseppe Bertolucci e via via fino alla *Vita interiore* di Gianni Barcelloni.

1947

Moravia pubblica *La romana*. Il romanzo riscuote, vent'anni dopo, lo stesso successo de *Gli indifferenti*. Inizia una ininterrotta fortuna letteraria.

1948-1951

Nel 1948 esce *La disubbidienza*; nel 1949 *L'amore coniugale e altri racconti*; nel 1951 *Il conformista*.

1952

Tutte le opere di Moravia sono messe all'indice dal Sant'Uffizio in aprile (nello stesso anno vengono messe all'indice le opere di André Gide). In luglio Moravia riceve il Premio Strega per *I racconti* appena pubblicati.

1953

S'intensificano le collaborazioni per il "Corriere della Sera" sotto forma di racconti e di reportage.

Nello stesso anno Moravia fonda a Roma con Alberto Carocci la rivista "Nuovi Argomenti". Vi scriveranno Jean-Paul Sartre, Elio Vittorini, Italo Calvino, Eugenio Montale, Franco Fortini, Palmiro Togliatti. Nel

1966 inizierà una nuova serie diretta da Moravia, Carocci e Pasolini (che aveva già pubblicato le *Ceneri di Gramsci* nella rivista), a cui si aggiungeranno Attilio Bertolucci e Enzo Siciliano. Ci sarà nel 1982 una terza serie, a Milano, i cui direttori sono Moravia, Siciliano e Sciascia.

1954-1956

I racconti romani vincono il Premio Marzotto. Esce *Il disprezzo*. Su "Nuovi Argomenti" appare il saggio *L'uomo come fine* che Moravia aveva scritto fin dal 1946.

Moravia scrive una serie di prefazioni: nel 1955, al volume del Belli, *Cento sonetti*; nel 1956, a *Paolo il caldo* di Vitaliano Brancati e a *Passeggiate romane* di Stendhal.

1957

Moravia inizia a collaborare all'"Espresso" fondato da Arrigo Benedetti nel 1955: vi curerà una rubrica cinematografica. Nel 1975 raccoglierà in volume alcune di queste sue recensioni: *Al cinema*. Esce *La ciociara*.

1958

Scrive per il teatro: *La mascherata* e *Beatrice Cenci*. La prima fu rappresentata al Piccolo di Milano, con la regia di Strehler. La seconda, con la regia di Enriquez, in America Latina.

Esce *Un mese in* URSS, frutto di un primo viaggio nell'Unione Sovietica.

1959

Escono i *Nuovi racconti romani*, "ispirati, in fondo, dai sonetti del Belli".

1960

L'uscita de *La noia* segna un successo simile a quello de *Gli indifferenti* e de *La romana*.

1961

Vince il Premio Viareggio con *La noia*. Va in India con Elsa Morante e Pier Paolo Pasolini.

1962

Esce *Un'idea dell'India*. In aprile Moravia si separa da Elsa Morante; lascia l'appartamento romano di via dell'Oca e va a vivere in Lungotevere della Vittoria con Dacia Maraini.

Pubblica un'intervista a Claudia Cardinale che gli era stata chiesta dalla rivista americana "Fortune". "Applicai la tecnica della fenomenologia chiedendo a Claudia di descriversi come fosse un oggetto... So che l'intervista fu imitata."

Esce un libro di Oreste del Buono su Moravia per la Feltrinelli.

Moravia pubblica una raccolta di racconti: *L'automa*.

1963

Raccoglie in un volume intitolato *L'uomo come fine e altri saggi* alcuni scritti a partire dal 1941.

Compie il viaggio in Africa che dà il via ai suoi reportages dal Continente nero.

1965

Moravia pubblica *L'attenzione*, tentativo di romanzo nel romanzo.

1966

Viene rappresentato *Il mondo è quello che è* in occasione del festival del Teatro contemporaneo, con la regia di Gianfranco De Bosio.

Nello stesso anno Moravia si occupa sempre più di teatro. Con Enzo Siciliano e Dacia Maraini fonda la compagnia teatrale "del Porcospino" che ha come sede il teatro di Via Belsiana a Roma. Le prime rappresentazioni saranno *L'intervista* di Alberto Moravia, *La famiglia normale* di Dacia Maraini e *Tazza* di Enzo Siciliano. Seguiranno opere di C.E. Gadda, Wilcock, Strindberg, Parise e Kyd. L'esperimento, all'inizio mal visto dalla critica, viene interrotto nel 1968 per mancanza di fondi.

1967

Moravia pubblica su "Nuovi Argomenti" *La chiacchiera a teatro* in cui spiega le sue idee sul teatro moderno. Nello stesso anno si reca in Giappone, Corea e Cina insieme con Dacia Maraini. Quell'estate è presidente della XXVIII mostra del cinema a Venezia: vince *Belle de jour* diretto da Luis Buñuel.

Esce *Una cosa è una cosa*.

1968

"I giovani del Sessantotto, e quelli che sono venuti dopo, pensano che il mondo vada cambiato, cambiato con la violenza, ma non vogliono sapere perché, e come cambiarlo. Non vogliono conoscerlo, e dunque non vogliono conoscere se stessi." Moravia è contestato in varie occasioni, all'Università di Roma, a Bari, alla sede dell'"Espresso" e al teatro Niccolini di Firenze dagli studenti del '68. Esce *La rivoluzione culturale in Cina*.

1969

Moravia pubblica *La vita è gioco*, rappresentato al teatro Valle di Roma nell'autunno del 1970, con la regia di Dacia Maraini.

Moravia commenta l'attentato della Banca Nazionale dell'Agricoltura di Milano con un intervento su *L'informazione deformata*.

1970

Esce *Il paradiso*, prima raccolta di racconti su donne che parlano in prima persona. Seguiranno *Un'altra vita* e *Boh*.

1971

Esce *Io e Lui*.

Enzo Siciliano pubblica presso Longanesi un libro-intervista a Moravia.

1972

Dopo numerosi viaggi in Africa, Moravia scrive tre libri: il primo è *A quale tribù appartieni?*, al quale seguiranno *Lettere dal Sahara* e *Passeggiate africane*. Enzo Siciliano suggerisce che Moravia "è affascinato dall'Africa da un duplice aspetto: la sua arcaicità, il suo primitivismo, e per il modo in cui essa fa sperimentare la degradazione della modernità, quella civile modernità nella quale siamo immersi".

1973-1975

Escono *Un'altra vita* e una ristampa di racconti con il titolo *Cortigiana stanca*.

XLII

Il 2 novembre 1975 muore Pier Paolo Pasolini. Moravia pubblica sul "Corriere della Sera" un articolo nel quale Pasolini è confrontato ad Arthur Rimbaud.

1976-1980

Pubblica una raccolta di racconti, *Boh* (1976); una raccolta di testi teatrali; un romanzo, *La vita interiore* (1978), a cui ha lavorato per ben sette anni, la sua maggiore fatica narrativa dopo *Le ambizioni sbagliate*; e, nel 1980, una raccolta di saggi, *Impegno controvoglia*, scritti tra il 1943 e il 1978.

Dal 1979 al 1982 è membro della Commissione di Selezione alla mostra del cinema di Venezia. La commissione era stata creata da Carlo Lizzani.

Dal 1975 al 1981 Moravia è "inviato speciale" del "Corriere della Sera" in Africa. Nel 1981 raccoglie in volume i suoi articoli: *Lettere dal Sahara*. "Finora non mi era mai accaduto di fare un viaggio fuori del tempo, cioè fuori della storia, in una dimensione come dire? astorica, religiosa. Il viaggio nel Sahara ha colmato, come si dice, questa lacuna."

1982

Escono il romanzo *1934* e la raccolta di fiabe, tutte su animali parlanti, *Storie della Preistoria*.

Fa un viaggio in Giappone e si ferma a Hiroshima. "In quel preciso momento, il monumento eretto in memoria del giorno più infausto di tutta la storia dell'umanità, ha 'agito' dentro di me. Ad un tratto, ho capito che il monumento esigeva da me che mi riconoscessi non più cittadino di una determinata nazione, appartenente ad una determinata cultura bensì, in qualche modo zoologicamente ma anche religiosamente, membro, come ho detto, della specie."

Moravia farà tre inchieste sull'"Espresso" sul problema della bomba atomica. La prima in Giappone, la seconda in Germania, la terza in URSS.

1983

Vince il Premio Mondello per *1934*. Esce *La cosa*, dedicata a Carmen Llera.

Il 26 giugno rifiuta la candidatura al Senato italiano: "Ho sempre pensato che non bisogna mischiare la letteratura con la politica; lo scrittore mira all'assoluto, il politico al relativo; soltanto i dittatori mirano insieme al relativo e all'assoluto".

1984

L'8 maggio accetta la candidatura per le elezioni europee come indipendente nelle liste del PCI. "Non c'è contraddizione", scrive in un'autointervista, "tra il rifiuto d'allora e la tua accettazione d'adesso? Ho detto che l'artista cerca l'assoluto. Ora il motivo per il quale pongo la mia candidatura al Parlamento europeo non ha niente a che fare, almeno direttamente, con la politica e, appunto, comporta la ricerca dell'assoluto. È stato un particolare aspetto, purtroppo, di questa ricerca a determinare la mia candidatura."

Diventa deputato al Parlamento europeo con 260.000 voti.

Inizia sul "Corriere della Sera", con una corrispondenza da Strasburgo, il *Diario europeo*.

1985

Esce *L'uomo che guarda*.

Vengono rappresentate, tra le ultime commedie di Moravia, *L'angelo dell'informazione* e *La cintura*.

1986

Esce in volume *L'angelo dell'informazione e altri scritti teatrali*.

Il 27 gennaio si sposa con Carmen Llera.

Escono *L'inverno nucleare*, a cura di Renzo Paris, e il primo volume delle *Opere (1927-1947)*, a cura di Geno Pampaloni.

1987-1990

Escono in questi anni: *Passeggiate africane* (1987), *Il viaggio a Roma* (1988), *La villa del venerdì* (1990) e *Vita di Moravia* (1990), scritto assieme a Alain Elkann.

Nel 1989 esce il secondo volume delle *Opere (1948-1968)*, a cura di Enzo Siciliano.

1990

Il giorno 26 settembre muore nella sua casa romana, alle 9 del mattino.

Escono postumi: *La donna leopardo* (1991), *Diario Europeo* e *Romildo* (1993), *Viaggi. Articoli 1930-1990* (1994) e *Romanzi e racconti 1929-1937* (1998).

(a cura di Eileen Romano)

GLI INDIFFERENTI

I

Entrò Carla; aveva indossato un vestitino di lanetta marrone con la gonna così corta, che bastò quel movimento di chiudere l'uscio per fargliela salire di un buon palmo sopra le pieghe lente che le facevano le calze intorno alle gambe; ma ella non se ne accorse e si avanzò con precauzione guardando misteriosamente davanti a sé, dinoccolata e malsicura; una sola lampada era accesa e illuminava le ginocchia di Leo seduto sul divano; un'oscurità grigia avvolgeva il resto del salotto.

"Mamma sta vestendosi," ella disse avvicinandosi "e verrà giù tra poco."

"L'aspetteremo insieme," disse l'uomo curvandosi in avanti; "vieni qui Carla, mettiti qui." Ma Carla non accettò questa offerta; in piedi presso il tavolino della lampada, cogli occhi rivolti verso quel cerchio di luce del paralume nel quale i gingilli e gli altri oggetti, a differenza dei loro compagni morti e inconsistenti sparsi nell'ombra del salotto, rivelavano tutti i loro colori e la loro solidità, ella provava col dito la testa mobile di una porcellana cinese: un asino molto carico sul quale tra due cesti sedeva una specie di Budda campagnolo, un contadino grasso dal ventre avvolto in un kimono a fiorami; la testa andava in su e in giù, e Carla, dagli occhi bassi, dalle guance illuminate, dalle labbra strette, pareva tutta assorta in questa occupazione.

3

"Resti a cena con noi?" ella domandò alfine senza alzare la testa.

"Sicuro," rispose Leo accendendo una sigaretta; "forse non mi vuoi?" Curvo, seduto sul divano, egli osservava la fanciulla con una attenzione avida; gambe dai polpacci storti, ventre piatto, una piccola valle di ombra fra i grossi seni, braccia e spalle fragili, e quella testa rotonda così pesante sul collo sottile.

"Eh che bella bambina;" egli si ripeté "che bella bambina." La libidine sopita per quel pomeriggio si ridestava, il sangue gli saliva alle guance, dal desiderio avrebbe voluto gridare.

Ella diede ancora un colpo alla testa dell'asino: "Ti sei accorto quanto fosse nervosa mamma oggi al tè? Tutti ci guardavano."

"Affari suoi" disse Leo; si protese e senza parer di nulla, sollevò un lembo di quella gonna:

"Sai che hai delle belle gambe, Carla?" disse volgendole una faccia stupida ed eccitata sulla quale non riusciva ad aprirsi un falso sorriso di giovialità; ma Carla non arrossì né rispose e con un colpo secco abbatté la veste:

"Mamma è gelosa di te" disse guardandolo; "per questo ci fa a tutti la vita impossibile." Leo fece un gesto che significava: "E che ci posso fare io?"; poi si rovesciò daccapo sul divano e accavalciò le gambe.

"Fai come me" disse freddamente; "appena vedo che il temporale sta per scoppiare, non parlo più... Poi passa e tutto è finito."

"Per te, finito" ella disse a voce bassa e fu come se quelle parole dell'uomo avessero ridestato in lei una rabbia antica e cieca; "per te... ma per noi... per me" proruppe con labbra tremanti e occhi dilatati dall'ira, puntandosi un dito sul petto; "per me che ci vivo insieme non è finito nulla..." Un istante di silenzio. "Se tu sapessi," ella continuò con quella voce bassa a cui il risentimento marcava le parole e prestava un singolare accento come straniero, "quanto tutto questo sia opprimente e miserabile e gretto, e quale vita sia assistere tutti i giorni, tutti i giorni..." Da quell'ombra, laggiù, che

4

riempiva l'altra metà del salotto, l'onda morta del rancore si mosse, scivolò contro il petto di Carla, disparve, nera e senza schiuma, ella restò cogli occhi spalancati, senza respiro, resa muta da questo passaggio di odio.

Si guardarono: "Diavolo" pensava Leo un po' stupito da tanta violenza, la cosa è seria. Si curvò, tese l'astuccio: "Una sigaretta" propose con simpatia; Carla accettò, accese e tra una nuvola di fumo gli si avvicinò ancora di un passo.

"E così" egli domandò guardandola dal basso in alto "proprio non ne puoi più?" La vide annuire un poco impacciata dal tono confidenziale che assumeva il dialogo. "E allora," soggiunse "sai cosa si fa quando non se ne può più? Si cambia."

"È quello che finirò per fare" ella disse con una certa teatrale decisione; ma le pareva di recitare una parte falsa e ridicola; così, era quello l'uomo a cui questo pendìo di esasperazione l'andava insensibilmente portando? Lo guardò: né meglio né peggio degli altri, anzi meglio senza alcun dubbio, ma con in più una certa sua fatalità che aveva aspettato dieci anni che ella si sviluppasse e maturasse per insidiarla ora, in quella sera, in quel salotto oscuro.

"Cambia," le ripeté; "vieni a stare con me."

Ella scosse la testa: "Sei pazzo..."

"Ma sì!" Leo si protese, l'afferrò per la gonna: "Daremo il benservito a tua madre, la manderemo al diavolo, e tu avrai tutto quel che vorrai, Carla...": tirava la gonna, l'occhio eccitato gli andava da quella faccia spaventata ed esitante a quel po' di gamba nuda che s'intravedeva là, sopra la calza. "Portarmela a casa;" pensava "possederla..." Il respiro gli mancava: "Tutto quel che vorrai... vestiti, molti vestiti, viaggi...; viaggeremo insieme...; è un vero peccato che una bella bambina come te sia così sacrificata...: vieni a stare con me Carla..."

"Ma tutto questo è impossibile," ella disse tentando inutilmente di liberare la veste da quelle mani; "c'è mamma... è impossibile."

"Le daremo il benservito..." ripeté Leo afferrandola questa volta per la vita; "la manderemo a quel paese, è ora che

5

la finisca.., e tu verrai a stare con me, è vero? Verrai a stare con me che sono il tuo solo vero amico, il solo che ti capisca e sappia quel che vuoi." La strinse più davvicino nonostante i suoi gesti spaventati; "Essere a casa mia" pensava, e queste rapide idee erano come lucidi lampi nella tempesta della sua libidine: "Le farei vedere allora che cosa vuole." Alzò gli occhi verso quella faccia smarrita e provò un desiderio, per rassicurarla, di dirle una tenerezza qualsiasi: "Carla, amor mio..."

Ella fece di nuovo il vano gesto di respingerlo, ma ancor più fiaccamente di prima, ché ora la vinceva una specie di volontà rassegnata; perché rifiutare Leo? Questa virtù l'avrebbe rigettata in braccio alla noia e al meschino disgusto delle abitudini; e le pareva inoltre, per un gusto fatalistico di simmetrie morali, che questa avventura quasi familiare fosse il solo epilogo che la sua vita meritasse; dopo, tutto sarebbe stato nuovo; la vita e lei stessa; guardava quella faccia dell'uomo, là, tesa verso la sua: "Finirla," pensava "rovinare tutto..." e le girava la testa come a chi si prepara a gettarsi a capofitto nel vuoto.

Ma invece supplicò: "Lasciami," e tentò di nuovo di svincolarsi; pensava vagamente prima di respingere Leo e poi di cedergli, non sapeva perché, forse per avere il tempo di considerare tutto il rischio che affrontava, forse per un resto di civetteria; si dibatté invano; la sua voce sommessa, ansiosa e sfiduciata ripeteva in fretta la preghiera inutile: "Restiamo buoni amici Leo, vuoi? Buoni amici come prima" ma la veste tirata le discopriva le gambe, e c'era in tutto il suo atteggiamento renitente e in quei gesti che faceva per coprirsi e per difendersi, e in quelle voci che le strappavano le strette libertine dell'uomo, una vergogna, un rossore, un disonore che nessuna liberazione avrebbe potuto più abolire.

"Amicissimi" ripeteva Leo quasi con gioia, e torceva in pugno quella vesticciola di lana; "amicissimi Carla..." Stringeva i denti, tutti i suoi sensi si esaltavano alla vicinanza di quel corpo desiderato: "Ti ho alfine" pensava torcendosi tutto sul divano per fare un posto alla fanciulla, e già stava per piegare quella testa, là, sopra la lampada, quando dal fondo oscuro del salotto un tintinnìo della porta a vetri l'avvertì che qualcheduno entrava.

Era la madre; la trasformazione che questa presenza portò nell'atteggiamento di Leo fu sorprendente: subito, egli si rovesciò sullo schienale del divano, accavalciò le gambe e guardò la fanciulla con indifferenza; anzi spinse la finzione fino al punto di dire col tono importante di chi conclude un discorso incominciato: "Credimi Carla, non c'è altro da fare."

La madre si avvicinò; non aveva cambiato il vestito ma si era pettinata e abbondantemente incipriata e dipinta; si avanzò, là, dalla porta, con quel suo passo malsicuro; e nell'ombra la faccia immobile dai tratti indecisi e dai colori vivaci pareva una maschera stupida e patetica.

"Vi ho fatto molto aspettare?" domandò. "Di che cosa stavate parlando?"

Leo additò con un largo gesto Carla diritta in piedi nel mezzo del salotto: "Stavo appunto dicendo a sua figlia che questa sera non c'è altro da fare che restare in casa."

"Proprio nient'altro;" approvò la madre con sussiego e autorità sedendosi in una poltrona, in faccia all'amante; "al cinema siamo già state oggi e nei teatri danno tutte cose che abbiamo già sentite... Non mi sarebbe dispiaciuto di andare a vedere 'Sei personaggi' della compagnia di Pirandello...: ma francamente come si fa?... è una serata popolare."

"E poi le assicuro che non perde nulla" osservò Leo.

"Ah, questa poi no" protestò mollemente la madre: "Pirandello ha delle belle cose...: come si chiamava quella sua commedia che abbiamo sentito poco tempo fa?... Aspetti... ah sì, 'La maschera e il volto': mi ci sono tanto divertita."

"Mah, sarà..." disse Leo rovesciandosi sopra il divano; "però io mi ci sono sempre annoiato a morte." Mise i pollici nel taschino del panciotto e guardò prima la madre e poi Carla.

Dritta dietro la poltrona della madre, la fanciulla ricevette quell'occhiata inespressiva e pesante come un urto che fece crollare in pezzi il suo stupore di vetro; allora, per la prima volta, si accorse quanto vecchia, abituale e angosciosa fosse la scena che aveva davanti agli occhi: la madre e l'amante seduti in atteggiamento di conversazione l'uno in faccia all'altra; quell'ombra, quella lampada, quelle facce immobili e stupide, e lei stessa affabilmente appoggiata al dorso della poltrona per ascoltare e per parlare. "La vita non cambia," pensò, "non vuol cambiare." Avrebbe voluto gridare; abbassò le due mani e se le torse, là, contro il ventre, così forte che i polsi le si indolenzirono.

"Possiamo restare in casa," continuava la madre "tanto più che abbiamo tutti i giorni della settimana impegnati...: domani ci sarebbe quel tè danzante pro infanzia abbandonata...; dopodomani il ballo mascherato al Grand Hotel...; negli altri giorni siamo invitate un po' qua un po' là... E, Carla... ho veduto oggi la signora Ricci...: è invecchiata a un tal punto...; l'ho osservata con attenzione...: ha due rughe profonde che le partono dagli occhi e le arrivano alla bocca..., e i capelli non si sa più di che colore siano...: un orrore!..." Ella storse la bocca e agitò le mani in aria.

"Non è poi questo orrore" disse Carla facendosi avanti e sedendosi presso l'uomo; una leggera dolorosa impazienza la pungeva; prevedeva che per vie indirette e tortuose la madre sarebbe alfine arrivata a fare, come sempre, la sua piccola scena di gelosia all'amante; non sapeva quando e in che modo ma ne era certa come del sole che avrebbe brillato all'indomani e della notte che l'avrebbe seguito; e questa chiaroveggenza le dava un senso di paura; non c'era rimedio, tutto era inamovibile e dominato da una meschina fatalità.

"Mi ha fatto una quantità di chiacchiere;" continuò la madre "mi ha detto che hanno venduto la vecchia automobile e ne hanno comprata una nuova... una Fiat... 'Sa' mi fa 'mio marito è diventato il braccio destro di Paglioni, alla Banca Nazionale... Paglioni non può fare a meno di lui, Paglioni lo indica come il suo più probabile socio'; Paglioni qui, Paglioni là...: ignobile!..."

"Perché ignobile?" osservò Leo contemplando la donna tra le sue palpebre socchiuse. "Cosa c'è di ignobile in tutto questo?"

"Lei sa" domandò la madre fissandolo acutamente, come per invitarlo a soppesare bene le parole, "che Paglioni è l'amico della Ricci?"

"Tutti lo sanno" disse Leo, e pesantemente quei suoi occhi torpidi si posarono su Carla trasognata e rassegnata.

"E lei sa anche" insistette Mariagrazia distaccando le sillabe, "che prima di conoscere Paglioni i Ricci non avevano un soldo... e ora hanno l'automobile?"

Leo voltò la testa: "Ah, è per questo;" esclamò "e che male c'è?... Povera gente, s'industriano."

Fu come se avesse dato fuoco a una miccia accuratamente preparata.

"Ah, è così," disse la madre spalancando ironicamente gli occhi; "lei giustifica una svergognata, e neppure bella, un mucchio d'ossa, che sfrutta senza scrupoli l'amico e si fa pagare le automobili ed i vestiti e trova anche modo di mandare avanti quel suo marito non si sa se più imbecille o più furbo... Lei ha di questi principi? Ah benissimo proprio benissimo... allora non c'è più nulla da dire... tutto si spiega... a lei evidentemente piacciono quelle donne..."

"Ecco" pensò Carla; un leggero tremito di insofferenza corse per le sue membra, socchiuse gli occhi e rovesciò la testa fuori da quella luce e da quei discorsi; nell'ombra.

Leo rise: "No, francamente non sono quelle le donne che mi piacciono." Gettò una rapida, cupida occhiata alla fanciulla, là, al suo fianco...: petto florido, guance in fiore, anatomia giovane: "Ecco le donne che mi piacciono" avrebbe voluto gridare all'amante.

"Lo dice ora," insistette la madre "lo dice ora... ma chi disprezza compra... ma quando le è vicino, l'altro giorno, per esempio, in casa Sidoli, si prodiga in complimenti; allora le dice una quantità di sciocchezze...; eh vada là, la conosco... Sa cos'è lei?... Un bugiardo..."

"Ecco" si ripeté Carla; quella conversazione poteva continuare; ma ella aveva riconosciuto che la vita incorreggibile e abitudinaria non cambiava; e questo le bastava; si alzò: "vado a mettermi un golf e torno," e senza voltarsi indietro, ché sentiva gli sguardi di Leo incollarsi al suo dorso come due sanguisughe, uscì.

Nel corridoio incontrò Michele. "C'è Leo di là?" egli le domandò; Carla guardò il fratello: "C'è".

"Vengo proprio ora dall'amministratore di Leo;" continuò tranquillamente il ragazzo. "Ho saputo un monte di belle cose... e prima di tutto che siamo rovinati."

"Vorrebbe dire?" chiese la fanciulla interdetta.

"Vorrebbe dire" spiegò Michele "che dovremo cedere la villa a Leo, in pagamento di quell'ipoteca, e andarcene, senza un soldo, andarcene altrove."

Si guardarono; un sorriso forzato squallido passò sulla faccia del ragazzo: "Perché sorridi?" ella domandò. "Ti par cosa da sorridere?"

"Perché sorrido?" egli ripeté. "Perché tutto questo mi è indifferente... e anzi quasi mi fa piacere."

"Non è vero."

"Sicuro che è vero" egli ribatté, e senza aggiungere parola, lasciandola lì stupita e vagamente spaventata, entrò nel salotto.

La madre e Leo disputavano ancora; Michele ebbe il tempo di percepire un *tu* che si trasformò in *lei* alla sua entrata, e ne sorrise di disgustata pietà: "Credo che sia ora di cena" disse alla madre, senza salutare, senza neppure guardare l'uomo; ma questo suo freddo contegno non sconcertò Leo: "Oh chi si vede," egli gridò con la consueta giovialità "il nostro Michele... vieni qui Michele... è tanto tempo che non ci vediamo."

"Due giorni soltanto" disse il ragazzo guardandolo fissamente; si sforzava di parer freddo e vibrante benché non si sentisse che indifferente; avrebbe voluto soggiungere: "E meno ci vediamo meglio è" o qualcosa di simile, ma non ne ebbe la prontezza né la sincerità.

"E ti par nulla due giorni?" gridò Leo. "Si possono far tante cose in due giorni." Chinò la sua larga faccia trionfale nel lume della lampada: "Eh eh, che bel vestito che hai... chi te lo ha fatto?..."

Era un vestito di stoffa turchina di buon taglio ma molto usato, che Leo doveva avergli veduto addosso almeno cento volte; ma colpito da questo diretto attacco alla sua vanità,

Michele dimenticò in un solo istante tutti i suoi propositi di odio e di freddezza.

"Ti pare?..." domandò non nascondendo un mezzo sorriso di compiacimento; "è un vecchio vestito... è tanto tempo che lo porto, me lo ha fatto Nino, sai?..." E istintivamente si girò per mostrare il dorso all'uomo e con le mani tirò i bordi della giacca affinché aderisse al torso; vide la sua immagine nello specchio di Venezia appeso alla parete di faccia; il taglio era perfetto, su questo non c'era dubbio, ma gli parve che il suo atteggiamento fosse pieno d'una ridicola e fissa stupidità simile a quella dei fantocci ben vestiti esposti col cartello del prezzo sul petto, nelle vetrine dei negozi; una leggera inquietudine serpeggiò nei suoi pensieri.

"Buono... proprio buono." Ora, curvandosi, Leo palpava la stoffa; poi si rialzò: "E bravo il nostro Michele" disse battendogli la mano sul braccio; "sempre inappuntabile, non fa che divertirsi e non ha pensieri di nessuna sorta." Allora dal tono di queste parole e dal sorriso che le accompagnava, Michele capì troppo tardi di essere stato astutamente lusingato e in definitiva canzonato; dove erano l'indignazione, il risentimento che aveva immaginato di provare in presenza del suo nemico? Altrove, nel limbo delle sue intenzioni; odiosamente impacciato da questo suo vano atteggiamento, egli guardò sua madre:

"Peccato che tu non fossi oggi con noi;" ella disse "abbiamo visto un film magnifico."

"Ah sì" fece il ragazzo; e poi voltandosi verso l'uomo, colla voce più secca e più vibrante che poté: "Sono stato dal tuo amministratore, Leo..."

Ma con un gesto netto della mano l'altro lo interruppe: "Ora no... ho capito...ne parleremo dopo... dopo cena... ogni cosa nel suo momento."

"Come vuoi" disse il ragazzo con istintiva mansuetudine, e subito si accorse di essere stato dominato per la seconda volta. "Dovevo dire: subito," pensò, "chiunque avrebbe fatto così...; subito e discutere e magari ingiuriare": dalla rabbia avrebbe voluto gridare; vanità e indifferenza, nel giro di pochi minuti Leo aveva saputo farlo cadere in ambedue queste sue meschine voragini. Quei due, la madre e l'amante, si erano alzati.

"Ho appetito," diceva Leo abbottonandosi la giacca; "un appetito..." La donna rideva; macchinalmente Michele li seguì. "Ma dopo cena," pensava tentando invano di mettere dell'acredine in queste sue idee quasi distratte, "non la passerai così liscia."

Alla porta si fermarono: "Prego" disse Leo; e la madre uscì; restarono l'uno in faccia all'altro, l'uomo e il ragazzo, e si guardarono: "Avanti avanti" insistette Leo complimentosissimo posandogli una mano sulla spalla; "cediamo il posto al padrone di casa..." E con gesto paterno, con un sorriso tanto amichevole da parere canzonatorio spinse dolcemente il ragazzo. "Il padrone di casa," pensò questi senz'ombra d'ira, "eccone una bella...: il padrone di casa sei tu." Ma non disse nulla e uscì nel corridoio dietro la madre.

II

Sotto il lampadario a tre braccia il blocco bianco della tavola scintillava di tre minute schegge di luce, i piatti, le caraffe, i bicchieri, come appunto un blocco di marmo appena scalfito dagli scalpellini; c'erano delle macchie, il vino era rosso, il pane marrone, una minestra verde fumava dal fondo delle scodelle; ma quel candore le aboliva e splendeva immacolato tra quattro pareti su cui, per contrasto, tutto, mobili e quadri, si confondeva in una sola ombra nera; e già seduta al suo posto, cogli occhi attoniti fissi nel vapore della vivanda, Carla aspettava senza impazienza. Prima dei tre entrò la madre, colla testa voltata verso Leo che la seguiva, dichiarando con voce ironica ed esaltata: "Non si vive per mangiare, ma si mangia per vivere... invece lei fa tutto l'opposto... beato lei."

"Ma no... ma no..." disse Leo entrando a sua volta e toccando con un gesto sfiduciato, per pura curiosità, il termosifone appena tiepido; "lei non mi ha capito...: io ho detto che quando si fa una cosa non bisogna pensare ad altro...; per esempio quando lavoro non penso che a lavorare... quando mangio non penso che a mangiare... e così di seguito... allora tutto va bene..."

"E quando rubi?" avrebbe voluto domandargli Michele che gli veniva dietro: ma non sapeva odiare un uomo che a malavoglia invidiava. "In fondo ha ragione" si disse andando al suo posto, "io penso troppo."

"Beato lei," ripeté la madre sarcastica "invece a me tutto va male." Sedette, assunse un aspetto di triste dignità e cogli occhi bassi rimescolò col cucchiaio la minestra, affinché si freddasse.

"E perché tutto va male?" domandò Leo sedendosi a sua volta. "Io al suo posto sarei felice: una graziosa figlia... un figlio intelligente e pieno di belle speranze... una bella casa... cosa si può desiderare di più?"

"Eh lei mi capisce a volo" disse la madre con un mezzo sospiro.

"Io no, a rischio di passare per ignorante le confesso che non capisco nulla..." La minestra era finita, Leo posò il cucchiaio: "E del resto siete tutti malcontenti voi... non creda signora di esser la sola... vuol vedere?... Dunque, tu Carla, di' la verità, sei contenta tu?..."

La fanciulla alzò gli occhi: questo spirito gioviale e falsamente bonario inaspriva la sua impazienza: ecco, ella sedeva alla tavola familiare, come tante altre sere; c'erano i soliti discorsi, le solite cose, più forti del tempo, e soprattutto la solita luce senza illusioni e senza speranze, particolarmente abitudinaria, consumata dall'uso come la stoffa di un vestito e tanto inseparabile dalle loro facce, che qualche volta accendendola bruscamente sulla tavola vuota ella aveva avuto la netta impressione di vedere i loro quattro volti, della madre, del fratello, di Leo e di se stessa, là, sospesi in quel meschino alone; c'erano dunque tutti gli oggetti della sua noia, e ciononostante Leo veniva a pungerla proprio dove tutta l'anima le doleva; ma si trattenne: "Infatti potrebbe andare meglio," ammise; e riabbassò la testa.

"Ecco," gridò Leo trionfante, "glielo avevo detto... anche Carla... ma non basta... pure Michele, sicuro... Non è vero Michele che pure a te le cose vanno male?"

Anche il ragazzo prima di rispondere lo guardò. "Ecco," pensava "ora bisognerebbe rispondergli per le rime, ingiuriarlo, far nascere una bella questione e alfine rompere con lui"; ma non ne ebbe la sincerità; calma mortale; ironia; indifferenza. "E se tu la facessi finita?" disse tranquillamente; "lo sai meglio di me come vanno le cose."

14

"Eh furbacchione..." gridò Leo "furbacchione di un Michele... vuoi evitare la risposta, vuoi passarci sopra... ma è chiaro che anche tu sei un malcontento, altrimenti non faresti quella faccia lunga come la quaresima." Si servì dal piatto che la cameriera gli porgeva; poi: "Ed io invece signori miei tengo ad affermare che tutto mi va bene, anzi benissimo e che sono contentissimo e soddisfattissimo e che se dovessi rinascere non vorrei rinascere che come sono e col mio nome: Leo Merumeci."

"Uomo felice!" esclamò Michele ironico; "ma almeno dicci come fai."

"Come faccio?" ripeté l'altro colla bocca piena; "così... ma volete sapere invece," egli soggiunse versandosi da bere, "perché voi tre non siete come me?"

"Perché?"

"Perché" egli disse "vi arrabbiate per delle cose che non meritano..." Tacque e bevve; seguì un minuto di silenzio; tutti e tre, Michele, Carla e la madre si sentivano offesi nel loro amor proprio; il ragazzo si vedeva com'era, miserabile, indifferente e sfiduciato, e si diceva: "Ah vorrei vederti in queste mie condizioni"; Carla pensava alla vita che non cambiava, a quelle insidie dell'uomo, e avrebbe voluto gridare: "Io ho delle vere ragioni"; ma per tutti e tre fu la madre impulsiva e loquace che parlò.

L'essere stata accomunata coi figli in quella generale tendenza al malcontento, per il gran concetto in cui ella si teneva, l'aveva ferita come un tradimento; l'amante non solamente l'abbandonava ma anche si burlava di lei:

"Va bene," disse alfine dopo quel silenzio, con la voce ironica e malevola di chi vuole attaccar briga; "ma io, caro lei, ho delle buone ragioni per non esser contenta."

"Non ne dubito" disse Leo tranquillamente.

"Non ne dubitiamo" ripeté Michele.

"Non sono più una bambina come Carla," continuò la madre in tono risentito e commosso, "sono una donna che ha avuto delle esperienze, che ha avuto dei dolori, oh sì, molti dolori" ella ripeté eccitata dalle sue parole; "che è passata attraverso molte noie e molte difficoltà, e ciò nonostante ha saputo sempre serbare intatta la propria dignità e sempre mantenersi superiore a tutti, sì, caro Merumeci" ella proruppe amara e sarcastica; "a tutti quanti compreso lei...

"Non ho mai pensato che..." incominciò Leo; ora tutti comprendevano che la gelosia della madre aveva trovato una via e l'avrebbe percorsa per intero; tutti prevedevano con noia e disgusto la meschina tempesta che si addensava in quella luce tranquilla della cena:

"E lei caro Merumeci" continuò Mariagrazia fissando sull'amante gli occhi spiritati, "ha parlato poc'anzi molto leggermente... io non sono una di quelle sue eleganti amiche senza tanti scrupoli per la testa, che non pensano che a divertirsi e a tirare avanti, oggi uno, domani un altro, alla meno peggio... no, lei s'inganna... io mi sento molto ma molto diversa da quelle signore..."

"Non ho voluto intendere questo..."

"Io sono una donna," continuò la madre con crescente esaltazione "che potrebbe insegnare a vivere a lei e a tanti altri pari suoi, ma che ha la rara delicatezza o la stupidaggine di non mettersi in prima fila, di parlar poco di se stessa e perciò è quasi sempre misconosciuta e incompresa... ma non per questo" ella disse alzando la voce al diapason più forte; "non perché sono troppo buona, troppo discreta, troppo generosa, non per questo, ripeto, ho meno delle altre il diritto di domandare di non venire insultata ad ogni momento da chicchessia..." Diede un ultimo folgorante sguardo all'amante e poi abbassò gli occhi e si diede macchinalmente a cambiar di posto gli oggetti che le stavano davanti.

La più grande costernazione si dipinse su tutti i volti: "Ma io non ho mai pensato di insultarla" disse Leo con calma; "ho detto soltanto che tra tutti noi il solo che non sia malcontento sono io."

"Eh, si capisce," rispose la madre molto allusiva, "si capisce benissimo che lei non sia malcontento."

"Vediamo mamma," intervenne Carla "egli non ha detto nulla di insultante": ora, dopo quest'ultima scena, un'atterrita disperazione possedeva la fanciulla: "finirla," pensava guardando la madre puerile e matura che a testa bassa pareva ruminare la gelosia; "finirla con tutto questo, cambiare ad ogni costo." Delle risoluzioni assurde passavano per la sua testa; andarsene, sparire, dileguarsi nel mondo, nell'aria. Si ricordò delle interessanti parole di Leo: "Tu hai bisogno di un uomo come me." Era la fine: "Lui o un altro..." pensò; la fine della sua pazienza, dalla faccia della madre i suoi occhi sofferenti passarono a quella di Leo: eccoli i volti della sua vita, duri, plastici, incomprensivi, allora riabbassò gli sguardi sul piatto dove il cibo si freddava nella cera coagulata dell'intingolo.

"Tu," ordinò la madre "non dir nulla: non puoi capire."

"Eh, mia cara signora," protestò l'amante "anch'io non ho capito nulla."

"Lei" disse la madre calcando sulle parole e inarcando le sopracciglia, "mi ha capito fin troppo."

"Sarà" incominciò Leo stringendosi nelle spalle.

"Ma taccia... taccia dunque" lo interruppe la donna con dispetto; "è meglio che lei non parli... al suo posto io tenterei di farmi dimenticare, di scomparire." Silenzio; la cameriera entrò e tolse via i piatti. "Ecco" pensò Michele vedendo quell'espressione adirata del volto della madre a poco a poco distendersi; "il temporale è passato, ora torna il bel tempo." Alzò la testa e: "Dico," domandò senz'ombra di allegria "l'incidente è chiuso?"

"Chiusissimo" rispose Leo con sicurezza; "io e tua madre ci siamo riconciliati." Si volse verso Mariagrazia: "Non è vero signora che ci siamo riconciliati?" Un sorriso patetico esitava sulla faccia dipinta della donna; ella conosceva quella voce e quel tono insinuante dei tempi migliori, di quando ella era ancora giovane e l'amante era ancora fedele: "Crede Merumeci" domandò guardandosi vezzosamente le mani, "che sia così facile perdonare?"

La scena diventava sentimentale; Carla fremette e abbassò gli occhi; Michele sorrise di disprezzo. "Ecco" pensò "ci siamo, abbracciatevi e non se ne parli più."

"Perdonare" disse Leo gravemente buffonesco, "è dovere di ogni buon cristiano" ("Che il diavolo se la porti" pensava intanto; "per fortuna che c'è la figlia a compensarmi della madre"). Osservò la fanciulla, impercettibilmente, senza voltar la testa; sensuale; più di sua madre; labbra rosse, carnose; certo disposta a cedere; dopo cena bisognava tentare; battere il ferro finché è caldo; il giorno dopo no.

"Allora" disse la madre del tutto rassicurata, "siamo cristiani e perdoniamo." Il sorriso, fin allora contenuto, s'allargò patetico e brillante su due file di denti d'una bianchezza dubbia; tutto il corpo disfatto palpitò: "E, a proposito" ella soggiunse con improvviso amor materno; "non bisogna dimenticarlo: domani è l'anniversario della nostra Carla."

"Non si usa più, mamma" disse la fanciulla alzando la testa.

"E invece lo festeggeremo" rispose la madre, solenne, "e lei Merumeci si consideri già invitato per domani mattina." Leo fece una specie d'inchino sopra la tavola: "Obbligatissimo;" poi rivolgendosi verso Carla, "quanti anni?" domandò.

Si guardarono; la madre che sedeva in faccia alla fanciulla alzò due dita e compose la bocca come per dire "venti"; Carla vide, capì, esitò; poi un'improvvisa durezza devastò la sua anima: "Vuole" pensò "che io mi diminuisca gli anni per non invecchiar lei;" e disobbedì; "Ventiquattro" rispose senza arrossire.

Un'espressione delusa passò sul volto della madre.

"Così vecchia?" esclamò Leo con scherzosa meraviglia; Carla assentì: "Così vecchia" ripeté.

"Ma non avresti dovuto dirlo" rimproverò la madre; l'arancia agra che stava mangiando aumentava l'acidità della sua espressione; "si ha sempre l'età che si mostra... Ora tu non mostri più di diciannove anni." Inghiottì l'ultimo spicchio, l'arancia era finita; Leo estrasse l'astuccio delle sigarette e ne offrì a tutti; il fumo azzurro salì sottile dalla tavola in disordine; per un istante stettero immobili guardandosi negli occhi, attoniti; poi la madre si alzò. "Andiamo nel salotto" disse; e uno dopo l'altro uscirono tutti e quattro dalla sala da pranzo.

III

Piccolo ma angoscioso tragitto attraverso il corridoio; Carla guardava in terra pensando vagamente che quel passaggio quotidiano dovesse aver consumato la trama del vecchio tappeto che nascondeva il pavimento; e anche gli specchi ovali appesi alle pareti dovevano serbare la traccia delle loro facce e delle loro persone che più volte al giorno da molti anni vi si riflettevano, oh, appena per un istante, il tempo di esaminare, la madre e lei, il belletto, e Michele il nodo della cravatta; in quel corridoio l'abitudine e la noia stavano in agguato e trafiggevano l'anima di chi vi passava come se i muri stessi ne avessero esaltato i velenosi spiriti; tutto era immutabile, il tappeto, la luce, gli specchi, la porta a vetri del vestibolo a sinistra, l'atrio oscuro della scala a destra, tutto era ripetizione: Michele che si soffermava un istante ad accendere una sigaretta e soffiava sul fiammifero, la madre che compiacentemente domandava all'amante: "Non è vero, che ho la faccia stanca questa sera?"; Leo, con indifferenza, senza togliersi di bocca la sigaretta, rispondeva: "Ma no, al contrario, non l'ho mai vista così brillare," e lei stessa che ne soffriva; la vita non cambiava.

Entrarono nel freddo oscuro salone rettangolare che una specie di arco divideva in due parti disuguali e sedettero nell'angolo opposto alla porta; delle tende di velluto cupo nascondevano le finestre serrate, non c'era lampadario ma solamente dei lumi in forma di candelabri, infissi alle pareti a eguale distanza l'uno dall'altro; tre dei quali, accesi, diffusero una luce mediocre nella metà più piccola del salone; l'altra metà, oltre l'arco, rimase immersa in un'ombra nera in cui si distinguevano a malapena i riflessi degli specchi e la forma lunga del pianoforte.

Per un istante non parlarono; Leo fumava con compunzione, la madre considerava con una mesta dignità le sue mani dalle unghie smaltate, Carla quasi carponi tentava di accendere la lampada nell'angolo e Michele guardava Leo; poi la lampada si accese, Carla sedette e Michele parlò: "Sono stato dall'amministratore di Leo e mi ha fatto un monte di chiacchiere... il sugo della faccenda è poi questo: che a quel che pare tra una settimana scade l'ipoteca e perciò bisognerà andarsene e vendere la villa per pagare Merumeci..."

La madre spalancò gli occhi: "Quell'uomo non sa quello che dice... ha agito di testa sua... l'ho sempre detto io che aveva qualche cosa contro di noi..."

Silenzio: "Quell'uomo ha detto la verità" disse alfine Leo senza alzare gli occhi.

Tutti lo guardarono. "Ma vediamo, Merumeci," supplicò la madre giungendo le mani; "non vorrà mica mandarci via così sui due piedi?... ci conceda una proroga..."

"Ne ho già concesse due;" disse Leo "basta... tanto più che non servirebbe ad evitare la vendita..."

"Come a non evitare?" domandò la madre.

Leo alzò finalmente gli occhi e la guardò: "Mi spiego: a meno che non riusciate a mettere insieme ottocentomila lire, non vedo come potreste pagare se non vendendo la villa..."

La madre capì, una paura vasta le si aprì davanti agli occhi come una voragine; impallidì, guardò l'amante; ma Leo tutto assorto nella contemplazione del suo sigaro non la rassicurò: "Questo significa" disse Carla "che dovremo lasciare la villa e andare ad abitare in un appartamento di poche stanze?"

"Già," rispose Michele "proprio così."

Silenzio; la paura della madre ingigantiva; non aveva mai

voluto sapere di poveri e neppure conoscerli di nome, non aveva mai voluto ammettere l'esistenza di gente dal lavoro faticoso e dalla vita squallida. "Vivono meglio di noi" aveva sempre detto; "noi abbiamo maggiore sensibilità e più grande intelligenza e perciò soffriamo più di loro..."; ed ora, ecco, improvvisamente, ella era costretta a mescolarsi, a ingrossare la turba dei miserabili; quello stesso senso di ripugnanza, di umiliazione, di paura che aveva provato passando un giorno in un'automobile assai bassa attraverso una folla minacciosa e lurida di scioperanti, l'opprimeva; non l'atterrivano i disagi e le privazioni a cui andava incontro, ma invece il bruciore, il pensiero di come l'avrebbero trattata, di quel che avrebbero detto le persone di sua conoscenza, tutta gente ricca, stimata ed elegante; ella si vedeva, ecco... povera, sola, con quei due figli, senza amicizie ché tutti l'avrebbero abbandonata, senza divertimenti, balli, lumi, feste, conversazioni: oscurità completa, ignuda oscurità.

Il suo pallore aumentava: "Bisognerebbe che gli parlassi da sola a solo," pensava attaccandosi all'idea della seduzione; "senza Michele e senza Carla... allora capirebbe."

Guardò l'amante. "Lei, Merumeci," propose vagamente "ci conceda ancora una proroga, e noi il denaro lo si troverà in qualche modo."

"In che modo?" domandò l'uomo con un mezzo sorriso ironico.

"Le banche..." arrischiò la madre.

Leo rise: "Oh, le banche." Si chinò e fissò in volto l'amante: "Le banche" sillabò "non prestano denaro che contro sicure garanzie e ora poi con questa penuria di quattrini che c'è in giro non ne prestano affatto; ma ammettiamo che ne prestassero...: che specie di garanzia potrebbe lei dare, cara signora?"

"Il ragionamento non fa una grinza" osservò Michele; avrebbe voluto appassionarsi a questa loro questione vitale, protestare: "Vediamo" pensava "si tratta della nostra esistenza... potremmo da un momento all'altro non avere di che vivere materialmente"; ma per quanti sforzi facesse questa rovina gli restava estranea; era come vedere qualcheduno affogare, guardare e non muovere un dito.

Tutt'altra era invece la madre: "Lei ci dia questa proroga," ella disse con fierezza, ergendosi sul busto e staccando le parole; "e può star sicuro che alla data della scadenza lei avrà i suoi quattrini, non ne dubiti, fino all'ultimo centesimo."

Leo rise dolcemente chinando la testa: "Ne sono certo... ma allora a che serve la proroga?... Quei mezzi che lei adopererà tra un anno per ottenere denari perché non usarli ora e così pagarmi subito?"

Quella faccia china era così calma e sagace che la madre ne ebbe timore; da Leo i suoi occhi irresoluti passarono a Michele, poi a Carla: eccoli là i suoi due figli deboli che avrebbero provato le angustie della povertà; le venne un esaltato amor materno: "Senta Merumeci," incominciò con voce persuasiva "lei è un amico di famiglia, a lei posso dir tutto... non si tratta di me, non è per me che chiedo questa proroga, io sarei anche pronta ad andare a vivere in una soffitta..." Alzò gli occhi al cielo e: "Dio sa se penso a me... ma io ho Carla da maritare... ora lei conosce il mondo... il giorno stesso che io lasciassi la villa e andassi a vivere in qualche appartamentino, tutti ci volterebbero le spalle... la gente è fatta così... e allora, me lo saluta lei il matrimonio di mia figlia?"

"Sua figlia" disse Leo con una falsa serietà, "ha una bellezza che troverà sempre pretendenti." Guardò Carla, e le ammiccò; ma una rabbia trattenuta e profonda possedeva la fanciulla: "Chi vuoi che mi sposi," avrebbe voluto gridare alla madre "con questo uomo per casa e te in quelle condizioni?" L'offendeva, l'umiliava la disinvoltura con la quale la madre, che abitualmente non si curava affatto di lei, la tirava in ballo come un argomento favorevole ai suoi scopi; bisognava finirla, ella si sarebbe data a Leo, e così nessuno più l'avrebbe desiderata per moglie; guardò la madre negli occhi: "Non pensare a me, mamma" disse con fermezza; "io non c'entro né ci voglio entrare in tutto questo."

Fu in questo momento che una risata agra, falsa da allegare i denti partì dall'angolo dove sedeva Michele; la madre si voltò: "Ma sai," egli le disse tentando con sforzo di dare alla sua voce indifferente un'intonazione sarcastica; "chi sarà il primo ad abbandonarci se lasciamo la villa? Indovina."

"Mah, non so."

"Leo" egli proruppe additando l'uomo; "il nostro Leo."

Leo ebbe un gesto di protesta. "Ah, Merumeci?" ripeté la madre incerta e impressionata guardando l'amante come se avesse voluto leggergli in faccia se fosse stato capace di un simile tradimento; poi ad un tratto, con occhi e sorriso infiammati di patetico sarcasmo: "Ma già... sicuro... e io stupida che non ci pensavo... sicuro Carla" soggiunse rivolgendosi alla figlia; "Michele ha ragione... il primo che fingerà di non averci mai conosciuto, dopo naturalmente che avrà intascato i quattrini, sarà Merumeci...: non protesti" ella continuò con un sorriso ingiurioso; "non è colpa sua, tutti gli uomini sono così... potrei giurarlo, passerà con una di quelle sue amiche tanto simpatiche e tanto eleganti e appena mi vedrà... volterà la testa dall'altra parte... sicuro... caro lei... ci metterei la mano sul fuoco..." Tacque per un istante. "E già," concluse con amarezza e rassegnazione; "già... anche Cristo è stato tradito dai suoi migliori amici."

Soverchiato da quel fiotto di accuse, Leo posò il sigaro: "Tu" disse voltandosi verso Michele "sei un ragazzo, e per questo non ti prendo in considerazione...; ma che lei signora" soggiunse voltandosi alla madre "possa credere che io per una vendita qualsiasi abbandoni i miei migliori amici, ecco, questo non me l'aspettavo... no, proprio non me l'aspettavo." Scosse la testa e riprese il sigaro.

"Quanto è falso," pensò Michele divertito; poi bruscamente si ricordò di essere l'uomo derubato, canzonato, oltraggiato, nel suo patrimonio, nella sua dignità, nella persona di sua madre: "Ingiuriarlo" pensò; "provocare una scena." Capì di aver lasciato passare in quella serata mille occasioni più favorevoli ad un alterco, per esempio quando Leo aveva rifiutato di concedere una proroga; ma ormai era troppo tardi: "Non te l'aspettavi eh?" disse rovesciandosi nella poltrona e accavalciando le gambe; esitò, poi senza muoversi: "mascalzone."

Tutti si voltarono, la madre con sorpresa, l'uomo lentamente, togliendosi di bocca il sigaro: "Cosa hai detto?"

"Voglio dire," spiegò Michele aggrappandosi con le mani ai bracciuoli della poltrona e non ritrovando nella sua indifferenza le ragioni che lo avevano spinto a quell'ingiuria veemente; "che Leo... ci ha rovinati... e ora finge di esserci amico... ma non lo è ."

Silenzio; disapprovazione: "Senti Michele," disse Leo fissando sul ragazzo due occhi del tutto inespressivi; "mi sono già accorto da qualche minuto che tu questa sera vuoi attaccar briga, chi sa perché... mi dispiace ma ti dico subito che non attacca. Se tu fossi un uomo saprei come risponderti... ma sei un ragazzo senza responsabilità... per questo la migliore cosa che puoi fare è andare a letto e dormirci sopra." Tacque e riprese il sigaro: "E mi dici questo" soggiunse bruscamente "proprio quando stavo per proporvi le condizioni più favorevoli."

Silenzio: "Merumeci ha ragione" parlò a sua volta la madre "veramente, Michele, egli non ci ha rovinati e c'è stato sempre amico... perché ingiuriarlo in questo modo?..."

"Ah, ora lo difendi" pensò il ragazzo; un'irritazione forte contro se stesso e gli altri lo invase: "Se sapeste quanto tutto questo mi è indifferente," avrebbe voluto gridare loro: la madre eccitata e interessata, Leo falso, Carla stessa che attonita lo guardava, gli parvero in quel momento ridicoli eppure invidiabili appunto perché essi aderivano a questa realtà e consideravano veramente la parola "mascalzone" come una ingiuria mentre per lui, gesti, parole, sentimenti, tutto era un giuoco vano di finzioni.

Però volle andare fin al fondo della strada incominciata: "Quel che ho detto è la pura verità" proferì senza convinzione.

Leo alzò con disgusto e malcontento le spalle: "Ma fammi il piacere" interruppe scuotendo con violenza la cenere del suo sigaro; "fammi il santissimo piacere..." e già la madre stava per sostenere l'amante, con un "hai torto marcio Michele," quando laggiù, in quella poca luce che vi arrivava dal loro angolo, la porta si aprì a metà, e una testa bionda di donna si affacciò: "Si può?" domandò la testa; tutti si voltarono: "Oh, Lisa!" esclamò la madre "entra, entra pure." La porta si aprì del tutto e Lisa entrò; un soprabito turchino avvolgeva il suo corpo grasso, e le arrivava fin quasi ai piedi minuscoli; la testa dal cappellino cilindrico, azzurro e argento, pareva ancor più piccola su quelle spalle piene che il panno invernale arrotondava; il soprabito era ampio, eppure il petto e i fianchi floridi vi si stampavano con abbondanza di linee curve e gonfie; invece le estremità di questo corpo meravigliavano per la loro esiguità e sotto la campana larga del mantello si distingueva con stupore la sottigliezza delle caviglie.

"Non disturbo?" domandò Lisa avvicinandosi "è tardi... lo so... ma ho cenato qui accanto e poiché passavo per la vostra strada non ho potuto resistere alla tentazione di farvi una visita e sono venuta..."

"Figurati" disse la madre; si alzò e andò incontro all'amica: "Non ti togli il soprabito?" le domandò.

"No," rispose l'altra "resto un poco e poi scappo..., lo aprirò, ecco... per non aver troppo caldo."

Disfece la cintura rivelando un vistoso e lucido vestito di seta nera ornato di grossi fiori azzurrastri; salutò Carla: "Buonasera Carla... Leo: ah c'è anche Merumeci... impossibile non trovarlo qui... Michele: come va Michele?" e sedette sul divano accanto alla madre.

"Che bel vestito hai" disse questa allargando il soprabito; "ebbene quali novità mi racconti?"

"Nessuna," rispose Lisa guardandosi intorno; "ma..." soggiunse "che facce stralunate avete... si direbbe che steste discutendo e io con la mia venuta abbia interrotto la vostra discussione."

"Ma no," protestò Leo posando su Lisa, tra il fumo del suo sigaro, uno sguardo mistificatore; "ma no... La massima allegria ha regnato finora."

"Si parlava del più e del meno... ecco tutto" disse la madre; prese una scatola e la porse all'amica: "Fumi?"

A questo punto Michele, con la consueta inopportunità, interloquì:

"È la pura verità" disse curvandosi e guardando attentamente Lisa; "noi stavamo accapigliandoci e tu hai interrotto la nostra discussione."

"Oh" fece Lisa senza alzarsi, con un riso forzato e malizioso; "allora me ne vado... non vorrei per tutto l'oro del mondo aver disturbato un consiglio di famiglia..."

"Neppure per sogno" protestò la madre; e con una smorfia di biasimo verso Michele: "Sciocco!"

"Io sciocco?" ripeté il ragazzo: "Ben mi sta" pensò "sciocco... sì..., sciocco a volermi per forza appassionare a queste tue questioni." Un orribile senso di futilità e di noia l'oppresse; girò gli occhi intorno, per l'ombra ostile del salotto; poi su quelle facce; Leo lo guardava, gli parve, ironicamente, un sorriso appena percettibile fioriva sulle sue labbra carnose; quel sorriso era ingiurioso; un uomo forte, un uomo normale se ne sarebbe offeso e avrebbe protestato; lui invece no... lui con un certo avvilente senso di superiorità e di compassionevole disprezzo restava indifferente... ma volle per la seconda volta andar contro la propria sincerità: "Protestare," pensò "ingiuriarlo daccapo."

Guardò Leo: "E... dico," profferì con voce incolore "che bisogno c'è di sorridere?"

"Io... parola d'onore..." incominciò Leo fingendo la più grande stupefazione: "Dico" soggiunse Michele alzando con uno sforzo penoso la voce; era così che bisognava litigare; ricordava di aver assistito in tram, a un alterco tra due signori ugualmente grassi e importanti; ciascuno dei due dopo aver preso per testimoni i presenti e citato, con parole risentite, la propria onorabilità, la propria professione, le proprie ferite di guerra, e in generale tutti quegli elementi che potessero commuovere l'uditorio, aveva finito, pur di soverchiar l'avversario, per urlare francamente, e arrivare a un certo grado di collera sincera; così doveva fare anche lui: "Non credere che perché è venuta Lisa io non sia più capace di ripetere quello che ho detto prima... anzi guarda lo ripeto... mascalzone!"

Tutti lo guardarono: "Ma insomma..." esplose la madre indignata.

Lisa osservava curiosamente Michele: "Perché... cos'è successo?" domandava... Leo invece non si mosse né mostrò di essersi offeso: ebbe soltanto un riso falso, alto e sprezzan-

te. "Ah... bellissima questa," ripeté "bellissima... non si potrà
più neppure sorridere..."; poi, bruscamente "finché si scherza, si scherza," soggiunse alzandosi dal fondo della poltrona,
e battendo il pugno sulla tavola; "ma ora basta... o Michele
mi fa delle scuse o io me ne vado."

Tutti capirono che la faccenda era diventata seria e che
quel riso non era stato che il lampo livido che precede lo
scoppio del fulmine.

"Merumeci ha assolutamente ragione" disse la madre con
volto duro e con voce imperiosa, e provava contro il figliolo
una crudele irritazione perché temeva che l'amante cogliesse
questa occasione per rompere i loro rapporti: "la tua condotta è disgustosa... ti ordino di fargli delle scuse..."

"Ma... non capisco... perché Merumeci è un mascalzone?" domandava Lisa con l'evidente desiderio di complicare
le cose; soltanto Carla non si moveva né parlava: un disgusto meschino e fastidioso l'opprimeva; aveva l'impressione
che la marea angosciosa dei piccoli avvenimenti di quella
giornata stesse per traboccare e per sommergere la sua pazienza; socchiudeva gli occhi e tra le ciglia spiava con sofferenza le facce stupide e irritate degli altri quattro.

"Oh, oh," fece Michele ironico, senza muoversi; "me lo
ordini?... e se io non obbedissi?"

"Allora" rispose Mariagrazia non senza una certa patetica
e teatrale dignità "daresti un dispiacere a tua madre."

Per un istante, senza parlare, egli la guardò: "daresti un
dispiacere a tua madre," si ripeteva, e la frase gli pareva a
un tempo ridicola e profonda. "Ecco" egli pensò con un disgusto superficiale; "si tratta di Leo... del suo amante... eppure ella non esita a tirare in ballo la sua qualità di madre."
Ma la frase era quella: "daresti un dispiacere a tua madre,"
ripugnante e inconfutabile; distolse gli occhi da quella faccia
sentimentale; dimenticò ad un tratto tutti i suoi propositi di
sincerità e di collera: "E in fin dei conti" pensò "tutto mi è
indifferente... perché non far delle scuse e risparmiarle questo famoso dispiacere?..." Alzò la testa; ma voleva dire la verità, mostrare tutta la propria ingiuriosa indifferenza: "E voi
credete" cominciò "che io non sia capace di far delle scuse

a Leo?... ma se sapeste quanto tutto questo mi sia indifferente."

"Belle cose a dirsi" interruppe la madre.

"Quanto tutto questo m'importi poco" continuò Michele esaltandosi, "non ve lo potete immaginare... così non aver paura mamma... se vuoi non solamente gli faccio le scuse ma gli bacio anche i piedi a Leo."

"No, non scusarti" osservò a questo punto Lisa che aveva seguito la scena con la più grande attenzione; tutti la guardarono: "Ti ringrazio tanto, Lisa" continuò la madre offesa e teatrale; "proprio tanto di aizzarmi contro mio figlio."

"Chi ti aizza tuo figlio?" rispose Lisa tranquillamente; "ma mi pare che non valga la pena..."

Leo la guardò di traverso: "Non mi piace di esser chiamato a quel modo da un ragazzo" disse con voce dura; "ho domandato delle scuse e le avrò."

"Non sarebbe meglio dimenticar tutto e riconciliarsi?" parlò Carla sporgendo quel suo volto tra attonito e candido.

"No," rispose la madre "Merumeci ha ragione: bisogna che Michele gli faccia delle scuse." Michele si alzò in piedi: "Gliele faccio, non dubitare...: dunque Leo," disse rivolgendosi verso l'uomo "ti faccio tutte le mie scuse per averti ingiuriato" egli si fermò un istante; come facilmente gli erano uscite di bocca le parole umilianti! "E ti prometto che non lo farò più" concluse con la voce tranquilla e l'indifferenza di un bimbo di sei anni.

"Va bene, va bene," disse Leo senza guardarlo. "Imbecille," avrebbe voluto gridargli Michele nel vederlo così sicuro e investito nella sua parte; ma più di tutti, la madre, illusa, era contenta: "Michele è un buon figlio" disse guardando con improvvisa tenerezza il ragazzo; "Michele ha obbedito a sua madre."

La fiamma della vergogna e dell'umiliazione che non aveva bruciato le guance di Michele mentre porgeva le sue scuse a Leo, lo scottò improvvisamente di fronte a questa incomprensione: "Ho fatto quel che avete voluto," disse bruscamente "e ora permettete che vada a dormire perché sono stanco." Girò su se stesso come una marionetta e senza salutare nessuno uscì nel corridoio.

Ma nel momento in cui passava nell'atrio s'accorse che qualcheduno gli era corso dietro; si voltò; era Lisa: "Ero venuta apposta" ella disse ansante, guardandolo con un curioso e appassionato sguardo, "per dirti che quando vuoi ti posso presentare a quel mio parente... e lui potrà trovarti qualche cosa da fare... nella sua ditta o altrove."

"Grazie tanto" disse Michele fissandola a sua volta.

"Ma bisogna per questo che tu venga a casa mia... e così potrete incontrarvi."

"Va bene": a misura che Lisa si impacciava, il ragazzo pareva diventare più calmo e attento: "Quando?"

"Domani" disse Lisa. "Vieni domani mattina, vieni presto...: lui arriverà verso mezzogiorno... ma non importa... si parlerà un poco non è vero?" Tacquero ambedue guardandosi: "E perché hai fatto quelle scuse a Leo?" domandò ad un tratto la donna arditamente; "non avresti dovuto fargliele."

"Perché?" egli domandò; "ah, era a questo" pensò "che volevi venire."

"Il perché sarebbe troppo lungo a dirtelo ora... e quei di là potrebbero pensare..." spiegò Lisa diventando ad un tratto molto misteriosa; "ma se vieni domani te lo dirò."

"Va bene, allora... a domani," e strettale la mano, egli si avviò per la scala.

Lisa tornò nel salotto; quei tre sedevano là, nell'angolo, intorno alla lampada; la madre che stava con tutti i suoi colori in piena luce, parlava di Michele: "È evidente" spiegava all'amante che rovesciato nella sua poltrona l'ascoltava con espressione del tutto abbrutita, senza batter ciglio; "che gli è costato molto far quelle scuse... Non è uno di quelli che si piegano facilmente... è fiero..." ella soggiunse con aria di sfida "ha un'anima fiera e dritta come la mia."

"Non ne dubito," disse Leo sollevando le palpebre in un lungo sguardo verso Carla; "ma questa volta ha fatto bene a piegarsi." Tacquero tutti e tre; l'incidente era esaurito; e a passi silenziosi, con l'aspetto meno affaccendato di questo mondo, Lisa si avvicinò:

"Ha l'automobile Merumeci?" ella domandò.

I tre si voltarono: "L'automobile" ripeté l'uomo scrollandosi, "sicuro... ho l'automobile."

"Allora mi accompagnerà" disse Lisa "sempre che non la disturbi."

"Si figuri, il piacere è tutto mio." Leo si alzò, si abbottonò la giacca: "Bisognerà andare" cominciò, e dentro di sé si rodeva; non solamente non era riuscito a far nulla con Carla, ma ora, ecco, gli toccava anche accompagnare Lisa.

Ma la gelosia incomprensiva della madre lo salvò; tra quei due, Leo e Lisa, c'era stata una relazione, un amore, molti anni prima, anzi dovevano sposarsi, poi era venuta lei, già vedova e aveva rubato alla sua migliore amica il promesso sposo; era una storia molto vecchia, ma... e se a quei due fosse venuto in mente di ricominciare? Si voltò verso Lisa: "No, tu non te ne vai subito..." disse: "ho da parlarti..."

"Sì, va bene," Lisa la guardò con un falso imbarazzo: "ma poi non ho più Merumeci che mi accompagna a casa."

"Oh per questo non si preoccupi..." e questa volta il piacere era veramente tutto di Leo; "io posso aspettare nel corridoio o qui... lei parli pure con la signora... io l'aspetterò... Carla" soggiunse guardando la fanciulla "mi terrà compagnia."

Indolentemente Carla si alzò e scuotendo la grossa testa si avvicinò. "Ecco" pensava "se ora resto con lui tutto è finito..."; Leo la guardava, le parve, maliziosamente, e questa complicità anticipata le sembrò odiosa; ma a cosa sarebbe servito resistere? Una dolorosa impazienza la possedeva: "Finirla" si ripeteva guardando quel salotto oscuro dove tanti giorni di fuoco si erano consumati in cenere, e il gruppo solenne e ridicolo che essi formavano intorno alla lampada: "finirla con tutto questo," e si sentiva cadere in questo suo esitante abbandono come una piuma in una tromba di scale.

Per questo non protestò, non parlò.

"Ma lei non sa" si opponeva la madre, "quanto io tratterrò Lisa... Vada, vada pure... a Lisa faremo chiamare un taxi." Voce insinuante, voce di gelosia: Leo fu gentile, ma inflessibile: "Aspetterò... che importa?... un minuto più, un minuto meno... aspetterò volentieri..."

La madre capì che aveva perduto e che le sarebbe stato impossibile dividere quei due, Leo e Lisa; "è evidente... vuole aspettarla" pensò scrutando quei due volti, "per poi andare insieme a casa sua." Questa idea le parve atroce; diventò ancor più pallida e la gelosia brillò francamente nei suoi occhi. "E va bene," disse alfine "vada... vada ad aspettare di fuori... gliela rendo subito la sua Lisa, non tema, subitissimo..." Faceva con la mano un gesto di minaccia, un riso amaro e cattivo tremava su quelle sue labbra dipinte; Leo la guardò fissamente poi alzò le spalle e senza parlare, seguito da Carla, uscì.

Nel corridoio, senza parer di nulla, egli passò un braccio intorno alla vita della fanciulla; ella se ne accorse ma resistette alla tentazione di svincolarsi: "è la fine," pensò "la fine della mia vecchia vita." Gli specchi che brillavano nell'ombra riflessero al passaggio le loro due figure allacciate.

"Hai visto" ella disse ad alta voce; "mamma è gelosa a causa di Lisa..." Nessuna risposta se non una pressione del braccio che la fece aderire col fianco al fianco duro dell'uomo; entrarono così uniti nel vestibolo; mura alte, bianche, stanzetta cubica dal pavimento a losanghe.

"E chi sa," ella soggiunse con un umiliante senso di futilità, "chi sa che non sia vero."

Questa volta l'uomo si fermò e senza lasciarla le si mostrò di faccia.

"E invece" disse con un sorriso goffo, stupido, ed eccitato, "sai di chi dovrebbe essere gelosa? di te... sì, proprio di te..."

"Ci siamo" ella pensò; "di me... perché?" domandò con voce chiara. Si guardarono: "Verrai da me?" chiese Leo quasi paternamente; la vide abbassare la testa senza rispondere né sì né no; "è il buon momento" pensò; e già l'attirava e già stava per chinarsi e baciarla quando un rumore di voci, là nel corridoio, l'avvertì che la madre arrivava; dalla rabbia quasi soffocò; era la seconda volta nella giornata che l'amante veniva a guastargli ogni cosa nell'istante più delicato. "Che il diavolo se la trascini" pensò; si sentiva la donna parlare, discutere nel corridoio con Lisa, e benché non accennasse a comparire, Carla ormai inquieta fece il gesto di svincolarsi: "Lasciami, ecco mamma." Furioso, Leo guardava la porta, si guardava intorno senza tuttavia decidersi a lasciare quella cintola flessibile; ed ecco, gli occhi gli caddero sopra una tenda che a destra del vestibolo dissimulava un uscio; stese un braccio, spense la luce: "Vieni" mormorò nell'oscurità tentando di trascinar Carla in quel nascondiglio; "vieni là dietro... facciamo uno scherzo a tua madre." Ella non capiva, resistette, i suoi occhi brillavano nell'ombra: "Perché... ma perché?" ripeteva; però alla fine cedette; entrarono dietro la cortina, s'appiattarono nel vano della porta; Leo rigirò il braccio intorno alla cintola della fanciulla. "Ora vedrai" le mormorò; ma Carla non vedeva nulla; dritta, rigida, chiudeva gli occhi in quella notte della tenda piena di ondeggiamenti odoranti di polvere, e lasciava che la mano di Leo errasse sulle sue guance, sul collo: "Ora vedrai" egli bisbigliò; la tenda fremette da cima a fondo, ella sentì le labbra dell'uomo posarsi sul petto, strisciare goffamente fino al mento, fermarsi alfine sulla bocca; bacio profondo ma di poca durata. Le voci si avvicinarono, Leo si drizzò di nuovo: "Eccola" egli mormorò nel buio, e quel suo braccio strinse Carla con una forza confidenziale e intima, con una sicurezza che gli erano mancate prima.

L'uscio a vetri si aprì; Carla allargò un po' la tenda e guardò: nel quadro luminoso della porta aperta, la figura della madre, piena di ombre e di rilievi, esprimeva lo stupore e l'incomprensione: "Ma non ci sono" esclamò la voce familiare; e Lisa, invisibile, dal corridoio chiese: "E dove saranno andati?"

Domanda senza risposta; la testa della madre si tese, si affacciò come per esplorare il vestibolo; l'ombra le scavava i tratti e faceva di quella faccia molle e dipinta una maschera pietrificata in un'espressione di patetico smarrimento; ogni ruga, e la bocca semiaperta e nera di belletto, e gli occhi sbarrati, e il volto intero parevano gridare... "Leo non c'è più... Leo mi ha abbandonata... Leo è partito." Carla la guardava tra curiosa e compassionevole, intuiva la paura che tremava dietro quella maschera e le pareva di vedere il volto stesso dei giorni avvenire quando la madre avrebbe saputo del tradimento dell'amante e di sua figlia; questo spettacolo durò un istante; poi la testa si ritrasse. "È strano," si udì parlar la voce "il soprabito di Merumeci è ancora là e loro non ci sono."

"Forse sono nell'atrio" rispose Lisa; e così tra supposizioni e meraviglie si allontanarono entrambe.

"Hai visto?" mormorò ancora Leo; si chinò di nuovo e strinse al suo petto la fanciulla; "è la fine," ella ripensò tendendo la bocca; le piaceva quest'oscurità che le impediva di veder l'uomo e le lasciava tutte le sue illusioni, le piaceva questo intrigo; si separarono. "E ora usciamo," ella mormorò allargando con le mani la tenda; "usciamo Leo, ché possono accorgersene."

Egli cedette a malincuore e uno dopo l'altro uscirono entrambi, come due ladri, dal loro nascondiglio; la luce brillò; si guardarono: "Sono spettinata?" Carla domandò; egli accennò di no con la testa. "E ora cosa diremo a mamma?" ella soggiunse.

Una grossolana malizia splendette sul volto rosso ed eccitato dell'uomo, egli si diede un colpo sulla coscia e rise: "Ah, ma è stata bella," esclamò "bellissima... cosa diremo loro? che siamo stati qui... naturalmente... che ci siamo stati per tutto il tempo..."

"No, Leo," disse Carla dubitosa guardandolo e giungendo le mani sul ventre, "veramente?"

"Veramente" egli ripeté; "ah, eccola."

La porta si aprì, riapparve la madre: "Ma sono qui," esclamò volgendosi verso Lisa; "e noi che li abbiamo cercati per tutta la casa... dove eravate?"

Leo fece un gesto di meraviglia: "Siamo sempre stati qui."

La madre lo guardò come si guarda un povero matto: "Non dica sciocchezze... sono stata io poco fa qui e non c'era nessuno ed era tutto buio."

"Allora," rispose l'uomo placidamente, staccando il soprabito dall'attaccapanni, "vuol dire che lei soffre di allucinazioni. Noi siamo sempre stati qui... Non è vero Carla?" egli soggiunse volgendosi verso la fanciulla.

"Verissimo" rispose quella dopo un'esitazione.

Seguì un minaccioso silenzio; la madre aveva l'impressione che tutti si burlassero di lei ma non le riusciva di scoprirne le cause; sospettava fini reconditi e machiavellismi tenebrosi; irresoluta, irritata, intesseva una rete di sguardi scrutatori tra Leo, Carla e Lisa.

"Lei è pazzo" disse finalmente; "cinque minuti fa qui non c'era nessuno... ne è testimone Lisa che era con me" soggiunse additando l'amica.

"È vero, non c'era nessuno" disse questa con calma.

Ancora silenzio: "E Carla è testimone che noi eravamo qui" disse Leo gettando un'occhiata allusiva alla fanciulla; "è la pura verità... non è vero Carla?"

"È vero" ella confessò confusa, colpita per la prima volta da questo fatto: che era incontestabile che quando la madre era venuta essi erano là, dentro il vestibolo.

"E va bene" disse la madre con amarezza; "va benissimo... voi avete ragione, io sono pazza e Lisa anche." Per un istante tacque.

"Che Leo si permetta questi scherzi" proruppe poi volgendosi verso Carla, "è affar suo... ma che tu ti burli di me, di questo dovresti vergognarti... bel rispetto verso tua madre..."

"Ma è la pura verità mamma" protestò Carla; ora lo scherzo le diveniva doloroso, le si affondava come una spina in quell'impazienza che la possedeva; "eravamo nel vestibolo;" avrebbe voluto soggiungere "eravamo dietro la tenda io e Leo, abbracciati"; e immaginava la scena che a queste parole sarebbe scoppiata, ma sarebbe stata l'ultima; poi tutto sarebbe finito.

Intanto Lisa, col volto di chi è annoiata, diceva: "Vogliamo andare Merumeci?..." E l'uomo pronto per uscire tendeva la mano alla madre. "Ci pensi su," egli non poté far a meno di dire sorridendo; "ci pensi tutta la notte." Al che la madre rispose con un'alzata di spalle: "Io la notte dormo." Poi abbracciò Lisa mormorandole: "Allora ricordati di quello che ti ho detto." La fanciulla aprì la porta, una folata d'aria fredda entrò nel vestibolo, e quei due uscirono, disparvero.

IV

Salirono insieme, la madre e la figlia, al piano superiore; nell'anticamera la madre che offesa da quello scherzo del vestibolo non aveva detto parola, domandò alla fanciulla cosa avrebbe fatto il giorno dopo. "Il tennis" rispose Carla; dopo di che senza abbracciarsi andarono ciascuna nella propria stanza.

In quella di Carla, la lampada era accesa, ella aveva dimenticato di spegnerla, e in quella bianca luminosità pareva che i mobili e tutte le altre cose stessero in attesa della sua venuta; ella entrò e subito macchinalmente andò a guardarsi nel grande specchio dell'armadio: nulla di anormale nel suo volto, fuorché gli occhi stanchi, segnati, eppure misteriosamente scintillanti; un alone tra azzurro e nero li circondava, e i loro sguardi profondi pieni di speranze e di illusioni la turbavano come se fossero partiti da un'altra persona. Restò così per un istante con le mani appoggiate sullo specchio, poi se ne staccò e sedette sul letto; si guardò intorno: la stanza per molti aspetti pareva quella di una bambina di tre o quattro anni; i mobili erano bianchi, bassi, igienici, le pareti erano candide con fregi azzurri, una fila di bambole dalle teste storte, dagli occhi capovolti, neglette e cenciose, sedevano su quel piccolo canapè sotto la finestra; l'arredamento era quello della sua infanzia e la madre a corto di quattrini non aveva potuto sostituirlo con un altro, più addicente alla sua maggiore età; e del resto, le aveva detto, che bisogno c'era di un nuovo mobilio? ella si sarebbe sposata e avrebbe lasciato la casa. Così Carla era cresciuta nella cornice angusta dei suoi anni più lontani; ma la stanza non era restata come allora, nuda e infantile, ogni sua età vi aveva lasciato una traccia, gingilli o cenci; ora la stanza era piena, comoda e intima, ma d'una intimità ambigua, a volte donnesca (per esempio la teletta dai nastri sciupati, coi profumi, le ciprie, le pomate, i belletti, e quelle due larghe giarrettiere rosee appese presso lo specchio ovale) a volte puerile; e un molle disordine, tutto femminile, fatto di panni abbandonati sulle sedie, di flaconi aperti, di scarpette rovesciate, complicava l'equivoco.

Carla guardava queste cose con uno stupore tranquillo; nessun pensiero passava attraverso la sua contemplazione: ella stava seduta sul suo letto, nella sua camera, la luce era accesa, ogni cosa era al suo posto come le altre sere, ecco tutto... Incominciò a spogliarsi, si tolse le scarpe, il vestito, le calze... tra questi atti abitudinari osservava furtivamente intorno, vedeva ora una testa irsuta di bambola, ora l'attaccapanni carico di vestiti, ora la teletta, ora la lampada... e quella luce; quella luce speciale, tranquilla, familiare che a forza d'illuminarli pareva essere negli oggetti stessi della stanza, e che insieme con la finestra ben serrata e velata da certe mezze tendine molto candide dava un senso piacevole e lievemente angoscioso di sicurezza... sì non c'era dubbio... ella era nella sua stanza, nella sua casa; era probabile che fuori di quelle mura fosse la notte, ma ella ne era separata da quella luce, da quelle cose in modo che poteva ignorarla... e pensare di essere sola, sì, completamente sola e fuori del mondo.

Finì di spogliarsi, e tutta nuda, scrollando la grossa testa arruffata si alzò e andò all'armadio per prendervi un pigiama nuovo; fece quei pochi passi con leggerezza sulle punte dei piedi; aprì il cassetto e osservò chinandosi che anche i grossi seni si muovevano per conto loro, là, sotto i suoi occhi; nel rialzarsi si vide nello specchio; la colpì l'atteggiamento goffo, se non vergognoso, di tutto il corpo nudo e poi la sproporzione tra la testa troppo grande e le spalle esigue; forse a causa dei capelli; prese uno specchio dalla mensola dell'armadio e se lo passò dietro la nuca; erano lunghi: "Bisogna che io vada dal parrucchiere" pensò.

Si guardò ancora... ecco... le gambe erano un po' storte, oh appena! dai ginocchi in giù, e il petto... il petto era troppo basso; se lo sollevò un poco, con le due mani; "dovrebbe essere così" pensò; voltò la testa, tentò di sbirciarsi il dorso; allora mentre i suoi sguardi tentavano da sopra le spalle di abbracciare per intero quella sua altra immagine, l'assalì il senso del contrasto tra la futilità di questi suoi atteggiamenti e gli avvenimenti gravi occorsi quel giorno; Leo l'aveva baciata, si ricordò, pochi minuti prima; lasciò lo specchio e tornò al letto.

Sedette, per un istante restò immobile, cogli occhi fissi in terra. "Comincia proprio una nuova vita" pensò finalmente; alzò la testa e, d'improvviso, le sembrò che quella stanza tranquilla, pura, e senza sospetto, e quelle sue abitudini tra meschine e sciocche fossero tutta una cosa viva, una sola persona dalla figura definita a cui ella andasse, senza parer di nulla, preparando sottomano un tradimento inaudito, "tra poco... arrivederci per sempre..." si ripeté con una gioia triste e nervosa e fece un gesto di saluto da quel suo letto agli oggetti circostanti, come da una nave in partenza; delle immaginazioni pazze, vaste, tristi passavano per la sua testa, le pareva che una concatenazione fatale legasse questi avvenimenti: "Non è strano?" si diceva; "domani mi darò a Leo e così dovrebbe incominciare una nuova vita... e appunto domani è il giorno in cui sono nata;" si ricordò di sua madre; "ed è col tuo uomo" pensò "col tuo uomo, mamma, che andrò." Anche questa ignobile coincidenza, questa sua rivalità con la madre le piaceva; tutto doveva essere impuro, sudicio, basso, non doveva esserci né amore né simpatia, ma solamente un senso cupo di rovina: "Creare una situazione scandalosa, impossibile, piena di scene e di vergogne" pensava; "completamente rovinarmi..." Teneva la testa bassa e ad un certo punto alzando gli occhi si vide nello specchio dell'armadio e senza saper perché incominciò a tremare per tutto il corpo; avrebbe voluto piangere e pregare, le pareva che questi pensieri tristi l'avessero già perduta. "Dove va la mia vita?" si ripeteva guardando in terra; "dove va?"

Finalmente queste parole dolenti non ebbero più alcun significato; s'accorse di non pensar più nulla, di esser nuda, di star seduta sulla sponda del letto; la lampada brillava, intorno gli oggetti stavano al loro posto di tutte le sere; dell'esaltazione di poco prima non le restava che un'amarezza vuota; le pareva di essersi con sforzo avvicinata al centro puro del suo problema e poi di averlo inspiegabilmente perso di vista.

"Succederà quel che succederà" pensò; raccolse il pigiama, pigramente lo infilò; scivolò sotto le coltri, spense la luce; chiuse gli occhi.

V

Nessun servitore dormiva in casa di Lisa, ella non ne voleva, e per le faccende indispensabili come la cucina e la pulizia faceva venire una donnetta alacre, la portiera della casa; questo sistema, certo, non andava senza incomodità, ma Lisa che aveva una vita molto libera anzi sregolata preferiva che fosse così.

Quella mattina ella si destò tardi; era qualche tempo che rincasava dopo mezzanotte, dormiva senza piacere e si levava quasi più stanca e nervosa del giorno avanti; si svegliò con difficoltà e senza muoversi né alzar la testa, guardò: una rada e polverosa oscurità forata come un setaccio da mille fili di luce empiva la stanza; in quest'ombra s'indovinavano, muti e morti, i vecchi mobili, gli specchi silenziosi, i panni appesi, a quella macchia oscura, la porta; l'aria era greve e dell'odore del sonno e di quello delle suppellettili; la finestra era chiusa. Lisa scese dal letto e ravviandosi i capelli che le pendevano sopra la faccia madida andò alla finestra e tirò su l'imposta; un giorno bianco invase la stanza; ella allargò la tendina; i vetri erano tutti imperlati di vapore, doveva far freddo; attraverso questa rugiada s'indovinavano i colori vaghi, tenui e puri, un bianco, un verde come dissolti in un lago d'acqua; ella squarciò con la mano questo velo liquido e vide subito un pezzo di tetto rossiccio di un aspetto così poco luminoso, così indifferente e opaco che non ebbe bisogno di guardar più in su per vedere se il cielo era grigio; si distaccò, fece macchinalmente qualche passo per la stanza ingombra. Il gran letto matrimoniale di noce cupo e volgare, tutto pieno di bianche lenzuola disfatte occupava molto posto, ed era così vicino alla finestra rettangolare che qualche volta nelle notti d'inverno le era di gran godimento mentre giaceva sotto le coperte calde, vedere là, a un metro di distanza, l'onda della pioggia colare dalla vasta notte torrenziale sui vetri quadrati; oltre il letto c'erano due grandi armadi dello stesso legno casalingo e malodorante con immensi specchi ingialliti; la stanza era di media grandezza ma con quei mobili il posto che avanzava per muoversi era addirittura esiguo.

Andò all'attaccapanni; non aveva addosso che una trasparente camiciuola che faceva ancor più corte le sporgenze del corpo, le gambe erano tutte scoperte fino alla piega profonda che staccava la rotondità delle natiche dalle cosce bianche e senza peli, i seni muscolosi, appena più bassi che a vent'anni, ne uscivano per metà con due rigonfi lisci e venati; ella si vide in uno specchio così seminuda e molto piegata in avanti come per nascondere sotto quel velo troppo corto la macchia oscura del grembo, e giudicò di essere dimagrita; infilò una vestaglia e passò nel bagno.

Questo era una stanzetta grigia, nuda, fredda, i tubi erano verniciati e opachi, la vasca era in metallo smaltato, non c'era che un solo specchio tutto rugginoso, un'ombra umida empiva gli angoli; Lisa accese la luce; le venne in mente che erano passati tre giorni da quando si era lavata per l'ultima volta tutto il corpo, e che sarebbe stato necessario prendere un bagno; esitò; era veramente indispensabile? Si guardò i piedi: le unghie erano bianche, parevano puliti; no, non ce n'era bisogno, tanto più che se, come era probabile, passava la notte con Michele, avrebbe dovuto ripulirsi interamente il giorno dopo; si decise, andò ad un lavabo inchiodato al muro, aprì i rubinetti, aspettò che si fosse riempito; allora si tolse la vestaglia, abbassò la camicia fino alla cintola e si lavò; prima la faccia, starnutendo e soffiando, poi con gesti che avrebbero voluto impedire che l'acqua colasse dal petto e dalle spalle sulle parti inferiori ancora tutte piene del tepore notturno, il collo e le ascelle; ogni volta che si chinava sentiva la camicia risalire sul dorso, un freddo di pietre le veniva dalle mattonelle del pavimento: all'ultimo non trovò l'asciugamano e scappò tutta accecata e nuda a prenderne uno nella stanza da letto.

Si asciugò, sedette alla teletta; breve acconciatura; ella non usava pomate, né belletti, non c'era che da mettersi un po' di cipria, da profumarsi e da pettinarsi: voltò alfine le spalle allo specchio, e si chinò per infilare le calze: ora due pensieri s'alternavano nella sua mente, quello della colazione e quello di Michele; le piaceva la mattina mangiare col caffè delle buone cose, delle conserve dolci, dei pasticcini, del burro, dei croccanti; era ghiotta e non si staccava dalla tavola se non quando era sazia; ma oggi temeva di restare a digiuno. "Se Michele viene tra poco" pensò "è meglio che non mi faccia trovare a mangiare... pazienza... sarà per un'altra volta." Si drizzò, indossò una combinazione rosa, poi una sottoveste dal busto strettissimo che le fasciava il petto come un corsetto; la sua fantasia, per consolarsi, dipingeva un Michele innamoratissimo e timido, un adolescente inesperto a cui ella si sarebbe data tremante di gioia; alfine un amore puro: "Dopo la vita che ho fatto" pensò convinta, "fa bene un po' d'innocenza." Notti insonni, faticosi piaceri, eccitamenti senza gioia, questa sudicia nebbia dileguava. Michele le portava il sole, il cielo azzurro, la franchezza, l'entusiasmo, l'avrebbe rispettata come una dea, avrebbe appoggiato la testa sulle sue ginocchia; ne aveva un desiderio insaziabile, e non vedeva l'ora di bere a questa fontana di giovinezza, di tornare a quest'amore nuovo, balbettante, pudico che da vent'anni quasi aveva dimenticato; Michele era la purezza: ella si sarebbe data al ragazzo senza lussuria, quasi senza ardore; tutta nuda gli sarebbe venuta incontro a passi di danza, e gli avrebbe detto: "Prendimi"; sarebbe stato un amore straordinario, come non si usano più.

Aveva finito di vestirsi; uscì dalla stanza, attraversò il corridoio oscuro, entrò nel boudoir pieno di luce; era, questa stanza, tutta bianca e rosa; bianchi i mobili e il soffitto, rosei i tappeti, la tappezzeria, il divano; tre grandi finestre leggiadramente velate diffondevano una luce tranquilla; a prima vista tutto appariva puro e innocente, si osservavano mille gentilezze, qui un cestino da ricamo, là una piccola biblioteca dai libri multicolori, e poi dei fiori smilzi sulle mensole laccate, degli acquerelli sotto vetro alle pareti, insomma una quantità di cose che, dapprima, facevano pensare: "Eh, che bel posticino chiaro e sereno, qui non può abitare che qualche giovinetta"; ma se si guardava meglio si cambiava idea; allora ci si accorgeva che il boudoir non era più giovane del resto dell'appartamento, si osservava che la lacca dei mobili era scrostata e ingiallita, che la tappezzeria era scolorita e qua e là mostrava la trama, che una stoffa lacera e dei cuscini sordidi coprivano il divano d'angolo; ancora uno sguardo e si era convinta: si rivelavano gli strappi delle tendine, i vetri spezzati degli acquerelli, i libri polverosi e sdruciti, le larghe screpolature del soffitto; e se poi alfine era presente la padrona di casa, non c'era neppur bisogno di cercare, tutta questa corruzione saltava agli occhi come accusata dalla figura della donna.

Lisa sedette davanti alla scrivania ed aspettò; ora l'idea della colazione le tornava, ne aveva una gran voglia, non sapeva come fare: "Se almeno sapessi a che ora viene," pensò con dispetto guardando l'orologio che teneva al polso; alfine seppe dominarsi, rinunziò di nuovo e tornò alle sue fantasie tenere crudeli ed eccitate. "Lo farò sedere sul divano" pensò ad un tratto, "e mi distenderò dietro di lui... parleremo un poco... poi comincerò a pungerlo su qualche soggetto scabroso... e lo guarderò... se non è uno sciocco capirà"; osservava il divano come un istrumento di cui si vuol valutare la bontà e l'efficacia; e se tutto andava bene avrebbe fatto aspettare l'adolescente per il gusto delicato di vederlo sospirare, e finalmente, dopo qualche giorno, l'avrebbe invitato a cena e l'avrebbe trattenuto tutta la notte; che cena sarebbe stata quella: delle leccornie, e soprattutto del vino: avrebbe indossato quel suo vestito che le stava così bene, azzurro, e si sarebbe ornata di quei pochi gioielli che aveva potuto salvare dalle mani rapaci del suo ex-marito; la tavola sarebbe stata preparata qui, nel boudoir, la sala da pranzo era meno intima; una tavola per due, piena di buone cose, del pesce, dei pasticci di carne e di legumi, dei dolciumi; una tavola piccola, ricca e scintillante, per due, per due soltanto, un terzo non ci sarebbe entrato, neppure a volercelo... Con occhi brillanti di gioia e di tenerezza ella si sarebbe seduta di fronte al suo caro ragazzo, pur mangiando non avrebbe cessato di guardarlo, gli avrebbe versato del vino, molto vino, gli avrebbe parlato in tono scherzoso, curioso, allusivo, materno; si sarebbe informata dei suoi piccoli amori, l'avrebbe fatto arrossire; gli avrebbe ogni tanto gentilmente ammiccato, si sarebbero toccati coi piedi là sotto la tavola; finita la cena avrebbero insieme sgombrato la tavola, ridendo, toccandosi e urtandosi per il gran desiderio di possedersi; poi ella si sarebbe spogliata, avrebbe infilato una vestaglia, e a Michele avrebbe fatto indossare uno di quei pigiama di suo marito; gli sarebbe andato a meraviglia, avevano ambedue la stessa statura sebbene l'adolescente fosse più sottile; seduti sul divano lei e Michele avrebbero conosciuto la gioia irritante e avara di questa loro vigilia della prima notte... finalmente sarebbero andati insieme nella camera da letto.

Un po' eccitata da queste fantasie stava seduta presso la scrivania. Teneva la fronte bassa, ogni tanto come per scacciare i pensieri si ravviava i capelli, oppure, pur senza cessare di pensare, storceva i piedi e si guardava le scarpe; il rumore del campanello accelerò i battiti del suo cuore: sorrise, si guardò in uno specchio, uscì nel corridoio.

Prima di aprir la porta accese la luce; Michele entrò.

"Forse sono venuto troppo presto?" egli disse appendendo il mantello e il cappello all'attaccapanni.

"Figurati." Passarono nel boudoir, sedettero sul divano: "Come va?" domandò Lisa; prese una scatola di sigarette e ne offrì al ragazzo; egli rifiutò e stette sovrappensiero, colle mani sui ginocchi.

"Va bene," rispose finalmente; silenzio.

"Se permetti" disse la donna "io mi distenderò sopra il divano... ma tu... stai... stai... comodo." Alzò le gambe e s'allungò sopra i cuscini; Michele vide le due cosce goffe e bianche e ne sorrise dentro di sé; quell'idea gli tornò: "Evidentemente vuole eccitarmi"; ma Lisa non gli piaceva, proprio no, e tutto questo gli era indifferente.

Ella guardava il ragazzo pensando a quel che avrebbe potuto dirgli; quei pretesti per una maggiore intimità che pochi minuti prima le erano sembrati tanto spontanei, ora nel suo turbamento le sfuggivano; aveva la testa vuota, il cuore in tumulto, le tornò in mente, chi sa perché, la scena della sera avanti, quel litigio tra Leo e Michele, che al momento l'aveva interessata; esitò a riparlarne, ma l'idea di potere anche vendicarsi un poco del suo antico amante rivelando al ragazzo, se già non lo sapeva, la tresca di sua madre, la incoraggiò; poi, per vie indirette, avrebbe potuto venire a qualche più eccitante conversazione.

"Scommetto" disse guardandolo "che tu muori dalla voglia di sapere perché io ti abbia domandato ieri sera di non fare quelle scuse a Leo."

Egli si voltò:

"Sei tu che muori dalla voglia di parlarne" avrebbe voluto risponderle; ma si trattenne: "Proprio morire no.... ma di' pure."

"Io credo di avere più di chicchessia il diritto di aprirti gli occhi" ella cominciò.

"Non ne dubito."

"Si tace per molto tempo, si finge di non vedere... ma alla fine il troppo storpia... quel che ho veduto ieri sera mi ha rivoltato."

"Permetti" disse Michele, "che cosa precisamente ti ha rivoltato?"

"Quelle scuse a Leo"; ella lo fissò con serietà; "soprattutto che tua madre, proprio lei, esigesse da te una tale umiliazione."

"Ah, ora capisco," e il volto di Michele si illuminò di ironia; "che voglia darmi la gran notizia che mia madre ha un amante?" pensò; gli venne un disgusto acuto di sé e della donna; "ma forse non era una umiliazione" soggiunse.

"Lo era in tutti i casi... e doppiamente quando udirai quello che sto per dirti..."; egli la guardò: "Se ora ti prendessi per i fianchi o ti pizzicassi sul dorso," pensò "come lasceresti subito quell'aria segreta e dignitosa, come ti dimeneresti!"

"Ti avverto" disse, e gli parve di essere veramente sincero, "che non m'importa di saper nulla."

"Benissimo" rispose Lisa per niente sconcertata; "tu hai ragione... ma sento che debbo parlare.... mi ringrazierai poi... dunque devi sapere che tua madre ha commesso un errore..."

"Uno solo?"

Tra i due partiti, quello di irritarsi e quello di ridere, Lisa scelse il secondo: "Ne avrà commessi mille" disse sorridendo e avvicinandosi alquanto al ragazzo; "ma questo è certo il più grosso."

"Un momento" interruppe Michele, "non so cosa tu stia per dirmi... ma se, a quanto pare, è una cosa grave, vorrei sapere perché me la riveli."

Si guardarono: "Perché?" ripeté Lisa, lentamente abbassando gli occhi; "ma perché m'interessi molto e anche ti voglio bene, e poi, te l'ho già detto, perché certe ingiustizie mi rivoltano."

Egli sapeva dei legami che c'erano stati tra Leo e la donna: "O piuttosto" pensò "ti rivolta che te l'abbiano portato via, eh," ma assentì gravemente colla testa. "Hai ragione, non c'è nulla di peggio che l'ingiustizia...! allora, avanti, in che cosa consiste questo errore?"

"Ecco... dieci anni fa tua madre conobbe Leo Merumeci..."

"Non vorresti mica dirmi" interruppe Michele col più falso degli spaventi, "che Leo sia l'amante di mia madre!"

Si guardarono: "Mi dispiace" disse Lisa con una dolorosa semplicità; "ma è proprio così."

Silenzio; Michele guardava in terra e avrebbe voluto ridere; quel suo disgusto si trasformava in un senso amaro di ridicolaggine.

"E ora puoi capire" continuò Lisa "se e quanto mi abbia rivoltato tua madre che ti chiedeva di umiliarti di fronte a quell'uomo."

Egli non si muoveva né parlava; rivedeva sua madre, Leo, se stesso in atto di farsi perdonare, figure stupide e piccole, perdute senza speranza nella vita più vasta... ma queste visioni non l'offendevano né destavano in lui alcun sentimento; avrebbe voluto essere tutt'altro, sdegnato, pieno di rancore, pieno di inestinguibile odio; e soffriva invece di essere a tal punto indifferente.

Vide Lisa alzarsi e sedersi al suo fianco. "Via" ella disse posando una mano goffa e consolatrice sulla sua testa; "via... fatti coraggio... capisco che ti debba dispiacere... si vive con la certezza che una persona meriti il nostro affetto, la nostra stima, e poi... ad un certo punto tutto crolla intorno a noi... ma non importa... questo ti sarà di ammaestramento..."

Egli scosse la testa, mordendosi le labbra per non ridere; Lisa credette invece che il dolore lo soverchiasse: "Non tutto il male vien per nuocere" disse con voce patetica e melata, senza cessare di passare quella sua mano sui capelli del ragazzo; "questo ci riavvicinerà... vuoi che io diventi per te quello che era prima tua madre... di'? vuoi che io diventi la tua amica, la tua confidente?..." Era sincera, ma la voce era così flautata e falsa che Michele avrebbe voluto tapparle la bocca con la mano; ma stette fermo, con la testa ostinatamente curva; giacché si vedeva, seduto accanto a quella donna, sul bordo del divano, con una faccia tra contrita e idiota... la scena gli pareva tanto ridicola che per non ridere non c'era che un mezzo: non muoversi.

Lisa diventò ancor più zelante: "Verrai a farmi delle visite... parleremo... ci sforzeremo di ricostruire, di riorganizzare una nuova esistenza." Egli la guardò di sottecchi... rossa, sotto la frangia dei capelli biondi, rossa ed eccitata: "Ah, è così che cominci a organizzare" pensò; si ricordò di quel parente che doveva venire nel mattino... e perché non prendere seriamente tutta la faccenda e giovarsene?... perché non continuare negli infingimenti?...

Alzò la testa: "È stato duro" profferì come chi è riuscito a dominare un gran dolore; "ma hai ragione... bisogna che mi faccia una nuova esistenza..."

"Certamente" approvò Lisa con fervore; dopo di che seguì un profondo silenzio; ambedue con scopi diversi, fingevano una trasognata e ispirata distrazione; stavano immobili, l'uno accanto all'altra, e guardavano in terra.

Un fruscìo; il braccio di Michele scivolò dietro la schiena della donna e le circondò la vita. "No" ella disse con voce chiara, senza muoversi o voltarsi, come se avesse risposto ad una domanda interiore; Michele sorrise di malavoglia, né sentiva un certo turbamento invaderlo, e l'attirò più strettamente; "No, no" ella ripeté in tono più debole, ma cedette e appoggiò quella sua testa sperduta sulla spalla del ragazzo; allora dopo un istante di sentimentale immobilità egli la prese per il mento e nonostante la falsa muta protesta degli occhi, la baciò sulla bocca.

Si separarono: "Sei cattivo" disse Lisa con un mezzo sorriso di gratitudine, pateticamente; "cattivo e prepotente." Michele alzò gli occhi e la guardò con freddezza; poi un sorriso passò sulla sua faccia magra e seria; allungò una mano, e con quanta forza aveva pizzicò la donna al costato, sotto il braccio: "Ohi, ohi" ella gridò ad un tratto, ridendo spalancando la bocca, e dimenandosi; "ohi, ohi!"; agitava le braccia, le gambe; alfine cadde fuori del divano e in un movimento convulso di tutto il corpo la veste le risalì sul ventre e le grosse cosce di una bianchezza adombrata di muscoli apparvero; allora Michele lasciò la stretta; Lisa risedette e riabbassò la gonna sopra le ginocchia.

"Oh che perfido!" ella ripeté in falsetto premendosi con una mano il petto ansante; "oh che perfido!" Michele taceva e con una curiosità seria e grave l'osservava: "E invece" ella soggiunse, posandogli le mani sulle spalle; "dovresti farmi così, guarda..." Avvicinò quelle sue labbra strette in forma di cuore a quelle del ragazzo, le toccò lievemente, e le distaccò con occhi lustri di soddisfazione: "Così dovresti farmi" ripeté stupidamente per nascondere il proprio eccitamento.

Michele storse la bocca, si alzò, girò per il boudoir, con le mani in tasca, guardando i banali acquerelli che pendevano dalle pareti; era irritato ed eccitato. "Ti piacciono?" udì ad un tratto alle sue spalle; si voltò e vide Lisa: "Delle porcherie" disse.

"Ma veramente" rispose la donna mortificata, "mi erano sempre sembrati buoni."

Tornarono al divano; le tempie del ragazzo battevano, le sue guance ardevano: "Tutto questo è ignobile" pensava disgustato; ma appena si furono seduti, abbatté Lisa sopra i cuscini come se avesse voluto prenderla; vide quel volto chiudere le palpebre lustre e abbandonarsi a una specie di estasi tra ripugnante e ridicola; l'impressione fu così forte che ogni desiderio scomparve; baciò freddamente la bocca della donna, poi con una specie di gemito si accasciò con la testa in quel grembo; oscurità: "Voglio restar così fino alla fine della visita" pensò, "e non vederla più, e non baciarla più."

Sentì delle dita carezzevoli posarsi sui suoi capelli e lisciarli.

"Cos'hai?" domandò la voce familiare e falsa.

"Penso" rispose in tono profondo chiudendo gli occhi "quale debole sforzo basterebbe per essere sinceri, e come invece si faccia di tutto per andare nella direzione opposta." Sospirò: gli parve di essersi definito: "Perché sto qui?" pensò "perché mentisco? sarebbe così facile dire la verità e andarsene."

"È proprio così" gli rispose la donna senza cessare di accarezzargli i capelli; "proprio vero... ma ora non devi più avere di questi pensieri... non avrai più bisogno degli altri... ora ci sono io; staremo insieme... ignoreremo il mondo intero" ella diceva queste parole con una voce fervorosa che fece rabbrividire il ragazzo: "vivremo lontano dalle cose che ti dispiacciono, vuoi?... da tutte queste miserie... Tu mi racconterai la tua vita, i tuoi dispiaceri, le tue tristezze, e io ti darò tutto l'amore che posseggo, che ho messo in serbo per te... sarò la tua compagna, vuoi? la tua compagna fedele e umile, tanto umile, sai, che ti ascolterà in silenzio e ti consolerà con le sue carezze, così... così..." La mano che ella passava sulla testa del ragazzo si contrasse; Lisa si chinò, baciò i capelli, la nuca, in furia, mentre quelle sue dita febbrili s'aggrappavano, stringevano nervosamente le spalle curve di Michele, il cuore le tremava: "Finalmente amo e sono amata" pensava, "finalmente."

Michele non si muoveva, non gli era mai accaduto di vedere la ridicolaggine confondersi a tal punto con la sincerità, la falsità con la verità; un imbarazzo odioso lo possedeva. "Almeno tacesse" pensava; "ma no, deve parlare." A tratti lo prendeva il desiderio isterico di dire la verità, quella sua, la sola possibile, e andarsene; ma lo tratteneva un senso di compassione; e poi non era stato lui il primo a illudere Lisa con quel suo abbraccio? "Caro... caro" ripeteva la donna, là sulla sua testa, "non puoi immaginarti quanto tu mi sia caro." "Esagerata" avrebbe voluto rispondere il ragazzo; ma aveva gli occhi pieni di oscurità, gli pareva di non aver mai veduto la luce; quelle parole, quelle carezze, quella voce, gli davano l'impressione di una notte senza speranza.

Alzò la testa, si drizzò a sedere stropicciandosi gli occhi abbagliati: "Sarà ora che io vada" disse; "e questo tuo parente quando viene?"

"Vado a telefonargli" disse Lisa che evidentemente non si aspettava questa domanda; e uscì.

Egli restò solo; si alzò, andò alla parete, guardò distrattamente uno di quegli acquerelli; poi come sovrappensiero si avvicinò alla porta, l'aprì un poco; il telefono era là, inchiodato alla parete, in fondo al corridoio oscuro, ma Lisa non c'era; quella uscita era stata una finzione; quel parente non esisteva; pur di attirare il ragazzo in casa sua, la donna aveva mentito.

"Fingere" egli pensò richiudendo con precauzione la porta; "è giusto fingere"; tornò alla parete e riprese a contemplare l'acquerello che raffigurava una casa colonica e dei pagliai; un leggero, fastidioso disgusto lo opprimeva; come quando si sente ingrossare il vomito e si vorrebbe trattenerlo; ma questo pensiero: "in fin dei conti, ella è come me," servì a piegarlo alfine a un po' di compassione per quella figura mentitrice senza bisogno. "Siamo tutti uguali" pensò: "fra le mille maniere di fare un'azione, scegliamo sempre istintivamente la peggiore."

Dopo un istante la porta si aprì e Lisa entrò: "Mi dispiace tanto" ella disse, "quel mio parente è occupato... non può venire... ma dice domani... se puoi domani nel pomeriggio."

Si guardarono; il disgusto e la compassione di Michele aumentavano. "Questo è troppo" pensò; "questo è menarmi per il naso; e domani sarà la stessa storia: torna domani." Gli parve che se avesse finto di non aver capito ci sarebbe stato come una complicità tra di loro, un malinteso ruffiano che avrebbe loro permesso, in attesa del parente inesistente, di intendersela senza troppi scrupoli su tutti gli altri punti.

"No" disse, "domani non torno."

"Ma egli verrà" insistette la donna con una certa sfrontatezza; "e se tu non ci sei..."

Michele le posò una mano sulla spalla e la guardò: "Tutto questo è ridicolo... egli non verrà... perché non dire la verità?" La vide turbarsi e, quel che fu peggio, per sfuggire ai suoi sguardi, arrischiare un sorriso impudico, svergognato, come di chi non è troppo dispiacente di essere colto in fallo.

"Quale verità?" ella ripeté senza guardarlo, senza lasciare quel suo sorriso; "non ti capisco... salvo imprevisti, egli verrà certamente..."

"Ho guardato nel corridoio" spiegò Michele con calma; "tu non hai telefonato... e questo parente non esiste."

Un istante di silenzio; poi Lisa scelse l'atteggiamento più facile; sorrise ancora, alzò un poco le spalle: "E se hai guardato nel corridoio, perché mi fai tante domande?"

Michele la osservava. "È mai possibile" pensava, "che ella non senta che si può essere meglio di così?" Volle fare ancora uno sforzo: "No" insistette, "non prenderla su questo tono... è una cosa molto seria...: perché invece di far quella commedia non hai detto piuttosto 'torna domani... si prenderà il tè insieme'?"

"Avrei dovuto dirlo, lo so...": ella parlava senza umiltà, con una specie d'impazienza; "vuol dire che tu verrai lo stesso, non è vero?... E poi non aver paura, al mio parente se non gli ho parlato, parlerò certamente, il più presto possibile."

"Ecco" pensò il ragazzo, "ella crede che questo mio rimprovero sia dovuto al mio disappunto di non aver trovato quel suo maledetto parente." Il suo volto si indurì: "No, non verrò," disse, "e non parlare a nessuno." Lasciò la donna e uscì nel corridoio.

Un odore di cucina empiva quell'ombra angusta. "Allora è proprio vero che non verrai?" ella domandò tra supplichevole e incredula porgendogli il cappello; egli la guardò, esitò; tutto era stato in definitiva inutile: disgusto, pietà, la donna restava dove era, nel suo errore; questo senso di vanità dei suoi sforzi gli faceva male, dalla noia disperata e angosciosa che l'opprimeva avrebbe voluto gridare. "A che cosa servirebbe venire?" domandò.

"Come, a che cosa servirebbe?"

"Non servirebbe a nulla;" egli scosse la testa; "a nulla... tu sei così... nulla da fare... siete tutti così."

"Come così?" ella insistette arrossendo suo malgrado.

"Meschini, gretti... l'amore per andare a letto... il tuo parente in cima ai miei pensieri" avrebbe voluto rispondere Michele; invece rispose: "Va bene... verrò lo stesso"; un istante di silenzio. "Ma prima che io me ne vada" soggiunse "spiegami una cosa...: poiché ormai sei sicura che io... ti amo e perciò che io tornerò, perché hai continuato a usare quel sotterfugio del tuo parente invece di dirmi la verità?"

"Mi dispiaceva" ella spiegò non senza esitazione, "di rivelarti che la prima volta avevo inventato questa storia per farti venire."

"Ma neppure la prima volta era necessaria" disse Michele guardandola attentamente.

"Sì," ella ammise con umiltà; "hai ragione... ma chi è senza peccati?... e poi quel mio parente esiste veramente, è molto ricco... soltanto non lo vedo da molto tempo."

"Basta così" disse Michele; le prese la mano: "Allora a domani" incominciò; ma si accorse ad un tratto che Lisa lo guardava in modo strano e sorrideva tra timida e lusingatrice; capì; "E sia," pensò; si chinò, strinse la donna al petto e la baciò sulla bocca; poi la lasciò ed uscì; sulla soglia si voltò per salutare: vide allora che, come una bimba al primo amore, Lisa vergognosa si nascondeva pudicamente dietro un mantello appeso all'attaccapanni, là, nell'ombra del vestibolo, e con due dita posate sulle labbra gli mandava un ultimo bacio.

"Indegna commedia" pensò; e senza voltarsi indietro si avviò giù per la scala.

VI

Quel giorno la madre finì assai tardi di vestirsi; era mezzodì e stava ancora seduta davanti la teletta passandosi con molte smorfie e grandissima cura il pennellino del nero sulle palpebre gonfie; appena desta, le immagini della gelosia l'avevano messa di cattivo umore, ma poi improvvisamente, si era ricordata che appunto quel giorno Carla compiva gli anni, ventiquattro di numero, e un brusco isterico fiotto di amor materno aveva inondato la sua anima: "La mia Carlotta, la mia povera Carlottina" aveva pensato quasi lacrimando dalla tenerezza; "ecco, non c'è che lei al mondo che mi voglia bene." Si era levata, si era vestita con questo pensiero di Carla, che compiva gli anni; le pareva questa una cosa pietosa, un fatto patetico da piangerci sopra, e non aveva cessato per tutto quel tempo di immaginare i regali e le soddisfazioni che avrebbe elargito alla fanciulla. "Ha pochi vestiti... gliene farò... gliene farò quattro o cinque... le farò anche la pelliccia... è tanto tempo che la desidera..." Dove poi avrebbe pescato i quattrini per questa beneficenza la madre non ci pensava neppure. "E che trovi un marito" pensò ancora; "dopo non avrò più desideri." Le venne di riflesso, pensando alla sua figliola ventiquattrenne eppure ancora nubile, una rabbia ingiuriosa contro gli uomini: "Tutti questi cretini di giovinotti... Non vogliono che divertirsi e perdere il loro tempo, mentre dovrebbero pensare a farsi una famiglia." Ma Carla si sarebbe certamente sposata: "È bella" ella si disse contando sulle dita le doti della figlia; "anzi direi bellissima... È buona, di una bontà angelica... e poi è intelligente, colta... ha avuto una eccellente educazione... cosa si può voler di più?" I denari, ecco, i denari mancavano; Carla sarebbe andata in casa di suo marito come era venuta al mondo, tutta nuda, ricca soltanto delle sue virtù, su questo non c'era dubbio; ma era poi così vero che oggigiorno non si sposano che le fanciulle ricche? oh non c'erano stati ultimamente casi di ragazze maritate benissimo e senza un soldo di dote?... Un po' rinfrancata, la madre passò dalla camera da letto nell'anticamera.

Un mazzo di magnifiche rose e una scatola stavano posati sulla tavola centrale; un biglietto era tra i fiori; la madre lo prese, lacerò la busta e lesse: "A Carla, alla mia quasi figlia, coi più affettuosi auguri, Leo." Ripose il biglietto tra le rose: "Com'è delicato" pensò contenta; "un altro al suo posto non saprebbe come comportarsi coi figli della sua amica... invece lui toglie ogni ragione di sospetto... è come un padre.." Dalla gioia avrebbe voluto battere le mani, se Leo fosse stato presente l'avrebbe abbracciato; poi aprì la scatola; conteneva questa una borsa di seta ricamata con la cerniera di pietra azzurra; la gioia della madre fu al colmo.

Prese la scatola e il mazzo e corse nella stanza di Carla: "Cento di questi giorni" le gridò; "guarda cosa è arrivato per te." Carla era seduta alla tavola con un libro in mano; si alzò e senza dir parola lesse il biglietto; quell'impudenza, quella compiacenza di Leo che la chiamava "sua quasi figlia" le ricondussero in mente, per contrasto e così bruscamente che ne fremette, il senso angoscioso e in un certo modo incestuoso di questo suo intrigo; alzò gli occhi; quelli della madre brillavano di gioia, ella sorrideva commossa stringendo al petto, non senza ridicolaggine, il fascio di fiori: "Molto gentile da parte sua" disse freddamente; "e in quella scatola cosa c'è?"

"Una borsa" rispose la madre con entusiasmo; "una elegantissima borsa da sera che avrà pagato per lo meno cinquecento lire... guarda..." Aprì la scatola, mostrò il dono alla figlia: "Non è vero che è bella?" soggiunse.

"Bellissima" rispose Carla; posò l'oggetto sulla tavola, si guardarono: "E così" disse improvvisamente la madre con voce commossa; "la mia figliola compie oggi ventiquattro anni... eppure mi sembra ieri che era una bimba."

"Sì, mamma, anche a me" rispose Carla senza ombra d'ironia; ma avrebbe voluto soggiungere: "da oggi non lo sarò più."

"Giocavi con le bambole" continuò la madre; "le cullavi facendomi cenno di non parlare, dicendomi che dormivano." Ella si fermò a metà di queste sue patetiche evocazioni e fissò Carla: "Speriamo che possa farlo un giorno con le bambole di carne e ossa."

"Sì, mamma, speriamo" rispose la fanciulla tra impacciata e pietosa.

"Veramente Carla" insistette la madre come se avesse voluto convincerla di una grande e profonda verità; "veramente non ho che un solo desiderio... che tu ti sposi... poi sarò felice..."

Carla sorrise: "Tu... ma io sarei felice?" pensò; "Sì, va bene" rispose abbassando la testa; "ma per sposarmi bisogna essere in due... io e lui."

"Lui verrà" esclamò la madre fiduciosissima; "anzi... guarda... ti sembrerà ridicolo... ma ho come un presentimento che in questo tuo nuovo anno, ti sposerai... o per lo meno ti fidanzerai... ho questa idea... chi sa perché, sono di quelle cose che non si spiegano... e vedrai che si realizzerà."

"Qualche altra cosa si realizzerà" avrebbe voluto rispondere Carla; e pensava alla sua decisione di darsi a Leo quel giorno stesso; l'incomprensione della madre le dava il senso doloroso di una cecità e di una oscurità nella quale essi tutti si trovavano avvolti senza speranza di liberazione; sorrise e fermamente rispose: "Certo, qualche cosa dovrà pur succedere."

"Ne ho il presentimento" ripeté la madre convinta; "e questi fiori dove li mettiamo?"

Misero i fiori in un vaso e passarono in anticamera; c'era poca luce, la stretta vetrata della scala era velata da una tenda rossa, l'ombra empiva gli angoli bianchi; sedettero sopra un divano. "E dimmi" domandò subito la madre, "come ti è sembrata Lisa ieri sera?"

"Come mi è sembrata? come il solito."

"Ti pare?" disse la madre dubitosa; "io l'ho trovata più grassa... e poi non so... invecchiata."

"Ma... non mi pare" rispose Carla; aveva capito dove voleva andare a parare la madre: "È di me, mamma, che dovresti essere gelosa" pensò; "non di Lisa."

"E quel vestito?" continuò l'altra "non si è mai vista una cosa di più cattivo gusto... lei credeva di portare addosso chi sa che cosa..."

"Veramente" disse Carla, "non mi sembrava brutto."

"Bruttissimo" affermò la madre; stette un istante con gli occhi spalancati nel vuoto come se avesse veduto formarsi là, davanti a sé, le immagini della sua gelosia; poi bruscamente voltandosi verso la figlia: "però di' la verità...: hai veduto come Lisa si era attaccata a Merumeci?"

"Ecco" pensò Carla; e dalla noia avrebbe voluto gridarle: "Non era Lisa, ma io... stavamo abbracciati dietro la tenda... abbracciati;" invece rispose: "Come attaccata?"

"Attaccata" ripeté l'altra; "e come le premeva di farsi accompagnare a casa da lui... sai cosa credo io?" soggiunse chinandosi; "che avrebbe una gran voglia di riallacciare gli antichi legami... è per questo che gli faceva gli occhi languidi... Ma Merumeci ha altro da fare che pensare a lei, povera donna... e poi, se volesse, ne troverebbe mille meglio di lei... con quel personale... con quella figura... è impastata d'invidia e di ipocrisia, davanti dice bianco, e dietro dice nero... ecco, veramente io sono buona con tutti, a tutti trovo delle qualità, non farei male a una mosca, ma quella lì non la posso soffrire..."

"Ma le sei amica."

"Come si fa?" disse la madre; "non si può mica dir sempre la verità in faccia alla gente... le convenienze sociali obbligano spesso a fare tutto l'opposto di quel che si vorrebbe... se no chi sa dove si andrebbe a finire..." Faceva dei gesti come per dire: "comprendimi, è proprio così": inarcava le sopracciglia, torceva la bocca; ma il volto di Carla s'induriva, ella si sforzava di non guardare quella maschera materna. "Un po' più di verità" avrebbe voluto gridarle "sarebbe meglio."

"Ma la falsità per la falsità" continuò la madre, "l'ipocrisia sistematica, come fa Lisa... ecco, è una cosa che non ammetto... tutto fuor che quello... per esempio sono sicura che ella ieri sera non è affatto venuta per noi...! doveva invece aver saputo in qualche modo che c'era Merumeci, ed è per questo che è entrata... tanto è vero che non ha detto nulla di interessante, è stata poco, e non vedeva l'ora di partirsene."

Carla l'osservò quasi con compassione; la maniera faticosa, dolorosa con la quale la madre scavava nell'errore queste sue costruzioni, le ispirava sempre una disgustosa pietà. "Veramente?" domandò tanto per dire qualche cosa.

"Senza dubbio" rispose la madre con sicurezza; stette un istante sovrappensiero, poi là, in quell'ombra lucida dell'anticamera, tra quelle portiere di velluto, la sua faccia dipinta si contrasse in una smorfia di odio: "Vedi... quella donna mi ripugna anche fisicamente... non so... dà l'impressione di essere viscida e insieme piena di ardore, piena di calore... come una cagna... sì... guarda gli uomini con quei suoi occhi lustri come per invitarli... come per dire: venite con me... e pensare che se io fossi un uomo non vorrei toccarla neppure con le punte delle dita... mi farebbe schifo."

"Ti assicuro mamma" disse Carla "che a me non fa quest'effetto."

"Tu non puoi capire" disse la madre; "certe cose ti sfuggono... ma io che sono una donna che ha avuto delle esperienze e sa vivere, quando vedo un tipo come quella lì, con quegli occhi, con quella figura... l'ho bell'e giudicato... tac!... come si prende una fotografia."

"Sarà" ammise Carla; tacquero un istante ambedue; silenzio; immobilità; poi laggiù nel primo piano, dal fondo del corridoio, arrivò il tonfo della porta di casa chiusa con forza: "Dev'essere Merumeci" disse la madre alzandosi; "ricevilo tu... io vengo subito."

Il cuore di Carla batté più in fretta; discese la scala gradino per gradino come chi si sente mancare e va piano per non cadere; entrò nel salotto e come la madre aveva immaginato, Leo era là, in piedi presso la finestra e le volgeva le spalle.

"Oh eccoti qui:" la prese per un braccio e la fece sedere sopra il divano: "Grazie per il regalo" ella disse subito; "ma perché quel biglietto?"

"Quale biglietto?"

"'Quasi mia figlia'" ella disse guardandolo fissamente.

"Ah" esclamò Leo come se l'avesse dimenticato; "già... così ho scritto... quasi mia figlia... verissimo."

"E perché l'hai scritto?"

Un sorriso tra compiaciuto e inverecondo illuminò il volto dell'uomo: "Prima di tutto per un riguardo a tua madre... e poi perché mi piace immaginare che tu sia mia figlia."

Ella lo guardava: "Che vergogna" pensava, "che sconfinata vergogna." Ma il desiderio di distruzione era più forte del disgusto: "Io tua figlia..." disse con un mezzo sorriso; "a questo in verità non avevo mai pensato... come ti è venuto in mente?"

"L'altra sera" rispose Leo tranquillamente, "mentre stavamo dietro la tenda... in quel momento mi ricordai, chi sa perché, che ti avevo veduta bimba, alta così, con le gambe nude, e le trecce sulle spalle e pensai: 'Ecco potrei esserle padre e ciò nonostante...'"

"Ciò nonostante ci amiamo non è vero?" finì Carla, e, guardandolo negli occhi: "Ma non ti pare che queste due cose siano, come dire? inconciliabili?"

"Perché?" rispose Leo senza cessare di sorridere, passandosi una mano sulla fronte; "forse in linea generale... ma nei casi singoli ciascuno fa secondo i propri sentimenti."

"Ma è contro natura!"

Leo rise davanti al volto serio e inquieto della fanciulla: "Sì, ma poiché tu non sei mia figlia il pensiero non conta." Si guardarono.

"A proposito" egli soggiunse, "prima che me ne dimentichi... dopo pranzo con un pretesto qualsiasi scendi in giardino... dalla parte del boschetto... io ti raggiungerò subito..

siamo intesi?" Ella accennò di sì con la testa; soddisfatto Leo incrociò le braccia e guardò verso il soffitto; non voleva toccarla, perché aspettava da un momento all'altro l'arrivo indiscreto della madre: "Piuttosto che restarmene con l'eccitamento e col desiderio," pensava, "meglio rimandare tutto a più tardi, quando non ci sarà nessuno, e ne avrò il tempo." Ma se guardava Carla, la faccia gli si infiammava come una lanterna: avrebbe voluto afferrarla, abbracciarla, prenderla su quel divano, in quel momento stesso.

Questi appetiti di riflesso aumentavano il suo risentimento contro l'amante; si ricordò della scena di gelosia che Mariagrazia gli aveva fatto la sera avanti, e gli venne una stizza senza pietà. "Tua madre" disse bruscamente a Carla, "è un'oca di prima forza."

La fanciulla si voltò, stava per rispondergli, ma ne fu impedita da un rumore di porte; e quasi trascinando Michele per mano, la madre entrò: "Buon giorno Merumeci" gridò all'amante; poi, senza transizione additando il figliolo: "Ecco qui Michele," gridò, "dice che se invece di cederle la villa la vendiamo all'asta, possiamo pagar lei e in più serbarci qualche decina di migliaia di lire... è vero questo?"

La faccia di Leo si rabbuiò: "È una sciocchezza" egli disse senza muoversi; "nessuno mai potrà offrire per la vostra villa più di quello che io ve ne do."

"Ma in fin dei conti" disse Michele avanzandosi "tu non ci dai nulla... ci fai andar via... ecco tutto."

"Vi ho già dato" rispose l'altro irritato e annoiato, guardando la finestra piena di cielo bianco; "e, del resto," soggiunse con voce risentita, "fate quel che volete... vendete la villa, regalatela, quel che volete... ma vi avverto che io non vi aiuterò in nulla... e che il giorno della scadenza quella somma deve essere qui, nelle mie mani."

Leo sapeva a quale rischio andava incontro con queste parole; e se quelli avessero venduto la villa all'asta? In tal caso il vero valore si sarebbe rivelato e l'affare sarebbe svanito; ma la madre che non sapeva di aste e di vendite, che aveva l'impressione che affare fosse sinonimo d'imbroglio, e soprattutto temeva un abbandono da parte dell'amante, e tutto avrebbe fatto per ingraziarselo, lo rassicurò.

"No" ella intervenne, "all'asta magari no...: ma lei Merumeci potrebbe farci delle migliori condizioni... si potrebbe venire tra noi a un compromesso."

"Quale?" domandò l'uomo senza guardarla.

"Per esempio" disse la madre con eccelsa stupidità, "lasciarci l'usufrutto della villa finché Michele non guadagnerà, non lavorerà, e Carla non sarà sposata."

Una risata alta, forzata, sprezzante accolse questa proposta: "Allora aspetterei un pezzo" disse alfine Leo appena questa sua falsa ilarità si fu chetata; "un bel pezzetto..." Guardò Carla e in quegli occhi tra tristi e rassegnati lesse il suo pensiero: "Poi chi vorrà sposarmi?"; ma il sentimento che gliene derivò fu differente, nessuna pietà o malinconia, soltanto una vanità, un orgoglio di essere la vivente fatalità di quella vita.

"Come?" domandò la madre offesa; "cosa vuol dire?"

"Non vorrei essere frainteso" spiegò Leo; "non dubito che Carla si sposi prestissimo e glielo auguro di tutto cuore... ma in quanto a Michele, non credo che possa guadagnare prima di molti anni né che sia sulla buona strada per guadagnare... su questo punto, cara signora, ho i miei riveriti dubbi."

Finora Michele, che si era a malincuore lasciato trascinare dalla madre in questa discussione, aveva taciuto; ma ora, nel sentirsi così palesemente accusato di poltroneria e di incapacità capì che contro ogni indifferenza doveva agire: "È il momento di sdegnarsi" pensò; avanzò di un passo. "Io" disse con un tono assolutamente falso, "non sono quello che tu credi... dimostrerò coi fatti che so lavorare e guadagnare come chiunque altro... vedrai" soggiunse ammirando dentro di sé la faccia della madre piena di approvazione e di fierezza "che anche senza il tuo aiuto riuscirò a sostenere la mia famiglia e me stesso."

"Giustissimo" esclamò Mariagrazia; passò con orgoglio una mano sulla testa del figlio che ne sorrise di pietà; "Michele lavorerà e diventerà ricco" disse esaltata, "non abbiamo bisogno di nessuno noi."

Ma Leo non era così stupido; alzò con furore le spalle:

"Delle sciocchezze" gridò; "con Michele non si sa mai se si scherza o se si parla sul serio...; sei un buffoncello, proprio così, nient'altro che un buffoncello." La sua indignazione era al colmo; se c'era una cosa su cui non ammetteva facezie, erano proprio gli affari; avrebbe voluto lasciarli tutti lì e andarsene.

Michele fece ancora un passo avanti: "buffoncello"? Era o non era una grave ingiuria ledente il suo onore e la sua reputazione questo "buffoncello"? A giudicare dalla propria indifferente calma, no; se invece si pensava al significato della parola e al poco amichevole sentimento che l'aveva ispirata, sì certamente. "Agire" egli pensò con una specie di ebbrezza; "per esempio schiaffeggiarlo." Non c'era un minuto da perdere, Leo era là, a un passo di distanza, appoggiato nel vano della finestra, contro la tenda di velluto, quella guancia che egli doveva colpire era in piena luce, larga, sanguigna, ben nutrita, ben rasata, tutta la mano ci sarebbe entrata, non c'era da temere di non cogliere nel segno... dunque...

"Ah, io sono un buffoncello" disse con voce incolore avvicinandosi ancor di più; "e non credi che potrei offendermene?"

"Per me offenditi pure" rispose Leo con un sorriso noncurante ma guardandolo attentamente.

"Allora prenditi questo"; Michele alzò la mano... ma per il polso, con una sorprendente rapidità, il gesto venne afferrato, rintuzzato; senza neppure capire come fosse avvenuto, egli si trovò schiacciato nell'angolo della finestra; Leo lo stringeva per i polsi; dietro di lui, costernate, erano accorse le due donne.

"Ah tu volevi schiaffeggiarmi" disse alfine l'uomo con una specie di tranquillo sarcasmo; "ma ti sbagli... non è ancora nato quello che ci riuscirà..." Parlava con calma ma stringendo i denti. Alle sue spalle: "Che è? perché?" esclamava la madre. In quanto a Michele, nonostante la propria incomoda posizione, fu soprattutto colpito dall'eleganza forte e sicura dell'uomo: una giacca doppio petto di panno marrone gli stringeva il dorso, la camicia era bianca e fresca, il colletto inamidato di un lino brillante e candido sosteneva a meraviglia la gola rasata, una cravatta avana filettata di giallo, sobriamente annodata, si inseriva nella spaccatura del panciotto; tutto questo egli osservò in pochi secondi; poi alzò gli occhi e disse semplicemente: "Lasciami!"

"No, mio caro" gli rispose l'altro, "no... non ti lascio, ho ancora da parlarti per mezz'ora..." intanto la madre e Carla si erano fatte in mezzo: "Lo lasci, Merumeci" disse la fanciulla posando una mano sulla spalla del fratello, e guardando l'amante; "può anche parlargli senza tenerlo in quel modo, non le pare?"

Quei due si separarono: "Non ho nient'altro da dirgli" pronunziò l'uomo seccamente, "se non che sarebbe ora di finirla... e a parte il fatto che tutto questo è inammissibile, non mi sembra che questo sia il miglior modo per venire a un compromesso."

"Lei ha mille volte ragione" disse la madre con una fretta adulativa "ma non pensi a Michele... non sa quello che fa..."

"E tu lo sai!" pensò il ragazzo guardandola: "Ma allora perché mi hai tirato in ballo?" domandò avanzandosi.

"E per questo" continuò la madre senza occuparsi dell'interruzione del figlio, "se vuole parlare di questo affare si rivolga a me."

"Allora è così?" disse Leo guardando intorno quei volti dubitosi.

"Ebbene, una volta per tutte dirò le mie ultime condizioni: vi lascerò la villa finché non avrete trovato un'altra abitazione... e poi... in più... vi darò una certa somma... vediamo... per esempio trentamila lire."

"Trentamila lire?" ripeté la madre allargando gli occhi; "come?"

"Mi spiego" disse Leo; "lei afferma che il valore della villa supera l'ammontare dell'ipoteca... io dico di no, ma per dimostrarle che le sono veramente amico, le do trentamila lire supplementari... che rappresentano... non so... i lavori che possono essere stati eseguiti negli ultimi tempi... e comunque le migliorie arrecate dopo l'ipoteca..."

"Ma la villa vale di più, Merumeci" insistette la madre quasi dolorosamente; "vale di più..."

"E allora, sa cosa le dico?" rispose Leo con calma "la venda a qualchedun altro... e vedrà che nonché le trentamila lire non riesce neppure a pagar me... prima di tutto con la crisi che c'è, è un brutto momento, nessuno compera e tutti vogliono vendere, basta guardare la quarta pagina di un giornale per accorgersene... e poi, siccome la villa resta fuori della città, è difficile trovare qualcuno che voglia venire ad abitare quassù... ma faccia come vuole... per nulla al mondo vorrei avere il rimorso di averla mal consigliata."

"Io accetterei le condizioni di Merumeci, mamma" disse Carla; "per me non vedo l'ora di lasciare questa nostra villa e di andare altrove, magari povera."

La madre ebbe un gesto esasperato: "Stai zitta tu." Dopo di che seguì un costernato silenzio; Mariagrazia vedeva la miseria, Carla la distruzione della vecchia vita, Michele non vedeva nulla ed era il più disperato dei tre.

"Ad ogni modo" soggiunse l'uomo, "si può riparlarne... venga... venga dopodomani nel mio studio, signora... e così si potrà discutere più a lungo."

La madre assentì con una specie di avido e doloroso entusiasmo: "Dopodomani... dopodomani nel pomeriggio?"

"Nel pomeriggio."

Per qualche istante non parlarono; poi, dopo una frase d'invito di Mariagrazia, passarono tutti e quattro dal salotto nella sala da pranzo.

La tavola era stata preparata con solennità e raffinatezza; argento e cristalli, tutto il migliore vasellame della famiglia scintillava sulla tovaglia bianca, nel giorno bianco della sala da pranzo; la madre sedette a capotavola, e, benché i posti fossero gli stessi della sera avanti, li ridistribuì: "Merumeci, qui, là Carla... là Michele" non si sa se per far risaltare l'importanza della festa o per una antica abitudine di invitare in tali occasioni più numerosi commensali.

"Avrei voluto" ella disse cominciando a mangiare, "fare per questo giorno di Carla un pranzo come lo intendo io, con tutte le specialità, insomma un pranzo in regola... ma come si fa? Oggigiorno tutto questo non è possibile... ho una cuoca che senza essere cattiva non arriva ad essere buona... si ha un bel dirle... fate così e così... la passione manca... Ora quando la passione non c'è tutto manca."

"Hai ragione" approvò Michele con gravità ironica, "proprio così... senza passione non si fa nulla... io per esempio, per quanto mi sia sforzato di dare uno schiaffo a Leo, non ci sono riuscito... mi manca la passione."

"Che c'entra questo?" interruppe la madre facendosi rossa per la stizza; "che c'entra Leo?... si parla della cuoca... ah, Michele, tu sei sempre uguale a te stesso... anche in un giorno come questo, nel giorno in cui è nata tua sorella, quando si dovrebbe dimenticare tutto e rallegrarci sinceramente, tu invece parli di schiaffi, di litigi... non ti correggerai dunque mai?"

"Lo lasci dire, cara signora," profferì Leo senza alzare gli occhi dal piatto; "tanto per me fa lo stesso... non lo sento."

"Mi tacerò, madre, mi tacerò" esclamò Michele che aveva capito a tempo di aver toccato un tasto falso; "non dubitare... sarò muto come un pesce, non turberò più questa festa..."

Tornò il silenzio; la cameriera entrò e tolse i piatti; poi la madre, che non aveva cessato di fissare con quei suoi occhi indagatori l'amante, si voltò: "S'è divertito ieri sera, Merumeci?"

Leo diede un'occhiata alla fanciulla come per dirle: "Ecco, ci siamo"; ma Carla non gli rispose; udì l'uomo domandare: "Dove? Quando?" e sentì nello stesso istante un piede premere il suo, là sotto la tavola; si morse le labbra: questa meschina doppiezza le dava un senso di grande oscurità, avrebbe voluto alzarsi, gridare la verità.

"Dove?" rispondeva la madre, "con Lisa... diamine!"

"Mah... se lei trova che ci sia qualche cosa di divertente nell'accompagnare una persona a casa sua."

"Io no" protestò la madre con un riso malizioso; "io in certe compagnie mi ci annoio francamente... ma lei sì, lei quelle compagnie le cerca, vuol dire che le piacciono."

Leo stava già per rispondere quando, con la sua consueta inopportunità, Michele intervenne: "Ah madre" esclamò parodiando le parole che Mariagrazia aveva profferito prima;

"tu sei sempre uguale a te stessa... anche in un giorno come questo, nel giorno in cui è nata tua sorella, no scusa, tua figlia, quando si dovrebbe dimenticar tutto e rallegrarci sinceramente, tu invece parli di Lisa, di accompagnamenti... non ti correggerai dunque mai?"

Questa buffoneria fece sorridere contro voglia Carla e ridere francamente Leo: "Bene, Michele" gridò quest'ultimo; ma la madre si offese: "Cosa c'entri tu?" disse volgendosi al figlio; "io posso parlare quanto mi pare di cose mie a Merumeci, senza che per questo tu debba metter bocca."

"Ma in un giorno come questo?"

"Cosa c'entra?" La madre alzò con furore le spalle. "Io non ho fatto che accennare... e del resto" ella soggiunse, "parliamo pure d'altro... solamente lei Merumeci è avvertito d'ora in poi di scegliere qualche altro luogo per incontrare le sue amanti... io non tengo una casa di appuntamenti... ha capito?"

Era la prima volta che Mariagrazia si abbandonava a tali violenze; allora avvenne un fatto impreveduto; Carla che durante queste scene si era sempre taciuta protestò: "Io vorrei sapere una cosa" incominciò; le parole e il tono si sforzavano di parer calmi, ma le contrazioni del volto puerile, un certo rossore, e la durezza inconsueta degli occhi rivelavano un'ira profonda; "vorrei sapere, mamma, se tu ti accorgi di quello che dici... questo solo vorrei sapere."

La madre la guardò come si guarda un fenomeno vivente: "Ah questa e nuova!... ora non sarò più neppur libera di parlare."

"Vorrei sapere" insistette Carla, e la voce era già più alta, vibrava, un tremito era su quelle labbra; "se tutto questo dovrebbe essere permesso..." chinò un poco la grossa testa e fissò la madre negli occhi, stranamente, di sotto in su.

Per un istante ci fu silenzio; quei tre si guardavano in volto, stupiti e incomprensivi; forse soltanto Leo ebbe in quel momento una vaga percezione dello stato d'animo di Carla; per guardar meglio la madre ella si era messa un po' di fianco alla tavola, stava come rannicchiata nella sedia dallo schienale troppo alto, le spalle magre parevano più strette, la testa più grossa... sembrava che si preparasse a saltare. "Una piccola furia," egli pensò osservandola: "ora si slancia contro Mariagrazia e le lacera la faccia con le unghie." Ma queste catastrofiche previsioni non dovevano avverarsi; Carla non fece che alzare la testa; "Questo vorrei sapere" ripeté, "e se sia possibile continuare così, tutti i giorni, con questa noia, e non cambiare mai e non lasciar mai queste miserie e compiacerci di tutte le stupidità che ci passano per la testa, e discutere e litigarci sempre per le stesse ragioni e non staccarci mai da terra, neppure di tanto" ella alzò la palma della mano sulla tavola, gli occhi adirati le si empivano di lagrime, tremava; "ora" ella soggiunse raddrizzandosi del tutto, "vorrei sapere da te se tutto questo è bello... tu non te ne accorgi... ma dovresti vederti in uno specchio mentre parli, mentre discuti, allora ti vergogneresti di te stessa e capiresti fino a che punto si possa arrivare con la noia e con la stanchezza e quanto si possa desiderare una nuova vita completamente differente da questa..." tacque e un po' rossa in volto e lacrimosa, senza neppure sapere quel che facesse si servì dal piatto che la cameriera le porgeva.

Alfine la madre si riebbe dal suo stupore: "Ah bene, è il colmo" esclamò, "sarà dunque a mia figlia che dovrò da oggi rivolgermi per avere il permesso di parlare?... io ti stavo a sentire ma mi pareva di sognare... è il colmo."

"A me pare" disse tranquillamente Michele "che Carla abbia appena sfiorato la verità... tutto questo è più che noioso, è schifoso... ma protestare non serve a nulla, meglio farci l'abitudine."

"Non esageriamo" disse Leo conciliante, "Carla non ha voluto dire questo."

"Vada là" gli rispose la madre, "conosco i miei polli... sa cosa sono tanto Carla che Michele? degli egoisti... ecco la verità... degli egoisti che, se lo potessero fare, se ne andrebbero, mi lascerebbero sola."

La sua voce tremava, le sue labbra tremavano: tutti se ne sarebbero andati, Leo e gli altri; ella sarebbe restata veramente sola. Carla la guardò, ora si pentiva di aver parlato; tanto a che cosa poteva servire? non si asciuga il mare con un bicchiere, la madre sarebbe restata così com'era, incomprensiva, ridicola, perduta nell'oscurità, non si sarebbe cambiata neppure per un miracolo; nulla da guadagnare a cozzare contro di lei; meglio agire. "Davvero andarsene" ella pensò guardando la faccia rossa e tranquilla di Leo, "oggi stesso, ora, e non tornare mai più;" ma soffocando questo suo disgusto si accinse alla riconciliazione: "Vediamo, mamma, non ho voluto offenderti" disse con mansuetudine, "ma solamente domandarti, poiché oggi è il mio anniversario, tu stessa l'hai detto, di lasciar da parte qualsiasi discussione e... e..."

"E di rallegrarci sinceramente" finì Michele con una smorfia.

"Appunto" approvò Carla con serietà; "rallegrarci" ma a vedere la faccia stupida, malcontenta, e incerta della madre avrebbe voluto gridare: "Rallegrarci di che? di essere così come siamo?" Tacque per un istante: "Allora mamma" soggiunse, "non ti sei mica offesa, non è vero?"

"Io non mi offendo mai" rispose la madre con dignità, "soltanto non mi pareva che fosse quella la maniera con la quale una figlia rispettosa deve parlare a sua madre."

"Hai mille volte ragione, mamma" insistette Carla sempre più mansueta, "mille volte ragione... ma ora bisogna dimenticar tutto, almeno per oggi, e pensare a cose più allegre."

"Sei furba tu" disse la madre con un mezzo sorriso; "e sia, dimentichiamo pure, giusto perché oggi è la tua festa... se no, sarebbe andata altrimenti."

"Benissimo" approvò Carla senza lasciare quel suo tono di volonterosa serenità; "ti ringrazio, mamma... e ora voi due, Leo e Michele, raccontateci qualche cosa di allegro così che si possa ridere."

"Così su due piedi" disse Leo posando la forchetta, "non saprei davvero cosa raccontare."

"Io" incominciò Michele "avrei una storia veramente bella... volete che ve la dica?"

"Sentiamo" incoraggiò la madre.

"Ecco qui." Michele alzò la testa e incominciò a recitare: "Era la sera del venerdì santo, i briganti calabresi stavano riuniti intorno al fuoco; ed ecco uno di essi disse: 'Tu Beppe, che ne sai tante, dicci una bella storia' e Beppe con voce cavernosa cominciò: 'Era la sera del venerdì santo, i briganti calabresi stavano riuniti intorno al fuoco; ed ecco uno di essi disse: 'Tu Beppe, che ne sai tante, dicci una bella storia' e Beppe con voce cavernosa incominciò: 'Era la sera del venerdì santo...'"

"Basta, basta" interruppe la madre ridendo, "per carità... non finisce più... abbiamo capito."

"Il serpente che si morde la coda" sentenziò Leo.

Entrò la cameriera con una meravigliosa torta sulla quale a lettere di crema era scritto "auguri!;" prima si servì la madre, poi Leo, poi Carla, e alfine Michele.

"Dunque non vi è piaciuta?" domandò quest'ultimo.

"Proprio per niente" rispose la madre che mangiava con compunzione, "più stupida di così..."

"Son queste le cose che imparate all'Università?" domandò tranquillamente Leo senza alzare gli occhi dal piatto.

Michele lo guardò di traverso, ma non rispose: "Ci sarebbe ancora un'altra storia" insistette, "ma temo che anche questa non sia fatta per piacervi... Si tratterebbe di una signora matura che aveva un amante."

"Ma questa non è una storia allegra" interruppe in fretta Carla, guardando attentamente il fratello; "e invece io le voglio tutte da ridere."

"Dipende" osservò Leo, "può essere allegra e non lo può essere."

"E poi Michele" disse la madre con dignità "non mi piace che tu parli così liberamente di queste cose davanti a Carla..." Le parole della madre fecero quasi sorridere Leo... "Eh, vai là," pensò divertito, "ne sa più di te Carla;" cercò sotto la tavola il piede della fanciulla e lo premette come per invitarla a ridere con lui; ma come prima ella non rispose a questo suo confidenziale e complice contatto; non aveva più voglia di ridere; guardava la madre, quella maschera stupida e indecisa sospesa nel giorno bianco della stanza. "Finire presto con tutto questo" pensava, "fare in modo che domani ella non possa più parlare così" e dalla impazienza che la pervadeva avrebbe voluto fare un gesto espressivo o dare in una risata ironica in modo che la madre non avrebbe avuto più alcuna illusione sulla sua innocenza.

"Peccato" diceva intanto Michele; "era una storia molto istruttiva..., non da ridere forse... ma istruttiva."

Dopo di che tornò il silenzio; la cameriera cambiò i piatti e portò la frutta: "E così Carla" disse Leo, mondando con molta attenzione una mela, "da oggi dovrebbe cominciare per te una nuova vita, non è vero?"

"Speriamo" rispose Carla con un mezzo sospiro; una idea la tormentava: quando si sarebbe data a Leo, quella sera o un altro giorno?

"Nuova in che senso?" domandò la madre.

"In tutti i sensi, mamma."

"Non ti capisco mia cara" disse Mariagrazia; "spiegati, dammi un esempio."

"Nuova... cioè meno stupida, meno superficiale, meno inutile, più profonda... di quella che faccio ora..."; la fanciulla la guardò; "nuova nel senso di cambiare completamente."

"Carla ha ragione" affermò Leo. "Ogni tanto fa bene cambiare."

"Lei stia zitto" soggiunse la madre inquieta; "non capisco... come cambiar vita? Una bella mattina ti alzi e dici: 'Oggi voglio cambiar vita': com'è possibile tutto questo?"

"Si può fare qualche azione" disse Carla senza alzare gli occhi e stringendo i denti per la rabbia, "che trasformi in tutto e per tutto il modo di esistenza."

"Ma, mia cara" rispose la madre con durezza, "non vedo come una signorina per bene possa cambiar vita se non sposandosi... Allora la vita cambia davvero... si hanno le responsabilità di una casa, bisogna badare al marito... poi educare i figli, se ce ne sono... tutto un complesso di cose che trasforma radicalmente le nostre abitudini... Ora io te lo auguro di tutto cuore, ma mi pare poco probabile che tra oggi e domani tu ti possa sposare... e così non vedo come la vita possa, improvvisamente soltanto perché lo si vuole, cambiare..."

"Ma mamma" arrischiò Carla stringendo nervosamente il manico del coltello che teneva in mano; "ci sono altre cose oltre il matrimonio, che possono introdurre dei mutamenti nell'esistenza di una persona."

"E cioè" interrogò Mariagrazia freddissima, tagliando uno spicchio della sua mela.

Carla la guardò quasi con odio: "E cioè diventare l'amante di Leo" avrebbe voluto rispondere; e immaginava con un triste, avido piacere lo stupore, l'indignazione, la paura che avrebbero destato queste parole, ma invece seppe essere rassegnatamente ironica: "Per esempio" spiegò in tono sfiduciato, "se oggi incontrassi il direttore di una casa cinematografica americana, e questi colpito dalla mia bellezza mi proponesse di far l'attrice... ecco, la mia vita cambierebbe subito..."

La madre storse la bocca: "Ragioni come una bambina... con te non si può parlare..."

"Tutto è possibile" disse Leo a cui premeva di ingraziarsi la fanciulla.

"Come?" disse la madre, "che mia figlia oggi stesso diventi un'attrice? Lei, Merumeci, non sa quello che dice."

"Ma, lasciando da parte gli scherzi," insistette Carla, "a quanto pare, tra poco abbandoneremo la villa e andremo ad abitare altrove... e anche si tenterà di fare meno spese... e allora non dovrà cambiare per forza la vita?"

"Chi ha detto che ce ne andremo?" asserì Mariagrazia con una specie di disperata impudenza, guardando negli occhi l'amante; "finché tu non avrai trovato marito, noi resteremo qui."

Leo la guardò, dalla collera diventò rosso, e represse a stento una violenta alzata di spalle: "Un corno resterete" avrebbe voluto gridarle; "ve ne andrete, ve ne andrete a passo di corsa."

"Resteremo" ripeté la madre con un sorriso malsicuro; "non è vero Merumeci che resteremo?"

Tutti guardarono l'uomo: "Che il diavolo se la porti" egli pensò; ma rispose "sì, sì, resterete" desideroso soprattutto di non suscitare scene e di non guastare le cose con Carla.

"Vedete" esclamò la madre trionfante; "ho la parola di Merumeci... Per ora nulla cambierà."

"Per un'ora... sì" mormorò l'uomo, ma con voce così bassa che nessuno lo udì. Fu in questo momento che Carla ebbe il suo secondo irrefrenabile scatto; quei tre la videro farsi tutta rossa in volto, e improvvisamente battere un pugno sulla tavola: "Io... io non credo a tutto questo" disse con voce così alta da parere stridula; "tu mamma vuoi vedermi soffocare... Io preferisco la rovina, sì, capisci? la rovina... a tutte queste cose, preferisco andare fino in fondo, giù, lo dicevo proprio l'altro giorno a Leo, non faccio che pensarci giorno e notte, e anche stamane, appena mi sono alzata e mi sono guardata nello specchio, mi sono detta: 'Comincia per me un nuovo anno che deve essere assolutamente diverso da quello passato; perché è impossibile andare avanti così... è impossibile'." Bruscamente da rossa diventò pallida, chinò la testa e incominciò a piangere; tutti si guardarono in volto, imbarazzati, anzi la madre si alzò, quel pianto evidentemente doveva parerle abbastanza sincero per togliere ogni importanza alle accuse che l'avevano preceduto, e si avvicinò alla fanciulla: "Che ragione c'è di mettersi a piangere, così, senza fondamento... su... oggi è la tua festa... non bisogna piangere..."

Carla non alzò la testa, dei singhiozzi la scuotevano; ma c'era nelle parole blandamente consolatrici della madre un'eco così limpida dei tempi della sua infanzia, coi loro puerili dispiaceri e i loro materni conforti, che una riluttante commozione s'insinuò nel suo dolore arido; le parve di rivedersi com'era allora, bimba, la punse un rammarico improvviso di aver perduto quell'innocenza e quell'irresponsabilità, figure e avvenimenti di quegli anni le passarono davanti agli occhi attraverso il velo delle lacrime; fu un attimo; poi udì Leo incoraggiarla a sua volta: "Su... allegra.. perché piangere?" E rialzò la testa.

"Avete ragione" disse con voce ferma, asciugandosi gli occhi; "oggi è la mia festa..." avrebbe voluto soggiungere qualcos'altro ancora, ma si trattenne. "Che diamine" esclamava intanto Leo, "piangere a tavola." La madre sorrideva stupidamente; tutto era a un tempo dolce e amaro.

Soltanto Michele non si mosse né parlò: "Isterismi" aveva

70

pensato nel vedere la sorella scoppiare in lacrime; "se un giovane della sua età la amasse ed ella lo amasse, sarebbe calma e felice." Non metteva alcuna differenza tra la sorella e gli altri due, tutti e tre gli parevano intollerabilmente falsi e lontani; li guardava: "È mai possibile" si domandava angosciato, "che questo solamente sia il mio mondo, la mia gente?" Più li ascoltava, più gli parevano ridicoli e incomprensivi nelle loro solitarie sincerità: "Ridere," pensava, "bisogna che io rida"; ma non capiva perché, non sapeva se fosse disgusto o pietà, a vederli là, Leo, la madre, Carla, per la millesima volta, immutabili, eppur così difettosi, seduti intorno a quella tavola, il volto gli si rabbuiava, gli occhi gli si chiudevano per la stanchezza: "C'è un errore" si ripeteva; "ci dev'essere un errore"; e abbassava la testa per nascondere le palpebre bagnate.

Nessuno vide, nessuno capì; le frutta erano state mangiate, ciascuno aveva davanti al suo piatto un calice, e Leo, attentissimo, leggeva i cartellini di due bottiglie di vino francese che la cameriera aveva portato in quel momento:

"Questo è buono" disse finalmente da conoscitore; "e questo è buonissimo."

"L'una prima, e l'altra dopo" disse la madre saggiamente; "le stappi lei, Merumeci."

Leo prese la bottiglia, la liberò dal fil di ferro: "Uno, due e tre" contò teatralmente; al "tre" il tappo esplose e in fretta, per non spargere la schiuma, Leo versò il vino nei calici; si alzarono tutti quattro in piedi sotto il lampadario polveroso.

"Alla tua salute, Carla" disse la madre con voce bassa e intima come se si fosse trattato di qualche segreto; i bicchieri si urtarono, dei richiami amabili, e in un certo modo patetici, s'incrociarono in tutti i sensi: "Mamma," "Michele," "Carla," "signora," "Merumeci"; sopra la tavola in disordine, tra quelle quattro teste curve; il cristallo dei calici tintinnava, tintinnava dolorosamente ad ogni urto; poi tutti bevvero guardandosi al disopra del vino con occhi dubitosi.

"È buono" disse alfine la madre; "si sente che è vecchio."

"È buonissimo," ribadì Leo, "e ora" soggiunse "farò un

discorso... un discorso per ciascuno; ma prima di tutto pregherei Michele di non fare quella faccia di condannato a morte: non è cicuta, è champagne."

"Tu hai ragione" pensò Michele, "bisogna ridere," e fece una smorfia stupida, tanto che se accorse e ne sorrise.

"Così va bene" disse Leo molto contento di quella sua allusione a Socrate; alzò il calice: "Alla tua nuova vita, Carla": sorrise e andò a battere il suo contro il bicchiere della fanciulla: "Io so benissimo" continuò guardandola maliziosamente, "quali sono i tuoi grandi desideri, e a che cosa tu pensi giorno e notte... Per questo credo di cogliere nel segno augurandoti un matrimonio felice in tutti i sensi, e cioè con un uomo ricco, bello e intelligente... ho indovinato o no?" Da dietro il suo calice la madre festosa accennò di sì; invece la festeggiata non rispose né sorrise; questa falsità allusiva e ironica dell'uomo le faceva intravedere la rovina a cui andava incontro; ma bisognava lasciarsi cadere fino al fondo della vita; gli fece cogli occhi un freddo cenno di assentimento e non senza disgusto, ché quel vino francese non le era mai piaciuto, vuotò il calice fino all'ultima goccia.

"Alla salute della signora" continuò Leo "e da quanto mi pare di aver capito, poiché tali sono i suoi desideri, auguriamole senz'altro, all'opposto di Carla, che nulla venga mai a cambiare, che tutto resti com'è con le vecchie abitudini e anche" soggiunse con illuminata abilità, "con i vecchi amici." La vide sorridere come se l'avessero solleticata là sotto le ascelle: "Evviva i vecchi amici" ella gridò perdutamente; poi andò a battere il suo calice contro quello dell'amante e bevve con entusiasmo.

"Alla nostra amicizia, Michele" disse finalmente Leo; tracannò d'un sol fiato e avvicinatosi al ragazzo gli tese la mano; Michele guardò in su Leo che sorrideva sicuro e bonario, guardò quella mano squadernatagli là, sotto il naso; lui seduto, Leo in piedi; di questo vedeva il busto ampio, e di sotto in su quel sorriso rosso e paterno che serpeggiava stupidamente tra le guance pesanti; "Rifiutare" pensò, "rifiutare e ridergli in faccia"; e accennò di alzarsi posando il tovagliolo sulla tavola. Allora, guardandosi intorno, si accorse che un profondo silenzio era seguito alle risa, alle parole ed ai brindisi; il lampadario, il vasellame in disordine della tavola non erano più immobili di Carla e della madre; quest'ultima poi lo guardava, con la testa appoggiata sulle mani, ansiosa e imperiosa; due rughe le sbarravano la fronte, non si capiva se supplicava o comandava.

Gli tornò il malessere della compassione; "Non aver paura" avrebbe voluto dire; "nessuno te lo tocca il tuo uomo, mamma, nessuno..." I suoi occhi, tra Leo e la madre, si fissavano, si distraevano in un barbaglio di luce bianca... era un sogno, un incubo di indifferenza.

"Su... su" udì parlar da Leo; "dammi la mano e tutto sia finito." Tese la destra e Leo la strinse; poi, addirittura, con una spontaneità che gli parve inverosimile, egli si trovò tra le braccia dell'uomo; si abbracciarono e si baciarono.

Subito tornò la più grande allegria: "Così va bene" applaudì la madre; "bravo Michele." "Non è ammissibile" gridò Leo contentissimo "che tra due persone per bene come Michele e me ci siano dei disaccordi," e dentro di sé pensava: "E ora che ci siamo abbracciati mi lascerai in pace?" Soltanto il ragazzo, là, in fondo alla tavola, chinava la testa sul piatto, pareva che si vergognasse, che fosse pentito di quell'abbraccio come di una cattiva azione; alfine alzò gli occhi: ora quei tre, superato l'ostacolo del suo odio, già non si occupavano più di lui, stavano raggruppati intorno all'altro capo della tavola, parevano lontani e stranieri come veduti attraverso un vetro, ridevano, bevevano... e lo ignoravano.

Leo aveva ripreso la bottiglia e versava vino alle due donne, soprattutto alla figlia: "Non sono più io" pensava "se non faccio bere a Carla almeno una di queste due bottiglie;" sapeva che l'ubriachezza gli avrebbe facilitato la conquista, già si immaginava le delizie di quell'incontro nel giardino, e fosse il pranzo abbondante o altra cosa, una turgida libidine serpeggiava nel suo corpo: "Dunque ricordatevi bene" disse alzando il calice, severamente "non si ha da lasciare la tavola prima che queste due bottiglie siano finite."

"Le beva lei" disse la madre che rideva molto e tra un riso e un altro lanciava all'amante degli sguardi patetici e infiammati; "le beva lei o Carla... io no davvero."

"Giustissimo" approvò l'uomo, "le berremo io e Carla... non è vero Carla?" e alzò il calice.

La fanciulla lo guardò; quel vino non le piaceva, anzi la disgustava, ma c'era nel gesto dell'amante e nello sguardo che l'accompagnava una imperiosità irresistibile e minacciosa che la fece controvoglia ubbidire all'invito: "Tutto" raccomandò l'uomo, "fino all'ultima goccia." La madre rideva; ella guardò Leo, poi Mariagrazia; "ubriacarsi," pensò d'un tratto febbrilmente, atterrita; quelle facce, là, nella luce bianca del pomeriggio la spaventavano, erano i volti meschini e incomprensivi della sua vita: "non veder più tutto questo"; con disgusto alzò il calice, bevve, giù, finché non lo vide vuoto; il liquido spumante, dolciastro, dal sapore irritante le riempì la bocca, ella lo inghiottì subito e per un istante provò il desiderio di risputarlo fuori, sulla faccia dell'amante; ma si trattenne, socchiuse le palpebre e ascoltò i gorgoglii soddisfatti nella sua gola nauseata; poi riaprì gli occhi, la bottiglia era di nuovo sospesa sul suo calice, la mano di Leo ve l'inchinava, un fiotto giallo di vino riempiva la coppa.

Leo parlava alla madre: "Beva anche lei" l'esortava; "lei sa l'adagio: 'Mesci il bicchier ch'è vuoto, vuota il bicchier che è pieno, non lo lasciar mai vuoto, non lo lasciar mai pieno'."

"Oh, oh" rideva la madre rallegrata da queste viete spiritosaggini.

"In vino veritas" continuò Leo; "beva con me... sono sicuro che lei al secondo bicchiere è già partita..."

La madre si offese: "Lei si sbaglia" disse con dignità; "ci sono poche che sanno sopportare il vino come me"; e per dare una prova della sua valentìa vuotò il calice.

"Vediamo" motteggiò Leo ormai completamente messo di buon umore, mostrando le due dita: "quante sono queste?"

"Sono venti" rispose l'amante con uno scoppio di risa.

"Benissimo." Per un istante l'uomo tacque; guardando le due donne, la madre e la figlia. "E ora" soggiunse volgendosi improvvisamente verso Carla, "beviamo... beviamo alla salute del tuo futuro marito."

"Così" gridò la madre contentissima, "bevo anch'io."

Carla esitò; un principio di ubriachezza già le deformava la visione; era come portare degli occhiali troppo forti o guardare in un acquario; gli oggetti tremavano, si univano, si confondevano; "ancora questo calice" pensò, "e non capirò più nulla"; sorrise confusamente, sollevò la disgustosa coppa e bevve; subito le parve di aver dato un balzo immenso nel cielo dell'ebbrezza, l'invasero una grande allegria e un bisogno di parlare e di mostrare agli altri che era completamente cosciente.

"Non mi dispiace di bere alla salute del mio futuro marito" disse staccando bene le sillabe; "ma chi sarà questo marito?"

"Dio solo lo sa" disse la madre.

"Se io non ti considerassi ormai come una figlia" incominciò Leo, "proporrei me stesso come marito... mi vorresti?"

"Tu" ella gridò puntando un dito verso l'uomo; "tu mio marito... ma..."; lo guardò per un istante: non era quello l'amante di sua madre? "Ma sei troppo grosso, Leo."

"Oh, per questo" protestò la madre offesa, "non è affatto grosso... ti augurerei un marito come lui."

"Allora acconsentiresti, Carla?" insistette Leo sorridendo; "si farebbe il viaggio di nozze a Parigi..."

"No... io preferisco l'India" interruppe la fanciulla in tono lamentoso.

"Parigi è molto più interessante" disse la madre che non c'era stata.

"E vada per l'India" concesse Leo; "io ti regalerei un'automobile, una casa, dei vestiti... dunque mi sposeresti?"

Carla lo guardò, l'ubriachezza le confondeva le idee; perché Leo parlava in quel modo? forse per burlarsi della madre? Ma in tal caso bisognava ridere: "Io, per me" rispose alfine malcerta, "non ho nulla in contrario... ma bisognerebbe chiedere il consenso a mamma."

"E lei signora" domandò Leo, sempre con quel suo sorriso tranquillo e compiaciuto; "mi accetterebbe come genero?"

"Vediamo" disse con facile parola la madre, a cui un po' per il vino, un po' per l'eccitamento tutto questo pareva molto comico: "vediamo... ha lei una buona posizione?"

"Sono impiegato al Ministero di Grazia e Giustizia" rispose Leo con umiltà; "prendo ottocento lire mensili... ma i miei superiori mi vogliono bene... mi è stata promessa una promozione..."

"E la sua famiglia?" disse la madre trattenendosi a stento dal ridere.

"Non ho più famiglia, sono solo al mondo."

"Religioso?"

"Religiosissimo."

"Insomma lei crede" concluse la madre, "che potrà far felice qesta mia figliola?"

"Ne sono convinto" disse Leo guardando attentamente Carla.

"E allora sposatevi e che Dio vi benedica" gridò Mariagrazia con uno scoppio di risa.

"Sposiamoci Leo" applaudì Carla senza allegria.

Anche Leo rideva: "Mi pare che le prove generali siano andate bene" disse; "ora nulla più resta da fare se non aspettare il marito vero."

Prese la seconda bottiglia, riempì il bicchiere di Carla: "Bisogna farla bere" si ripeteva, "bere come una spugna." La guardò: "Un piccolo brindisi alla salute della signora" propose; Carla prese con mano tremante il calice e bevve; allora, così improvvisamente che ne ebbe paura, capì di essere ebbra; la testa le girava, aveva la gola secca, per quanto dilatasse gli occhi non le riusciva di veder chiaro; da questo momento è lecito affermare che ella perse l'esatta conoscenza di quel che faceva; non sapeva più vedere né udire: gli oggetti di vetro e di argento della tavola le apparivano così brillanti e precisi che gli occhi le dolevano, le facce dei commensali così immobili e dure che sembravano maschere; ma ogni tanto un tremulo ondeggiamento pervadeva questa realtà, i contorni divenivano nebbiosi, gli occhi e le bocche si allargavano come macchie sulla creta delle facce, dei bianchi lampeggiamenti percuotevano l'aria; e similmente per l'udito, afferrava le parole intere, ma per quanto le rigirasse per ogni verso non le riusciva di penetrarne il significato. "E ora che sono ubriaca" si ripeteva, "come farò a parlare a Leo nel giardino?" Questo timore l'ossessionava, si pentiva amaramente di aver bevuto, avrebbe voluto piangere.

A Leo invece premeva che bevesse; discorreva con la madre, fingeva di non occuparsi, di non guardare neppure la fanciulla, ma nel mezzo di un aneddoto si voltava, con viso ilare, con la bottiglia in mano, versava: "Su, forza... Carla," e alzava il proprio calice; Carla lo guardava: "Perché" avrebbe voluto domandare; la faccia immobile di Leo attraversata da quella mano che stringeva la bottiglia, quei gesti, quelle parole, tutto le pareva pieno di una fatalità crudele, incomprensibile e automatica come se l'uomo fosse stato un fantoccio meccanico messo lì per mescerle ogni cinque minuti il vino di quella sua bottiglia; ma non protestava, vinceva il proprio disgusto e beveva, poi riposava la coppa vuota, la guardava con occhi annegati e paurosi; presto, pensava, il collo tozzo della bottiglia sarebbe apparso e avrebbe rovesciato spietatamente un nuovo fiotto di vino.

Finalmente anche la seconda bottiglia di vino finì: "L'abbiamo bevuta" disse Leo allegramente; "brava Carla." La fanciulla non rispose: teneva la testa china, i capelli le pendevano davanti agli occhi: "Ehi" insistette l'uomo, "che cos'hai?... forse ti senti un po' stordita?... prendi" soggiunse porgendo il suo astuccio; "prendi una sigaretta," e subito, vedendola accendere e fumare con difficoltà: "Non le manca che una rosa sul petto" pensò; "proprio nient'altro per crederla una frequentatrice di locali notturni." Ed era vero: come le donne, al mattino, nelle sale da ballo, Carla appoggiava il gomito sulla tavola, e la testa un po' arruffata sulla mano, e con quella sigaretta penzolante dall'angolo della bocca, guardava davanti a sé; il vestito troppo largo e donnesco che aveva appartenuto alla madre le era scivolato da una spalla e scopriva il principio bianco gonfio del seno; il malessere la soverchiava; ella si abbandonava sulla tavola e pensava di morire.

Mariagrazia la guardò senza riprovazione: "Vai nel giardino" consigliò; "vai a prendere una boccata d'aria... ti farà bene." Queste parole ispirarono a Carla, nonostante l'ebbrezza, un acuto sarcasmo: "Che cosa mi farà bene?" avrebbe voluto rispondere, "ritrovarmi con Leo?... Certo, mi farà bene, certo;" ma invece disse: "Ne sei proprio sicura?" e si alzò.

Subito si accorse quanto le sarebbe stato difficile non cadere; tutta la stanza ondeggiava e tremava, il pavimento si alzava e si abbassava sotto i suoi piedi come il ponte di una nave, le pareti oscillavano, quel quadro che era diritto, ecco, ora stava di traverso, quel mobile le cascava addosso, le pareva che la tavola con quelle tre persone sedute dovesse da un momento all'altro toccare il soffitto; qualcuno la guardava, laggiù da capotavola, con occhi sbarrati e imbambolati, aveva la testa appoggiata sulle mani: era Michele? non ebbe il tempo di capirlo, uscì con passo malcerto dalla stanza e disparve nell'ombra del corridoio.

"Non ha l'abitudine del vino" disse la madre che l'aveva seguita con gli occhi.

"Eh già" rispose l'uomo, "solamente chi come me ha fatto la guerra e ha bevuto la grappa che fanno lassù, può sapere cosa sia l'ubriachezza." Prese la bottiglia, versò quelle poche gocce che restavano nel calice di Carla: "Alla nostra amicizia, Michele" gridò voltandosi verso il ragazzo.

Ma Michele non parlò, non bevve, non rispose al brindisi; teneva la testa bassa, un odioso disgusto mescolato di rammarico e di umiliazione l'opprimeva; si contemplava nella memoria, abbracciato da Leo, col naso sulla spalla dell'uomo, le braccia pendenti, commosso, quasi commosso nel suo sentimentalissimo cuore; riassaporava quel bacio ricevuto, e sì, anche dato... oh che bel momento! E gli pareva che le orecchie gli rintronassero per il fracasso di formidabili risate; contento e canzonato; precisamente; Leo trionfava, prendeva i quattrini e la madre; lui invece restava a mani vuote, pago di un brindisi, di un abbraccio: tutta roba inconsistente.

Due bottiglie erano state vuotate; le sigarette accese si consumavano in fumo.

Una luce calma e bianca irradiava attraverso le tendine della finestra; e ossessionata dalla sua gelosia, con voce caparbia la madre tornava all'antico litigio: "Perché non beve alla salute dell'amica lontana?" domandava, e soggiungeva con un cattivo accento: "loin de toi, loin de ton cœur."

Rovesciato sulla sua sedia, Leo non rispondeva e la guardava con occhi inespressivi, tutto appesantito dalla digestione; e nelle pause un silenzio sazio e grave apriva il suo sbadiglio: si udiva allora venire dai tubi del termosifone un rumore sonoro: brooon... brooon...; qualcheduno giù nel sottosuolo attizzava nella macchina centrale.

VII

Dal corridoio Carla passò nel vestibolo; quella era la tenda dietro la quale s'era nascosta con Leo la sera avanti; tutto le tremava intorno, ella vi si aggrappò per non cadere; poi uscì, discese i gradini di marmo della scala; una calma mortale incombeva sul giardino; dietro i tronchi e i rami nudi degli alberi, si vedeva, laggiù, il triste muro di cinta, gialliccio, sparso di grandi macchie di umidità; né ombra né luce, non c'era vento, l'aria era fredda e immobile, il cielo era grigio, uno stuolo di corvi vi trasvolava a grande altezza, ora sparpagliandosi ora raccogliendosi e sempre più allontanandosi con molle caduta, in quell'immensità; nascosto chi sa dove, un uccello fischiava una sua nota sottile ed era come se la natura intera rabbrividisse.

Passo passo, appoggiandosi alla parete, ella fece il giro della villa; guardò in su verso la finestra chiusa della sala da pranzo: cosa facevano quei tre? stavano ancora seduti intorno alla tavola a bere? oppure discutevano? Raccolse un sassolino e lo lanciò davanti a sé, colse un fiore, compì molte piccole azioni per dimostrare a se stessa che non era ubriaca; ma ad una certa distanza tutto si confondeva, gli alberi si torcevano come serpenti, tutto si annebbiava; ed anche, era inutile nascondersa, le gambe mal la reggevano, aveva l'impressione che ad ogni passo il suolo ondeggiasse e le sfuggisse sotto i piedi.

Dietro la villa il giardino era meno vasto che dall'altro lato ma più folto; dei grandi alberi vi sorgevano, degli arbusti copiosi arrivavano fino al petto d'uomo, un solo angusto viale girava intorno a questa massa di vegetazione incolta, lungo il muro di cinta, ma era anch'esso così abbandonato e invaso dall'erba e dai rami che in certi punti era difficile ritrovare l'antico tracciato; doveva esserci anche, laggiù in fondo al giardino, una piccola costruzione rettangolare, una specie di rimessa, ma dal luogo dov'era Carla non la si vedeva, gli alberi la nascondevano.

Una panchina dipinta di verde stava lì appoggiata contro il muro della villa; Carla si sedette e si prese la testa fra le mani; si sentiva addosso un malessere quale non aveva mai provato, l'ebbrezza anziché diminuire aumentava, alla prima sensazione di leggerezza e di facilità ora subentravano lo stordimento e la nausea; ora quel vago fluttuar delle cose le diveniva insopportabile: "Non c'è nessun mezzo" ella pensava angosciata guardando in basso il bianco formicolìo della ghiaia; "per far cessare questa tortura?" Nessuna risposta; soverchiata da questo contrasto del suo vaneggiamento con la muta calma della natura, con un vago desiderio di abbandonarsi, di annientarsi in questa immobilità delle cose, Carla chiuse gli occhi. Non dormì, non pensò, restò così colle palpebre serrate una diecina di minuti; poi sentì una mano toccarla sulla spalla; riaprì gli occhi e vide Leo.

Portava sul braccio il pastrano e il cappello, aveva una sigaretta in bocca: "Che cosa hai? perché stai così?" le domandò; la fanciulla alzò la testa: "Sto male" rispose semplicemente.

"Male, male" ripeté Leo con una sorridente impazienza; "intanto alzati e cammina... e poi non stai male... hai soltanto bevuto un po' troppo."

Mollemente ella si alzò, ma subito gli si aggrappò con le mani: "Sorreggimi" supplicò, "tutto mi gira intorno." Guardò in volto l'amante, poi riabbassò la testa e cacciò un lungo sospiro.

Fecero qualche passo, entrarono sotto la volta dei rami, nel viale chiuso e umido che accompagnava il muro di cinta; ogni tanto Leo domandava alla fanciulla: "Stai meglio?" ed ella rispondeva: "No."

"Stai meglio?" "No." Gli alberi e le piante che si intrecciavano sulle loro teste non erano più immobili del cielo grigio che si distingueva tra i rami, uno spesso strato di foglie nere e fradice attutiva i loro passi, il silenzio era profondo, non un sol rumore. "Stai meglio, cara?" domandò ancora Leo; eccitato e pieno di desiderio studiava il momento opportuno per abbracciare la sua compagna; quel corpo s'appoggiava languidamente sul suo braccio, quel fianco rotondo premeva il suo, una accesa libidine nasceva da questi contatti: "Calma" pensava; "ora me la porto nella rimessa e ne faccio quel che voglio... un po' di pazienza..."

Gli occhi di Carla divagavano nello spazio angusto del viale, pieno d'ombre e di arborescenze: "Perché mi hai fatto bere?" domandò alfine in tono lamentoso. "E tu perché hai bevuto?" ribatté Leo. Delle domande, sempre delle domande. Si fermarono: "Ho bevuto" parlò ella volubilmente, "per non vedere più mamma e te... neppure Michele... per non vedere più nessuno." Abbassò gli occhi e scosse la testa: "Ma se avessi saputo di dover star così male, non l'avrei fatto."

"Non diciamo sciocchezze" gridò l'uomo, con voce così alta che ne stupì egli stesso: "tu hai bevuto perché così ti piaceva di fare." La vide sorridere misteriosamente: "E credi forse che ti amo?" ella domandò in tono confidenziale.

Si guardarono; Carla, seriamente, con quella leggera follia dell'ebbrezza negli occhi lucidi; Leo tra eccitato e ironico, con sguardi turbati; poi ad un tratto l'uomo abbassò le braccia e afferrò la fanciulla ai fianchi, grossolanamente; ella ruppe in un riso stridulo e si dibatté con le gambe e con le spalle, con dei movimenti ebbri e in un certo modo sconci. "Leo... oh Leo!" gridò tra i singulti di quel suo riso; "Leo... non guardarmi così... no... lasciami." La volta bassa dei rami soffocava la sua voce acuta, vedeva a intervalli, tra i suoi contorcimenti, tendersi verso la sua la faccia rossa dell'uomo, piena di una maligna e come senile lussuria; non sapeva neppur lei perché si dibatteva. Alfine l'amante ebbe ragione delle sue contorsioni, e la strinse fra le sue braccia; per un istante la guardò, occhi spauriti, faccia bianca, bocca semiaperta; poi si chinò e la baciò.

Si separarono, si inoltrarono un po' vacillanti in quell'ombra, sotto il morto intrico delle piante e degli alberi; ma, ecco, ad un tratto Carla si fermò dubitosa, e strinse nervosamente il braccio del suo compagno: "Leo" mormorò sollevando un dito ammonitore e puerile; "Leo, non bisogna... non bisogna." Tacque subitamente, immobile, distratta dal pianto e dal discorso, guardando qualche cosa nell'ombra del viale con quei suoi occhi che sotto il velo delle lacrime cambiavano stranamente espressione.

"Ebbene?" domandò l'uomo; ma Carla pareva affascinata da un sasso per metà sepolto tra il fogliame nero del suolo, tondo e bianco come un uovo, né avrebbe saputo parlare; quella frase "non bisogna" le era uscita di bocca quasi inconsciamente; poi i sentimenti che l'avevano ispirata, erano svaniti; l'oscurità era tornata.

"Su... su" incoraggiò Leo: "che cosa non bisogna? non bisogna bere?... Eh, lo so... ma ora" soggiunse spingendola avanti, "cammina, cammina ancora un poco."

Erano arrivati in fondo al giardino; qui il viale formava una specie d'insenatura intorno la rimessa che si appoggiava al muro di cinta; la parete era tutta nascosta dalle piante rampicanti, non si vedeva che l'uscio sconnesso dai cardini rugginosi.

"Ah... e questo cos'è?" domandò Leo, come se questa vista l'avesse stupito.

"La casa del giardiniere."

"La casa del giardiniere?... oh bella... e il giardiniere c'è?"

"No."

"La casa del giardiniere..." ripeté Leo, come se queste parole gli fossero straordinariamente piaciute per qualche loro nascosto significato; "andiamo, andiamo a vederla."

Carla rise, tutto questo le pareva assurdo, ma obbedì; l'uscio era aperto, e sospinto rivelò un'unica stanza dal soffitto basso, dal polveroso pavimento di legno; le pareti erano nude, un lettino di ferro, con un materasso bigio che in più punti era sfondato e mostrava la lana, occupava tutto un angolo, in quello opposto, tripode di un rito abbandonato, si vedeva un catino arrugginito sopra il suo sostegno; ed era tutto; trasognata Carla contemplava queste povere cose, ormai la nausea era diventata intollerabile, avrebbe voluto tornare alla villa, e distendersi sul divano, in camera sua; ma soverchiata dall'ebbrezza, piegò le ginocchia e sedette sul letto:

"Perché?" domandò afflitta: "perché mi hai fatto bere?" Guardava le tavole dell'impiantito; delle ciocche di capelli le pendevano davanti agli occhi, un vago malessere le empiva la bocca di saliva. Leo le sedette accanto: "Questo è il momento buono" pensava eccitato; girò un braccio intorno alla vita della fanciulla: "Vediamo" disse con voce flautata: "sii ragionevole, sei tu che hai bevuto, di tua spontanea volontà." Carla scosse la testa ma non rispose: "E poi" soggiunse l'uomo, "che importa?" Tirò la veste sul braccio, baciò con rispetto la spalla denudata: "tutto passerà."

I suoi occhi non si staccavano da quel po' di petto nudo che il vestito largo lasciava vedere; bruscamente l'afferrò; la rovesciò, le mise le mani addosso; lotta; scricchiolii del letto; inutili contorcimenti: "Lasciami" ella mormorò alfine e cessò ogni movimento, estenuata dallo sforzo compiuto e da un languore che non conosceva; dal soffitto che fissava con occhi spalancati e sofferenti, vide piombare come una meteora la faccia rossa di Leo; il bacio si posò sul collo, strisciò sulla guancia, si fermò sulle labbra; Carla chiuse gli occhi, reclinò la testa sulla spalla; quel contatto molle e umido della bocca dell'uomo le era indifferente, avrebbe voluto dormire. Ma un rumore di bottoni spezzati, che rotolavano sul pavimento, certe scosse al dorso, la fecero trasalire; ella riaprì gli occhi, vide un volto acceso ed eccitato curvo su di lei, si accorse di avere le spalle nude, si dibatté, si aggrappò invano agli orli del suo vestito come a quelli di un precipizio; due strappi violenti quasi le ruppero le unghie; con un affaccendamento minuzioso che stranamente contrastava con il turbamento della sua faccia, Leo sollevò per un istante la fanciulla dal letto e non senza difficoltà abbassò la veste fino alla cintola; poi le si ributtò sul petto e si diede con dita alacri a sfilare le braccia nude dalle bretelline della sottoveste. Spaventata, Carla lo guardava, e ogni volta che tentava di dibattersi, lo vedeva fare dei gesti di chirurgo durante l'operazione, inarcando le sopracciglia, scuotendo la testa e torcendo la bocca come per dire: "No cara... non impressionarti... non è nulla... lascia fare a me..." Questa mimica imperiosa e il languore che ora diveniva nausea, poterono più che gli sforzi di Leo; Carla cedette, alzò le braccia quanto fu necessario alzarle, inarcò il dorso quanto fu necessario inarcarlo, non trattenne la camicia che Leo abbassò accuratamente sul ventre, e, nuda, s'abbandonò cogli occhi chiusi sopra il materasso; la nausea si faceva sempre più forte; ella non pensava più a nulla, le pareva di morire.

"Ah, che bella bambina" pensava intanto Leo; quella nudità l'accecava, non sapeva da dove incominciare, se dalle spalle delicate, magre e bianche o dal giovane petto di una tenerezza, di un candore di latte di cui i suoi occhi avidi e sorpresi non sapevano saziarsi.

"Ah, che bella bambina," e già si chinava per abbracciarla quando la vide rizzar la testa, impaurita, pallidissima, con delle voci gutturali e dei gesti del mento che parlavano per la bocca chiusa; si liberò, si trasse da parte; invasata, Carla sorse sul letto appuntando gli sguardi sul trespolo, là, nell'angolo; Leo capì, prese il catino, lo tese appena in tempo: dalla bocca aperta, nel vaso arrugginito, la fanciulla emise un getto denso, multicolore e fumante, sostò, con un singulto delle viscere sconvolte ricominciò; rabbiosamente l'uomo la contemplava sostenendole la fronte: "Mea culpa, dovrei dire" pensava: "non dovevo farla bere a quel modo." Ormai era inutile dissimularselo, per quel pomeriggio tutto era finito, non c'era nulla da fare; la guardava e dalla rabbia gli pareva di scoppiare: eccola, la fanciulla dei suoi sogni, nuda, pronta a darsi, che invece della sua testa di amante teneva sulle ginocchia quel suo catino e se lo rimirava con occhi affascinati: "E pensare" si ripeteva, "che se non l'avessi fatta bere a quest'ora era già mia."

Intanto il vomito era finito e Carla respingeva da sé il catino pieno che non senza disgusto l'uomo andò a riposare sul suo sostegno; nel voltarsi Leo guardò la fanciulla, ella stava seduta sul bordo del letto, non si era coperta, con la testa bassa e le braccia pendenti, e lo colpì il contrasto tra la magrezza del corpo: il costato appariva, le spalle erano strette ed aguzze, e la grossezza anormale dei seni e della testa: "Mal fatta" pensò per consolarsi: "Come ti senti?" domandò ad alta voce.

"Male" ella rispose; guardava in basso rimescolando in bocca la saliva acida; ogni tanto gli occhi le andavano a quelle vesti rovesciate sul ventre seminudo, cominciava a sentir freddo, un disgusto senza speranze l'opprimeva: "Tutto è finito" pensava; e in verità, lo intuiva, qualche cosa doveva pur esser finito, senza piacere né dignità, in quel catino; cosa precisamente, non avrebbe saputo dire; alzò pian piano la testa e guardò con occhi pieni di lacrime l'amante: "Ed ora?" le uscì di bocca senza quasi che l'avesse voluto. "Ora vestiti e andiamocene" rispose l'uomo con una specie di rabbia contenuta; si alzò e incominciò a passeggiare in su e in giù su quelle tavole scricchiolanti; ogni tanto guardava Carla che si rivestiva; il desiderio gli ritornava, si domandò più volte se non fosse stato meglio aspettare un poco che il malessere fosse svanito e poi ridare l'assalto a quelle belle forme; ma ormai era troppo tardi, Carla era già pronta: "È inutile" egli pensò indispettito, "ormai l'incanto è finito... nulla più da fare per oggi."

Si avvicinò al letto. "E ora come ti senti?" domandò.

"Meglio" rispose la fanciulla; "meglio." Aveva finito, si alzò; allora, senza toccarsi, uno dietro l'altro, uscirono ambedue dalla rimessa.

Fuori il fogliame crepitava: "Toh, piove" esclamò Leo stupito; messo a disagio dal silenzio di Carla, si sforzava di parere disinvolto; fecero qualche passo: l'aria sotto quel riparo degli alberi era immobile e soffocante, un'ombra nera avvolgeva l'intrico dei rami; intorno ad ogni pedata, sul suolo sdrucciolevole, fioriva l'acqua spremuta dalle foglie: "È strano" soggiunse l'uomo; "ogni giorno lo stesso tempo: all'alba è sereno, nel mattino si guasta, e poi piove dalle prime ore del pomeriggio fino alla notte." Nessuna risposta: "Allora ci vedremo stasera" egli insistette; Carla si fermò e lo guardò: "Mai più" avrebbe voluto rispondere, ma questo pensiero la trattenne: "Bisogna andare fino in fondo... fino in fondo alla distruzione"; ricominciò a camminare. "Forse... non so" rispose a testa bassa, senza guardarlo.

Erano arrivati alla fine del viale, si fermarono daccapo: "Vai là" disse Leo con un sorriso stupido stringendola per un braccio: "vai là che anche quando ti senti male sei una bella bambina." Si guardarono: "Poterlo amare" pensava Carla osservando il volto rosso ed inespressivo dell'uomo; le restava ancora un residuo di ebbrezza, la testa le doleva, provava un gran desiderio di abbandono e di affetto; ma ora Leo le dava uno schiaffetto sulla guancia: "Sciocchina" ripeteva, "sciocchina che vuoi bere e poi ti senti male... piccola sciocca... sciocchissima," e l'attirava: "dammi un bacio e non se ne parli più." Si baciarono, si separarono; poi Carla uscì dal riparo del viale e correndo sotto la pioggia disparve dietro l'angolo della villa.

"Che brutta giornata" pensò Leo avviandosi a sua volta; "che stupida giornata." Ora pioveva con tranquillità dal cielo alto, il giardino era già tutto bagnato, il fruscìo umido e ininterrotto dell'acqua aboliva ogni altro rumore. Leo se ne andava malcontento; non soltanto la festa di Carla gli era costata tra fiori e regalo un mezzo migliaio di lire, ma anche, in grazia di quel vino traditore, l'avventura era finita in un modo non si sapeva se più ridicolo o più disgustoso: "Carla non desidera altro" pensava rabbiosamente: "non c'era neppure bisogno di ubriacarla... ora invece tutto è da ricominciare." Fu soltanto quando si trovò in strada e guardò da che parte dovesse dirigersi che si ricordò che Lisa, la sera avanti l'aveva invitato ad andare quel giorno in casa sua.

Dapprima l'idea di tornare dall'antica amante gli parve assurda; non gli piaceva di rifare le strade già percorse, quella visita gli pareva una "minestra riscaldata"; ma d'altra parte la libidine che Carla gli aveva messo in corpo andava soddisfatta.

"Se oggi non mi sfogo" pensava andandosene sotto la pioggia, per quelle strade larghe e vuote del sobborgo ricco, "scoppio." L'immagine di Carla nuda e piangente gli stava davanti agli occhi, e così insistente che fece con la mano un gesto come per scacciarla: "Ma sì, andiamoci" pensò alfine; "dopo tutto anche Lisa è una donna."

Questa decisione gli mise le ali ai piedi; chiamò un taxi: "Via Boezio" ordinò buttandosi a sedere; l'automobile partì; Leo accese una sigaretta: "Sarà il più bel giorno della sua vita" pensò; e immaginava che appena l'avrebbe visto Lisa gli sarebbe saltata al collo; "ieri sera ha fatto un po' di commedia, ha voluto mettermi una pulce nelle orecchie, si capisce, anche lei ha il suo orgoglio di donna... ma oggi... oggi non si farà tanto pregare"; l'automobile in corsa lo scuoteva di qua e di là; gli pareva con questa sua visita a Lisa di essere generoso, di fare nel tempo stesso il proprio vantaggio ed una buona azione; "Sarà il più bel giorno della sua vita" si ripeteva; "io le concederò quel che non ha mai osato sperare e nel contempo passerò alla meno peggio questa stupida giornata." Gettò la sigaretta fuori dal finestrino; ora con un morbido slittamento delle ruote sull'asfalto bagnato, l'automobile entrava in una strada deserta fiancheggiata da platani; il denaro in mano; il taxi si fermò; Leo discese, curvo sotto la pioggia pagò, poi disparve in fretta nel portone.

Salì lentamente la scala ricordando con una compiacenza senza malinconia quante volte l'aveva percorsa dieci anni prima.

"Non c'è che dire" si ripeté senza neppure tentare di spiegarsi il significato di questo suo pensiero; "dieci anni sono dieci anni." Suonò, gli venne aperto; ritrovò tutto come un tempo, così che per un istante ebbe l'impressione di non esser più quello di ora ma quello di una volta; ogni cosa stava al suo posto, gli armadi nel corridoio oscuro, in fondo al corridoio la sonante porta a vetri del boudoir, e poi, ecco, la stessa tenda abbassata, gli stessi tappeti... Allora sedette in una di quelle scricchiolanti poltrone e accese una sigaretta.

Dopo un istante Lisa entrò: "Oh! sei tu" disse sbadatamente; sedette e guardò l'uomo come per domandargli la ragione della sua visita.

"Non mi aspettavi?" disse Leo, stupito, ché era convinto invece di essere stato atteso con ansia: "eppure ieri sera mi hai fatto credere tutto l'opposto."

"Si dicono tante cose" ella cominciò abbassando la gonna sopra le ginocchia; "soprattutto di notte, quando non ci si vede."

"È furba" pensò Leo, "vuol farsi pregare"; avvicinò la propria poltrona a quella di Lisa, poi, curvandosi: "E io invece sono convinto che tu parlavi seriamente."

"E se avessi cambiato idea?" ella domandò con vivacità: ora quella sua debolezza della sera avanti le appariva come era veramente: non ritorno d'amore per Leo ma momentaneo smarrimento e ignoranza del proprio sentimento verso Michele: "Tante cose" soggiunse con serietà "possono essere successe da ieri ad oggi."

Leo la guardava fissamente, gli occhi gli andavano ora al volto, ora al corpo, a quel principio bianco e gonfio del petto, a quel po' di spalla nuda che nell'ombra sordida del salotto pareva ancor più fresca, pulita e piena di quel che veramente non fosse. "Mi vuol tentare" pensò; "eh!... eh!... è furba come una volpe." Si protese: "Sai che ti sei straordinariamente imbellita?" disse.

"Ah!... perché prima ero brutta?" ella esclamò con istintiva civetteria; ma subito si pentì di questa debolezza: "Bisogna mandarlo via" pensò; "bisogna fargli capire che si è sbagliato." Poi, guardando Leo, lo vide così rosso, eccitato e sicuro della sua conquista; ecco, bastava vedere come si protendeva dalla sua bassa poltroncina, il petto gli scoppiava, gli occhi brillanti di concupiscenza volevano essere ad un tempo espressivi ed appassionati; le venne un tale risentimento mescolato di vittorioso orgoglio ("ora amo e sono amata" avrebbe voluto gridargli) che d'improvviso le parve di capire che sarebbe stato molto più divertente e acuto fargli credere di essere desiderato e amato per poi ad un tratto disingannarlo; in una parola beffarsi di lui.

"Sei sempre stata bella" diceva intanto l'uomo, "ma ora sei ancor più bella del solito."

"Ma tu hai Mariagrazia" protestò Lisa mettendo in atto il suo disegno; "che ti può importare di me?"

"Tutto è finito tra me e quella donna... tutto... invece tu torni a interessarmi come nei primi tempi."

"Ti ringrazio tanto."

"Un malinteso" egli continuò "ci ha divisi fino ad oggi... soltanto un malinteso... che vuoi? spesso ci si sbaglia... con te ho sbagliato, lo riconosco... ma oggi vengo e ti dico: dimentichiamo il passato e riconciliamoci."

Tacque e tese la mano a Lisa.

Ella guardò quel volto, poi quella mano: "Ma perché riconciliarci?... non siamo mai stati in urto..."

"No... così non va..." protestò Leo; "te lo dico subito... così non va... per carità non fingere di non aver capito, non farmi, scusa la parola, la stupida... tu hai capito benissimo di che cosa si tratta... ho parlato chiaro... si tratta di dimenticare tutto, e di riconciliarci, e anche, perché no? per me io ci sto... di ricominciare daccapo... come vedi non confondo le cose io... dico quel che penso e non uso le mezze parole... ora spetta a te a rispondere."

"Ma... non so" ella cominciò fingendo di essere molto dubitosa.

"Come non sai?... animo su, coraggio..."

"Ebbene" concluse Lisa, "riconciliamoci pure se vuoi..., quanto a ricominciare daccapo si starà a vedere..."

"Il più è fatto" pensò Leo contentissimo; "non è mica stupida... ha capito tutto...;" si chinò e baciò con fervore la mano della donna; poi alzò la testa:

"Quello che soprattutto mi piace in te è la semplicità... con te non si va per le lunghe... non si vien fraintesi..."

"Questo avviene..." ella rispose sottolineando le parole con un tono pieno di riposti significati, "perché io so sempre indovinare a tempo le intenzioni degli altri."

"Ah! benissimo" esclamò Leo avvicinando ancora una volta la propria poltrona a quella di Lisa; "e per esempio... che intenzioni avrei io, ora?"

"Tu ora": ella lo guardò: questi tranelli, questa specie di rito fatto di domande e di risposte, che mirava sempre allo stesso scopo, ora, dopo averne abusato, le ispiravano un orgoglioso disgusto: "è finito... tutto questo è finito" pensava; "ora amo e sono amata;" ma volle condurre fino alla fine la sua finzione. "Tu ora?... non sarebbe certo difficile dirlo..."

"E allora se lo sai" insistette l'uomo, congestionato, "dillo..."

"Ebbene" ella cominciò con un pudore e delle esitazioni tra maliziose e reticenti efficacissime; "se proprio vuoi saperlo... mi sembra che tu abbia delle intenzioni, come dire? bellicose..."

"E cioè" domandò Leo curvandosi tanto in avanti che col mento quasi sfiorò la spalla nuda di Lisa.

Ella lo guardò: "E cioè" avrebbe voluto rispondergli irritata da quella rossa faccia protesa verso la sua, "inutile che ti affanni... amo Michele... Michele è il mio amante;" ma si trattenne: "Stai attento" avvertì in tono agrodolce; "a curvarsi così c'è da cadere."

Leo era troppo eccitato per ascoltarla: "Come?..." domandò stupidamente.

"C'è da cadere" ripeté Lisa, "oppure da prendersi un colpo..."

"Ad ogni modo" rispose l'uomo, senza alzar la testa, con lentezza, cocciutamente: "le mie intenzioni sono semplicissime: ora tu ti vesti e prendiamo il tè insieme... magari da me... poi ceniamo, andiamo a qualche spettacolo... e finalmente ti riaccompagnerò a casa."

Un istante di silenzio; Lisa pareva molto esitante: "Ci verrei" disse alfine, "ma chi mi assicura che tu mi ami veramente e questo non sia che un capriccio passeggero dopo il quale tornerai a Mariagrazia?"

"Ma no..." corresse l'uomo senza muovere la testa bassa, con quella sua testardaggine fatta di desiderio represso e d'impazienza; "ti sbagli... te l'ho già detto, te lo ridico... non tornerò con Mariagrazia perché tra me e lei tutto è finito da molto tempo... ci sono stato insieme finché ho potuto... era una di quelle relazioni che si trascinano e non finiscono più, un po' per abitudine, un po' per altre ragioni..."

"Ragioni pratiche?" suggerì Lisa.

"Macché pratiche... insomma per farla breve" Leo alzò alfine gli occhi e la guardò: "non tirare in ballo Mariagrazia che non c'entra... invece rispondimi..."

"Che cosa?"

"Oh bella" disse Leo con una specie di leggerezza e, come se avesse voluto riaggiustare il bordo del vestito, posando una mano sulla spalla di Lisa; "te l'ho detto...; accetti o no di venire oggi con me?"

Ella esitò: aveva da dirgli la verità? Ma fu salvata da quella mano, che come per caso ora le palpava la nuca:

"No" protestò, "lasciami... nulla mi dà più fastidio che esser toccata sul collo..."

"Ma una volta ti faceva tanto piacere" rispose Leo con lentezza, guardandola fissamente e avvicinando il proprio volto a quello di Lisa.

"Sì... ma ora non sono più quella di una volta" ella disse in fretta tentando di resistere all'attrazione di quella mano: "lasciami..."

"E così?" Bruscamente Leo si alzò, si chinò su di lei, le rovesciò indietro la testa per i capelli e tentò di baciarla; Lisa fece appena in tempo a mettersi una mano davanti alla bocca. "Su, non esser cattiva" comandò Leo, e vi erano nei suoi occhi, nel modo col quale tentava di rimuover l'ostacolo della mano una tale sicurezza di trionfare alla fine, un tale scetticismo sulla serietà delle sue ripulse, che Lisa si sentì ad un tratto invadere da una collera cieca; tolse la mano davanti la bocca: "Lasciami, ti dico" intimò con voce caparbia ed occhi adirati; ma l'uomo se ne avvantaggiò per impossessarsi delle sue labbra ripugnanti; per un istante ella subì il bacio torcendosi e sforzandosi invano di liberarsi, poi alfine, con uno strappone, riuscì ad alzarsi in piedi; l'urto fu tale che Leo perse l'equilibrio e cadde a rovescio dentro la sua poltrona.

Si alzò e ravviando nervosamente la giacca scomposta: "Lisa, non facciamo scherzi... non abbiamo deciso di tornare amici?... che modi sono questi?"

Ella indicò teatralmente la porta con la mano:

"Vattene" ordinò.

"Ma come?" cominciò Leo imbestialito.

"Non ti amo, non ti ho mai amato..." gridò Lisa chinandosi e sibilandogli in volto le parole; "te l'ho lasciato credere oggi, per un istante, per prendermi il gusto di sentire tutte le frottole che mi avresti detto... e ora vattene."

L'uomo restò per un istante immobile, meravigliato; poi, improvvisamente, passò da questo stupore di pietra ad una collera vendicativa e caparbia:

"Ah sì" gridò, "è così... debbo andarmene eh!... dopo averti fatto il burattino... ebbene non me ne andrò...": egli esitò cercando invano nel suo furore una espiazione degna della colpa di Lisa: sfasciarle qualche mobile o qualche porcellana? schiaffeggiarla?

"Non me ne andrò se non dopo averti baciata." Buttò da parte la sedia, fece per afferrare Lisa fra le sue braccia, nella sua rabbia quel bacio diveniva addirittura la possessione, pensava confusamente di gettar la donna in terra e di prenderla là, sul tappeto; ma Lisa gli sfuggì e si rifugiò dietro una poltrona; per un istante stettero faccia a faccia, curvi, attaccati alla poltrona, spiandosi a vicenda e sforzandosi ciascuno di indovinare i movimenti dell'altro. "Vattene" ella disse finalmente, ansante, scapigliata, spaventata dalla brutalità che gonfiava la faccia dell'uomo, là davanti a lei... Allora, con una grossolana astuzia, bruscamente, la mano di Leo l'afferrò per i capelli, egli scansò con una spinta la poltrona e strinse la donna tra le sue braccia.

Lottarono per qualche secondo: Leo tentava di spezzare i gesti di Lisa, la donna si sforzava di sfuggire a quell'abbraccio; vi riuscì alfine e si rifugiò contro la porta:

"Vattene" ordinò ancora con voce interrotta; "vattene o chiamo." Era rossa, scarmigliata, ansante, il vestito le si era sbottonato sopra una spalla, teneva le mani aderenti alla porta, il petto sussultante in fuori; "vattene" ripeté; ma qualcheduno dal corridoio spingeva ora l'uscio e tentava di entrare:

"Non importa, Maria" ella gridò senza voltarsi; "non ho bisogno di voi..."

"Apri" comandò allora chi spingeva, con voce maschile; "non sono Maria... apri." Macchinalmente Lisa si fece da parte; l'uscio si aprì e Michele entrò.

Teneva il cappello in mano e indossava un impermeabile verde tutto bagnato; guardò Lisa ansante e discinta, Leo rosso; subito la verità della scena che gli stava sotto gli occhi gli si ricostruì nella mente: "Leo è venuto" pensò, "per riallacciare gli antichi legami... e Lisa l'ha respinto..."; ma non agì secondo questi pensieri; gli parve confusamente che doveva approfittare di questa occasione per rompere definitivamente con Lisa; e poi non era questo l'atteggiamento obbligato in simili circostanze?

"Scusate," disse con una voce atona che si sforzava di parere ironica; "la colpa è tutta mia... avevo deciso di non venire mai più e sono venuto... vi ho disturbati... scusate"; fece un inchino ridicolo e rigido, girò su se stesso e sparì; la porta si chiuse.

Quel diavolo senza molla scaturito dall'ombra del corridoio e poi subito rientratovi aveva calmato Leo; egli sorrise: "È quello il tuo amore, Lisa?" domandò.

Assorta nel suo stupore ella accennò di sì con la testa, cupamente; poi, improvvisamente, come se il pensiero di Michele partito senza salutarla, forse per sempre, le fosse riuscito intollerabile, corse alla finestra e la spalancò.

L'appartamento era al piano nobile, le finestre erano molto basse; ella si affacciò, guardò: l'aria era fredda, la strada vuota e bagnata, pioveva, un grande platano senza foglie piantato là davanti ostruiva la vista del cielo; ma qualche metro più a sinistra qualcheduno che indossava un impermeabile verde stretto alla cintura, se ne andava tranquillamente, contro i muri: "Michele," ella chiamò sporgendosi; "Michele!" Lo vide voltarsi un poco, guardarla curiosamente e continuare il suo cammino. "Michele!" gridò con più forza; questa volta, il ragazzo fece con la mano, senza voltarsi, senza fermarsi, un gesto di saluto; ora stava già a qualche distanza, laggiù, sul marciapiede lustro, camminava di buon passo, presto avrebbe girato; Lisa capì che era inutile insistere, e si voltò verso il salotto.

"Tornerà, non temere" disse con falsa bonarietà Leo, dritto nel mezzo della stanza; "lo conosco... non è di quelli che fanno le cose sul serio... tornerà, puoi star sicura."

Quella voce provocava, oltraggiava, insultava sanguinosamente; dignitosissima Lisa si mosse e andò a premere un bottone sulla parete opposta, passò un istante, apparve la cameriera:

"Maria, accompagnate il signore alla porta." Era la fine, banalissima e ridicola fine; dal salotto alla porta c'erano due passi. Il signore se ne andava ignobilmente borbottando "Me ne vado Lisa... me ne vado... salutami Michele." La cameriera non capiva e guardava stupidamente ora l'uomo, ora Lisa; ma Leo non aspettò che gli s'indicasse la strada, e presi il cappello e il pastrano uscì da solo.

La pioggia gli rinfrescò l'anima, aprì l'ombrello e camminò quasi senza alcun pensiero: "Poteva andare e non andare" si consolò ad un certo momento; "e non è andata"; e poi ancora, serenamente: "oggi l'ho bell'e capito, quel tasto là è meglio che non lo tocchi"; dopo di che non pensò più a nulla, accese una sigaretta, e badando a non bagnarsi i piedi nelle pozze, camminò col suo passo abituale, né piano né in fretta.

Arrivò in fondo alla strada, sbucò in una vasta piazza piovosa, senza monumenti e senza giardini, all'angolo, sotto l'antenna del segnale di fermata, un gruppetto di persone aspettava il tram; si avvicinò, riconobbe, appoggiato all'antenna, Michele: "Toh! sei ancora qui" gli disse senz'ombra di rancore.

"Già" rispose il ragazzo alzando verso di lui i suoi occhi annoiati; "aspetto." Un istante di silenzio.

"Ma allora" disse Leo, "poiché vado a casa mia ti offro il passaggio sul taxi... taxi!"

Michele accettò: "Ma perché tutto questo?" pensò buttandosi a sedere sull'automobile a fianco dell'uomo.

Per un minuto non parlarono: "Si può sapere" domandò finalmente l'uomo, "perché te ne sei andato?... Non avevi dunque capito che quella non desiderava altro che tu restassi?"

Michele non rispose subito; guardava attraverso il finestrino le facciate bagnate delle case. "Lo so" rispose alfine.

"O allora... perché non sei restato?"

"Ma... perché non la amo."

Questa risposta fece sorridere Leo: "Ma, vediamo" incominciò, "credi tu forse che si debba andare con una donna soltanto quando la si ama?"

"Io credo questo" rispose Michele senza voltarsi, in tono serio.

"O allora..." mormorò Leo un po' sconcertato; "ma io per esempio" soggiunse tranquillamente, "troppe donne ho avuto che non ho mai amato... la stessa Lisa l'ho presa senza amarla... e ciò nonostante non ho mai avuto a pentirmene...: mi son divertito quanto chicchessia."

"Non ne dubito" disse Michele a denti stretti; "Che Dio ti maledica" avrebbe voluto rispondergli; "Credi tu che tutti al mondo siano come te?"

"E poi, lasciamo andare" continuò Leo; "quando vedo un ragazzo come te, senza grandi conoscenze, senza grandi risorse, fare lo sdegnoso con una donna come Lisa, che sarà quel che sarà, ma certo non è da disprezzarsi... ecco mi sembra che il mondo sia capovolto."

"Lascia che si capovolga" mormorò Michele, ma l'uomo non lo udì.

"Bah! per me fate quel che volete" concluse Leo; accese una sigaretta e si ravvolse nel suo pastrano.

Michele lo guardava: "Dunque secondo te" domandò "non dovrei rinunziare a Lisa..."

"Ma già..., sicuro" approvò Leo togliendosi di bocca la sigaretta; "prima di tutto perché Lisa non è davvero da buttarsi via; oggi appunto la guardavo... è grassa ma soda...: ha un petto" egli soggiunse con una strizzatina dell'occhio all'indirizzo di Michele disgustato "e dei fianchi... e poi caro mio, quella è una donna che può dare molte maggiori soddisfazioni che non una delle solite signorine all'acqua di rose... è piena di temperamento... una vera femmina... e in secondo luogo dove la trovi oggi una amante che ti riceva in casa? Questo, per te che non puoi pagarti la camera o l'appartamentino, è una grande comodità; vai, vieni, entri, esci, nessuno ti dice nulla, sei come in casa tua; te ne infischi; invece, soprattutto alla tua età, si finisce sempre per portar l'innamorata in certi brutti posti, ristoranti, alberghi, ecc. che tolgono l'appetito soltanto a pensarci... se a tutto questo aggiungi che Lisa non ti costerà un soldo, dico un soldo... ecco io non so cosa si possa desiderare di più..."

"E già" si ripeté il ragazzo un po' tristemente; "che cosa si può desiderare di più?" Non parlava, stava un po' curvo, guardando ora l'uomo ora la strada; era già il crepuscolo, i fanali non erano ancora accesi... un'ombra umida invadeva la via affollata così che non se ne vedeva il fondo, e uomini, ombrelli, veicoli, ogni cosa a qualche distanza si confondeva in una sola lontananza piovosa in cui, isolati e rapidi, si vedevano scendere e salire i lumi gialli dei tram e quelli delle automobili: "E ora cosa farò?" si domandava il ragazzo; ogni volta che osservava la mobilità e la continua agitazione della vita, la propria inerzia gli incuteva spavento.

"Vai là, mio caro," sentì dire da Leo; "non starci a pensar tanto... la cosa è molto più semplice di quello che credi... Lisa non aspetta che te...: tornaci stasera e ti accoglierà a braccia aperte..."

Si voltò: "Dunque dovrei fingere di amarla" incominciò.

"Macché fingere" interruppe Leo; "chi te lo fa fare?... non stare ad approfondire tanto... l'essenziale è che quella è pronta ad andare a letto con te... accetta e contentati."

Pensoso Michele era tornato a guardare la strada: "Fa fermare in piazza" avvertì, "che scendo." Un istante di silenzio: "E da' il caso" soggiunse, "che qualcheduno ti abbia offeso in qualche modo...; a te il tipo in questione non ti è antipatico, anzi, nonostante l'offesa, non sai odiarlo...; fingi allora di sdegnarti e lo prendi a schiaffi o no?"

"Dipende dall'offesa" rispose Leo.

"La più grande che ci sia."

"Ma allora" ribatté l'uomo, "è impossibile che mi resti simpatico e che non me ne importi nulla."

"Ma da' questo caso..."

"Ebbene, lo prenderei a schiaffi" rispose Leo senza esitare. In piazza l'automobile si fermò; ma prima che Michele fosse disceso Leo lo tirò per la manica: "E mi raccomando" disse con un ammiccamento e un gesto espressivo della mano; "Lisa...: fatti sotto": dopo di che rovesciatosi daccapo sul cuscino gridò il suo indirizzo e l'automobile ripartì.

Dopo cinque minuti era a casa sua; passò nel suo studio, una stanza pressoché nuda, con un alto zoccolo di legno marrone, scaffali e scrivania americana, e sedette; l'ombra del crepuscolo piovoso dava a quei mobili banali, a quegli oggetti utili, un intollerabile aspetto di noia e di precarietà; era l'ora peggiore, non era più il pomeriggio bianco, e non era ancora la notte nera, la luce del giorno era troppo fioca per permettere di vedere e quella di una lampada troppo forte per quella bigia penombra; ma Leo vinse facilmente questo disagio, accese un lume, lesse una lettera d'affari, e si accinse a scrivere la risposta; fu in questo momento che il campanello del telefono suonò.

Senza lasciar la penna egli staccò il ricevitore e lo appoggiò all'orecchio: "Con chi parlo?" domandò una voce femminile. "La voce di Mariagrazia" pensò Leo: "Trentuno, quattro, nove, sei" rispose. "Parlo col signor Merumeci?" insistette la voce. "Sì." "Allora parli con Mariagrazia... Carla propone di andare a ballare al Ritz... vuoi venire con noi...?" "Va bene... fra un'oretta" disse l'uomo. "A proposito" continuò la madre; "quando vogliamo vederci?" Ma Leo aveva riconosciuto il principio di uno dei soliti interminabili discorsi. "Vedremo" rispose, e riattaccò bruscamente il ricevitore.

Dopo questa conversazione finì la lettera e lentamente ne scrisse un'altra: affari nel vero senso della parola non ne aveva, non lavorava, tutta la sua attività si limitava all'amministrazione dei suoi beni, consistenti in alcune case, e in qualche cauta speculazione di Borsa; però le sue ricchezze aumentavano regolarmente ogni anno, egli non spendeva che tre quarti della rendita e dedicava il resto alla compra di nuovi appartamenti. Chiuse la lettera, accese una sigaretta e passò nella camera da letto; in un'ora doveva radersi la barba, vestirsi e arrivare fino dagli Ardengo. Passò nel bagno, si lavò, si rase accuratamente, pelo e contropelo, tornò nella camera da letto e incominciò a vestirsi; i bei panni, e i bei vestiti gli piacevano immensamente; questa d'indossarli era una delle sue predilette occupazioni; infilò una camicia di seta bianca sulla quale annodò una cravatta nera e argentea, calzò calzini di lana bigia e rossa, indossò alfine non senza numerosi contorcimenti un vestito turchino spinato dal taglio veramente straordinario; allora si ammirò nello specchio dell'armadio e sia che la penombra della stanza lo trasformasse e lo ringiovanisse, sia che i bei panni lo avessero completamente inebriato, convenne dentro di sé di avere un aspetto bello, nobile, e anche in un certo modo dignitosamente melanconico; poi guardò l'orologio; tre quarti d'ora erano già passati, uscì in fretta, si precipitò al garage, ne trasse l'automobile: dieci minuti dopo suonava alla porta degli Ardengo.

Nel salotto una sola lampada era accesa, presso la quale Leo vide Carla seduta e immobile; era pronta per uscire, indossava un leggero vestito color pesca, era incipriata, arricciata, tinta: "Mamma viene subito" disse.

"Benissimo" incominciò Leo sedendosi a sua volta e stropicciandosi con forza le mani: "e... come stai?"

"Bene." Silenzio: Leo prese la mano della fanciulla e la baciò: "Allora cosa si fa?"

"Si va a ballare" rispose ella trasognata; "e stasera cenerai con noi, non è vero?"

"Cenare forse no" rispose Leo, "ma verrò certo dopo cena."

Si udì un rumore di porte aperte e chiuse; la fanciulla ritrasse vivamente la mano; entrò Michele: "Oh che splendore" gridò con un'allegria forzata; "buona sera Leo... Ebbene, cosa fate qui, gente ricca, felice e ben vestita?"

"Si va a ballare" rispose Carla con lo stesso tono e la stessa voce di prima.

"A ballare?" Michele sedette. "In tal caso vengo anch'io... mi vuoi Carla?"

"È Leo che invita" ella disse guardando l'amante.

Leo alzò la testa: "Veramente non ho invitato un corno" avrebbe voluto rispondere.

"Macché Leo" protestava intanto Michele; "il tè posso ancora pagarmelo io." Carla guardò daccapo l'uomo:

"Che c'entra," si affrettò a rispondere quest'ultimo; "sono io che invito e s'intende che pago tutto io."

Per un istante tacquero tutti e tre; "Però, Michele" soggiunse la sorella, "puoi venire a patto che ti vada a cambiare."

"Infatti... infatti..." Il ragazzo si chinò: era sudicio in modo incredibile, aveva le scarpe piene di fango, e i pantaloni schizzati fino al ginocchio e tutti gualciti dalla pioggia: "infatti mi pare che tu abbia ragione..." Si alzò: "Ti ringrazio mille volte, generosissimo amico... e vado a ripulirmi": fece un inchino e uscì.

"Mi sento triste" disse Carla ancor prima che la porta si fosse chiusa.

"Perché?"

"Chissà?" Ella guardò verso i vetri neri della finestra sui quali dei labili luccicori rivelavano la caduta della pioggia: "Forse il tempo"; la grossa testa s'inchinava flebilmente verso l'uomo, egli la prese per i capelli e la baciò: "Ballerai con me" ella disse dopo il bacio, con tranquilla impudicizia: "sempre con me... mamma la lascerai seduta... ballerà con gli altri... magari con Michele..." Ebbe un riso secco, le pareva veramente di essere invecchiata di un anno. "È la fine" pensò.

Si baciarono ancora, poi deliberatamente Leo disse: "Allora stasera vieni da me, non è vero Carla?"

Ella impallidì: "Come da te?"

"In casa mia" spiegò Leo guardandola negli occhi; la vide esitare, curvar la testa come se avesse voluto cercare qualche oggetto caduto sul tappeto:

"No... questo è impossibile" ella disse alfine.

"Come impossibile?" insistette Leo; "me l'avevi promesso... devi venire."

"No... no:" ella scosse la testa; "questo è impossibile." Per un istante non parlarono; Leo guardava la fanciulla, la vista di quel petto avviluppato nel vestito l'eccitava, un calore insolito saliva alle sue guance: "Che amante sarà" pensava, "che roba! che amante!" Dal desiderio che ne aveva stringeva i denti; l'afferrò per la vita: "Carla, tu devi venire, è assolutamente necessario, se tu non vieni, allora...:" egli esitò, cercò un pretesto a cui attaccarsi; si ricordò ad un tratto del disgusto che ella provava di questa sua esistenza, del suo desiderio di una vita nuova: "...allora" finì con modestia, "come potrai farti una nuova vita?"

Ella lo guardò: "Non vuole che divertirsi con me" pensò con vivo senso di realtà; "ma ha ragione: e la vita nuova?" Capiva che per cambiare bisognava prima distruggere senza pietà, ma questa dedizione notturna, in una casa lontana, le ripugnava, ne aveva paura: "Verrò di giorno" propose con una falsa semplicità; "uno di questi giorni... vuoi?... prenderemo il tè insieme... parleremo... va bene così?"

"Io non voglio il tè... voglio te..." disse Leo; ma subito tornò ad una più efficace serietà; "no amor mio... o stanotte o nulla."

"Ma vediamo, Leo..." ella supplicò.

"Ti aspetterò in strada con l'automobile" continuò l'amante, "e prima del mattino ti riaccompagnerò a casa"; stette un istante a guardarla: "e vedrai, ti sarà così poco dispiaciuto che ci tornerai tutte le notti."

"No" ella disse con una specie di spavento; "no, dopo tutto dovrà essere chiaro... bisognerà dir tutto..." Guardava l'uomo, improvvisamente, ora, avrebbe voluto, dall'angoscia che provava, gridare. "Tutte le notti" si ripeteva, "cos'è questo? come ci sono arrivata?"

"Sono sicuro che verrai" disse Leo, e bruscamente afferrandola tra le braccia: "di'... non è vero che verrai?"

Ella si attaccò all'ultimo pretesto: "Sono solamente due giorni che... che ci amiamo... perché non aspettare? non credi che ogni donna abbia il suo orgoglio?"

"Mia cara" disse l'uomo in fretta; "ho capito... vuol dire che ti aspetto senz'altro questa sera, siamo intesi?"

Ella esitò ancora, storcendo gli occhi sotto quel suo cappellino "te lo dirò al ballo" rispose alfine; "sì," soggiunse come per convincere se stessa; "sicuramente al ballo te lo dirò."

"Sia ringraziato Iddio" pensò Leo; l'abbracciò; "ed ora non ci resta che andare a questo ballo" disse allegramente; prese per i fianchi la fanciulla e tendendo verso quella faccia spaventata e dipinta un volto appassionato: "Sai cosa sei tu?... un amore... sì, un amore di bambina."

Il rumore della porta: "Allora vogliamo andare, Merumeci?" domandò la madre entrando.

Leo si alzò. "Bene... benissimo," rispose in fretta; "andiamo pure." Anche Carla si alzò e andò incontro alla madre. "Perché non hai preso la borsa che ti ha regalato Merumeci?" domandò Mariagrazia esaminando la figliuola dalla testa ai piedi; "deve andare proprio a meraviglia con questo vestito."

"Vado a prenderla e torno" disse Carla; e uscì.

Salì in fretta la scala, corse in camera sua; la borsa era là sopra il cassettone, elegantissima, d'un gusto veramente squisito; allora, prendendola, le venne ad un tratto in mente che questo poteva essere il primo di una lunga serie di regali; questa immaginazione la colpì a tal punto che restò ferma davanti allo specchio, guardandosi; ecco le pareva di vedersi, seduta sulle ginocchia di Leo, in atto di dargli un colpetto sulla guancia, o di appoggiargli affettuosamente la testa contro il petto, domandandogli sottovoce il denaro per qualche suo vestitino; oppure sarebbe andata insieme con l'amante da quella celebre modista, avrebbe ordinato tre o quattro di quei cappelli di Parigi, novità della stagione, che tanto le piacevano; tutto questo in verità era molto attraente, come anche possedere un'automobile, una casa, dei gioielli, viaggiare, vedere gente e paesi, insomma non conoscere limiti della propria attività e dei propri desideri; attraentissimo; e già contro voglia ne sorrideva, quando improvvisamente, avvicinandosi allo specchio si accorse di una macchia rossa, se la fregò con le dita, l'esaminò... poi alfine si ricordò che poco avanti Leo, nel salotto, l'aveva baciata sul collo; le venne un timore assurdo che la madre se ne accorgesse, prese la scatola della cipria, se ne impolverò abbondantemente ed ecco, ad un tratto, mentre si torceva tutta contro lo specchio, per vedere se quel rossore colpevole era scomparso, l'invito imperioso di Leo a recarsi quella notte in casa sua e quei regali, quei vestiti sognati, le apparvero legati da un'associazione inevitabile: "Dio mio, è questa la nuova vita?" si domandò con superficiale e convenzionale paura, non ancora abbastanza conscia di questo suo sentimento per spaventarsene veramente: "sarebbe questa?"; ma non ebbe del resto il tempo di approfondire; già, dalla notte, dal giardino, il suono stridente del clacson l'avvertiva che era tempo di andarsene.

Spense la luce, discese a precipizio la scala, tra questi atti pratici, benché nessun pensiero preciso si affacciasse alla sua mente, una tristezza acuta, una nostalgia di pianto la tormentavano, contraevano il suo volto in una smorfia ridicola. Il corridoio era buio; ella raggiunse a tentoni il vestibolo, aprì la porta; l'accolse il clamore festoso della madre, di Leo e di Michele che aspettavano nell'automobile. Il piazzale era avvolto in una fitta oscurità, pioveva senza rumore, nulla si vedeva se non qualche riflesso lustro della macchina e quei gialli finestrini illuminati, dietro i quali, dall'interno della scatola ovattata, le facce rosee, liete, soddisfatte di quei tre la guardavano venire con curiosità. Fu un attimo; poi Carla salì e cadde a sedere accanto all'amante; l'automobile partì.

Per tutta la durata del tragitto nessuno dei quattro parlò; Leo guidava con abilità la grossa macchina tra la confusione delle strade congestionate; Carla immobile guardava trasognata il movimento della via, laggiù, oltre il cofano lucido, dove, tra due nere processioni di ombrelli, sotto la pioggia, i veicoli coi loro rossi lumi guizzavano da ogni parte come impazziti. Anche la madre guardava attraverso il finestrino, ma piuttosto che per vedere, per farsi vedere: quella grande e lussuosa macchina le dava un senso di felicità e di ricchezza, e ogni volta che qualche testa povera o comune emergeva dal tenebroso tramestio della strada e trasportata dalla corrente della folla passava sotto i suoi occhi, ella avrebbe voluto gettare in faccia allo sconosciuto una smorfia di disprezzo come per dirgli: "Tu brutto cretino vai a piedi, ti sta bene, non meriti altro... io, invece, è giusto che fenda la moltitudine adagiata su questi cuscini."

Soltanto Michele non guardava la strada, quello che l'automobile portava nella sua scatola sontuosa l'interessava di più, gli pareva che non ci fosse altro; l'ombra nascondeva le facce dei suoi tre compagni, ma ogni volta che la macchina passava sotto un fanale, una luce vivida illuminava per un istante quelle persone sedute e immobili: apparivano allora il volto della madre dai tratti fiacchi e profondi, dagli occhi vanitosi; quello di Carla, il viso incantato e puerile della fanciulla che va alla festa; e quello di Leo, di profilo, rosso, regolare, un po' duro, come quegli oggetti inspiegabili e paurosi che i lampi delle tempeste rivelano per un istante. Ogni volta che Michele li vedeva, stupiva di stare insieme con loro: "Perché sono questi" pensava, "e non altri?" Quelle figure gli erano più che mai straniere, quasi non le riconosceva, gli sembrava che una bionda dagli occhi azzurri al posto di Carla, una signora magra ed alta al posto della madre, un piccolo uomo nervoso al posto di Leo non avrebbero trasformato la sua vita; essi erano là, nell'ombra, immobili, ogni scossa dell'automobile li faceva urtare tra di loro come fantocci inerti: nulla gli pareva più angoscioso che vederli così lontani, staccati, soli senza rimedio.

Arrivarono: quattro neri ranghi di automobili riempivano la piazzetta oscura davanti all'albergo. Ce n'erano d'ogni sorta e grandezza, i conduttori vestiti dalla testa ai piedi di lustra tela incerata parlavano e fumavano riuniti in piccoli gruppi. Invece, luminoso contrasto col buio della sera d'inverno, la porta del Ritz risplendeva di una luce lussuosa e ospitale. Il tamburo girante di legno e di cristallo, dal rumore familiare, li introdusse uno dopo l'altro nell'androne pieno di servitori e di staffieri; passarono per il guardaroba rigurgitante di pastrani numerati, attraversarono una sfilata di saloni vuoti e dorati, arrivarono alla sala da ballo; seduto presso la porta, al suo tavolino, un uomo vendeva i biglietti d'ingresso; Leo pagò; entrarono.

Era già tardi, una folla numerosa riempiva la sala bassa e lunga; le tavole erano state disposte contro le pareti, nel mezzo la gente ballava e dal fondo, sopra una specie di soppalco ombreggiato da due palme, dei negri americani ritmavano la danza.

"Che folla" disse la madre ammirativa e pessimista, girando intorno uno sguardo pieno di dignità; "vedrai Carla che non troveremo posto."

Invece, contro queste previsioni, trovarono una piccola tavola in un angolo; sedettero; la madre si disfece del suo mantello: "Sapete" disse guardando per la sala e rivolgendosi indistintamente ai suoi tre compagni; "c'è una quantità di persone che conosciamo... guarda, Carla... i Valentini..."

"E i Santandrea, mamma."

"E i Contri" soggiunse la madre; si chinò un poco, e a voce più bassa: "a proposito dei Santandrea, lo sai il viaggio di nozze che hanno fatto due mesi fa a Parigi? Nello stesso vagone letto v'erano lo sposo, la sposa e l'amico della sposa... quello... come si chiama?"

"Giorgetti..." disse Carla.

"Giorgetti... ecco... precisamente...: pensa che roba!... a ripeterla sembra impossibile."

La musica era finita e dopo dei vani applausi i ballerini tornarono ai loro posti; subito il brusio della conversazione diventò di colpo più forte; la madre si voltò verso l'amante: "Cosa ne direbbe" propose, "di andare stasera a teatro, a sentire quella compagnia francese... Io ho il palco per una seconda rappresentazione, o stasera o dopodomanisera."

"Stasera non posso" disse l'uomo guardando attentamente la fanciulla; "alle undici ho un appuntamento al quale non posso mancare."

"Un appuntamento alle undici di sera" ripeté la madre tra sarcastica e confidenziale: "e dica, Merumeci, maschile o femminile?"

Leo esitò; aveva da destare la gelosia della madre o no? "Femminile, si capisce" rispose alfine; "ma mi son spiegato male... non è un appuntamento ma una visita... una cena fredda... in casa di una signora che riceve i suoi amici..."

"E chi è questa signora, se è lecito?" domandò la madre completamente irritata, con voce dura. Leo restò sconcertato; non aveva preveduto questa indiscrezione; cercò... cercò il nome di qualcheduno che la madre non conoscesse: "La Smithson..." trovò alfine, "sa... la pittrice."

"Ah! benissimo" approvò la madre con amaro trionfo; "la Smithson... peccato, veramente peccato che proprio avantieri io sia stata dalla mia modista, e questa mia modista mi abbia mostrato un cappello che la Smithson ha ordinato di mandarle a Milano... già... perché è ormai da cinque giorni a Milano la sua pittrice."

"Come a Milano?" ripeté Leo stupito.

"Ma sì" intervenne Michele, "non lo sai?... hanno anticipato il *vernissage* della sua mostra personale."

"Dunque vada dalla Smithson": ora la madre sorrideva velenosamente; "ci vada, ma ho paura che anche a prender subito il treno, magari pure l'aeroplano, non arriva in tempo..." Tacque per un istante, l'uomo non rispondeva, e quasi spaventata Carla osservava attentamente sua madre: "Caro lei, le bugie hanno le gambe corte" ella continuò; "invece vuole che glielo dica io chi è questa famosa signora a cui ella deve far visita? Certo non una signora onesta, lei non può conoscerne... qualche donnaccia piuttosto, questo sì, qualche cocotte d'infimo ordine."

Questa volta il pallore di Carla fu così forte che Leo temette per un istante di vederla svenire o dare in una crisi di pianto; ma nulla di questo avvenne: "Mamma, non gridare a questo modo" disse con voce tranquilla la fanciulla; "qualcheduno potrebbe sentire."

Tre colpi di bacchetta risuonarono, la danza ricominciava: "Allora Leo" ella soggiunse, "vogliamo ballare?"

Andarono verso il ballo l'uno dietro l'altra, tra la gente seduta; quel pallore che l'uomo aveva osservato non lasciava le guance di Carla, mentre ella avanzava tra i tavolini loquaci, e una specie di rigida dignità era sul suo volto; ma tra la folla, prima di appoggiarsi al suo compagno, alzò la testa: "S'intende Leo" disse con fermezza e quasi, gli parve, a denti stretti; "che questa sera vengo da te... aspettami senz'altro."

"Sul serio?"

"Serissimo." La voce era già cambiata, non era più ferma ma tremante, si sarebbe detto che respiro e fiducia le mancassero insieme. "Ma ora" ella soggiunse "non parlarmi più...: voglio soltanto ballare."

Ballarono; Leo sosteneva la vita della fanciulla con tutta la forza del suo braccio, una leggerezza, un ardore insolito gli mettevano le ali ai piedi e sebbene lo spazio fosse angusto e molta la folla, si sforzava di eseguire i più difficili passi. "Questa volta ti ho" pensava, "ti ho." Una triste confusione era invece nell'anima della fanciulla: ballava a malincuore, avrebbe voluto uscire da quella folla, sedersi sola in un angolo, chiudere gli occhi; in continuo movimento, il carosello dei ballerini girava davanti ai suoi occhi: facce di uomini, di donne, immobili, serie, sorridenti; la musica era trionfale, vittoriosa ma non senza un piccolo tremante accordo di tristezza, del resto molto comune, che ogni tanto tornava con insistenza: facce e musica, a forza di vederle e di sentirla la testa le girava.

Ora la danza era finita; le coppie tornavano ai loro posti; tornarono anche la madre e Michele agramente litigandosi: "Mai più ballerò con te" ripeteva Mariagrazia indignata.

"Di che cosa si tratta?" domandò Leo con autorità.

"Mai più" continuò la madre: "s'immagini che tutti ci guardavano... chissà cosa avranno pensato... era terribile... ha ballato come... come..."; ella cercò un epiteto e nel disordine del suo sdegno non lo trovò; "come un ladro."

"Ah! veramente?" esclamò Leo stupefatto.

"Come uno scostumato" rettificò la madre con dignità.

"E di grazia" domandò il ragazzo sorridendo con sforzo; "di grazia come ballano i ladri?... e in questa compagnia il ladro chi è... io o qualchedun altro?..."

"Ma taci" supplicò la madre guardandosi intorno.

"Ma no" insistette Michele; "in ogni caso io ballo come un derubato... alleggerito da ogni peso terreno, tutto passione e trasporto... Invece per sapere come ballano i ladri, bisogna che tu vada con qualchedun altro... sicuro" egli ribadì guardando fissamente Leo, "con qualchedun altro."

Per un istante Leo immobile tra le due donne ansiose non parlò; poi sorrise: "Io credo" disse alzandosi, "che a te Michele sia veramente successo qualche cosa...; per questo sarà meglio che tu te ne vada... a meno che tu non voglia che me ne vada io."

"Sì Michele, vattene" supplicò la madre; egli la guardò. "Dunque" gli scappò di bocca, "tu preferisci mandar via tuo figlio piuttosto che un estraneo come Leo?" "Ma se è Leo che ci ha invitati?!"

Niente da rispondere: "ha ragione" pensò Michele, "è

Leo che ha pagato"; guardò davanti a sé: la grande sala bassa assordava col brusio delle conversazioni, tutti quei gruppi di gente, le donne dipinte e con le gambe accavalciate e scoperte, gli uomini seduti in atteggiamenti disinvolti, con la sigaretta in bocca, tutti quei gruppi, mangiavano, bevevano, parlavano, noncuranti: i negri accordavano i loro strumenti laggiù sotto le palme; niente da rispondere. "Hai ragione" disse alfine "me ne vado... divertiti... il ladro se ne va"; e se ne andò.

Fuori continuava a piovere: "ladro, ladro," si ripeteva Michele senza sdegno, con una specie di falsa esaltazione; "ha tentato anche di rubarmi Lisa... e poi chi è il ladro?"; ma pochi minuti dopo con proprio stupore dovette accorgersi di non essere affatto adirato; tranquillissimo invece; nessuna azione di Leo, per quanto malvagia, riusciva a scuotere la sua indifferenza; dopo un falso scoppio di odio, egli finiva sempre per ritrovarsi come ora, con la testa vuota, un poco inebetito, leggerissimo.

I marciapiedi erano affollati, la strada rigurgitava di veicoli, era il momento del massimo traffico; senza ombrello sotto la pioggia, Michele camminava con lentezza come se fosse stata una giornata di sole, guardando oziosamente le vetrine dei negozi, le donne, le réclames luminose sospese nell'oscurità; ma per quanti sforzi facesse non gli riusciva d'interessarsi a questo vecchio spettacolo della strada; l'angoscia che l'aveva invaso senza ragione, mentre se ne andava attraverso i saloni vuoti dell'albergo, non lo lasciava; la propria immagine, quel che veramente era e non poteva dimenticar di essere, lo perseguitava; ecco, gli pareva di vedersi: solo, miserabile, indifferente.

Gli venne il desiderio di entrare in un cinematografo; ce n'era uno su quella strada, assai lussuoso, il quale sulla porta di marmo ostentava una girandola luminosa in continuo movimento. Michele si avvicinò, guardò le fotografie: roba cinese fatta in America; troppo stupido; accese una sigaretta, riprese il suo cammino senza fiducia, sotto la pioggia, tra la folla; poi buttò via la sigaretta: niente da fare.

Ma intanto l'angoscia aumentava, su questo non c'era

dubbio; già ne conosceva la formazione: prima una vaga incertezza, un senso di sfiducia, di vanità, un bisogno di affaccendarsi, di appassionarsi; poi, pian piano, la gola secca, la bocca amara, gli occhi sbarrati, il ritorno insistente nella sua testa vuota di certe frasi assurde, insomma una disperazione furiosa e senza illusioni. Di questa angoscia, Michele aveva un timore doloroso: avrebbe voluto non pensarci, e come ogni altra persona, vivere minuto per minuto, senza preoccupazioni, in pace con se stesso e con gli altri; "essere un imbecille" sospirava qualche volta; ma quando meno se l'aspettava una parola, un'immagine, un pensiero lo richiamavano all'eterna questione; allora la sua distrazione crollava, ogni sforzo era vano, bisognava pensare.

Quel giorno, mentre se ne andava passo passo lungo i marciapiedi affollati, lo colpì, guardando in terra alle centinaia di piedi scalpiccianti nella mota, la vanità del suo movimento: "Tutta questa gente" pensò, "sa dove va e cosa vuole, ha uno scopo, e per questo s'affretta, si tormenta, è triste, allegra, vive, io... io invece nulla... nessuno scopo... se non cammino sto seduto: fa lo stesso." Non staccava gli occhi da terra: c'era veramente in tutti quei piedi che calpestavano il fango davanti a lui una sicurezza, una fiducia che egli non aveva; guardava, e il disgusto che provava di se stesso aumentava; ecco, egli era dovunque così, sfaccendato, indifferente; questa strada piovosa era la sua vita stessa, percorsa senza fede e senza entusiasmo, con gli occhi affascinati degli splendori fallaci delle pubblicità luminose. "Fino a quando?" Alzò gli occhi verso il cielo; le stupide girandole erano là, in quella nera oscurità superiore; una raccomandava una pasta dentifricia, un'altra una vernice per le scarpe. Riabbassò la testa; i piedi non cessavano il loro movimento, il fango schizzava da sotto i tacchi, la folla camminava. "E io dove vado?" si domandò ancora; si passò un dito nel colletto: "cosa sono? perché non correre, non affrettarmi come tutta questa gente? perché non essere un uomo istintivo, sincero? perché non aver fede?" L'angoscia l'opprimeva: avrebbe voluto fermare uno di quei passanti, prenderlo per il bavero, domandargli dove andasse, perché corresse a quel modo; avrebbe voluto avere uno scopo qualsiasi, anche ingannevole, e non scalpicciare così, di strada in strada, fra la gente che ne aveva uno. "Dove vado?"; un tempo, a quel che pareva, gli uomini conoscevano il loro cammino dai primi fino agli ultimi passi; ora no; la testa nel sacco; oscurità; cecità; ma bisognava pure andare in qualche luogo; dove? Michele pensò di andare a casa sua.

Gli venne una subita fretta; ma la strada rigurgitava di veicoli, i quali, troppo numerosi, avanzavano lentamente lungo i marciapiedi; impossibile attraversare; sotto la pioggia diagonale, tra le facciate nere e illuminate delle case, le automobili, in due file opposte, l'una ascendente e l'altra discendente, aspettavano di sciogliersi e di balzare avanti; anch'egli aspettò. Allora tra le altre osservò una macchina più grande e più lussuosa; nell'interno di essa sedeva un uomo che si appoggiava rigidamente contro il fondo e aveva la testa nell'ombra; un braccio gli attraversava il petto, un braccio di donna, e si capiva che ella, sedutagli al lato, gli si era accasciata sulle ginocchia, aggrappandosi con la mano a quelle spalle, come chi vuole supplicare e non osa guardare in faccia; l'uomo immobile e la donna avvinghiata stettero per un istante davanti agli occhi di Michele nella luce bianca dei fanali; poi il veicolo si mosse e avanzò scivolando come un cetaceo tra le altre automobili; egli non vide più che un lumettino rosso fissato sopra la targa dei numeri; pareva un richiamo; e anche questo segno sparì.

Gli restò da questa visione una tristezza nervosa e intollerabile; egli non conosceva quell'uomo e quella donna, doveva essere gente di tutt'altro ambiente che il suo, forse stranieri; eppure gli pareva che quella scena gli fosse uscita dall'animo e fosse una delle sue ansiose immaginazioni, incorporata e offerta ai suoi occhi da qualche superiore volontà; quello era il suo mondo dove si soffriva sinceramente, e si abbracciava delle spalle senza pietà, e si supplicava invano, non questo limbo pieno di fracassi assurdi, di sentimenti falsi, nel quale, figure storte e senza verità, si agitavano sua madre, Lisa, Carla, Leo, tutta la sua gente; egli avrebbe potuto odiar veramente quell'uomo, veramente amare quella donna; ma lo sapeva, era inutile sperare, quella terra promessa gli era proibita, né l'avrebbe mai raggiunta.

Intanto una guardia aveva interrotto l'interminabile passaggio; Michele attraversò; in mezzo alla strada provò una specie di capogiro, un intollerabile senso di disagio; allora si tolse il cappello e lasciò che la pioggia cadesse sulla sua testa nuda.

Quel che sentiva non avrebbe saputo dirlo, un gran numero di desideri indefiniti ribolliva nella sua anima, il tormento del pensiero gli dava una sofferenza anche fisica. Un taxi libero gli passò a portata di mano; salì, diede l'indirizzo di casa sua; ma gli restava il ricordo di quei due, l'uomo e la donna avvinghiati nella loro lussuosa macchina: "Sapere dove sono andati" pensò quasi seriamente; "dare al conduttore il loro indirizzo, andar da loro, pregarli di prendermi con loro..." Queste assurdità e le immaginazioni che le accompagnavano lo calmarono un poco; però, ad ogni scossa della corsa, gli pareva di destarsi da qualche sogno irraggiungibile e capiva con amarezza che queste fantasticherie non avrebbero trasformato neppure in minima parte la realtà in cui viveva.

Arrivò dopo cinque minuti, attraversò in fretta, sotto la pioggia più forte, il parco, entrò nel vestibolo buio. Anche il corridoio era immerso nell'oscurità; egli depose cappotto e cappello sopra una sedia e senza accender lumi, a tentoni, si avviò verso la scala. Ma nel momento in cui passava davanti alla porta del salotto si accorse che un po' di luce traspariva dal buio della serratura e udì una musica, anzi un ritmo di ballo, lo stesso, gli parve, che aveva udito pochi momenti prima nella sala dell'albergo. "È una persecuzione" pensò; aprì la porta, entrò; la parte del salotto che di solito veniva consacrata alla conversazione era oscura, l'altra parte al di là dell'arco e delle due colonne era illuminata e qualcheduno suonava. Si avanzò; allora la persona che si curvava sulla tastiera si voltò e lo guardò: era Lisa.

"È venuta qui per darmi delle spiegazioni" pensò Michele annoiato; "come se non avessi già capito tutto." Sedette su di una poltrona, nell'ombra:

"Siamo stati al Ritz" disse con calma, "ma era veramente troppo noioso e me ne sono andato... E poi, figurati, mi sono litigato con Leo."

Ella lo guardò con curiosità: "Ah! veramente?" domandò alzandosi e avvicinandosi. Gli sedette davanti più vicina che poté: "E per quale ragione?" soggiunse esitante e confidenziale: "forse per me?"

Michele guardò quella faccia mal sicura e gli venne una gran voglia di ridere: "Mia povera Lisa" avrebbe voluto rispondere; "cosa debbo fare per convincerti che non ti amo?"; ma per compassione si trattenne:

"No" rispose brevemente: "non per te..., per affari nostri, affari di mia madre."

"Ah! capisco" disse Lisa un po' delusa; guardava con insistenza, appassionatamente, il ragazzo; un desiderio di giustificarsi, di spiegare come fossero veramente andate le cose la tormentava: "Dopo, tutto sarà chiaro" pensava, "e poserà la sua testa, come stamani, sulle mie ginocchia." Tra questi pensieri il tempo passava ed ella non trovava un pretesto per parlare di quel che le stava a cuore; si guardarono:

"Ho detto questo" incominciò Lisa, "perché penso che tu abbia tutte le ragioni per essere in collera con me e con Leo."

"Perché?... né con l'uno né con l'altro" rispose Michele osservandola attentamente; e avrebbe voluto soggiungere: "purtroppo."

"Io ti capisco" continuò Lisa, "oh! se ti capisco!... e per questo sento che ti debbo una spiegazione."

Michele non parlò né si mosse: "Bisogna darle l'impressione di essere assente, lontano da questi suoi ragionamenti... d'ignorarli."

"E prima di tutto:" Lisa si chinò e guardò il ragazzo negli occhi: "se pensi che ci sia qualche cosa tra me e quell'uomo, ti assicuro che ti sbagli... C'è stata, debbo dirtelo, è inutile ormai nasconderlo, una... una relazione... lui mi amava": Lisa ebbe un gesto superficiale come per mostrare che rivangava il passato; "io ero giovane, in quel momento avevo bisogno di aiuto; un po' per le sue insistenze, un po' per le mie condizioni di allora, finii per cedergli..."

"Mi hanno detto che sei tuttora maritata" interruppe Michele quasi senza volerlo.

"Mio marito è fuggito" rispose Lisa con estrema semplicità, "un anno dopo il matrimonio... e con tutti i miei gioielli..." Stette per un istante sopra pensiero, ma senza tristezza o impaccio, come una persona che si sforza di riprendere il filo del discorso dopo qualche insignificantissima interruzione.

"Gli cedetti" ricominciò dopo qualche pausa, "e la cosa si trascinò per qualche anno, tre anni, finché un bel giorno mi accorsi che non l'amavo, che non l'avevo mai amato e ci separammo..."

"O non piuttosto ti abbandonò per mia madre?" avrebbe voluto domandare Michele; ma si trattenne; tanto a cosa poteva servire?

"E non ci vedemmo più se non qualche volta in casa vostra... fino... fino ad oggi, quando è venuto chissà con quali intenzioni... forse credeva di poter ricominciare daccapo." Ella rise per indicare tutta l'assurdità delle speranze di Leo: "Come se io potessi dimenticare la sua condotta nei miei riguardi, e a prescindere da questo, come se non avessi altri che lui... e lui non dovesse far altro che venire per ottenere ogni cosa... Stavo appunto mandandolo via quando sei venuto...: questa è la verità, credimi, posso giurartelo su quel che ho di più sacro..."

Lisa tacque e guardò tra supplichevole e malsicura il ragazzo; questi aveva abbassato la testa e si guardava le mani.

"Sì, infatti" disse alfine mostrando degli occhi incomprensivi e un volto vagamente preoccupato.

Infatti che cosa? cosa significava infatti? voleva forse dire: "Infatti tu non mi hai tradito?" oppure: "infatti tu mi hai tradito?" Questa parola aumentò la confusione della donna; curva, ancor piena della emozione di quel suo discorso, ella guardò Michele come se avesse voluto cercargli in faccia la spiegazione della sua risposta; ma il ragazzo ostentava la più immobile indifferenza, una specie di durezza era nei suoi occhi; pareva che non avesse mai parlato.

Delusa Lisa si drizzò a sedere; diversi timori s'incrociavano nella sua mente: "Non mi crede" pensava, e dalla sofferenza avrebbe voluto torcersi le mani; "eppure è la verità." Passarono così in un silenzio imbarazzante alcuni istanti; poi la donna rise.

"Quel povero Leo" esclamò; "oggi non è una buona giornata per lui...: si è litigato con me e con te..., senza contare tua madre, il che è normale... Oh! quanti insuccessi!"

E rise nervosamente, falsamente; tra un gorgheggio e l'altro della risata osservava Michele e lo vedeva raddoppiare d'incomprensione. Ella rideva; il salotto era pieno d'ombra, le due lampadine del pianoforte, avvitate in due false candele tutte smoccolate, illuminavano il coperchio lucido e oblungo e parevano due ceri sopra una bara; rideva, e quel suo riso le moriva in gola davanti al volto immobile e anche, sì, anche vagamente compassionevole di Michele: l'espressione che ella vi leggeva significava chiaramente: "Mi trovo per forza con una pazza: bisogna ascoltarla, approvarla sempre, e sforzarsi soprattutto di non irritarla," e nulla era più atroce per il suo desiderio di accordo, e la sua fame di passione che questa volontaria freddezza. Poi Michele parlò:

"Certo" disse, "poteva andargli meglio."

Questa risposta tolse le ultime illusioni a Lisa; uno scoraggiamento appassionato e amaro la invase: "Si vendica" pensò; "crede che io l'abbia tradito e non vuole più neppure ascoltarmi, e mi risponde così, come un idiota."

Michele era là, davanti a lei, non c'era dubbio; quella purezza, quella sincerità che ella avrebbe voluto ritrovare non avevano lasciato quegli occhi e quella fronte; la sua passione era proprio vera, esisteva veramente; le parve che se avesse trovato le parole adatte l'avrebbe sicuramente convinto:

"Vediamo Michele" supplicò chinandosi daccapo in avanti; "non è colpa mia se mi hai trovato con Leo... egli era venuto, e poi come puoi credere, dopo quello che era avvenuto tra me e te nel mattino, che io potessi, nel pomeriggio, accettare senz'altro quell'uomo?... E anche, guarda, è assolutamente impossibile che io ami Leo: è grossolano, è materiale...; tu mi giudichi male; bisogna che tu ti ricreda; tu pensi che io sia frivola, come dire? facile, ma ti assicuro che non è vero...: io sono molto differente... ho bisogno di qualche cosa di più, se tu sapessi quanto ci ho pensato... di qualche cosa che non sia soltanto apparenza, corpo, ma anche...:" ella si fermò improvvisamente, guardando Michele: "e in te, ecco" soggiunse con voce più bassa e più lenta avvicinando il volto a quello del ragazzo; "questa cosa c'è ed è per questo che ti stimo e ti amo..."

"Questo si chiama parlare chiaro" pensò Michele. Non rispose, ritrasse un poco indietro la testa, con più imbarazzo che ripugnanza e osservò Lisa; ella si sporgeva con tutto il busto fuori della bassa poltrona, il corpo così piegato scoppiava nel vestito angusto, tirata dalla schiena la gonna corta scopriva una grossa coscia muliebre stretta da un legaccio rosa. Quest'ultimo particolare lo colpì: "Non è davvero da buttarsi via" pensò; "Leo ha ragione." Ma subito, un po' per quel senso di falsità che gli avevano ispirato i discorsi di prima, un po' per la bassezza di questo suo pensiero, l'invase un disgusto così forte che le labbra gli tremarono: "Non è questo" pensò, "non può esser questo." Abbassò gli occhi e si ritrasse ancor più indietro.

"No, non guardarmi così" ella esclamò prima ancora ch'egli avesse parlato, spaventata, vedendolo dopo quel breve, favorevole turbamento dovuto alla vista della sua nudità, irrigidirsi come prima: "non essere così... così chiuso, te ne prego, rispondimi...: dimmi seriamente quel che pensi."

Seguì il silenzio e per la prima volta da quando era entrato Michele riudì il fruscìo della pioggia, là contro le imposte chiuse; si ricordò di Leo, delle due donne, lasciati nell'albergo:

"Quel che penso?" ripeté alfine senz'ombra di ironia; "penso che non tornano ancora, penso che fa cattivo tempo, ecco cosa penso..."

Silenzio; ella restò com'era, piegata su se stessa; non c'era nulla da dire, ogni tentativo era fallito, senza rimedio... Guardava le scarpe di Michele e le pareva che la mente le si oscurasse: "Sarebbe stato meglio" si sorprese a pensare, "che non avessi respinto Leo...: a quest'ora avrei almeno lui."

Intanto l'ombra del salotto aumentava, ingoiava pareti e mobili, si addensava, si abbassava su quei due, torno torno incupiva; una caverna si formava, rudemente scalpellata nell'oscurità, dalla volta bassa e fuligginosa, una caverna di luce fioca; e curve in quest'alone moribondo, le due figure nere vegliavano la bara sulla quale i ceri palpitavano, si arrossavano, si oscuravano... e finalmente si spensero. "E ora cosa c'è?" domandò Lisa dalla notte in tono scoraggiato.

"Nulla c'è" arrivò la risposta; "per il mal tempo la luce s'è interrotta...: aspettiamo."

Silenzio; oscurità, il fruscìo della pioggia: poi Michele sentì una mano posarsi sulla sua e ne sorrise senza pietà. "Ecco il buon momento" pensò "il buon momento per perdonare, dimenticare e nella propizia oscurità abbandonarsi al sentimento."

Ma la sua fantasia oppressa rifiutava il sarcasmo e dalla carezza di quelle dita traeva un pretesto per quelle appassionate immaginazioni: cercare Lisa in quella notte, stringerla finalmente al suo petto in un bacio sincero, definitivo... Per un istante egli lottò contro questa sua debolezza; delle immagini gli passavano davanti agli occhi pieni di oscurità; quella di Lisa e più precisamente il ricordo di quella gamba nuda sulla quale tutti i suoi desideri si appuntavano, l'altra di quell'uomo e di quella donna intraveduti dentro l'automobile. "Perché Lisa non è quella donna?" pensava; "perché io non sono quell'uomo?"

Si udiva cader la pioggia sui muri della villa, l'oscurità era completa, la mano stupida e zelante non desisteva dalla sua calda carezza, Michele non osava respingerla e perderla; contava i secondi e pensava di aspettare un minuto la luce che li avrebbe separati: "O mano" invocava sforzandosi di sorridere; "aspetta ancora un poco... quel che basta almeno per salvare le apparenze." Ma la luce non venne; il minuto passò; allora non senza accorgersi della ridicola debolezza del suo atto il ragazzo si chinò e baciò la mano.

"Ormai tutto è finito" pensò subito dopo, tra contento e disgustato: "ora l'attiro sulle mie ginocchia e la bacio sulla bocca"; e già stava per eseguire questo suo disegno quando dal corridoio giunse un rumore di voci e di risa. La porta del salotto si aprì; un bagliore tremolante di candela ruppe le tenebre, e fece oscillare tutta la stanza; ombre gigantesche balzarono contro il soffitto alternate a sprazzi di luce vivida; e seguita da Leo e da Carla, la madre entrò.

Avanzarono a piccoli passi, evidentemente sforzandosi di riconoscere gli altri due seduti; Leo teneva in mano la candela, si vedeva benissimo la sua faccia rossa tutta irrorata di luce; la madre e la figlia gli stavano al lato, una per fianco, e non erano che a metà illuminate; si avvicinarono esitanti, seguiti sulle pareti e sul soffitto dalle loro ombre enormi.

"Ah! sei tu?" esclamò alfine la madre riconoscendo Lisa.

"Ancora qui?" domandò Carla a sua volta; "è molto tempo che la luce è spenta? noi abbiamo ballato e ci siamo divertiti... e poi figurati, Leo ha fatto ballare a mamma il charleston!"

"E come bene anche" disse Leo avanzandosi.

"Ah Merumeci, non mi parli di quel charleston" sospirò la madre; si era seduta e pareva molto stanca: "Immaginati" soggiunse volgendosi a Lisa: "a un certo punto mi scosta, comincia a sgambettare e mi dice: 'Faccia come me'. Io dapprima non volevo, poi lo imitai e in cinque minuti sapevo ballare meglio di tutte le altre che erano nella sala... Non è mica difficile il vostro charleston."

"Via... non si può dire che tu lo sappia veramente ballare..." osservò Carla.

"Come no?" protestò la madre offesa; "guarda, potrei rifartelo anche adesso... è facilissimo."

"Ma mamma" insistette Carla; "non si può imparare in così poco tempo."

"Ah sì?" rispose la madre completamente irritata, alzandosi; "ebbene... te lo voglio proprio far vedere... tanto per mostrarti che non ho come te l'abitudine di dir bugie."

Si tolse il mantello, lo posò sopra una sedia:

"Lisa, per piacere, vuoi suonare un charleston?" soggiunse volgendosi verso l'amica: "ne troverai in quel mucchio di ballabili là sul pianoforte..."

Lisa si alzò e Leo con la candela in mano la seguì.

"Cosa vuoi?" domandò l'amica, sfogliando al lume vacillante del moccolo: "'Sul transatlantico'? 'Una notte a New York'?"

"Ecco... 'Una notte a New York'," approvò la madre.

Lisa sedette al pianoforte e si accinse a suonare, mentre Leo in piedi al suo fianco le faceva luce; avvolti nell'ombra della parete opposta, Michele e Carla immobili e silenziosi guardavano.

La musica facile e discorde risuonò nel silenzio: "Forza" incoraggiò Leo. Guardandosi attentamente i piedi la madre incominciò a ballare; la luce della candela illuminava malamente la sua faccia dipinta e congestionata, solcata da rughe molli; il vestito che indossava era stretto, e a ognuno di quei movimenti bruschi il petto e i fianchi ne tendevano la stoffa lucida; gettava ora di qua, ora di là le gambe, sforzandosi di accompagnare il ritmo e di tenere ben strette le ginocchia; ma evidentemente doveva aver dimenticato la lezione di Leo, perché ad un certo punto si fermò e guardò l'amante con volto deluso.

"Non so... non era questo il ballo dell'albergo" disse; "con questo qui non lo so ballare."

"Come vedi mamma" disse Carla uscendo dall'ombra, "avevo ragione io."

"Neppure per sogno:" un vivo malcontento si dipingeva sulla faccia illuminata della madre: "il ballo non era lo stesso..."

"L'hai scelto tu stessa..." osservò Lisa voltandosi dal pianoforte.

Leo si avanzò con la sua candela nel cerchio irritato e sconcertato che facevano gli altri tre: "Non importa... non importa" ripeté conciliante: "sarà per un'altra volta."

Tacquero tutti e cinque per un istante, guardandosi; la pioggia doveva essere aumentata, se ne sentiva il fruscìo prolungato, misto a raffiche di vento contro le imposte mobili; poi Carla parlò:

"Bisogna andare a svestirsi" disse, "ché tra poco sarà l'ora di cena."

"Lei resta a mangiare con noi non è vero Merumeci?"

disse la madre, che voleva ad ogni costo strappare all'amante un appuntamento per il giorno dopo.

"No... cioè sì..." rispose Leo.

Si avviarono con passo incerto uno dopo l'altro, verso la porta; la madre teneva ora il moccolo e raccomandava: "chi mi ama mi segua..."; Carla rideva. Ma prima di uscire Leo si avvicinò a Michele che era restato seduto: "Ebbene" gli domandò, "hai fatto come ti ho detto? Ricordatelo, Lisa non è da prendersi sotto gamba...: grassa ma esperta." Dopo di che, non senza aver rivolto una strizzatina d'occhio al ragazzo silenzioso e indifferente, raggiunse gli altri; la candela diede un ultimo bagliore sotto l'architrave della porta e s'ingolfò nella notte del corridoio; si udirono ancora le loro voci, tra le altre quella della madre che ordinava: "Carla, apri la porta." Michele che non si era mosso dalla sua poltrona restò nell'oscurità.

Salirono tutti insieme, urtandosi e parlando, la scala. Al piano superiore, nell'anticamera, Carla trovò in un cassetto altre due candele; le prese la madre e trascinò Lisa con sé per mostrarle un suo nuovo vestito: "Bavero d'oro" andava ripetendo; "vedrai... è la gran moda"; nell'anticamera restarono Leo e Carla.

Si guardarono: una grave e pesante eccitazione galleggiava negli occhi inespressivi dell'uomo; aveva posato la candela sulla tavola e con le dita setolose tormentava la mano di Carla, una mano che gli piaceva molto perché era bianca, fredda e magra; guardava Carla di sotto in su, tra sornione e penetrante, e la sua fantasia opaca indugiava a immaginare le indecenti carezze che quella mano frigida con una naturalezza non priva di stupore avrebbe saputo fare. "Una di quelle mani" pensava, "che sembran fiori tanto sono delicate, e poi invece, pur di farvi godere, son capaci di tutto." Più ci pensava, più si eccitava; alfine il suo volto s'indurì, lasciò la mano e afferrò Carla per la cintola. Evidentemente la fanciulla doveva pensare a tutt'altro: "No Leo... no, sta attento" gli mormorò a bassa voce schermendosi; i suoi occhi spaventati guardavano intorno; finalmente gli cedette. Fu in quel momento che Lisa entrò.

119

Vide nel mezzo dell'anticamera quei due abbracciati e intorno cinque porte con tende di velluto; fece un passo indietro e si nascose; quando riguardò, disserrando appena le cortine, da quell'ombra in cui l'immergeva la candela posata sulla tavola, vide le due teste ancora unite piegare or qua or là durante il bacio, e le loro ombre nel gran silenzio, balzare fino al soffitto. Non pensava a nulla, il cuore le batteva; lasciò per un istante di spiare e stette indecisa e spaventata nell'oscurità, tra l'uscio e la portiera; poi cautamente riguardò: quei due si erano separati e ora parlavano:

"Mi è sembrato" disse Leo, "che quella tenda si sia mossa...

"Spirito," soggiunse ridendo, "se ci sei batti un colpo... se non ci sei battine due." E parodiava quelli che interrogavano le tavole; Carla, a malincuore, se ne vedeva l'increspatura sulla sua faccia per metà illuminata, rideva; e Lisa, là dietro la tenda, avrebbe voluto batter veramente per vederli saltar su, esterrefatti, con volti rossi e occhi spaventati.

"Siediti qui" diceva intanto l'uomo; "qui sulle mie ginocchia."

"Ma Leo," supplicava la fanciulla; "Leo...: se qualcheduno venisse!"

"Niente paura..." Un fruscìo; Lisa allargò gli occhi: no... non aveva sognato, Carla era là, seduta sulle ginocchia dell'uomo con la testa contro la testa di lui, rigidamente seduta e poi... ecco...: egli la baciava sul collo.

"E ora, Carla" disse Leo allegramente, "se ci sei dammi un bacio... se non ci sei dammene due." Ci fu silenzio; la grossa testa di Carla s'inchinava flebilmente; d'improvviso guizzò: "No Leo" ripeté; "no... questo no..." E si dibatté tra un oscillare di ombre gigantesche; poi si fermò; la candela gettava bagliori ora lunghi ora brevi; quei due assorti, con le teste chine, non si muovevano né parlavano; si udiva appena, a intervalli, il divano scricchiolare. Allora senza far rumore Lisa rientrò nella stanza della madre.

Alla prima meraviglia ora seguiva una gioia vendicativa: "Ora prendo Mariagrazia per un braccio" pensava, "e le faccio vedere cosa sta combinando il suo caro Leo." Ma la vista della madre appena fu rientrata nella stanza, chissà perché, la disarmò.

La trovò che passeggiava in su e in giù, con la candela in mano, vanitosamente sbirciando nello specchio l'effetto del nuovo vestito:

"Come ti sembra?" domandò; era molto preoccupata da un difetto che aveva osservato sopra la cintura, una piega fuori posto: "Ci metterò un nastro" diceva; "oppure... oppure Lisa, aiutami un po' tu..."; e si girava, si rigirava insoddisfatta; Lisa si era seduta in un angolo buio: ora, non sapeva perché, il ricordo di quel che aveva veduto le stringeva il cuore, ed ella chiudeva gli occhi.

"Ma non so" disse vagamente.

"Come non sai?" ripeté la madre perplessa, mirandosi nello specchio; "son qui che mi tormento e tu mi rispondi: non so...: cosa sai allora?"

"Tante cose so" avrebbe voluto rispondere Lisa; ma, ormai, non aveva più nessun desiderio di svelare l'impreveduto segreto: ne era trattenuta da un ritegno speciale, come dire? un ritegno di dignità: infatti non voleva si pensasse che col rivelare la nuova tresca di Leo ella agisse per una meschina vendetta di amante tradita, e non per il disgusto che ne provava e per l'affetto che portava a Carla, per questo tacque.

"Una rosa d'oro ce la metteresti tu?" domandava intanto la madre; e la candela che teneva in mano gettava bagliori di ansietà sulla sua faccia molle.

"Sì, certo" approvò Lisa vagamente; ma rivedeva quelle due teste unite e ne soffriva, era la prima volta che le succedeva; ne soffriva come di una cosa triste e ossessionante.

"E di una cintura" insisteva la madre; "di una cinturina d'oro che cosa ne diresti?" Continuava a guardarsi e pareva più soddisfatta. È un gran bel vestito" soggiunse, "ma quella piega... quella maledetta piega..."; un dubbio passò sulla sua faccia illuminata: "Che io mi sia malvestita di sotto?" interrogò, e posato il moccolo sul pavimento sollevò con ambo le mani le vesti e frugò fra i panni leggeri che aveva sulla pelle. La candela palpitava, vacillava e neri serpentelli di fumo si torcevano per l'aria; seduta sulla sua sedia in un angolo buio Lisa non si muoveva né parlava: gli occhi le andavano dalle grosse gambe nude della madre alla porta dietro la quale, nell'anticamera, Leo e Carla si abbracciavano. Un senso di disgusto la opprimeva, altro sentimento nuovo per lei; un disgusto chiaroveggente che considerava la giovinezza della fanciulla e freddamente prevedeva la rovina che avrebbe portato questa tresca; indignazione non ne provava e neppure stupore, oh no!, dopo tutta la sua vita; bensì, ecco, una pietà imprecisa che accomunava la madre, Leo, Carla, tutti quanti e anche lei stessa. La novità di questi suoi sentimenti quasi la spaventava; era stanchissima; le venne finalmente un desiderio isterico di andarsene, di ripensare in solitudine tutti gli avvenimenti occorsi nella giornata.

Si alzò: "Me ne vado" disse.

La madre che si era tolta di dosso il vestito, le venne incontro in camiciola e mutande:

"Diggià?" esclamò; ma non la trattenne e dopo averla abbracciata la seguì con la candela fino alla porta.

"E stasera cosa fai?" le domandò sulla soglia.

"Vado a letto" rispose Lisa con grande semplicità; vide la madre guardarla attentamente, come chi dubita: "Allora addio" ripeté, e non senza sbatter l'uscio per avvertire i due amanti dell'anticamera, uscì dalla stanza.

Subito Carla si alzò dal divano e le venne incontro: "Ti accompagno" disse, "e tu Leo rimarrai per cinque minuti al buio." La luce della candela illuminava in pieno la sua faccia rotonda; Lisa osservò che gli occhi erano stanchi e torbidi e le guance più pallide del solito. Le venne improvvisamente il desiderio di parlare, di dire quel che aveva veduto; ma già la fanciulla le volgeva le spalle e si avviava giù per la scala.

Per tutta la discesa, ad ogni gradino, questo pensiero tormentò Lisa: "debbo parlare o no?" Guardava le guance puerili di Carla, quella grossa testa, e la compassione aumentava: "È tutta colpa di Mariagrazia" pensava, "se ora questa poverina si trova in tali condizioni." Arrivarono nell'atrio: doveva parlare o no? Lisa non aveva mai provato una tanto sconcertante incertezza, né così fortemente questo sentimento nuovo per lei: la pietà. "Non è colpa sua," si ripeteva, avrebbe voluto fare un gesto, dare un certo sguardo, e così senza parole andar dritta a quel vergognoso segreto della fanciulla; ma non ne fu capace.

S'infilò il cappello davanti lo specchio del corridoio, alla luce della candela che Carla sorreggeva; intanto non cessava di sbirciare la fanciulla:

"Cos'hai?" le domandò ad un tratto; "non mi sembri come tutti gli altri giorni."

"Io?" Carla parve meravigliarsi: "nulla."

"Sai che sei pallida?" continuò Lisa; "a mio parere ti stanchi troppo."

Nessuna risposta, doveva parlare o no? Indossò il mantello e pronta per uscire prese la mano di Carla; si guardarono; la fanciulla non sostenne gli sguardi indagatori dell'amica e abbassò gli occhi:

"Carla," disse improvvisamente la donna con voce commossa; "sei cambiata... cosa ti è successo?"

"Ma... nulla."

Sconcertata Lisa non si decideva a partire:

"Allora abbracciami" disse bruscamente. Si abbracciarono; però, pur baciando quelle guance fredde e in certo modo insensibili, Lisa si sentiva terribilmente insoddisfatta. "Non era così," si ripeteva con rammarico; "non era così che dovevo parlare." Passarono nel vestibolo:

"Ricordati," soggiunse impacciata, "quando c'è qualche cosa che non va, quando hai... dei dispiaceri, di venir da me... Non nascondermi nulla."

"Certo... certo" disse Carla, quasi con vergogna; Lisa uscì e la porta si chiuse.

Pensosa la fanciulla risalì il piano superiore; i discorsi di Lisa l'avevano vagamente spaventata: "Che abbia capito qualche cosa?", si domandava, ma più ci pensava, più quest'ipotesi le pareva impossibile: la sua tresca con Leo non durava che da un giorno, Lisa non era stata in casa che di sfuggita, impossibile... a meno... a meno che non avesse sospettato qualche cosa dall'inspiegabile assenza di lei e dell'uomo, la sera avanti, dal vestibolo: "Ma tanto, ormai, che abbia indovinato o no, è troppo tardi" concluse non sapeva se con gioia o con rammarico: "stasera andrò da Leo."

Saliva lentamente, la candela che teneva in mano la seguiva con la sua luce tremante e rifletteva sulla parete una sua ombra grottesca dalla testa enorme: "Così vado incontro alla nuova vita" pensò; avrebbe voluto sentirsi completamente calma, ma non le riusciva; il cuore le tremava, era inutile nasconderlo, un sentimento di angoscia e d'incertezza l'opprimeva: "che passino presto queste ore" pensò traendo un sospiro profondo e puerile: "che passi presto questa notte: soltanto questo desidero."

E nell'anticamera buia il chiarore della candela le rivelò Leo in fondo alla sua poltrona; posò il moccolo sopra la tavola e gli sedette accanto:

"Che noia, non è vero? questa luce che non viene" incominciò tanto per dir qualche cosa; l'uomo non rispose e le prese le mani:

"Ebbene, verrai stasera?" domandò; ma Carla non ebbe il tempo di parlare; le cortine di una delle cinque porte si aprirono e Mariagrazia entrò.

Portava con sé la sua candela, s'era avvolta il corpo in un grande scialle nero, un'espressione maligna era sul suo volto illuminato:

"Lisa se ne è andata" disse all'amante, senza sedersi; "forse lei Merumeci preferiva che io l'invitassi a cena, non è vero?... ma cosa vuole?... non si può sempre avere tutto quel che si desidera... e del resto così darà il tempo alla sua cara amica di prepararsi per la sua visita... notturna."

Sottolineò la parola "notturna" con una repressa risata, e senza aspettare risposta si avviò giù per la scala.

"Dove vai mamma?" le gridò Carla alzandosi.

"Credo che sia ora di cena" rispose la madre senza voltarsi, discendendo adagio, scalino per scalino, con una mano facendosi luce e con l'altra appoggiandosi alla balaustra di legno; "ma se lei Merumeci vuol correre dietro a Lisa non faccia complimenti... tanto per me fa lo stesso."

Quel chiarore scomparve, tornò l'oscurità, le ultime parole si spensero dall'altra parte del pianerottolo, dietro l'angolo della scala stretta. Carla, che aveva seguito con gli occhi questa discesa, si voltò:

"È inutile" disse Leo dalla sua poltrona; "tua madre sarà quel che sarà... ma quando s'è messa in testa un'idea nessuno gliela toglie."

Tacque facendo un gesto definitivo; per un istante non parlarono; preoccupata e come spaventata Carla guardava l'amante:

"Sai cosa credo?" incominciò finalmente: "che Lisa abbia indovinato qualche cosa."

"In che modo?"

"Non lo so... ma dal tono col quale mi ha parlato."

Leo ebbe un gesto sprezzante. "Per me... indovini pur quel che vuole," e con un rapido movimento tentò di attirare la fanciulla; ma, senza ragione, ella resistette. "No... ora basta" protestò puntandogli le mani contro le spalle.

"Via," supplicò l'uomo tendendo dall'ombra la faccia eccitata e sforzandosi di trattenere la fanciulla per i fianchi: "cosa ti fa?... Un poco soltanto, come prima."

"No...": ella si dibatté con inconsueta violenza; aveva gli occhi pieni di ira; ad un certo punto urtò la tavola, la candela posata sull'orlo cadde in terra e si spense; seguì una profonda oscurità, e dopo una discesa precipitosa e disordinata giù per la scala, il silenzio.

"Che ragazza strana" pensò Leo, restato solo e al buio; "prima si farebbe spogliare... cinque minuti dopo non permette neppure che la si baci in fronte..." Non era irritato ma soltanto un po' sorpreso; ormai la libidine sbolliva. Girando per le tenebre che lo circondavano degli sguardi indagatori, egli cercò per le tasche la scatola dei fiammiferi e ne accese uno; allora si piegò, raccolse la candela e vi appiccò la fiamma: "E ora" pensò, "andiamo a mangiare." Si alzò, fece qualche passo, ma ad un tratto si ricordò che aveva dimenticato di dire a Carla l'ora e il modo col quale si sarebbero incontrati quella notte per andare a casa sua.

Tornò alla tavola, vi posò la candela, e con una lentezza metodica, a quella luce incerta, sopra un biglietto da visita che trasse dal portafogli, con la sua grossa penna stilografica d'oro, scrisse il biglietto: "Ti aspetto tra un'ora, con la macchina, al cancello del giardino": "Da consegnarsi all'uscita," pensò; dopo di che, soddisfatto, riprese il moccolo e discese la scala.

Una sola candela brillava sopra la tavola apparecchiata; la stanza era quasi completamente buia; di Michele, di Carla e della madre già seduti al loro posto non si vedevano che le facce male illuminate; il nuovo arrivato sedette a sua volta e in silenzio incominciò a mangiare. Il primo piatto venne così consumato senza che nessuno parlasse; guardavano tutti e quattro quella luce mobile delle candele, non si udiva alcun rumore, ciascuno di essi aveva un pensiero fisso che gli si agitava inquietamente nell'animo; ma di tutti, la più assorta e preoccupata era senza dubbio la madre; appoggiava il mento sulle mani riunite, aveva due rughe amare agli angoli della bocca e considerava con occhi imbambolati i movimenti silenziosi delle due fiamme.

Poi si decise finalmente a guardar l'amante; allora una sofferenza amara, un sarcasmo violento le contrasse il volto: "Io vorrei proprio sapere" incominciò con voce caparbia rivolgendosi indistintamente a tutti e quattro; "perché ci dev'essere al mondo della gente tanto bugiarda... ecco... questo vorrei sapere... Va bene fare le cose, concedo che si possa farle, ma poi nasconderle, mentire, travisare la verità... questo mi mette fuori di me stessa."

Silenzio; nessuno voleva assumersi la responsabilità d'incoraggiare la madre su questa strada con qualche incauta risposta. Ella li guardò uno dopo l'altro, come per spronarli a parlare, ma Leo e Carla abbassarono gli occhi, e Michele li volse altrove. Allora dopo l'attacco indiretto, ella si decise per quello diretto: "Per esempio, lei" soggiunse volgendosi verso l'amante, "è padronissimo di avere un impegno dopo cena, nessuno glielo proibisce, anche se andarsene subito dopo aver mangiato dalla casa in cui si è stati invitati sia una maleducazione madornale... Ma perché, invece di dir la verità, inventare un monte di frottole, che ha un ricevimento al quale non può mancare, che va dalla Smithson la quale invece è a Milano ecc. ecc.?... Mi dica un po': chi glielo fa fare? chi le ha domandato di dire tante stupide bugie?... Questa non soltanto è una menzogna, ma è anche un insulto per me, come se io fossi tanto sciocca da non capire certe cose...; invece sarebbe stato tanto più semplice dire la verità: sa, cara signora, alla tale ora debbo congedarmi perché vado da... da quella tale persona... Io le avrei risposto...: vada pure dove vuole... anche al diavolo se le fa piacere... e tutto sarebbe finito lì..."

Tacque, rifiutò con un gesto il piatto che la cameriera le tendeva dall'oscurità; la sua eccitazione era estrema, le mani le tremavano, con mosse macchinali rimuoveva e rimetteva al posto le posate e i bicchieri:

"Ma dica qualche cosa" gridò vedendo che Leo non si decideva a parlare; "parli... la butti fuori una buona volta questa famosa verità."

L'uomo guardò di traverso l'amante; una tale insistenza cominciava ad irritarlo: "Meriterebbe d'esser presa a schiaffi per due ore di seguito" pensava osservando con odio quel volto maturo e stupido; "almeno due ore"; ma si servì e rispose tra i denti: "Io non ho nulla da dire."

Niente poteva più esasperare la madre che queste parole indifferenti:

"Ma come?" ella esclamò: "io l'accuso giustamente di mentire e lei non soltanto non dice le ragioni del suo contegno, ma anche risponde male come... come se fossi io che avessi torto... Vuol sapere cos'è lei... un insolente."

Abitualmente Leo non rispondeva ai rimproveri dell'amante; ma questa volta, sia che l'eccitazione che gli aveva messo in corpo la fanciulla gli avesse ispirato una insolita impazienza nervosa, sia che veramente l'ingiuria l'avesse ferito, si offese:

"Senta," disse rudemente, volgendosi di scatto dal vassoio che la cameriera gli porgeva: "la faccia finita una buona volta... o se no sarò costretto a risponderle male sul serio...: un poco va bene, ma troppo no."

Disse, e per un istante fissò l'amante con una grinta così dura e oltraggiosa che alla disgraziata ne mancò il respiro; la luce e l'oscurità che le due candele ad ogni guizzo agitavano intorno aumentavano la rabbia contenuta dalle mascelle dell'uomo sulle quali, sotto la pelle rossa e rasata, si vedevano contrarsi dei nervi impazienti; gli angoli degli occhi da cui le pupille irritate fissavano la madre ne acquistavano due freghi brutali di fatica sensuale; lo sberleffo tra sprezzante e violento della bocca, come di chi si trattiene dall'inveire, ne veniva sottolineato da un cono d'ombra che copriva mezzo il mento. Mariagrazia, imbambolata, spaventata, fermata a metà del suo sdegno loquace, guardava quel volto senza pietà, quella specie di catapulta che la colpiva in piena faccia; il corpo le tremava, un senso acuto d'infelicità, di un'assoluta mancanza di bontà e di amore, le stringeva il cuore, la soffocava: "Lulù, non guardarmi così" avrebbe voluto gridare, e poi coprirsi la faccia con le mani; invece restò immobile, spaurita: "Io lo amo... e lui mi risponde così," ripeteva con voce smarrita nella sua testa vuota.

Poi vide Leo voltarsi e, tranquillamente, deporre dal piatto grande due fette di carne, della verdura; niente più da dire; irreparabile; gli occhi le si empirono di lacrime, posò il tovagliolo sopra la tavola, con una spinta molle si alzò: "Non ho voglia di mangiare" disse, "restate pure qui voialtri..." E, quasi di corsa, non senza inciampare nel tappeto, uscì.

Il silenzio seguì questa inaspettata partenza; Leo che aveva già afferrato il coltello e la forchetta restò con questi due oggetti in mano e la faccia stupefatta rivolta verso l'ombra della porta nella quale la madre era scomparsa; anche Carla spalancò gli occhi in quella direzione; poi Michele, che era stato il meno meravigliato dei tre, si rivolse all'uomo:

"Non dovevi rispondere così" disse senza irritazione, col tono di chi è soltanto molto annoiato; "sai com'è impulsiva... Ora avremo delle storie da non finire più..."

"E chi le ha detto nulla?" rispose l'uomo con forza; "se ha i nervi scossi se li curi... ora non si potrà più nemmeno parlare."

"Parlate anche troppo voi due," e Michele guardò l'uomo negli occhi: "Troppissimo."

"Sciocchezze" brontolò l'altro alzando le spalle; "tua madre sì che parla troppo, ma io..." Tacque per un istante, guardando ora il piatto dove il cibo appetitoso si freddava, ora la porta per la quale la madre era uscita:

"E adesso..." soggiunse: "cosa si fa? non vorrà mica fare a meno di mangiare." Un istante di silenzio; poi Carla posò il tovagliolo sopra la tavola.

"Michele ha ragione" disse all'amante: "lei Merumeci non doveva trattar mamma a quel modo... Avrà i suoi difetti ma è pur sempre una donna... Lei ha agito male..." Si alzò, stette per un istante sopra pensiero: quel che stava per fare le ripugnava, le dava una sofferenza impaziente:

"Vado a vedere se viene" disse alfine, e scostando la sedia uscì a sua volta.

Nel corridoio l'oscurità era completa; ella avanzò a tastoni, contro la parete: "Avrei dovuto prender la candela" pensò; si ricordò ad un tratto che dopo una scena simile a questa, la madre era andata a rifugiarsi nel salotto; fece ancora qualche passo e poi inciampò così bruscamente nel tappeto che quasi cadde in terra; le venne un'acuta irritazione contro Mariagrazia matura e puerile: "Tutto questo deve finire" pensò a denti stretti, posando la mano sulla maniglia della porta del salotto: "stasera stessa andrò da Leo... tutto questo finirà". Le pareva che l'oscurità che le riempiva gli occhi, le fosse entrata, chissà come, nell'anima: "Andiamo a cercare quella stupida di mia madre" pensò ancora; si sentiva molto spietata, e ciò nonostante profondamente addolorata di questa sua spietatezza; si morse le labbra ed entrò.

Come aveva preveduto, la madre si era rincantucciata nel salotto; si udiva infatti, in quella notte, qualcheduno non lontano, che piangeva e sospirava, "uuuh... uuuh," non senza ogni tanto soffiarsi il naso: l'irritazione di Carla cedette il posto ad un sentimento più mite:

"Mamma, dove sei?" domandò con voce chiara, avanzandosi nel buio con le braccia aperte.

Nessuno le rispose. Alfine dopo essersi urtata più volte nei mobili, ella toccò una spalla della madre; che, a quel che poteva giudicare, doveva essersi seduta nel divano d'angolo:

"Cosa fai qui?" le domandò scrollandola un poco e guardando verso l'alto, verso il soffitto invisibile, come se non ci fosse stata quell'oscurità, ed ella non avesse voluto vedere sua madre piangente; "vieni di là... andiamo." Una scrollata del dorso:

"Mangiate soli... io non vengo" rispose la voce di Mariagrazia.

Carla trasse un sospiro tra impaziente e rattristato, girò intorno al divano, sedette a fianco alla madre:

"Andiamo, su, andiamo" ripeté posando le due mani sulle spalle della piangente; "ti assicuro mamma che Leo non aveva nessuna intenzione di... che è il primo a dispiacersi di quel che è avvenuto..."

"Ah Dio mio come sono infelice," si lamentò per tutta risposta con una puerile amarezza la voce della madre; "come sono infelice."

Carla rabbrividì: "Su mamma," ripeté con voce più incerta.

Il divano cigolò, due braccia circondarono il collo della fanciulla, ella sentì contro la propria la guancia bagnata della madre:

"Credi veramente" domandò la voce piangevole: "dimmi, credi che egli sia veramente tornato ad amare quella lì?"

"Ma chi?" chiese Carla turbata; sentiva contro il braccio quel petto molle e ansante, non sapeva cosa fare, le ripugnava, come un atto contro natura, di dover consolare sua madre: "almeno cessasse di piangere" si ripeteva.

"Ma Lisa..." insisteva la voce singhiozzante: "non hai visto che ieri sera sono partiti insieme?... Sono sicura, sono sicura che sono tornati ad amarsi... Ah! come sono infelice..."

"È me che egli ama" avrebbe voluto risponderle Carla; ma era poi vero? Le venne un disgusto improvviso di quel che le succedeva intorno. "Che cosa gli ho mai fatto io?" udiva intanto lamentarsi la voce di Mariagrazia, "per meritarmi tutto questo?... Ho sacrificato tutta la mia vita per lui... ed ora, ecco, tu vedi come mi tratta." Avrebbe voluto essere mille miglia lontano: "Non so nulla" disse alfine, e già stava per svincolarsi dalle braccia della madre, quando laggiù, in fondo al salotto, tranquillamente, come se qualche-duno avesse girato l'interruttore, le due lampadine del pianoforte si accesero.

Le tenebre si dileguarono; subito, con un gesto istintivo, la madre si separò dalla figlia, si chinò, si soffiò il naso; Carla si alzò.

"Sono spettinata?" domandò Mariagrazia levandosi a sua volta; "sono molto rossa?"

La fanciulla la guardò; le guance della donna erano striate di segni pallidi, ella era scapigliata, aveva il naso rosso e gli occhi piccoli, come se avesse sofferto d'una forte infreddatura: "Ma no... stai benissimo."

Uscirono dal salotto; anche il corridoio era illuminato; Mariagrazia andò ad uno degli specchi rotondi e si rassettò alla meglio; poi Carla avanti e la madre dopo, rientrarono ambedue nella stanza da pranzo.

Anche qui la luce era tornata, e seduti l'uno in faccia all'altro Leo e Michele parlavano tranquillamente: "Negli affari" diceva il primo, "è difficile riuscire...: chi non se ne intende mette il proprio denaro nelle mani di chi se ne intende." Ma appena vide le due donne cessò d'occuparsi del ragazzo:

"Allora siamo amici, non è vero signora?" disse alzandosi e andando incontro a Mariagrazia.

"Fino ad un certo punto" rispose la madre con ostentata freddezza; e andò a sedersi al proprio posto.

La fine della cena fu silenziosa: tutti avevano qualche pensiero dominante, nessuno parlava. "Che vada al diavolo" si ripeteva Leo sconcertato, guardando Mariagrazia; benché il contegno della donna gli fosse indifferente, quest'insolito rancore non gli presagiva nulla di buono. La madre cercava invece un mezzo per vendicarsi di Leo, il dolore scomparso le aveva lasciato un arido risentimento: "Gli preme che gli ceda direttamente la villa," pensò alfine trionfante, "e io invece la farò vendere all'asta": non sapeva il vero vantaggio di questa sua speculazione né il valore della villa, ma immaginava vagamente che oltre al dispetto che avrebbe fatto all'amante, avrebbe ritratto da una tal forma di vendita qualche migliaio di lire in più. Carla pensava alla notte vicina, un turbamento straordinario la possedeva: "Gliel'ho veramente promesso?" si domandava; "è proprio stanotte che devo andarci?" In quanto a Michele, un disagio acuto lo tormentava, gli pareva che il suo contegno durante la discussione tra sua madre e Leo fosse stato d'una indifferena senza pari: "Ancora una buona occasione perduta" si diceva "per litigare con lui, per romperla con lui."

VIII

Uscirono alfine dalla sala da pranzo, a passi misurati, accendendo delle sigarette e guardandosi di sfuggita negli specchi del corridoio, e andarono nel salotto.

"Stasera," disse subito Leo sedendosi a fianco di Mariagrazia sul divano, "sono in disposizione di sentire un po' di musica classica... su, Carla," disse volgendosi verso la fanciulla: "suonaci quel che vuoi tu, Beethoven o Chopin, purché sia roba del buon tempo antico, quando non usavano i jazz che fanno venire il mal di capo..." Rise con cordialità e accavalciò le gambe.

"Sì, Carla," insistette la madre cui non pareva vero di avvantaggiarsi della musica per poter parlare con maggior libertà all'amante; "sì, suonaci qualche cosa, per esempio... quella fuga... di chi era? Ah! sì di Bach... che ti riusciva così bene."

Anche a Michele l'idea della musica piacque infinitamente; si sentiva stanco e irritato, l'immagine convenzionale della melodia intesa come un dolce fiume nel quale ci si può immergere e dimenticare non gli era mai sembrata così vera come ora: "Della musica" pensò socchiudendo gli occhi; "e al diavolo tutte le meschinità...: della vera musica."

"È molto tempo che non suono più" avvertì Carla: "vuol dire che non sarete troppo severi." Andò al pianoforte, l'aprì, esaminò qualche spartito: "Una fuga di Bach," annunziò finalmente.

I primi accordi risuonarono; Michele socchiuse gli occhi e si preparò ad ascoltare la melodia; la sua solitudine, le conversazioni con Lisa gli avevano messo in corpo un gran bisogno di compagnia e di amore, una speranza estrema di trovare tra tutta la gente del mondo una donna da poter amare sinceramente, senza ironie e senza rassegnazione: "Una donna vera" pensò; "una donna pura, né falsa, né stupida, né corrotta... trovarla... questo sì che rimetterebbe a posto ogni cosa." Per ora non la trovava, non sapeva neppure dove cercarla, ma ne aveva in mente l'immagine, tra l'ideale e materiale che si confondeva con le altre figure di quel fantastico mondo istintivo e sincero dove egli avrebbe voluto vivere; la musica lo avrebbe aiutato a ricostruire quest'immagine amata... ed ecco difatti, più per la sua esaltazione e per il suo desiderio che in grazia della musica stessa, fin dalle prime note, formarsi tra lui e Carla quella immagine... era una fanciulla, lo indovinava dalla snellezza del corpo, dagli occhi, da tutto il portamento, assai graziosa in verità, quasi gli voltava le spalle e l'osservava attentamente, senza lusinga, senza ombra di lascivia, oh no, avrebbe potuto giurarlo, ma con quella curiosità franca e attonita con la quale i bambini guardano i loro coetanei: "la mia compagna," egli pensò: e già dei gesti, una specie di abbraccio, un sorriso, una mossa della mano, degli avvenimenti, passeggiate, conversazioni, si formavano e passavano nel cielo desideroso della sua fantasia, quando un chiacchiericcio fitto e sommesso ruppe l'illusione e lo ricondusse alla realtà.

Era la madre che portava a compimento il suo proposito di avvalersi della musica per parlare all'amante:

"Se vuole, Merumeci," insisteva guardando velenosamente l'amante distratto, "lei può andare anche subito a quel suo ricevimento...; non c'è nessuna necessità che lei si annoi qui a sentire la musica... nessuno la trattiene... vada... vada pure dove l'aspettano."

Leo la fissò; non aveva nessuna voglia di litigare; fece un cenno nella direzione di Carla come per significare: "Ora no... ora stiamo ad ascoltare Bach."

"Ma sì" insistette la madre; "lei qui si annoia... non dica

di no...: l'ho visto sbadigliare con questi miei occhi... Noi l'annoiamo, e d'altra parte non possiamo mica metterci a ballare per divertirla... Vada dunque in quel luogo, dove sarà accolto a braccia aperte e nessuno suonerà, e nessuno la disturberà... ci vada..." Parlava e non cessava di sorridere stupidamente, ripresa, al solo pensiero di Lisa, da una vertigine di gelosia:

"E poi," soggiunse, "sarebbe una vera maleducazione mancare al ricevimento della Smithson... chissà quanta gente ci sarà... avrà fatto un treno speciale per far andare i suoi invitati fino a Milano..."

Pur di togliersi di torno questo fastidio Leo avrebbe dato qualsiasi cosa; scosse la cenere del sigaro, si voltò con calma verso la madre:

"Se ho mentito," disse, "è stato soltanto per riguardo a lei, per non farle credere che in casa sua ci si annoia... La verità è che stasera non vado ad alcun ricevimento bensì a dormire... Son molte notti che faccio le ore piccole, mi sento stanco... stasera voglio andare a dormire presto."

"Ah sì," esclamò la madre col viso di chi la sa lunga; "così lei vuole andare a dormire... ha sonno, ha fatto tardi tutte le notti, si vede, sicuro, che non regge in piedi, che non ne può più dal sonno... poveretto!... se sapesse che compassione mi fa."

"Non ho bisogno di far compassione a nessuno" rispose Leo irritandosi suo malgrado.

"Ma non si accorge che lei infila le bugie una dopo l'altra?" domandò bruscamente Mariagrazia; "prima era la Smithson, ora è il sonno...: si vergogni."

"Io non mi vergogno, perché dovrei vergognarmi?"

"Ma taccia, mi faccia il piacere..."

Leo alzò le spalle e non disse nulla; dalla sua poltrona Michele disgustato li osservava: "Che il diavolo se li porti" pensava; "non si può neppure più ascoltare la musica... hanno sempre qualcuna delle loro meschine discussioni"; la fanciulla amata si era dileguata; un'accozzaglia di note senza significato: ecco la musica; la madre e Leo trionfavano.

"Dormire eh!" continuava la madre parlando nell'orecchio dell'uomo; "dormire non è vero? Ma sa cosa le dico io? Che so tutto, mi capisce? tu-t-to! so di ieri sera e di stasera, tutto."

"E invece lei non sa niente," si sfogò Leo senza voltarsi; gettò davanti a sé un nuvolo di fumo; Carla era là, gli voltava quelle sue spalle carnose, piene: "che notte," pensava egli: "che notte!... non mancano che poche ore e mi pare un'eternità." I suoi occhi fissi, immobili, ignoravano la madre, Michele, tutto il salotto... il desiderio gli dava delle visioni...: ecco Carla completamente nuda, seduta su quello stretto sgabello, davanti al pianoforte; gli pareva di vedere in quell'angolo pieno d'ombra quel dorso bianco spartito da un solco curvo, i fianchi larghi e rotondi, e ora che ella si voltava anche i due seni. Ma la musica era finita e la realtà tornava; applaudita da Michele, insolitamente affettuoso, la fanciulla parlò:

"Vi è piaciuta?" domandò.

"Molto, sì molto" disse Leo, "ancora una volta Carla."

"Ma no Carla" intervenne la madre; "no, non suonare; Merumeci non solamente si annoia ma anche freme di andarsene... non ne può più dal sonno, vuol dormire... allora perché trattenerlo?" E all'amante: "Su," insistette con voce caparbia tirandolo per una manica; "su, vada a dormire."

Leo liberò il braccio, sorrise di mala voglia; un forte desiderio gli veniva di dare due solenni schiaffi all'amante incorreggibile; per un istante Carla li guardò ambedue. "È proprio stanotte che devo andare in casa sua?" si ripeteva; le pareva strano, adesso sedeva davanti al pianoforte, tra due ore sarebbe stata nella camera da letto dell'amante; ma poiché indovinava l'impazienza bramosa dell'uomo, un po' per rimandare finché era possibile il momento estremo della dedizione, un po' per un resto di civetteria volle continuare a suonare:

"Va bene" disse con fermezza: "Leo non se ne andrà e si annoierà ancora per dieci minuti...: non è vero Leo?" Aprì un grosso libro e con volto attento e preoccupato ricominciò a suonare.

"Ah, la piccola strega" pensò Leo; "vuol vedermi morire

dall'impazienza... vuol vedermi agonizzare." Ormai musica, conversazione, silenzio, tutto gli riusciva di intollerabile fastidio, la libidine lo divorava, non aveva che un desiderio: portarsi a casa Carla e prenderla: "Chissà quanto durerà" pensò ascoltando con rabbia i primi accordi della melodia; "dieci minuti?... un quarto d'ora?... Che il diavolo mi porti quando ho avuto l'idea peregrina di farla suonare..."

Ma la madre non si era data per vinta; toccò la spalla dell'uomo:

"E domani mattina" disse con un sorriso lezioso come se avesse continuato una conversazione incominciata; "andrò dal mio legale e gli darò le disposizioni per la messa all'asta della villa."

Se un mattone si fosse staccato dal soffitto e fosse caduto sulla testa di Leo, egli non sarebbe stato così sgradevolmente sorpreso come all'udire queste parole; la faccia gli diventò rossa, poi paonazza; strinse i denti, delle frasi brevi gli lampeggiarono nella mente: "ci voleva anche questo e proprio questa sera... che Dio la maledica... soltanto a me succedono di queste cose"; poi si voltò in blocco verso la madre:

"Tu non farai questo," le ingiunse dandole del tu per il furore e stringendo con gesto istintivo i pugni contro il petto.

"Ora si prendono per i capelli" pensò Michele disgustato che li osservava.

"Sicuro che lo farò" rispose l'altra con ostentata tranquillità; "e anche domani stesso..."

"È roba da matti" incominciò Leo; prese una delle mani della donna e la strinse contro il divano:

"Tu vuoi... lei vuole vendere all'asta la villa per perderci il cinquanta per cento... e me lo viene a dire stasera," "proprio stasera," ripeté dentro di sé con una furibonda occhiata nella direzione di Carla. "Ora che il contratto è stato già steso e non resta che firmarlo..., questa... questa si chiama pazzia bella e buona..."

"La chiami come vuole" rispose la madre cui non pareva vero di atteggiarsi ad una calma imperterrita di santa; "ma domani mattina, la prima cosa che faccio è andare dal mio legale."

Leo la guardò: all'irritazione che gli dava la sua insoddisfatta lussuria ora si aggiungeva questo nuovo impiccio. Il suo più naturale istinto sarebbe stato quello di saltare addosso alla donna, riempirla di schiaffi, magari anche strozzarla; ma seppe trattenersi:

"Ma lei non parla sul serio," insistette; "ci pensi un poco su."

"Ci ho già pensato."

"Vediamo Mariagrazia" incominciò Leo ridandole del tu, ma questa volta con piena coscienza; "non farmi colpi di testa... in affari non bisogna mai agire con impulsività... piuttosto, vuoi... che ci vediamo domani nel pomeriggio?"

"È inutile" rispose la madre con meno fermezza "credo che sia meglio ch'io vada dal mio legale."

"Brutta stupida" avrebbe voluto gridarle Leo; invece giunse le mani.

"Mariagrazia, l'asta è un rischio" supplicò; "il tuo legale potrebbe essere un imbroglione, il mondo ne è pieno; sei donna, è facile ingannarti nelle cose di cui non ti intendi..."

"Credi?" domandò la madre con un sorriso incerto.

"Ne sono sicuro... Allora è inteso... ti aspetto domani alle quattro..."

Ella guardò di qua e di là con civetteria; il suo cuore maturo tremava: "mi ami?" avrebbe voluto domandargli; "domani..." ripeté invece; "no non posso."

"Allora dopodomani."

"Aspetta" bisbigliò la madre guardando in aria come se avesse voluto ricordarsi di qualche cosa; "sì, ho un appuntamento, ma lo rimanderò... verrò, va bene... ma non credere" soggiunse con un sorriso brillante e lusingatore, "che potrai convincermi." Tacque, esitò, alfine prese una mano dell'amante; e già stava per domandargli a bassa voce: "e mi vuoi un po' di bene?" quando la musica bruscamente si interruppe e Carla si voltò:

"È inutile ch'io suoni" disse con calma: "tutti parlano... tutti discorrono... meglio davvero andare a dormire..."

Quei due del divano si videro accoppiati; la madre si staccò dall'amante e guardò la figlia con volto sconcertato.

"Se volete parlare" soggiunse la fanciulla "non fatemi suonare." Silenzio.

"Facevamo dei commenti alla tua musica" rispose alfine Leo. "Suoni bene Carla; continua, continua pure."

Questa nuova menzogna fu il segnale di una specie di ribellione, come se tutti si fossero ad un tratto destati dal loro lungo torpore; e primo fra tutti Michele che aveva fino allora sopportato in silenzio i conversari di sua madre e di Leo; un po' per rabbia, un po' per un istintivo bisogno di azione, prese il giornale che teneva spiegato sulle ginocchia e lo scagliò con forza per terra:

"Non è vero niente" gridò guardando Leo; "è una spudorata menzogna... alla musica voi ci pensavate come io... come io a farmi prete... parlavate di affari, del legale" egli rise con sforzo: "e di altre cose ancora."

Ci fu silenzio: "Ecco" gridò improvvisamente Carla battendo le mani: "ecco la verità... alfine si respira..."

Fu come se qualcheduno avesse spalancato la finestra e l'aria fredda della notte fosse penetrata nel salotto; per un istante tutti si guardarono in volto stupefatti; ma il primo a riaversi fu Leo:

"Ti sbagli" disse severamente a Michele: "è segno che hai ascoltato male."

Siffatta falsità ispirò al ragazzo un riso alto e sgradevole: "Ah! ah!" rideva rovesciandosi nella poltrona "questa è bella." Poi s'interruppe: "Mentitore!" disse bruscamente e con volto serio.

Si guardarono; Carla trattenne il respiro; la madre impallidì.

"Io dico" gridò all'improvviso Leo battendo il pugno sulla tavola, "che questo è troppo." Ma non si alzò; restò seduto fissando sul ragazzo due occhi indagatori: "Non ti sapevo così rissoso" soggiunse; e poi dopo un istante: "e se tu continui sarò costretto a tirarti le orecchie." Quest'ultima frase la proferì nel modo più stupido e solenne: sembrò a Michele che la minaccia di Leo, fieramente incominciata, fosse andata man mano affievolendosi, fino a raggiungere la piatta volgarità di una tirata d'orecchie; di rimbalzo anche il proprio sentimento diminuiva; non c'era nulla da fare; né scagliare il guanto di sfida, né ostentare il proprio onore offeso; bastava nascondere la parte minacciata, le orecchie, troppo poco.

"Tirare le orecchie, tirar le orecchie a me? a me? a me?" Ogni "a me" gli dava una spinta di più verso l'azione, ma si sentiva freddo e indifferente; false erano le parole che gli uscivano di bocca, falsa la voce; dov'era il fervore? dove lo sdegno? altrove, forse non esistevano.

Sulla tavola, tra i fiori, le tazzine, e il bricco del caffè, c'era un portacenere di marmo, di alabastro bianco venato in grigio: stese una mano di sonnambulo, lo prese, mollemente lo scagliò. Vide sua madre giunger le mani, la udì cacciare un grido; Leo urlava: "È roba da pazzi!!"; Carla si agitava; capì che il marmo aveva sbagliato strada; invece di Leo era stata colpita la madre; sulla testa? no, sopra la spalla.

Si alzò, goffamente si avvicinò al divano dove la sua vittima giaceva; incerta in volto e senza saper perché, la madre teneva gli occhi chiusi e a intervalli sospirava, ma era evidente che non provava alcun dolore e che questo suo svenimento era del tutto immaginario.

Insieme con gli altri due Michele si chinò; nonostante questa vista che avrebbe dovuto essere dolorosa, non provava alcun rimorso, anzi non gli riusciva di soffocare la sensazione che quella scena fosse ridicola. Invano pensava: "È mia madre... l'ho colpita... l'ho ferita... avrebbe potuto morire"; invano cercava un po' di pietà affettuosa per quella figura immobile, perduta nell'errore: la sua anima restava inerte. Si chinò e la guardò: ora la madre sollevava, senza cambiar di posizione o aprire gli occhi, un languido braccio, e con le dita allargava le vesti sull'omero colpito; apparve la spalla nuda, grassa, ma senza traccia di contusioni, né livida, né rossa: nulla. Però le dita come insoddisfatte continuavano a tirare, ad abbassare la veste, denudando un braccio, svelando l'ascella. Era straordinario: sparse sul petto, che sempre più si allargava, sbiancava, e rivelava il principio dei seni, le dita impudiche parevano perseguire uno scopo completamente diverso da quello di mostrare le ferite; per esempio, quello di spogliarsi.

In verità questo molle abbandono si rivolgeva all'amante; una romantica pietà doveva scaturirne e impietosirgli il cuore: "Mí vedrà ferita, svenuta, col petto nudo," era pressappoco il pensiero di Mariagrazia; "si ricorderà che mi sono fatta avanti per lui, che ho ricevuto il portacenere in vece sua, e non potrà fare a meno di provare per me una profonda riconoscente tenerezza." La sua fantasia illusa immaginava che Leo l'avrebbe presa tra le sue braccia, l'avrebbe scossa, chiamata per nome, si sarebbe alfine inquietato non vedendola rinvenire... e alfine ella sarebbe lentamente tornata in sé, avrebbe riaperto gli occhi, i primi sguardi sarebbero stati per l'amante, per lui il primo sorriso. Ma non fu così, Leo non la prese fra le sue braccia né la chiamò per nome.

"Sarà forse bene che io vada fuori dalla porta" disse invece a Carla, con voce piena d'ironica intenzione. Fu come se la madre avesse ricevuto un getto d'acqua fredda, proprio là, su quella spalla che aveva denudato per l'amante; ella riaprì gli occhi, si alzò a sedere, guardò: c'era Michele che la osservava con gli occhi scanzonati, come se al suo rimorso si fosse mescolato qualche altro sentimento; Carla che si sforzava di ricondurle le vesti sopra il petto scoperto; ma Leo? dov'era Leo? Altrove che al suo fianco: aveva raccolto il portacenere e lo soppesava; poi bruscamente si volse verso Michele:

"Va bene" gli disse con ironico incoraggiamento; "va bene... va molto bene."

Michele alzò le spalle e lo guardò: "Certo... anzi benissimo" articolò con calma. Allora da dietro le spalle dell'uomo la voce della madre si alzò, acuta e familiare.

"Per carità, Merumeci," supplicava "per carità non ricominci... non lo tocchi... non gli parli... non lo guardi neppure..." E pareva che ella si trovasse al limite estremo della pazienza e della ragione, al di là del quale non c'è che pazzia.

Il ragazzo si rifugiò presso la finestra: la pioggia cadeva ancora, se ne udiva il fruscio sulle imposte e sugli alberi del giardino; pioveva tranquillamente, sulle ville, per le strade vuote. Molta gente doveva ascoltare come lui, dietro i vetri chiusi, col cuore pieno dell'istessa angoscia, volgendo le spalle alla calda intimità delle stanze: "È inutile" si ripeteva toccando con le dita incerte i bordi della finestra, "è inutile... questa non è la mia vita..." Gli tornò in mente la scena del portacenere, il ridicolo svenimento, quell'indifferenza: "Tutto qui diviene comico, falso; non c'è sincerità... io non ero fatto per questa vita." L'uomo che egli doveva odiare, Leo, non si faceva abbastanza odiare; la donna che doveva amare, Lisa, era falsa, mascherava con dei sentimentalismi intollerabili delle voglie troppo semplici ed era impossibile amarla: ebbe l'impressione di volgere le spalle non al salotto, ma ad un abisso vuoto e oscuro:

"Non è questa la mia vita" pensò con convinzione; "ma allora?"

Dietro di lui l'uscio si chiuse ed egli si voltò; il salotto era vuoto; madre e figlia erano uscite per accompagnare l'ospite alla porta; la lampada brillava nel cerchio immobile delle poltrone deserte.

"È un ragazzo" disse la madre a Leo nel vestibolo: "non bisogna prenderlo sul serio... non sa quello che fa."

Con viso contrito staccò il tubino dall'attaccapanni e lo porse all'amante. "A me" disse Leo giocondamente avvolgendo intorno al collo una sciarpa di lana, "a me non ha fatto nulla... Soltanto mi dispiace per lei che si è presa sulla spalla il proiettile in questione." Ebbe un riso freddo, falso e amabile: guardò un istante Carla come per domandarle un'approvazione; alfine si voltò e indossò il pastrano.

"È un ragazzo" ripeté la madre meccanicamente aiutandolo; il pensiero che Leo approfittando di quella imprudenza del figlio potesse rompere i loro legami, l'atterriva:

"Può star sicuro" soggiunse in tono umile e autoritario, "che tutto questo non succederà mai più... penserò io a parlare a Michele... e se ci sarà bisogno" soggiunse con voce irresoluta "agirò."

Vi fu silenzio: "Ma via" disse Carla che appoggiata alla porta guardava attentamente sua madre, "via... non agitarti... sono certa" soggiunse abbassando gli occhi e sorridendo, "che Leo stesso non se ne ricorda più."

142

"Proprio così" disse Leo: "ci sono tante cose più importanti." Baciò la mano alla madre non ancora rassicurata. "Arrivederci presto" disse a Carla, guardandola fissamente negli occhi; ella impallidì e con un gesto lento e rassegnato girò la maniglia della porta.

Questa si spalancò violentemente battendo contro il muro come se qualcheduno ansioso d'entrare avesse spinto con tutte le sue forze dall'esterno. "Uh, che freddo, che umidità...!" gridò la madre. Come per risponderle una ventata impetuosa si rovesciò nella stanza; piovve rabbiosamente sulle mattonelle lucide; il lume oscillò; un leggero soprabito di Michele appeso all'attaccapanni percosse più volte con le sue lunghe maniche la faccia di Leo; e le vesti delle due donne si sollevarono gonfiandosi, si alzarono, alfine s'incollarono alle loro gambe.

"Chiudi... chiudi" gridava la madre attaccandosi con ambo le mani alla porta e ridicolmente chinandosi in avanti sui due piedi giunti per non bagnarsi; come un uccello acquatico Carla saltava con precauzione sul pavimento allagato: "chiudi" ripeteva la madre... ma nessuno si muoveva; tutti guardavano stupiti quella violenza fatta di nulla che ruggiva, gemeva, scricchiolava, e lacrimava sulla soglia vuota; e finalmente anche l'altro uscio del vestibolo si spalancò. Si formò allora una specie di vortice che dopo aver percorso il corridoio, s'ingolfò nella casa; si udirono tutte le porte sbattere ora vicine ora lontane, con uno strano fracasso che non era quello degli usci sbatacchiati da una mano irata o distratta; un fracasso nel quale si mescolavano le voci del vento e quegli urti e quelle esitazioni che sembravano preparare l'ultimo e più forte colpo; le stanze vuote e alte echeggiarono; la villa tutta tremò come se avesse dovuto ad un certo momento staccarsi dal suolo e girando su se stessa come una pazza trottola, trasvolare con rapidità sulla cresta fosforescente delle nubi.

"Ed ora?" domandò Leo alla madre, vedendola dopo molti sforzi chiudere la porta; "cosa facciamo?"

"Aspettiamo" fu la risposta. Tacquero tutti e tre: Mariagrazia guardava l'amante con occhi disincantati e amari; tanta fretta la travolgeva. Tra poco Leo sarebbe partito, sarebbe scomparso nella notte piovosa lasciandola alla sua casa fredda, al suo letto vuoto; sarebbe andato altrove; in casa di Lisa per esempio, già, sicuro, in casa di Lisa dove da tanto tempo era aspettato. Chissà come si sarebbero divertiti quella notte quei due, chissà come avrebbero riso di lei!

Fece un ultimo tentativo; tese l'orecchio, contrasse tutto il volto come chi ascolta:

"Mi pare" disse "che qualche cosa sbatta nel salotto... va', Carla," soggiunse con voce impaziente, "va' a vedere." Ascoltarono tutti e tre: pareva che la madre con una mimica imperiosa volesse creare quel fracasso di porte urtate che il silenzio della villa le negava.

"Non mi pare" disse Carla dopo un istante. "Non sento proprio nulla... proprio nulla."

"Ti dico di sì" insistette la madre ansiosa e caparbia: "senti" soggiunse nel più perfetto silenzio, "senti quanto sbatte?"

Allora Leo rise: "Ma no" disse tranquillamente rallegrato dalla stupidità dell'amante, "ma no... nulla sbatte." Vide con piacere rinnovata quell'espressione di dolore degli occhi della donna: "Illusione" concluse riprendendo il tubino, "illusione, cara signora."

"Se ne va?" domandò la madre.

"Sicuro... è tempo."

"Ma... non piove troppo?" insistette ella, perdutamente, mettendosi tra la porta e l'amante. "Non sarebbe meglio che lei aspettasse ancora un poco?"

"Piove" rispose Leo abbottonando il pastrano, "come le porte sbattono..." Baciò la mano alla donna annichilita, frugò in una tasca per cercare i guanti che erano nell'altra, si avvicinò alla porta, la aprì trattenendola con la mano contro il vento: "Arrivederci Carla" disse alla fanciulla, strinse la mano ch'ella gli tendeva, sorrise, uscì.

Tornarono nell'atrio; la madre rabbrividiva: "Che freddo... uh! che freddo" ripeteva: i muscoli stanchi del volto si erano distesi, era come disfatta, i suoi sguardi smarriti si posavano a caso sugli oggetti, vacillavano, fluttuavano; una nudità disadorna si diffondeva sulla sua faccia usata dal belletto; la bocca impercettibilmente tremava: "Vado a dormire..." ripeté salendo lentamente dietro la balaustra di legno della scala; "vado a dormire... buona notte." La sua ombra montò fino al soffitto, sostò sul pianerottolo, passò sulla parete con dei movimenti obliqui, e scomparve.

Ora Carla restava sola nell'atrio. Si avvicinò alla lampada: nel suo pugno chiuso qualche cosa scricchiolava, era un biglietto di Leo, il biglietto che le sue dita esitanti avevano raccolto da quella lunga stretta di mano dell'amante.

Il biglietto era breve: "Ti aspetto tra un'ora, con la macchina, al cancello del giardino," e portava anche la firma: "Leo."

Sconcertata si avviò su per la scala: "tra un'ora," si ripeteva, "tra un'ora andarmene via." Gradino per gradino arrivò al pianerottolo angusto, guardò in su: l'anticamera, di cui si vedevano una poltrona e un angolo del divano, era vuota, un silenzio casalingo e tranquillo era per quell'ombra, per quell'aria chiusa; tra un'ora senza dubbio tanto Michele che la madre sarebbero stati immersi nel sonno. Finì di salire, andò dritta alla porta della sua camera, in fondo al corridoio oscuro, entrò; subito la colpì l'aspetto intimo e caldo della stanza: ogni cosa era al suo posto, la lampada dal paralume rosa era accesa, la camicia di velo cilestrino stava distesa sul letto, le lenzuola erano piegate e aperte, tutto invitava al sonno: non c'era che da spogliarsi, cacciarsi sotto le coltri e dormire.

Fosse la vista di quel letto, che insieme con il rumore torrenziale del diluvio contro le imposte le ispirava una gran voglia di riposo e di sicurezza, oppure veramente la stanchezza della giornata, certo è che ad un tratto l'assalirono una viltà così persuasiva, una ripugnanza così forte per l'avventura cui andava incontro, che ebbe paura di se stessa: "Vediamo" pensò: "dormire, riposarsi, va bene... ma poi? Domani mattina sarei daccapo al punto di prima... e allora come potrò mai avere una nuova vita?"

Si staccò dalla soglia, si avvicinò allo specchio dell'armadio, si guardò ora avvicinandosi, ora allontanandosi: il proprio volto le appariva infiammato fin sotto le pupille scintillanti, ma se lo avvicinava scopriva, tra quel rossore acceso e gli occhi, un cerchio nero e profondo che la turbava come un'idea colpevole; se invece lo allontanava, non c'era più che una fanciulla vestita per la festa, con le mani riunite in grembo, la grossa testa un po' reclinata sulla spalla, gli occhi tristi, il sorriso impacciato. Niente di più; avrebbe voluto penetrare il mistero di questa sua immagine ma non le riusciva.

Lasciò l'armadio, fece qualche passo per la stanza, sedette sul letto; una leggera ansietà le impediva di pensare; si sentiva preparata, curiosa, e impaziente come quando faceva qualche visita e aspettava, passeggiando e guardandosi intorno, la sorridente entrata della padrona di casa; non c'era altro. Teneva le gambe accavalciate, la fronte curva, aveva lei stessa l'impressione di meditare profondamente ma da certe fisse distrazioni dei suoi occhi, si accorgeva, quando si alzava e si guardava nello specchio dell'armadio, di non poter pensare.

Stette così per qualche minuto: di dormire ormai non era più questione; ammetteva dentro di sé, vagamente, che quella notte si sarebbe data a Leo, ma non sapeva quando e le pareva che quel momento fosse ancora, per fortuna, molto lontano. "Come piove!" pensava a intervalli quando il fruscìo dell'acqua si faceva più forte; ma non le passava neppure per la mente che avrebbe dovuto uscire in quella notte, affrontare quella pioggia per andare incontro all'amante; un languido stupore la possedeva; alfine, senza tristezza, lentamente, si prese la testa fra le mani e si lasciò cadere riversa sul letto.

In tale posizione non vedeva che il soffitto illuminato; i soli rumori che arrivavano alle sue orecchie erano quelli della notte tempestosa: ben presto, non senza ripetersi che ad un certo momento avrebbe dovuto alzarsi e andarsene, chiuse gli occhi e si abbandonò ad una specie di torpore pieno di paura e di diffidenza; ma il torpore si tramutò in sonno, e pian piano, quasi senz'accorgersene, Carla si addormentò.

Fu un sonno vuoto, nero come la pece, il quale senza alcun dubbio contribuì non poco alle amnesie e alle distrazioni di quella notte. Questa mancanza di sogni dovette ingannar la dormiente sulla durata del suo letargo; improvvisamente e senza alcuna ragione ella si destò, una paura terribile l'agghiacciò, le fece mancare il respiro, poiché si accorse di essersi addormentata: "Ho dormito" ella pensò atterrita sorgendo sul letto e guardando intorno per la stanza illuminata e tranquilla; "chissà che ore saranno... le ore due o le tre... e Leo sarà partito, avrà aspettato e se ne sarà andato." Per un istante, dal rammarico, dalla disperazione, avrebbe voluto scoppiare in lacrime: "Ho dormito" ripeté ad alta voce prendendosi la testa fra le mani e guardando nello specchio la sua immagine dai capelli in disordine, dagli occhi spaventati: "ho dormito!"

Si alzò, corse all'orologio che stava sul cassettone: non erano passati che tre quarti d'ora, l'orologio segnava le dodici meno un quarto.

Le parve impossibile, pensò che l'orologio si fosse fermato, se lo accostò all'orecchio; camminava; era vero, poteva ancora andar da Leo. Senza sapersene spiegar la ragione si sentì quasi delusa; riposò l'orologio sul cassettone.

Ma ora le veniva un altro dubbio: in che modo e quando doveva incontrarsi con l'amante? Si ricordava di quella frase: "tra un'ora"; non aveva neppure dimenticato quel particolare della macchina che l'avrebbe aspettata al cancello del giardino; ma, ecco, non era completamente sicura: "Il biglietto" pensò ad un tratto, "dov'è il biglietto?"

Si guardò intorno cercando: non vide nulla. Guardò sul cassettone tra i ninnoli, nulla; andò al letto, lo scrollò, rovesciò il guanciale, nulla... L'invasero un'ansietà, una fretta irragionevoli; dov'era quel biglietto?... Corse per la stanza, buttando all'aria la roba, i vestiti, i cassetti... finalmente si fermò nel mezzo: "Vediamo" pensò, "l'ho letto giù nell'atrio, ma l'avevo in mano quando sono entrata, dunque dev'essere qui, calma, dev'essere qui." Come quando si vuol afferrare una bestia agile e piccola, un topo, una farfalla, pian piano, meticolosamente, cercò, si chinò sotto i mobili torcendosi per non insudiciare il vestito, schiacciando la fronte e le guance sulla polvere del pavimento, aguzzando gli occhi nell'oscurità dei ripostigli. Ogni volta che si risollevava sentiva per tutte le membra una stanchezza nervosa; socchiudeva gli occhi, e immobile, con un gesto desolato delle mani aperte, pensava oscuramente di espiare attraverso quella triste ricerca una colpa dimenticata; ogni volta che si piegava, avrebbe voluto rompersi e restare a terra come un oggetto caduto e spezzato.

Cercò con uno scrupolo puerile anche nei posti assurdi: nel paniere dei ricami, nella scatola della cipria... Non trovò nulla; sedette stupita e fiacca: che specie di scrittura era quella che scompariva appena letta? La stessa favolosa irrealtà dei sogni metteva tra i suoi ricordi quell'impalpabile atmosfera che di certe parole e di certi atti rapidi e straordinari fa poi pensare: "Sono avvenuti oppure me li sono immaginati, sognati, fabbricati io?" Quella stretta di mano, quel pezzo di carta avevano interrotto per un solo istante difficilmente riconoscibile la continuità dell'abitudine; poi, tutto era tornato come prima; ora, nella sua confusione, Carla avrebbe voluto rivedere quella scrittura di Leo! quel che le mancava non era il ricordo seppure vago di aver ricevuto il biglietto, ma la conoscenza certa e nitida di quel che conteneva; ella l'aveva toccato, l'aveva visto e letto ma non aveva avuto il tempo di convincersene; ora ne dubitava.

E che cosa c'era scritto? proprio un'ora o più o meno? questa o la prossima notte? e non era ormai troppo tardi? e non pioveva troppo? e non sarebbe stato meglio coricarsi, dormire per ricominciare il giorno dopo la solita vita? Seduta, immobile, curva, il tempo la sorpassava; le pareva, a forza di dubbi, di spegnersi con le proprie mani, di suicidarsi.

Trasalì ai colpi acuti dell'orologio che suonava la mezzanotte; ebbe il primo pensiero pratico: "Andrò: se non ci sarà vuol dire che avrò sognato." Guardò il quadrante, calcolò che Leo doveva aspettarla già da un quarto d'ora; allora l'invase una fretta assurda: corse alla finestra, incollò il volto contro i vetri neri; per vedere se piovesse ancora: ascoltò, guardò: nulla; la notte non voleva rivelarsi e alle sue spalle la stanza con una fatalità ironica le opponeva le sue bianche illusioni e l'indifferente luce della lampada. "Pioggia o non pioggia" pensò in furia, "mettiamoci l'impermeabile." Corse all'armadio, ne trasse l'incerato, lo indossò davanti allo specchio; poi si curvò, strinse le giarrettiere allentate; volle anche incipriarsi, passarsi un po' di rossetto sulle labbra, pettinarsi; si mise un cappello qualsiasi, male, sulla nuca: "come le ragazze americane" pensò vedendo la fronte rotonda e dei riccioli scappar fuori dalla falda stretta. Cercò, cercò: "Quei maledetti guanti!" Non pensava più, viveva: una fretta meccanica aveva abolito in lei ogni umanità. Corse all'orologio con quella stessa frivola furia che tra i capelli, le calze, e i gesti delle sue braccia nude, preparandosi per qualche visita, le faceva gridare alla cameriera: "facciamo presto... è tardi... è tardi..." Lo guardò: "Già dieci minuti passati" pensò: "presto... presto." Aprì la porta e d'improvviso, trattenendo artificiosamente il suo impeto, uscì in punta di piedi nel corridoio.

L'anticamera era vuota ed illuminata, tutto era a posto, poltrone e divano; senza far rumore Carla tolse dal cassetto della tavola le chiavi della casa e con mille precauzioni, ora appoggiandosi alla parete, ora alla balaustra, discese la scala stretta; gli scalini di legno scricchiolavano sotto i suoi passi, l'altra rampa che le apparve dal pianerottolo era quasi del tutto oscura; se ne intravedeva appena il tappeto marrone che serpeggiava su per i gradini; l'atrio era buio. Ella accese la luce, passò per il corridoio tra le due file di specchi, nel vestibolo tolse l'ombrello dal portaombrelli, uscì.

Pioveva con abbondanza, la notte era nera e umida, da ogni parte arrivava il rumore monotono del diluvio; Carla discese la scala di marmo dell'ingresso e aprì l'ombrello con un gesto familiare che la stupì, come, pensò, se in certe straordinarie circostanze ogni cosa andasse fatta in modo diverso dal consueto.

Le parve di non attribuire alla sua fuga tutta la triste e vergognosa importanza che altri al suo posto le avrebbero dato; ecco, ella usciva, attraversava il viale, curva sotto l'ombrello, sforzandosi di non bagnarsi la faccia con la pioggia avversa, di evitare le pozze; attraversava a quell'ora tarda il parco, senza paura, senza meraviglia, senza neppure quella tristezza vasta e avventurosa che accompagna le azioni gravi; la ghiaia fradicia scricchiolava sotto i suoi passi, ella ne ascoltava con piacere il rumore: ecco tutto.

Alzò gli occhi, e vide davanti a sé la macchia nera del cancello, i due pilastri bianchi, il fogliame scuro di un grande albero curvo sotto la pioggia; aprì la porticina di servizio, uscì nella strada volgendo gli occhi alla parte opposta a quella dove Leo aspettava. "Non c'è" pensò delusa, osservando la luce tranquilla della lampada ad arco sul selciato bagnato e vuoto; ma già l'automobile dell'amante avanzava alle sue spalle, meno rapida del raggio improvviso dei due fanali accesi.

Addio strade, quartiere deserto percorso dalla pioggia come da un esercito, ville addormentate nei loro giardini umidi, lunghi viali alberati, e parchi in tumulto; addio quartiere alto e ricco: immobile al suo posto al fianco di Leo, Carla guardava con stupore la pioggia violenta lacrimare sul parabrise e in questi fiotti intermittenti colar disciolte sul vetro tutte le luci della città, girandole e fanali. Le strade si seguivano alle strade; ella le vedeva piegare, confluire una nell'altra, girare laggiù oltre il cofano mobile dell'automobile; a intervalli, tra i sobbalzi della corsa, delle nere facciate si staccavano nella notte, passavano, e si dileguavano come fianchi di transatlantici in rotta, non senza difficoltà, attraverso i marosi; gruppi neri di persone, porte illuminate, lampioni, ogni cosa si affacciava per un istante nella corsa e poi scompariva inghiottita definitivamente dall'oscurità.

Immobile, incantata, Carla guardava ora Leo, quelle mani posate sul volante, quella maniera calma e riflessiva di guidare, ora la strada; questi particolari l'affascinavano; ella aveva la mente vuota. Così, quando, dopo dieci minuti, l'automobile si fermò improvvisamente e questo pensiero le venne: "siamo arrivati," l'impressione fu tale che il respiro le mancò.

Ma Leo discese e le ingiunse: "Aspetta qui." Lo vide, attraverso i vetri bagnati del parabrise, aprir qualche cosa di nero che le sembrò un cancello e poi scomparire nell'oscurità del giardino. "Bisogna mettere dentro la macchina" pensò; infatti un rumore di saracinesca le giunse attraverso la pioggia, la figura dell'uomo riapparve, egli risalì, e senza curarsi minimamente di lei, guidò la macchina prima sulla ghiaia intrisa, poi dentro l'antro buio della rimessa; puzzo di benzina e d'acciaio oliato; un lanternino rosso in un angolo; discesero ambedue e non senza sforzo abbassarono la saracinesca; dopo di che, Leo, meticolosamente, ne inchiavò il lucchetto.

Una lampada rotonda illuminava a destra la porta della casa coi suoi quattro scalini di marmo e i suoi battenti chiusi; Leo la aprì e spinse Carla nell'androne. All'opposto del giardinetto buio e bagnato, tutto qui era colorato e brillante, una lanterna di ferro battuto pendeva dal soffitto, i muri erano dipinti a calce e avevano uno zoccolo giallo, delle palme verdi s'innalzavano negli angoli, tutto era nuovo; c'era anche l'ascensore, laggiù, nella sua gabbia, ma preferirono andar su per la scala.

Salirono in silenzio due rampe. Al primo pianerottolo un rumore appena soffocato di grammofono irruppe sulle mattonelle lucide insieme con un brusìo confuso, intimo e lieto di voci e di piedi:

"Ballano" osservò Carla con un sorriso forzato appoggiandosi alla balaustra: "chi sono?"

"Si tratta" disse Leo curvandosi e scrutando la targa di ottone della porta, "del... signor dottore Innamorati, il quale" soggiunse un po' per rallegrar Carla, un po' per ingannare la propria impazienza "è in casa con la sua gentile signora e i suoi giovani figli, per ricevere degnamente un'eletta compagnia di amici e di dame della migliore società." Rise e prese il braccio di Carla:

"Andiamo" disse: "ancora una rampa e siamo arrivati."

Salirono ancora: si udiva per la scala bianca, vuota, e illuminata, la musica del grammofono risuonare lontana e fragorosa; nelle pause silenzio completo. S'indovinava allora il salotto piccolo, i ballerini fermi in piedi sotto il lampadario acceso, le risa, il movimento e negli angoli, presso le finestre, dietro le tende, i complimenti ingenui... Al secondo pianerottolo entrarono.

Nel vestibolo, Leo si tolse il cappello e il pastrano e aiutò Carla a liberarsi dell'impermeabile. Il vestibolo era vasto e bianco, tre usci vi si aprivano, in faccia alla porta vi era una gran finestra buia e rettangolare che senza alcun dubbio doveva guardare verso una corte interna. Passarono nel salotto: "Mettiamoci qui" disse Leo additando un gran divano di pelle pieno di cuscini. Sedettero: una lampada dal paralume rosso posata sopra un tavolino li illuminava fino al petto, le loro teste e il resto della stanza restavano nella penombra. Per un istante stettero immobili e non parlarono: Carla si guardava intorno senza curiosità; i suoi occhi si posavano ora su quella bottiglia di liquore là sul tavolino ora sulle pareti, come chi piuttosto che osservare aspetta con ansietà una parola oppure un gesto; Leo ammirava Carla:

"Ebbene, mia cara," incominciò quest'ultimo finalmente, "cos'hai che non parli e neppure mi guardi? Su, animo, dimmi quel che pensi, e se desideri qualche cosa non far complimenti, domanda quel che vuoi, fa' come se tu fossi in casa tua." Tese la mano, accarezzò con le dita il volto serio della fanciulla:

"Non ti dispiacerà mica" soggiunse senza ombra d'imbarazzo "d'esser venuta?"

Ella voltò la testa: "No..." rispose "no, sono... contentissima... soltanto, mi capisci? bisogna che mi... abitui."

"Abituati... abituati" disse Leo con sicurezza; si avvicinò ancor più di quel che già non fosse a Carla: "Accidenti" pensava turbato ed eccitato, "che noia i preliminari." Le girò un braccio intorno alla vita; la fanciulla non parve accorgersene:

"Che bel vestitino hai" incominciò Leo con voce carezzevole e sommessa: "Chi te lo ha fatto?... Che bella bambina sei... vedrai come si starà bene insieme: sarai la mia bambina, la sola bambina della mia vita, la mia graziosa bambina."

Tacque, sfiorò rapidamente con le labbra la mano, il braccio nudo di Carla, si fermò per un istante sul collo, attirò la grossa testa seria; si baciarono; si separarono:

"Siediti qui" invitò l'uomo mostrando le sue ginocchia; Carla ubbidì con docilità; nel movimento ch'ella fece per assestarsi, la veste le discoprì le gambe, ma non venne riabbassata; questa noncuranza convinse definitivamente Leo della solidità della sua conquista.

"Che stanza c'è di là?" domandò la fanciulla additando l'altra porta del salotto.

"La camera da letto" rispose l'amante osservandola attentamente; e dopo un istante, abbracciandola daccapo, con voce persuasiva "ma lascia star tutto questo... ascoltami... dimmi...; mi ami?"

"E tu?..." ella domandò a fior di labbra, guardandolo con occhi seri.

"Io?... cosa c'entro?... Per forza ti amo, se no non avrei fatto quello che ho fatto... sicuro che l'amo la mia Carlotta, la mia bambola, la mia Carlottina" soggiunse Leo ficcando delle dita sconvolgitrici nei capelli della fanciulla; "la amo moltissimo e guai a chi me la toccherà... e la desidero anche, certo... tutta intera... desidero queste labbra, queste guance, queste belle braccia, queste belle spalle, questo suo corpo pieno di... femminilità, delizioso, pieno di fascino e di grazia che... che... che mi farà impazzire" egli esplose alfine e come preso da una specie di frenesia si gettò su Carla, l'abbracciò con tutte le sue forze, cadde insieme con lei sopra il divano: la lampada illuminò con la sua luce indifferente la schiena dell'uomo dalla giacca tutta sottesa dallo sforzo del torso e le gambe di Carla, calzate di rosa. Stettero così per qualche istante, tra i sussulti della libidine confuse parole di tenerezza uscivano di bocca all'uomo. Carla invece taceva. L'atteggiamento della fanciulla tra questi furori era docile ma non rassegnato, i suoi pensieri non erano così lucidi come ella aveva preveduto, un vergognoso e scomposto eccitamento incominciava ad ardere le sue guance; insomma, era inutile nascondèrselo, quelle carezze non la lasciavano del tutto indifferente, un certo piacere tanto più acuto in quanto le pareva assurdo veniva ad annebbiare la coscienza: "Vediamo" ella pensava tra i fremiti istintivi che le strappavano le strette libertine e crudeli dell'amante, "cosa sto facendo?..." Mai come ora, questa sua tresca le era apparsa sotto un aspetto tanto comune, imperdonabile e rovinoso, "una nuova vita" pensò ancora debolmente; poi chiuse gli occhi.

Ma la lussuria dell'uomo sapeva non oltrepassare certi limiti; veder Carla abbandonarsi con gli occhi chiusi, bianca come la cera sul fondo cupo del divano, e pensare: "no... prenderla qui no... di là sì... qui è troppo scomodo," fu tutt'uno. Egli si risollevò, fece risollevare la fanciulla; per un istante stettero immobili, ansanti, senza parlare; la luce della lampada lasciava nell'ombra Leo, appoggiato sul fondo del divano, e illuminava Carla: ella era già tutt'altra dalla signorina di pochi minuti prima, aveva i capelli arruffati, una ciocca le pendeva davanti agli occhi, il volto era rosso, grave e turbato, una delle due bretelline del vestito durante l'abbraccio si era spezzata e pendeva in due lembi, uno sul petto e uno sull'omero, discoprendo la spalla bianca e nuda. Allora, mentre così assorta ella guardava davanti a sé, l'uomo osservò una cosa strana: qualche cosa molto simile a un cartiglio piegato in quattro riempiva l'incavo della veste tra i seni e ne tendeva la seta rossa con due o tre punte aguzze; egli sorrise, tese una mano e toccò l'oggetto:

"E questo cos'è?" domandò senza alcuna intenzione, per pura curiosità. Carla voltò una faccia spaurita:

"Cosa, questo?"

"Quel... pezzo di carta che tieni così gelosamente in seno" insistette Leo con un sorriso quasi paterno.

Ella abbassò la testa, si portò una mano al petto; non c'era dubbio, l'amante aveva ragione, qualche cosa che assomigliava molto ad un pezzo di carta stava nascosto lì, tra la camicia e la carne; solamente ella non si ricordava di avercelo messo né riusciva a capire che cosa fosse; alzò gli occhi, guardò sconcertata l'amante.

"Il posto dove tutte le bambine mettono i loro segreti" disse Leo, che l'idea di un tale nascondiglio inteneriva ed eccitava insieme; "vediamo, Carla, vediamolo questo tuo segreto." Tese la mano e fece il gesto d'introdurla sotto il vestito.

"Non ti permetto" ella gridò improvvisamente, senza neppur saper lei perché, coprendosi con le mani.

154

Il sorriso dell'uomo scomparve: "Va bene" egli disse osservando attentamente la fanciulla: "ti permetto di non permettere... tiralo fuori tu questo tesoro... e poi leggilo ad alta voce."

Silenzio; Carla guardava l'amante tra irresoluta e disorientata, intuiva che questa storia del pezzo di carta incominciava ad irritarlo; lo si vedeva dagli occhi che erano diventati duri; e si tormentava invano per sapere che cosa quel cartiglio che le sue dita curiose tastavano potesse contenere; ma non lo tirò fuori, un po' per un triste puntiglio (e se veramente fosse stato un segreto suo da non confidarsi a nessuno?), un po' per una vaga intenzione di vedere come agisse Leo quando la gelosia lo pungeva.

"E se io" disse alfine in tono di sfida, posando le mani sulle ginocchia "se io non volessi mostrartela questa lettera?" "Ah! è una lettera" esclamò Leo interessato e già inquieto "e di chi, se non ti dispiace, di quale persona così importante da tenerla lì, proprio lì, e da non potere lasciarla a casa?"

Ella lo guardò tra le ciglia socchiuse, inchinando la sua grossa testa arruffata sopra la spalla nuda: "Questo" rispose assumendo un atteggiamento capriccioso, guardando in aria e tamburellando tranquillamente con le dita sopra le ginocchia, "questo non te lo dico."

"È capacissima" pensò Leo del tutto irritato, "capacissima di avere qualchedun altro... capacissima." Si sollevò lentamente dal divano:

"Senti Carla" disse scandendo le parole e piantandole addosso due occhi imperiosi e indagatori: "io voglio assolutamente sapere di chi è questa lettera."

Ella rise un poco, divertita da questa gelosia; ma non cambiò la sua sdegnosa attitudine: "Indovina" disse.

"Un uomo" domandò Leo.

"Già" ella commentò in tono canzonatorio; "già, sempre che non sia una donna." Per impedirgli qualche gesto brusco teneva una mano sul petto; guardava in aria; i suoi occhi voltati verso il soffitto pieno d'ombra si socchiudevano; si sentiva stanca; avrebbe voluto piegare la testa su questo suo segreto che non esisteva, e dormire.

"Ho capito" disse Leo con un sorriso forzato, "ho capito... qualche innamorato... qualche giovincello..."

"Neppur per sogno" ella rispose senza abbassar la testa, "un uomo." Vedeva sulla parete opposta l'ombra di Leo vaga e larga, muoversi or qua or là come se si fosse preparato a saltarle addosso:

"Un uomo" ripeté con voce più stanca senza cessare quel giuoco delle dita "e se tu sapessi" soggiunse ubriacandosi d'una tristezza senza ragione. "Se tu sapessi come lo amo!..." I suoi occhi si socchiudevano pieni di lacrime, il suo cuore tremava: "E invece" pensò freddamente "quest'uomo non c'è."

"Un uomo... tutti i miei complimenti." Ora Leo s'irritava veramente: questa purezza che non esisteva, questa conquista che altri aveva fatto gli mettevano il diavolo in corpo; la Carla puerile e casta dei suoi desideri cedeva il posto ad una signorina esperta in amore, che non temeva di visitare gli uomini nelle loro case; il solletico, il profumo, il fiore dell'idillio svanivano; il suo amor proprio di seduttore restava a mani vuote davanti ad una porta aperta: "È colpa mia" soggiunse convinto: "avrei dovuto pensarlo che non era la prima volta."

"La prima volta di che?" ella domandò voltandosi di scatto.

"La prima volta che... m'intendi... che fai delle visite, che vai in casa di qualcheduno."

Un rossore acceso salì alle guance di Carla, ella guardò l'amante, combattuta tra il desiderio di protestare e rivelargli la stupida verità e quello di continuare la finzione incominciata; ma alla fine seguì il secondo partito.

"E anche se fosse vero?" disse guardandolo negli occhi.

"Ah! dunque è vero?" Per un istante Leo strinse i denti e i pugni, poi si dominò ed ebbe una stridula voce di sarcasmo: "Ah, così, purissima fanciulla, tu hai un amante..."

"Sì" ella confessò, arrossendo di nuovo; quell'ironia e il tono dell'uomo le facevano male all'anima; mai come ora aveva sentito un tanto grande bisogno di bontà.

"Ma brava, ma bravissima" ripeté Leo con lentezza; guardò Carla negli occhi e come parlando a se stesso:

"Già si capisce... tale la madre... tale la figlia." Poi bruscamente un furore rosso gli iniettò gli occhi di sangue; afferrò la fanciulla per un braccio:

"Sai cosa sei tu?... una... una..."; nella sua rabbia non sapeva trovar l'epiteto giusto, e balbettava: "una svergognata... e ciò nonostante sei venuta anche da me?"

"Questa è un'altra cosa" rispose Carla con calma.

"Che roba... che schifo... e dire che ha appena ventiquattr'anni" si ripeteva Leo guardando la fanciulla: "E si può sapere almeno chi sia quel signore?" domandò.

"È un uomo alto" ella disse sforzandosi di concretare quella vaga immagine ideale verso la quale la sua anima si tendeva; "ha i capelli castani... una bella fronte calma, un volto ovale, non è rosso, è piuttosto pallido... ha delle mani molto lunghe."

"Santore" esclamò Leo prendendo il primo degli amici di Carla che gli parve somigliante al ritratto ch'ella andava facendo.

"No, non è lui." Carla guardò avanti a sé: "Magari esistesse" pensava, "ora non sarei qui." Tacque per un istante:

"Egli mi ama molto ed io lo amo molto" continuò con una dolcezza piana e facile che l'incantava e la meravigliava, perché ora le sembrava di neppure mentire; "ci siamo conosciuti due anni fa... e da allora ci siamo sempre veduti... egli non è come te... è... soprattutto buono, voglio dire che mi comprende anche prima che io abbia parlato, che a lui posso confidare tutto quello che penso, qualsiasi cosa, e lui mi discorre come nessuno, e mi prende nelle sue braccia e... e...": la sua voce tremò, gli occhi le si empirono di lacrime; in quel momento era convinta ella stessa di quel che diceva, quasi le pareva di vederla, là, davanti a lei, in carne e ossa, questa creatura della sua fantasia; "ed è veramente diverso da tutti gli altri, e non c'è che lui che mi abbia veramente amato" ella concluse commossa ed anche un po' stupita dalla sua stessa menzogna.

"Il nome" disse Leo per niente impressionato da quel tono e da quelle parole; "si può sapere il nome?"

Carla accennò di no con la testa:

"Il nome no."

Un istante di silenzio; si guardarono; poi: "Dammi quella lettera" ordinò l'uomo perentoriamente.

Turbata ella si coprì il petto con le mani: "Perché Leo?..." incominciò con voce supplichevole.

"La lettera... fuori la lettera." D'improvviso egli afferrò alla cintola la fanciulla e tentò per forza d'introdurre la mano in quel suo nascondiglio; ma Carla si divincolò, si liberò, alfine, scarmigliata, corse alla parete opposta:

"Non lo sai che con la violenza non si ottiene nulla?" gli gridò, e aperta la porta della camera da letto scomparve.

Preso da un furore senza limiti Leo si precipitò contro quell'uscio chiuso; ma Carla, dall'altra parte aveva girato la chiave ed egli non poté entrare: "Apri" gridò alfine al colmo della rabbia, urtandovi con i pugni: "apri, stupida...": nessuna risposta.

Gli venne ad un tratto in mente che poteva entrare nella camera da letto dalla parte del bagno; corse nel vestibolo, passò nel bagno; tutto era a posto, nell'ombra i tubi nichelati e le mattonelle di lucida maiolica brillavano. Si accorse con gioia che l'uscio dai vetri verdi era socchiuso; dapprima non vide Carla; la luce era spenta, una rada oscurità empiva la stanza; "Che si sia buttata dalla finestra?" pensò per un attimo, chissà perché, avanzando a tastoni. Accese la luce, la stanza era veramente vuota: "Che il diavolo se la porti; dove potrà essersi mai nascosta?" si domandò, e già stava per uscire e andare a cercare la fuggitiva nelle altre stanze dell'appartamento, quando, ad un tratto, la vide, là, rannicchiata, in piedi, dietro l'uscio del bagno.

Le andò semplicemente incontro, l'afferrò per un braccio, la tirò fuori con una certa violenza dal suo nascondiglio, come si fa coi bambini riottosi:

"Fuori questa lettera" le intimò con severità, tenendola ben stretta.

Si guardarono; ora il pensiero che l'amante potesse accorgersi della sua menzogna spaventava e umiliava la fanciulla; ella capiva che quel pezzo di carta non doveva aver alcuna importanza, doveva essere un biglietto da visita o chissà quale altra stupidaggine, e soffriva all'idea di essere costretta a confessare all'uomo che i suoi sogni non esistevano.

Fece un ultimo tentativo: "Questo non è giusto, Leo..." incominciò con voce querula; "io..."

"La lettera!" intimò l'uomo per la seconda volta.

Ella capì che era inutile ribellarsi. "Sarà quel che sarà" pensò rassegnata e anche un poco interessata da quel che la lettera potesse contenere; mise la mano sul petto, ne trasse il pezzo di carta, lo tese all'uomo: "Eccola."

Leo lo prese, ma prima di esaminarlo guardò la fanciulla. Allora, chissà perché, fu come se un'insormontabile vergogna l'avesse d'improvviso assalita; bruscamente, il volto di Carla si contrasse, ella si voltò, andò al letto, vi si buttò nascondendosi il volto nelle mani; fu soltanto un gesto, non l'accompagnarono né l'animo né alcun vero sentimento; ella stessa non s'ingannò sul suo significato; poi ad un tratto, sentì l'uomo ridere, e rialzò la testa:

"Ma è il mio biglietto" egli le gridò andandole incontro, "il mio biglietto che io ti ho dato oggi."

Ella non si stupì; in fondo quella storia della lettera era assurda, nessuno poteva scriverle, nessuno l'amava... ma ciò nonostante le parve crudelmente ingiusto che così fosse; ingiusta questa assenza del miracolo (perché non poteva quel gran desiderio che ne aveva cambiare in epistola amorosa quello stupido biglietto?), ingiusta questa meticolosa realtà: impallidì:

"Già, il tuo biglietto" disse con un senso di delusione amara e inevitabile. "Che cosa volevi che fosse?"

"Ma allora" egli continuò avvicinandosi e sedendole a fianco, sul letto "allora sono io quell'uomo... capelli castani, fronte calma... sono io che ami."

Ella lo guardò a lungo come se avesse voluto ravvisare in quel volto rosso e compiaciuto l'immagine sognata:

"E... e" disse esitando e abbassando gli occhi con la coscienza di mentire daccapo; "non l'avevi ancora capito?"

Per la prima volta da quando Carla lo conosceva, Leo ebbe un riso fresco, quasi giovane, spontaneo: "Io no" gridò; la prese per la vita:

"Sia come non detto tutto quello che ho detto" ripeté "sia come non detto." Si chinò; la baciò sulle spalle, sul collo, sulle guance, sul petto: quel corpo tornava ad eccitarlo, insieme con l'illusione ritrovava la libidine:

"La mia piccola bugiarda" ripeteva, "la mia piccola bambina bugiarda..."

Questi sfoghi d'amore non durarono più d'un minuto; poi egli si alzò goffamente dal letto:

"E ora?" domandò tra il serio e il faceto senza ravviarsi quei suoi capelli in disordine che gli davano un aspetto non si sapeva se ebbro o maldestro: "Non credi che sarebbe tempo di andare a dormire?... Io ho un sonno... un sonno terribile."

Carla sorrise con sforzo, accennò timidamente di sì.

"Allora, da brava" disse l'uomo "questo è il pigiama..." e le mostrò un cencio a grosse righe posato sul capezzale "là sull'armadio se ne hai bisogno c'è il necessario per la teletta...: svestiti e mettiti a letto che io ti raggiungo subito..." Le sorrise ancora, del tutto fiducioso, le batté con la mano sulla spalla e uscì dalla parte del bagno.

IX

Il letto largo e basso occupava un angolo interno; ella vi
si distese e guardò la stanza: nella penombra che quella sola lampada accesa presso il capezzale non rompeva, s'intra-
vedevano due armadi dagli specchi lucidi, uno a destra della porta del salotto, l'altro dalla parte opposta; e non c'era
altro; la finestra occupava tutta la parete opposta, era bassa, rettangolare, con piccoli vetri; aveva delle mezze tendine candide; sotto la finestra c'era il termosifone nascosto
da una specie di griglia; le persiane erano chiuse, la porta
del salotto era chiusa, e così anche quella del bagno che ella vedeva di sbieco, dai vetri illuminati blandamente come
le pareti di un acquario se ci batte il sole. Abbassò gli occhi, una gran spoglia d'orso, bianca e irsuta, stava distesa ai
suoi piedi: aveva occhi di celluloide gialla, una bocca spa-
lancata piena di denti aguzzi; la pelle piatta dalle zampe
corte e dalla coda esigua dava l'impressione che un rullo gi-
gantesco l'avesse a quel modo spianata, non lasciando intatta che la testa feroce. Si alzò, fece macchinalmente qualche passo per la stanza, toccò la stufa che era calda, allargò
una tendina, poi si voltò: dietro quei vetri luminosi della
porta del bagno, l'ombra dell'amante passava e ripassava, si
udiva un getto d'acqua scrosciare, altri rumori... Allora,
non senza aver osservato negli specchi cupi degli armadi la
sua figura scapigliata e spaurita, tornò al letto e incominciò
a spogliarsi.

Non pensava a nulla; le azioni inconsuete che compiva la assorbivano completamente, le davano uno stupore trasognato. Quel che soprattutto l'impressionava era di non essere a casa sua, di trovarsi a quell'ora in quella stanza; si tolse il vestito lacerato, lo depose sopra la bassa poltrona che stava a pie' del letto; le calze e contemplò un istante le sue gambe nude; la sottoveste, le mutande; esitò; aveva da togliersi anche la camicia? Ci pensò; sì, certo, era necessario; se la sfilò e la buttò sugli altri panni. Non si sentì nuda che sotto le lenzuola fredde, dove si rannicchiò tutta contro la parete, con una mano tra le gambe e una sul petto: il pigiama dalle grosse righe, che faceva pensare ad un'uniforme criminale, l'aveva buttato in terra; le era venuto in mente che la madre aveva potuto indossarlo.

A poco a poco il suo corpo ardente riscaldava le lenzuola. Ad un tratto ebbe l'impressione che questo tepore avesse sciolto quel nodo di paura e di stupore che fino allora le aveva ingombrato l'anima; si sentì sola, provò una gran tenerezza, una pietà indulgente per se stessa, si sforzò di raccogliersi, di raggomitolarsi più che poteva, fino a toccare con le labbra le sue ginocchia rotonde. L'odore sano e sensuale che emanavano la commosse; le baciò più volte appassionatamente: "Povera... poverina..." si ripeteva accarezzandosi. Gli occhi le si empirono di lacrime; avrebbe voluto piegar la testa sul suo petto florido e piangervi come su quello di una madre; poi senza cessare di fissare con gli occhi attenti quella parete appena illuminata dalla lampada, ascoltò: i rumori che le arrivavano erano familiari e rivelavano irreparabilmente il luogo dove stava: la pioggia cadeva ancora, se ne udiva il fruscio; qualcheduno camminava nel bagno; dell'acqua scorreva; se si muoveva, il letto mollemente sprofondava, con un suono sordo, e in un certo modo lontano, non sapeva se per qualche ricordo o per la estrema cedevolezza delle piume. Non era il letto di casa sua, duro e stretto, né uno di quei letti stranieri nei quali ci si caccia dopo un lungo viaggio, e ci par subito di stare troppo in basso o troppo in alto, e ci si dorme senza soddisfazione; no; questo era un letto comodo, tenerissimo, pieno di attenzioni e di premure; soltanto il corpo ne aveva paura, vi si rannicchiava tutto, vi tremava, e ogni tanto tendeva una mano esitante a tastare lo spazio immenso e freddo che avanzava dietro, quella Siberia di tela, disabitata e ostile; era una sensazione sgradevole: come camminare per una strada buia sapendo di avere qualcheduno alle spalle.

Chiuse gli occhi stanchi: era appena un minuto e le pareva un'ora che stava in quel letto: "Perché Leo non viene?" si domandò ad un tratto. Questo pensiero ne trascinò degli altri: "Non mi volterò se non quando avrà spento la luce" si disse senza odio: "non voglio vederlo..."

Rabbrividì: "è la fine" pensò distrattamente e senza convinzione; ora da quella volontà di distruzione che l'aveva portata fino a quel letto nasceva in lei un desiderio avido dell'oscurità nella quale tra poco si sarebbe abbracciata all'amante; immaginava, non senza turbamento, non sapeva se per una voglia istintiva di godere o per quel suo programma di avvilirsi completamente, di buttarsi, nelle tenebre e nella promiscuità di quella notte, a tutte le più bestiali sfrenatezze di cui pur senza aver la conoscenza aveva da tempo indovinato l'esistenza; ma queste eccitate fantasie non la distraevano dall'attesa: "perché Leo non viene?" si ripeteva ogni tanto... E poi, rotta dalle fatiche di questa lussuria, si sarebbe addormentata accanto all'amante; quest'idea le piacque, chissà perché, e già pensava che doveva essere insieme dolce e triste dormire in compagnia, l'uno a fianco dell'altro, magari abbracciati, nudi e uniti, nella notte; e quasi ne provava dell'affetto per Leo, e immaginava che non si sarebbe mossa, che avrebbe trattenuto anche il respiro per non destarlo... quando la porta del bagno si aprì con un tintinnìo di vetri.

Contro l'ansietà che aveva finito per invaderla, questo rumore improvviso ma familiare le fu grato in quel momento come una presenza amica in qualche luogo sconosciuto o spaventoso: con quel suono, in quel modo, si aprivano le porte a vetri di tutto il mondo, così in casa sua che altrove. Dimenticò di colpo tutto il suo programma, spalancò gli occhi, vide sulla parete l'ombra larga dell'uomo e si voltò:

l'amante si curvava su di lei. Ella ebbe appena il tempo di accorgersi che non indossava alcun pigiama, ma una specie di leggera veste da camera, e che si era accuratamente rasato, incipriato, pettinato; poi con un gesto semplice, senza lasciare quella sua espressione dura e distratta, egli sollevò le coltri e scivolò al suo fianco.

X

Il primo ad addormentarsi fu Leo; l'impreveduta seppure inesperta sfrenatezza di Carla l'aveva spossato. Dopo l'ultimo abbraccio poiché stettero per qualche istante ambedue immobili, con le membra madide confuse tra di loro, gli occhi socchiusi e le teste unite sul capezzale in una specie di esausto dormiveglia, la fanciulla sentì l'amante ritirar pian piano il braccio dalla sua vita, districar le gambe dalle sue e voltarsi verso la parete. "E domani mattina?..." ella pensò confusamente ascoltando il respiro tranquillo del dormiente, "e domani mattina?" Si sentiva anche lei stanchissima, quella fitta oscurità della stanza le pareva un secolo che ci stava immersa, la testa le doleva, non osava muoversi; poi, d'improvviso, benché avesse ancora la netta sensazione di quel corpo nudo contro il suo, di quelle lenzuola piene di un calore speciale tanto nuovo per lei, di quella specie d'impalpabile atmosfera che non le lasciava dimenticare neppure per un istante la casa, la stanza dove si trovava; d'improvviso, tutti questi elementi straordinari cessarono di stupirla, fu come se in un colpo solo ella ne avesse acquistato l'indurita abitudine; si voltò, tirò dalla sua parte le coltri e si addormentò.

Subito ha un sogno strano: le pare di vedere quell'immaginario amante che aveva saputo così bene descrivere a Leo, alto, forse perché sta in piedi mentre ella giace supina, dalla fronte calma, dagli occhi pieni al tempo stesso di serenità e d'indulgenza; è molto dritto, è vestito trasandatamente e la guarda con meravigliata attenzione come se veramente sia entrato allora nella stanza e l'abbia appunto trovata così com'è, distesa nuda, là, su quel letto, con quel suo corpo una volta intatto ed ora deflorato, e anche, sì, anche qua e là insudiciato, sul petto, sul ventre, sulle braccia, dalle recenti libidini di Leo. Ella non si vede, sta supina, ma da quegli sguardi dell'uomo capisce di aver le membre sparse di Dio sa che macchie o segni, di esser mutata anche per lui, straniero, da quella Carla che era prima della tresca; restano così ambedue, in questi atteggiamenti per qualche istante, si guardano, non si muovono, ma alla fine la vista di quel volto calmo, severo e attento, la tortura di quegli occhi rivolti al suo corpo deflorato (e il peggio è che ella non può vedersi) le riescono intollerabili, con un gesto istintivo si copre il viso con un braccio e vorrebbe piangere; altra sgradevole sorpresa; i suoi occhi restano secchi, per quanti sforzi faccia le lacrime non sgorgano, ella non può più piangere. Eppure un dolore immenso, un rammarico amaro, non sa di che, la pungono; si lamenta, urla, almeno così le pare nell'imbroglio del sogno, e, pur restando supina (altro tormento: il senso di essere inchiodata contro quel letto, di non potersi alzare, piegare...) si torce col petto, coi fianchi nudi; a intervalli, tra questi suoi movimenti spasmodici di farfalla trafitta, vede la testa calma, laggiù, molto lontana, quegli occhi non cessano di guardarla, quella fronte giusta: "piangere... piangere" ripete dentro di sé, fa tutti i tentativi per bagnare almeno di una sola lacrima le sue palpebre aride, ma è inutile... quel suo dolore non si esprime, resta come un peso enorme nella sua anima, la soffoca; alfine non ne può più e tende le braccia frenetiche verso quella testa lontana... le pare di chiamar l'uomo coi nomi più dolci, dei nomi nuovi e spontanei che la commuovono profondamente, e di promettergli di amarlo tutta la vita, sempre (questo senso di eternità le dà una grande amarezza, non sa perché); ma invano, ché ad un tratto l'uomo scompare ed ella ricade nell'oscurità; scoppia allora, con crescente sonorità, una sillaba cupa come un rintocco di campana: "San... San... San... San...," che mette nella sua anima uno scompiglio e una paura atroci; e poi, bruscamente, al nome intero "Santore" ella si desta.

La stessa notte nella quale si era addormentata l'avvolgeva ora, aveva tutto il corpo bagnato di sudore e sentiva al fianco sinistro una zona umida ardente di calore: "Dove sono?" si domandò spaurita. Fu un solo attimo di disorientamento ché, subito, si ricordò di tutto quel che era successo e capì che quel calore proveniva dal fianco nudo di Leo che combaciava col suo; poiché le pareva di soffocare ributtò le coltri dal petto, trasse le braccia dal viluppo fastidioso delle lenzuola; questa libertà, questa frescura le diedero un gran sollievo; spalancò completamente gli occhi ché ormai, sia per timore di un altro incubo, sia per il nervosismo che la possedeva, non aveva più voglia di dormire, e si diede istintivamente a rievocare gli avvenimenti occorsi dal principio di quella notte.

La memoria dei fatti le tornava a brani: ora le pareva di rivedersi in quell'automobile in corsa, sotto la pioggia, per le vie della città; ora nel salotto, seduta sulle ginocchia dell'amante; quasi simultaneamente le riapparvero l'immagine di Leo in atto d'entrar nel letto dov'ella l'aspettava e l'altra più strana e più turbante di loro due nudi, l'uno a fianco all'altro, insonnoliti e storditi in quella luce accecante della stanza da bagno tutta murata di maiolica bianca, dritti, in piedi in attesa di quell'acqua calda con la quale si sarebbero lavati. Questi ricordi così recenti le parevano invece lontani e come staccati dalla sua persona, non li possedeva né se li spiegava, le sembravano pieni di una inammissibile irrealtà; e pure non c'era dubbio, questa vita così vicina che le figure che vi si muovevano le apparivano grandi al naturale, l'aveva vissuta lei; bastava che ella tendesse una mano sotto le lenzuola per toccare il corpo nudo dell'amante addormentato o che accendesse la luce per convincersi che ella si trovava davvero nella camera di Leo e non nella sua: "Lontana dalla mia casa," pensò finalmente con un turbamento straordinario; "qui... nel letto del mio amante..." Ma se le rievocazioni dei fatti più normali di quella notte già la stupivano, certe altre di cose che nonché prevedere aveva sempre ignorato, la sconvolgevano addirittura, non si saziava di analizzarle, ricominciava più volte a ricostruirle, per così dire le riassaporava... per esempio la memoria precisa di certe momentanee chiaroveggenze, per le quali, quando la lampada era ancora accesa, aveva sorpreso, foss'anche per un attimo, certi loro atteggiamenti, di lei e dell'amante, di una tale indecente mostruosità, che le si erano per così dire stampati in mente in modo incancellabile.

Ma fosse l'oscurità che l'avvolgeva, fosse veramente un senso di paura e d'incertezza, a poco a poco queste rievocazioni la stancarono, non bastarono più a distrarla dalla coscienza delle sue presenti condizioni. "E ora" pensò ad un tratto "cosa mi succederà?" Non voleva confessarselo ma si sentiva terribilmente sola... ecco... stava distesa supina, in quel letto, abbandonata ai suoi pensieri solitari, alle sue paure, alla sua debolezza; la notte riempiva i suoi occhi sbarrati, l'amante non l'accarezzava sulla fronte, non ravviava i suoi capelli scomposti, non l'assisteva nel suo angoscioso dormiveglia, non la difendeva, era come se non ci fosse...: un respiro tranquillo e niente di più, là, alla sua destra, poteva esser tanto di Leo che di un'altra persona, le ricordava ogni tanto che non era sola.

Le venne d'improvviso un desiderio isterico di compagnia e di carezze; "perché dorme," si domandava, "perché non si cura di me?" quel respiro letargico, là, al suo fianco, aveva finito insensibilmente per spaventarla, non le pareva dell'amante, ma di un altro uomo a lei sconosciuto e magari anche ostile; c'era insomma in quel respiro un ritmo così indifferente, una regolarità tanto mostruosamente in contrasto con le sue angosce e i suoi fantasmi ch'ella non sapeva davvero se impaurirsene o indignarsene; tentò di dimenticarlo, tese le orecchie, ascoltò i pochi rumori dell'appartamento, certi scricchiolii dei mobili, certi fruscii; poi spalancò gli occhi nell'oscurità per vedere qualche cosa su cui fissare tutta la sua attenzione... ma ogni sforzo fu inutile, il respiro s'imponeva, calmo, quasi inumano... "Come sarebbe bello" pensò alfine scoraggiata "se egli ora si destasse e mi dicesse che mi ama." E già immaginava come tutto questo sarebbe avvenuto; ecco... egli l'avrebbe riattirata al suo fianco, e guancia contro guancia, le avrebbe mormorato in un orecchio le dolci parole, già al solo pensiero se ne sentiva tutta commossa e quasi consolata, quando, repentinamente, una terribile paura l'agghiacciò.

Le parve ad un tratto che l'uscio del bagno, laggiù in fondo al letto, si stesse aprendo; in quel punto, sia che i vetri emanassero qualche luminosità, sia che le persiane della finestra del bagno fossero aperte e un po' di luce venisse dal cortile, certo è che le tenebre erano meno fitte che nel resto della stanza... ed ecco... laggiù, non c'era dubbio, l'uscio si apriva pian piano, si muoveva, come se qualcheduno desideroso d'entrare l'andasse cautamente spingendo dall'esterno.

Dal terrore, il respiro le mancò, il cuore incominciò a battere in petto furiosamente; restò immobile, irrigidita, supina con gli occhi fissi in quella direzione; questo pensiero pazzo a cui, del resto, pur esprimendolo, subito non credette, le attraversò la mente: "È mamma che viene a sorprendermi..." Poi la porta ebbe un leggero tintinnio e questo fu troppo per Carla: a occhi chiusi, con quanta forza poteva, con un senso di lacerazione ella cacciò un urlo lungo, lamentoso.

Ci fu un tramestio; la luce si accese, riapparve la stanza tranquilla, Leo tutto insonnolito sorse sul letto:

"Eh!... cos'è successo?"

"La porta" balbettò Carla bianca e ansante, "la porta del bagno."

Senza dir parola l'amante discese dal letto, ella lo vide aprir quell'uscio, scomparire nel bagno, riapparire:

"Io non vedo nulla" egli dichiarò; "sarà stato il vento... avevo lasciato aperta la finestra del bagno..." Tornò al letto, sollevò le coltri, si ridistese: "Non pensarci più e dormi" le disse, "buon sonno," e spense la luce.

Questi atti dell'uomo furono così rapidi, così breve quella parentesi di luce, che ella non ebbe il tempo né di parlare né almeno, con un abbraccio o uno sguardo, di esprimergli tutto il desiderio estremo di carezze e di consolazione che in quel momento le premeva l'animo; allora, nella rinnovata oscurità, dopo un istante di incertezza, incominciò a piangere. Le lacrime colavano rapide sulle guance, l'amarezza che aveva accumulato in quella notte dirompeva ora da ogni parte della sua anima: "Se mi avesse amata" si ripeteva "mi avrebbe consolata... e invece niente: ha spento la luce e si è voltato dall'altra parte." Quella solitudine che prima aveva appena intuito, ora le appariva inevitabile; si coprì gli occhi col braccio nudo; ebbe, se la sentì sul volto, una smorfia di amaro dolore: "Non mi ama... nessuno mi ama," non cessava di ripetersi. Si tirava i capelli con le dita; ormai aveva le guance tutte intrise di lacrime; alfine la stanchezza che covava in lei la vinse e piangendo ella si riaddormentò.

Quando si destò doveva già esser giorno, lo indovinò da quel po' di luce che le stecche delle finestre lasciavano trapelare nella diradata oscurità della stanza. Si destò con facilità, riconobbe subito il luogo dove si trovava, non stupì né di vedersi addosso quel pigiama dalle grosse righe che la sera avanti non aveva voluto indossare, benché non ricordasse in qual preciso momento della notte avesse potuto infilarlo, né, appena si fu alzata e appoggiata alla parete e i suoi occhi assonnati si furono abituati alla polverosa penombra della stanza di scorgere, là, sul guanciale, quella macchia oscura e arruffata, la testa di Leo. Insomma quel sonno aveva dissipato tutti gli stupori e le paure della notte; era come se ella fosse stata ormai da anni abituata a destarsi in quel modo, in quel letto dell'amante; finiti il tormento, la meraviglia, l'impazienza; finita quella sensazione d'irrealtà triste e avventurosa; con le spalle contro la parete, gli occhi sbarrati nell'ombra soffocante, Carla indovinava dall'insolita sazietà, dalla calma, dalla riflessiva pazienza che la possedevano, di essere veramente entrata in una nuova vita. "È strano" pensò ad un certo punto, non seppe se con paura o con dispetto, "è come se io fossi d'un tratto diventata molto più vecchia di quel che già ero..." Restò così immobile, vagamente preoccupata, per qualche secondo; poi si chinò e scosse l'uomo per una spalla.

"Leo..." chiamò con una strana voce sommessa.

L'amante aveva tirato le lenzuola fin sulle orecchie, pareva immerso in un sonno profondo, e da prima o non udì o finse di non udire; ancora una volta Carla si chinò e lo scosse; allora, da quell'ombra del guanciale, arrivò la voce assonnata:

"Perché mi hai svegliato?"

"È tardi" ella disse, sempre con quella sua nuova intonazione bassa e intima; "sarà ora ch'io torni a casa..."

Senza dir parola, senza muovere il resto del corpo, Leo tese un braccio fuori dal letto e accese la lampada; tornò quella luce tranquilla della sera avanti, e Carla riconobbe completamente i mobili, le due porte, quella poltroncina nella quale stava il mucchietto bianco dei suoi panni più intimi, e se stessa seduta sul letto...: l'orologio posato sul tavolino, sotto la lampada, segnava le cinque e mezzo.

"Sono le cinque e mezzo" ripeté con rammarico e irritazione Leo senza voltarsi: "si può sapere perché mi hai svegliato?"

"È tardi" ella ripeté come prima; esitò, poi con precauzione scavalcò il corpo dell'amante e sedette sul bordo del letto.

Egli non parve accorgersene, non le rispose; evidentemente, ella pensò, aveva richiuso gli occhi e si era daccapo addormentato; allora, senza voltarsi, senza curarsi di lui Carla si accinse a rivestirsi.

Ma si era appena tolta di dosso quella ripugnante uniforme dalle grosse righe, e tutta nuda, in piedi, stava preparandosi ad infilar la camicia, quando, d'improvviso, sentì un braccio afferrarla da dietro, alla vita. Il primo movimento fu di paura; lasciò cadere in terra l'indumento, si voltò vivamente da quel lato: si vide allora, là contro il fianco, la testa arruffata, insonnolita, rossa, dell'amante:

"Carla" egli mormorò, sporgendosi dal letto, levando degli occhi eccitati e mal desti verso la fanciulla e fingendo di parlare a fatica per un gran sonno che non aveva; "perché andartene così presto? Vieni qui... torna qui accanto al tuo Leo."

Ella guardò quel volto tentatore, laggiù, illuminato dalla luce calda della lampada, e, d'improvviso, una inspiegabile sofferenza le gonfiò il petto:

"Lasciami" disse con voce caparbia sforzandosi di staccar dal costato le cinque dita che vi s'incollavano, "è tardi... è tempo che io vada."

Vide l'uomo ridere socchiudendo quei suoi piccoli occhi eccitati: "per certe cose non è mai tardi," e di colpo, senza ragione, ché dentro di sé ammetteva benissimo che all'amante venissero tali voglie, la sua collera fu al colmo: "Lasciami ti dico" ripeté duramente: per tutta risposta Leo allungò goffamente anche l'altro braccio tentando di rovesciarla al suo fianco; allora, con uno strattone, ella si liberò, andò alla poltroncina ai piedi del letto, e, curva, senza più occuparsi di lui, senza dir parola, si diede a infilar le calze.

Dopo le calze venne la volta delle giarrettiere; non rialzò quei suoi occhi preoccupati che dopo qualche istante e guardò con espressione dura verso il letto; ma Leo si era voltato contro la parete e pareva dormire. "Buon sonno" ella pensò; fu un attimo; e nel contempo, quasi che questo breve pensiero avesse potuto provocarlo, un senso di paura e d'incertezza le strinse il cuore; tornarono, dopo tante ore di completa dimenticanza, ad echeggiare nella sua testa le vecchie parole: "la nuova vita:" si chinò, raccattò la sottoveste: "È mai possibile" pensò stringendo nervosamente quel cencio e guardando fisso davanti a sé, "che sia questa la nuova vita?"

Senza cessare di agitare nella sua anima inerte quest'idea finì di vestirsi e si alzò:

"Alzati" gridò al dormiente curvandosi e toccandolo sopra una spalla, "sbrigati... è tempo di andare..."

"Va bene" fu la risposta. Sicura di ritrovarlo vestito Carla passò nel bagno.

Si pettinò col pettine e la spazzola di Leo, si lavò le mani, esaminò attentamente nello specchio il suo volto pallido. "A casa" pensò "mi laverò tutta... farò un bagno... poi... e poi bisognerà andare subito a quell'appuntamento, al tennis." Ma nonostante questi pensieri calmi e pratici, quella domanda rattristata non cessava di echeggiare nei piani inferiori della sua coscienza: "È mai possibile che sia questa la nuova vita?"

Nella camera da letto l'aspettava una sorpresa; Leo non si era vestito e neppure per lo meno alzato; stava nella stessa identica posizione nella quale l'aveva lasciato, e pareva tuttora dormire.

Gli si avvicinò, lo scosse: "Leo... è tardi... dobbiamo andare... alzati..."

L'uomo si voltò, alzò appena dal guanciale la faccia assonnata e la guardò: "Eh?... sei già vestita?"

"È tardi..."

"È tardi?" ripeté Leo come se non avesse capito; "e allora?"

"Come allora?... bisogna che tu mi accompagni a casa..."

Egli sbadigliò, si tirò i capelli: "Se tu sapessi che sonno ho..." incominciò "tutta la notte non mi hai lasciato un solo istante in pace...: mi chiamavi... mi parlavi... mi davi dei calci... che so io?... Muoio dal sonno." Parlava con lentezza, trascinando le parole, evitando di guardare la fanciulla; Carla invece l'osservava con attenzione: "Evidentemente" pensò ad un tratto, senza ira, con calma, "non è soltanto perché non ha dormito ma anche e soprattutto perché poco fa non gli ho ceduto che ora finge di aver sonno..." Si drizzò.

"Se vuoi dormire, Leo," disse quasi con dolcezza "non far complimenti... posso anche andare sola..."

"Che sciocchezza..." egli si stirò, a lungo, senza riguardo: "ora che mi hai svegliato ti accompagno."

"Bisogna mostrargli che si sbaglia" ella pensò guardandolo, "che... non sono come lui." "Ma no," insistette sempre con la stessa mansuetudine "no... non voglio disturbarti; tu hai sonno, è giusto... preferisco andar sola."

Un poco sconcertato Leo la guardò: "Un ben nulla sola" disse alfine con una molle energia; "dici ora così... poi invece non cesserai di rimproverarmelo... vi conosco come siete... ho bello e deciso: ti accompagno." Tacque, scosse con forza la testa, ma non si mosse, si guardarono:

"E se te l'ordinassi?" domandò bruscamente la fanciulla.

"Che cosa?"

"Di non accompagnarmi."

Leo spalancò gli occhi stupito: "In tal caso" rispose con diffidenza "la questione cambierebbe aspetto."

"Ebbene" disse Carla rassettandosi tranquillamente la cintura del vestito, "te lo ordino."

Un istante di silenzio: "Prima volevi essere accompagnata" disse alfine l'uomo, "ora non vuoi più... che capricci mi fai?"

"Ah! son io che faccio i capricci" ella pensò a denti stretti; sedette sul bordo del letto, presso l'amante:

"Non si tratta di capricci" rispose "ma ho pensato che questo tuo accompagnamento potrebbe essere compromettente... se ci vedessero insieme... E poi Michele potrebbe già essersi alzato...; allora capisci? È meglio ch'io me ne vada sola... conosco la strada, sarò in dieci minuti a casa... e tu... potrai dormire..."

Tacquero ambedue guardandosi; ora, dopo quella momentanea vampata di desiderio, Leo provava davvero un gran sonno, nulla gli ripugnava più che alzarsi e andar con Carla nella strada, forse sotto la pioggia; e poi c'era anche da tirar fuori la macchina; le sorrise, tese la mano, l'accarezzò sulla guancia:

"In fondo" disse "nonostante tutte le tue fisime sei veramente un gran brava bambina... e allora posso sul serio lasciarti andar sola?..."

"Certamente" ella disse alzandosi; quel tono di Leo l'irritava; "puoi farne a meno... anzi te ne prego."

"Ad ogni modo" soggiunse Leo come parlando a se stesso, "tu hai visto che io ho insistito fino all'ultimo... se non ti accompagno non è che io voglia dormire, ma perché come hai detto bene potrei comprometterti... così dopo non venire a dirmi..." Ma s'interruppe; Carla non era più nella stanza, era già uscita per prendere il cappello. "Tanto meglio" pensò Leo, "fa piacere a me e fa piacere a lei... così siamo tutti e due contenti."

Dopo un istante ella rientrò; aveva il cappello in testa, l'impermeabile, l'ombrello; infilò un guanto con volto preoccupato, cercò invano l'altro per tutte le tasche: "pazienza" disse alfine, "l'avrò perduto... E, a proposito," soggiunse senza impaccio avvicinandoglisi "puoi darmi del denaro per un taxi?... io non ne ho."

La giacca di Leo era appesa ad una sedia non lungi dal letto; egli si protese, trasse di tasca una manciata di monete d'argento:

"Ecco" disse porgendogliele.

Il denaro in tasca: "Comincio a guadagnare," Carla non poté fare a meno di pensare. Si avvicinò al letto, si chinò: "Allora a oggi, caro," gli disse quasi con affetto, come per compensare quel suo pensiero cattivo; si baciarono. "Chiudi bene la porta" le gridò Leo; la vide uscire con precauzione, e per un istante aspettò di udire sbatter l'uscio di casa; ma nessun rumore giunse alle sue orecchie; allora spense la lampada e voltandosi contro il muro si riaddormentò.

XI

Nel sonno di Leo, gli squallidi personaggi dell'alba, i personaggi dei sonni dormiti nel mattino, mentre il sole brilla e nella stanza disfatta la luce filtra da tutte le parti come l'acqua in un bastimento sdrucito, entravano, uscivano... Carla, la madre, Michele, avevano dei gesti compiacenti e osceni, ma le loro figure impallidivano come se la luce esterna le avesse scolorite... pur dormendo Leo faceva ogni sforzo per trattenerle; "non bisogna che mi desti" si ripeteva inconsciamente "non bisogna che mi desti"; una voce poetica e lontana, piena di fioco rimprovero, lo chiamava da qualche luogo remoto: "Leo, Leo, destati, sono io"; sempre inconsciamente egli s'illudeva che non fosse che un sogno e cogli occhi ostinatamente chiusi, ravvolgendosi più che poteva nelle coperte, sperava, svanita quella momentanea confusione, di rientrare daccapo nel fitto e delizioso intrico del sogno... ma i richiami si ripeterono sempre più chiari, alfine una mano lo scosse per la spalla: allora egli aprì gli occhi e vide Mariagrazia.

Dapprima credette di veder male, riguardò, sì, non c'era dubbio, era proprio l'amante, vestita di grigio, col cappello in testa, una pelliccia intorno al collo, in piedi presso il letto; l'ombra della notte aveva lasciato la stanza, doveva essere una bella giornata, macchie gioiose di sole brillavano un po' dappertutto sui mobili polverosi e opachi.

"Tu qui?" le disse alfine "e come hai fatto ad entrare?"

"Ero venuta per portarti un biglietto" rispose Mariagrazia "ma ho trovato la porta aperta e sono entrata."

Leo la guardava con stupore; "la porta aperta?" pensò "eh già... sarà stata Carla...;" sbadigliò, si stirò senza riguardo:

"E sei venuta per dirmi?"

La madre sedette sul letto, in quell'ombra tutta rigata dai fili di luce che le stecche della persiana lasciavano trapelare:

"Volevo telefonartelo" incominciò "ma poiché non paghiamo le tasse da due mesi, ci hanno sospeso il telefono... ieri sera mi hai promesso che ci saremmo visti domani... ma poi ci ho ripensato... non saresti libero oggi nel pomeriggio?"

Leo si prese le ginocchia tra le braccia: "Oggi nel pomeriggio?" ripeté; questa proposta non gli dispiaceva, calcolava che se si fosse liberato quel giorno stesso dell'impiccio della madre, avrebbe avuto tutto il resto della settimana libero per Carla; ma a scanso di sorprese non volle prometter nulla.

"Senti" disse "oggi dopo pranzo verrò da voi... saprò dirtene allora qualche cosa... va bene?"

"Va bene."

Seguì un lungo silenzio; diffidente e malcontenta Mariagrazia si guardava intorno, esaminava con attenzione le suppellettili troppo note, il letto, il volto dell'amante; le parve che quest'ultimo fosse pallido e un po' stravolto; questo e l'altro fatto di averlo trovato ancora immerso nel sonno bastarono per confermarla in certi suoi gelosi sospetti, "ha passato la notte con Lisa" pensò "non c'è dubbio... forse Lisa era qui poco fa," un aspro rancore l'invase, gettò all'amante un'occhiata piena di velenoso rimprovero.

"Io" disse in tono agrodolce "al tuo posto, non farei come se avessi vent'anni."

"Sarebbe a dire?" domandò Leo interdetto.

"Sarebbe a dire" rispose Mariagrazia "che tu invecchi e non te ne accorgi... e non t'accorgi neppure che pazzie come quelle che probabilmente hai fatto stanotte non ne puoi più fare... guardati in uno specchio" ella soggiunse alzando la voce "guarda per piacere che occhi hai, che mascherone, che bei colori... guardati per favore..."

"Io invecchio?... e quali pazzie?..." ripeté Leo irritato soprattutto da quella diretta allusione alla sua età quasi matura "di quali pazzie vai parlando?"

"Eh, m'intendo io" disse la madre con un gesto della mano "ma sai cosa ti dico?... che tra uno o due anni al massimo ti porteranno in carrozzella... sicuro, non potrai neppur più camminare."

Leo alzò con furore le spalle: "Se sei venuta per dirmi queste sciocchezze, è meglio che tu te ne vada..." Guardò l'orologio sul tavolo a fianco al letto: "Le dodici!... ed io che sto a sentirti quando ho un appuntamento alla mezza... vattene, vattene subito;" saltò giù dal letto, infilò i piedi nelle pantofole, andò alla finestra, tirò su la persiana; la stanza si empì di luce.

"E la mia veste da camera non te la metti?" domandò la madre senza muoversi dal letto "forse l'hai già regalata a qualche amante di passaggio?"

Leo non rispose nulla e passò nel bagno; Mariagrazia si alzò, e un po' per curiosità, un po' per sfaccendamento si diede a girare attorno per la stanza. "Anche quell'altro mio dono, quel magnifico vaso di Murano è sparito... hai regalato anche quello?" ella gridò ad un certo momento; daccapo nessuna risposta; si sentiva, là, nel bagno, un getto d'acqua scrosciare. Leo prendeva la doccia.

Scoraggiata ma non vinta, Mariagrazia continuò la sua ispezione; ogni oggetto di quella stanza evocava alla sua memoria gradevoli ricordi, spesso ella sospirava facendo il confronto tra la miseria presente e quei bei tempi passati; la vista della propria fotografia posata sopra il cassettone, le ridiede un poco di fiducia, "in fondo non ama che me" ella pensò "quando sta male, quando ha qualche noia, è sempre a me che ricorre... questa non è che freddezza momentanea... mi tornerà;" aveva, appuntate al petto, un mazzo di viole comprate poco prima per strada; un po' per gratitudine, un po' con la vaga idea di fare una gentilezza, si tolse di dosso quei fiori, e li dispose in un vasetto presso la fotografia; poi entrò nel bagno.

In piedi, in veste da camera, Leo si radeva la barba. "Allora ti lascio" ella gli disse "e... a proposito... oggi, quando verrai, fingi di non avermi vista, come se ti fosse veramente arrivato quel biglietto... siamo intesi?..."

"Siamo intesi" egli ripeté senza voltarsi.

Soddisfatta, Mariagrazia se ne andò; discese in fretta la scala, uscì; all'angolo della strada, salì in un tram che andava verso il centro della città; erano forse già venti minuti che Lisa doveva aspettarla in quel negozio di cappelli dove si erano date convegno per esaminare i nuovi modelli di Parigi... La madre sedeva in un angolo presso il finestrino, voltava più che poteva il dorso al popolo del tram e guardava nella strada; i marciapiedi erano affollati di una viva moltitudine di lavoratori di ogni specie che tornavano alle loro case; il freddo sole di febbraio illuminava le loro facce arrossate dal vento diaccio sotto le falde usate dei cappelli scoloriti e deformi, e le loro persone chiuse nei pastrani inverditi dal tempo; era un solicello bianco e senza calore che si diffondeva generosamente su tutti quegli stracci quasi avesse voluto benedirli; una dopo l'altra sfilavano le brillanti botteghe con quelle scritte dipinte in rosso, in bianco o in blu sulle vetrine; le insegne luminose sospese ai cornicioni, grigie e spente, parevano delle larve incenerite; il tram avanzava lentamente, multicolore, volgare e pieno come un carosello, fremeva, tintinnava... Ogni tanto, sotto gli occhi della madre, con un rapido movimento, il cofano lucido e oblungo di una automobile avanzava, si fermava quasi cercando un varco coi suoi grossi fanali, balzava avanti... ella vedeva dietro una lastra di vetro, fermo al suo posto, con le mani guantate posate sul volante, un autista tutto vestito di cuoio e poi, adagiato sopra i cuscini di pelle, soddisfattissimo, con l'occhio semiaperto abbassato sulla folla, un personaggio panciuto, oppure, avvolta nelle sue gonfie pellicce, qualche signora dal volto delicato e dipinto... Allora, senza volerlo, la madre sospirava: ella non avrebbe potuto mai passare tra la folla malvestita in un'imponente e poderosa macchina, i suoi anni erano svaniti, la sua giovinezza si era dileguata nella lucida automobile dei suoi sogni; a poco a poco le figure della sua invidia, quei personaggi effimeri passati via con la rapidità delle frecce nei loro carri rombanti si erano allontanati anche dalla sua fantasia e dalla sua speranza, rassegnata ella continuava il suo cammino, non senza una specie di disgustata dignità, in quel colorato carrozzone di ferro e di vetro.

Trovò Lisa seduta nel retrobottega della modista, pieno di specchi e di cappelli nuovi; davanti alla specchiera una signora giovane si mirava vanitosamente passeggiando in su e in giù con atteggiamenti nobili e affettati; si udiva parlar nell'altra sala e delle porte a vetri chiudersi; il pavimento odorava di cera; la stanza era grigia e nuda; in un angolo si vedeva un mucchio piramidale di grandi e leggere scatole di cartone bianco, quali chiuse, quali già aperte; nell'altro opposto era cresciuta una fitta vegetazione di cappelli nuovi, dai colori freschi, sobri e delicati, tutti pendenti dai loro sostegni di legno.

Appena vide la madre, Lisa si alzò: "Mi dispiace tanto" disse "oh! proprio tanto, ma non posso restare con te... è tardi, debbo tornare a casa."

La madre la guardò sospettosamente: "Ecco com'è egoista" pensò "ha già fatto la sua scelta e vuol impedire la mia."

"Allora io resto" disse con una faccia irresoluta.

"Fai come vuoi" e già Lisa le tendeva la mano, quando la madre cambiò idea:

"No, vengo con te: ai cappelli ci penserò un altro giorno."

Uscirono insieme nella strada affollata: "Ti accompagnerò" disse la madre "fino ai giardini, così avremo tempo di discorrere." Lisa non rispose; camminarono insieme fermandosi spesso davanti alle vetrine, esaminando la merce, paragonando i prezzi; le botteghe dei gioiellieri ammalinconivano la madre: "Avevo una collana come quella" diceva additando con un sospiro un vezzo di perle esposto nel suo scrigno, "ora non più." Lisa la guardava ma non diceva nulla; anche i suoi gioielli erano partiti per delle destinazioni lontane: "Ma i miei" pensava "me li ha portati via mio marito... almeno non li ho venduti io per sbarcare il lunario." Così lentamente arrivarono alla fine di quella strada.

La madre aveva seguito l'amica per poter sfogare i suoi

sospetti su Leo; poi la folla, le botteghe, il mattino luminoso avevano mitigato il suo rancore; ma quando nella piazza vide Leo stesso fermo sul marciapiede, insieme con un signore vestito di nero, salutarla senza guardarla e senza interrompere la sua conversazione, sollevando appena il cappello sulla testa, allora quel pensiero le tornò più tormentoso che mai.

Guardò Lisa. "Non più tardi di ieri sera" pensò "ella era con lui." Questa supposizione le pareva inconfutabile, ella la fondava sul fatto che anche a occhi più spassionati dei suoi, doveva apparire evidente che tra quei due "qualche cosa c'era." Guardava Lisa, la esaminava, e le trovava appunto una certa nuova seduzione, una felicità corporale difficile a definirsi ma incontestabile; ora questo mutamento era un indizio, la madre lo indovinava con un ribrezzo malsano, un indizio d'amore: non c'era dubbio, lo si vedeva nel volto dai lineamenti grassi e delicati come li hanno spesso le donne bionde: Lisa amava ed era amata; da chi? "Da Leo" pensava la madre, e la sua gelosia dietro le immagini di una fantasia indecente cresceva: "Non più tardi di ieri sera," pensava; trovava negli occhi umidi dell'amica, nella sensibilità di quelle narici, una conferma al suo disgusto: "come si fa ad amare una tale donna?" si domandava con un vero e isterico ribrezzo; "io non potrei neppure toccarla, tutta piena di calore, tutta piena di amore; non è una donna, è una bestia." E le dita le si raggricciavano dalla ripugnanza, al pensiero che Leo avesse potuto accarezzare, palpare quel corpo, quella testa, tutta quella roba calda e palpitante.

Ora, davanti ai loro occhi, un lungo, largo, diritto viale alberato fuggiva nella lontananza grigia, tra due file di ville seminascoste nei loro giardini; gli alberi, dei platani giganteschi, erano nudi, l'aria fredda e ferma; poca gente camminava per questa passeggiata solitaria; e con un fruscio di seta, con un ronzio passavano quasi silenziosamente sopra l'asfalto levigato le grandi automobili che la madre sognava.

Quest'ultima raccontava i preparativi per il ballo che doveva aver luogo la sera:

"Il vestito da spagnola si confà meravigliosamente alla

181

mia carnagione" diceva. "Avrò un gran pettine, sai, uno di quei pettini andalusi... Siamo invitati alla tavola dei Berardi... e tu... ci verrai tu?"

"Io" disse Lisa abbassando gli occhi, "io al ballo?... non ho chi mi accompagna." Tacque aspettando con una certa ansietà la risposta dell'amica; pensava che avrebbe dovuto invitarla a quel ballo; ella conosceva i Berardi, si sarebbe mascherata in un modo qualsiasi, avrebbe bevuto, si sarebbe divertita... Poi al ritorno avrebbe domandato alla madre di lasciarle Michele (le piaceva trattarlo come un ragazzo), si sarebbe fatta accompagnare a casa sua, a notte alta, scherzando, pungendolo, eccitandolo; si sarebbe fatta accompagnare in un'automobile chiusa, col lume spento... Il percorso era lungo, le vie per arrivare oscure; essi avrebbero avuto il tempo di parlare, di tacere, in una parola di mettersi d'accordo, e alla porta essa l'avrebbe invitato a salire per bere un bicchierino di liquore o una tazza di tè prima di rimettersi in cammino in quella notte fredda.

Questo programma le piaceva per l'inevitabilità degli avvenimenti che si dovevano produrre: era impossibile che Michele si rifiutasse di salire in casa sua, impossibile...

Ma già la madre parlava; aveva meditato la risposta, e come tutte le persone che credono di possedere delle pericolose riserve di malizia, ne mise tanto poca nelle sue parole che passò inosservata:

"Amici non te ne mancano" disse con intenzione, "fatti accompagnare da uno di essi."

"I miei amici siete voi" rispose Lisa che voleva ad ogni costo essere invitata, "non ho che voi."

"Grazie, troppo gentile."

"Da chi siete invitati voi? Dai Berardi? Ma allora li conosco..." continuò Lisa, "certamente li conosco... abbiamo fatto la villeggiatura insieme."

"Ah! Sì?"

"E chi vi accompagnerà voi due?" domandò Lisa ingenuamente.

"Leo" rispose la madre staccando le sillabe "starà ad un'altra tavola... i Berardi ci accompagneranno."

"Cosa importa a me di Leo!" pensò Lisa. "E sarà brillante?" soggiunse con aria dubitosa.

"Brillantissimo."

Tacquero per un istante. "Mi piacerebbe andarci..." ricominciò Lisa negligentemente, guardando davanti a sé, "anche per rivedere i Berardi... è tanto tempo che non ci vediamo più... forse più di due anni."

"Ah! proprio i Berardi?" la madre diventava nervosa e batteva con la punta dell'ombrellino le pietre del marciapiede: "proprio loro?"

"Sì," disse Lisa senza guardarla, come chi fruga tra i ricordi: "Pippo, Mary, Fanny... stanno tutti bene?"

"Benissimo... non aver paura, la loro salute non corre alcun pericolo."

Nuovo silenzio. "Ed ora?" pensò Lisa guardando la faccia un po' rossa dell'amica, "cosa le prende?" Si era finalmente accorta del nervosismo della madre e le attribuiva un significato sfavorevole ai suoi desideri. "Che egoismo" pensò con amarezza; "ha già capito fin dalla prima parola che mi piacerebbe andarci, e solamente per farmi una cosa sgradevole non m'inviterà." Si sentiva un po' scoraggiata; fece un ultimo sforzo.

"Debbo confessarti, Mariagrazia," mormorò con voce persuasiva "che mi piacerebbe molto andare al ballo... non vorrei disturbarti... ma forse tu potresti portarmi con te alla tavola dei Berardi?" Aspettò e la vide ridere:

"Ah! questa è bella" disse la madre tra i singulti di quella amara risata: "io dovrei?... Grazie tante, cara, per il pensiero delicato, grazie davvero, ma io a questi servizi non mi presto."

"Quali servizi?" incominciò Lisa irritata, comprendendo finalmente il vero significato di tutte quelle ironie; ma l'altra la interruppe:

"Ebbene, vuoi proprio che te lo dica?" domandò. "Ho capito tutto: tu al ballo non vieni per me e per i Berardi, ma per qualcun altro, qualchedun altro che ti interessa."

"Cosa può importarti?"

"E già" disse la madre scrollando amaramente il capo,

183

"già... cosa dovrebbe importarmi tutto questo? Niente, niente, proprio niente; in fondo hai ragione; cosa dovrebbe importarmi che mi rubassero o mi ammazzassero? Niente, niente, sempre niente." Tacque per un istante assaporando il veleno dei suoi pensieri, poi ricominciò: "E questo accade perché sono buona, troppo buona... se ti avessi messa sotto i piedi la prima volta" e la madre fece un gesto di schiacciar qualche cosa, "questo ora non avverrebbe."

"Mettermi sotto i piedi? A me? Ma sèi matta Mariagrazia? Sei matta?"

Sul marciapiede vuoto, le due donne camminavano litigando; la madre indossava un vestito grigio, Lisa marrone; avevano ambedue una pelliccia di volpe intorno al collo, fulva quella di Lisa, argentea quella della madre; camminavano e si leticavano; le brillanti automobili correvano, qualche coppia passava, giovane ed elegante; grigio e oro: grigie le figure lontane e vicine dei passanti, i profondi giardini, al di là delle inferriate, il viale deserto, i platani; d'oro quel sole nuovo e freddo, ancora rappreso nel gelo dell'inverno, grondante luce ed acqua dai suoi ghiaccioli fusi, ridente e frigido come un convalescente, avvolto nella bambagia, quel sole d'oro nella bambagia azzurra del cielo di febbraio.

La madre continuava il suo monologo:

"Troppo buona" diceva Lisa con un riso alto e sprezzante, "troppo buona, tu?"

Un istante di silenzio: "Però" continuò la madre scostandosi dall'amica e guardando davanti a sé come se avesse voluto parlare ad una terza persona, "non capisco proprio come si faccia ad amare certe donne... questo non lo capisco."

"È quello che dico anch'io."

Lisa impallidiva, le labbra le tremavano; perché l'amica si mostrava così dura e senza pietà? Ella non le aveva fatto nulla di male; era triste che una madre si occupasse del proprio figlio soltanto per danneggiare l'antica rivale; cosa poteva mai importare a Mariagrazia che ella andasse al ballo per incontrarsi con Michele?... E poiché era forse la prima volta nella sua vita che Lisa si vedeva accusata a torto, il suo rancore era grande e esuberante; per contrasto con tali ingiustizie le pareva di esser tornata ai tempi della sua innocenza, si sentiva un'anima e due ali d'angelo, un'aureola di martire; ella amava Michele, Michele amava lei, come poteva esservi ancora qualcheduno che trovasse in una storia così pura materia di riprovazione e di scandalo?

"E ieri sera" continuava la madre, "ieri sera come sono andate le cose? Bene eh?... Da noi non è voluto restare, aveva sonno, è scappato via... è giusto: c'eri tu che l'aspettavi." Tacque per un istante: "Sai cosa ti dico?" proruppe ancora voltandosi: "Che dovresti vergognarti!" Storse con disgusto la bocca dipinta guardando l'amica dall'alto in basso: "Non sei più giovane."

"Abbiamo quasi la stessa età... tu sei più vecchia di me" rispose Lisa dolcemente e senza alzar la testa.

"Nossignora" negò la madre con autorità "è una cosa differente... io sono vedova... ma tu invece sei ancora maritata... tuo marito esiste... Vergognarti! Ecco cosa dovresti fare."

Passavano in quel momento sotto una villa dalle finestre chiuse; dietro la villa che era tutta circondata da grandi alberi nudi, doveva aver luogo una partita di tamburello; si udivano i colpi sonori echeggiare nel silenzio del cielo meridiano con un rumor secco, come se qualche cosa si fosse schiantato lassù, dietro l'azzurro; e se il vento che disperdeva il fumo bianco dei comignoli soffiava dalla parte della strada si udivano anche le voci allegre e forti dei giocatori.

Lisa stette per un istante ad ascoltare soprappensiero quell'eco, poi guardò Mariagrazia; si meravigliò; era mai possibile che quella faccia adirata e gelosa riflettesse... l'amor materno? E che specie d'amor materno era quello che faceva incollerire sino a quel punto una donna che non si era mai mostrata eccessivamente tenera coi figli suoi? O non era piuttosto gelosia carnale, gelosia d'amante... Improvvisamente capì: il primo sentimento fu di sollievo; poi guardò la madre e il dubbio le tornò:

"Mariagrazia," domandò: "dimmi, tu parli di... di Leo non è vero?" Vide l'amica accennar di sì, con la testa, con un'espressione imbarazzata e ancor dolente che pareva dire:

"Perché me lo domandi?... lo sai... non ho che lui..." Si guardarono; un gran sollievo, una specie di trionfante pietà erano negli occhi di Lisa. Disse: "Mia povera Mariagrazia" e avrebbe potuto spiegare, discolparsi, spianare quella ruga di sospetto che era sul volto dell'amica: "Mia povera Mariagrazia" ripeté. Ora dei ricordi le tornavano, rivedeva la scena del giorno prima, quella della candela, con Leo e Carla abbracciati: "È di sua figlia" pensava "è di sua figlia che dovrebbe essere gelosa." Provava un po' di compassione per l'amica perduta nell'errore, ma nel tempo stesso una gioia, una tale contentezza di non esser colpevole di quel che l'altra l'accusava che non sapeva come parlarle, se con disprezzo o con pietà.

"Puoi star sicura" disse finalmente, "puoi star sicura... non ho veduto Leo né ieri né... mai, posso giurartelo, guarda, su quel che ho di più sacro."

Senza parlare, la madre continuava a scrutarla con quei suoi occhi indagatori e sospettosi:

"Credimi" soggiunse Lisa messa a disagio da quegli sguardi "è stato un malinteso."

La madre abbassò la testa: "Sarà meglio lasciarci" disse studiandosi di parer fredda, contenuta e dignitosissima; "è tardi." Si udivano i colpi di tamburello e a intervalli le voci dei giocatori... la madre fece qualche passo avanti.

"Credimi" ripeté Lisa incerta, "un malinteso." Si guardava intorno, come cercando un appiglio ai suoi ragionamenti. In quel momento il viale era deserto, e il sole aumentava questa solitudine illuminando a perdita d'occhio il marciapiede vuoto. Lisa si guardava intorno e stava ferma; lentamente invece Mariagrazia si allontanava, passo a passo, guardando in terra, con un atteggiamento pensoso e distratto. "Credimi" avrebbe voluto gridarle ancora Lisa; "è con Carla che Leo ti tradisce, con tua figlia, mia povera Mariagrazia, non con me..." Ma c'era nella schiena un po' curva della madre una caparbia risoluzione a non voltarsi verso la verità; Lisa la vide a poco a poco rimpicciolire, scolorire passando attraverso tutto quel sole, confondersi con la fuga d'ombre delle alte cancellate dei giardini; finalmente non fu più che una macchia nera, laggiù in fondo al viale.

XII

Perché Lisa aveva prima quasi ammesso di essere colpevole e poi protestato la sua innocenza? Altri che la madre si sarebbe smarrita di fronte a questa domanda, la madre no: per lei tutto era chiaro, cristallino, spiegabilissimo; aveva la convinzione profonda che Lisa fosse ipocrita e mentitrice... non sapeva perché, ne aveva la faccia, le parole, gli atteggiamenti... Era la convinzione antica che doveva trarre origine da qualche fatto dimenticato, ma era così indispensabile al ritratto morale che la madre si faceva di Lisa, che abolirla sarebbe stato come cancellare dalla sua mente la figura dell'amica.

Dunque Lisa è mentitrice e ipocrita, allora tutto era chiaro. Perché le aveva detto quasi con compassione: "Mia povera Mariagrazia?" Evidentemente per beffarsi di lei, per canzonarla, o tutt'al più per commiserarla della sua cecità, della sua ingenuità, delle sue giganteche corna. Perché aveva mostrato tanto desiderio di andare al ballo con lei e con i Berardi? Trasparente: per trarla machiavellicamente in inganno e farle credere che quella sera non aspettava Leo. Insomma Lisa, con l'abituale falsità, aveva immaginato mille stratagemmi per imbrogliarla; c'era riuscita? Oh! No, non si poteva dire; ci voleva ben altro per ingannar lei, Mariagrazia, altro ci voleva: "Disilluditi cara" avrebbe voluto dirle rabbiosamente; "sono cretina... ma fino a questo punto no... è passato il tempo che credevo tutti buoni, cari, affezionati, gentili... Ora tengo gli occhi bene aperti e non mi lascio più mettere nel sacco... ah! no, mia cara... una volta basta... Dunque disilluditi, carina, ho capito tutto... non me la dai a bere, sono fine io, molto fine, estremamente fine." Mentre pensava, scuoteva la testa con grande sufficienza e sorrideva dipingendosi il volto di una espressione di amara e scanzonata superiorità; quel che, più la irritava era l'idea che l'amica potesse crederla infetta di dabbenaggine e d'ingenuità; dalla rabbia mentre camminava faceva gli occhi piccoli e stringeva i denti; non si era mai sentita così spietata: se Lisa fosse stata morente per la sete le avrebbe rifiutato l'ultimo bicchier d'acqua, se affamata l'ultimo boccone; se poi l'amica fosse diventata improvvisamente povera, avrebbe potuto supplicarla in ginocchio e baciarle le mani, ella non le avrebbe dato neppure un centesimo di roba; nulla; e se si fosse trovata in punto di morte e l'avesse fatta chiamare al capezzale, ella, certo, l'avrebbe lasciata morire sola come un cane, sì, crepare sola dentro il suo sudicio letto, colla faccia voltata contro la parete, nella sua stanza vuota; e oltre che di questo la madre si sentiva anche capace di punzecchiarla, torturarla, trascinarla per i capelli, e coi tacchi delle scarpe pestarla sul ventre, sul petto, sul volto e sulla faccia... di tutto sarebbe stata capace; né mai in vita sua si era sentita così pienamente, voluttuosamente cattiva.

Ma... ma la miglior vendetta non era il perdono? Sì, ma quale perdono? Quello affettuoso, amorevole, ilare? Oppure l'altro sprezzante, freddo, gettato in faccia come un'elemosina? Il secondo; Lisa si rovinava, faceva dei debiti, impoveriva, diventava cenciosa e mendicante; tutti l'abbandonavano; oppure dopo una grave malattia restava smagrita, imbruttita, grigia e, chissà, son cose che avvengono, forse ebete e mentecatta, forse cieca... un viso scarnito, degli occhi bianchi, una fronte incerta che urta contro i mobili e contro le persone... il dito di Dio, la punizione del Cielo, son cose che succedono... Allora ella le perdonava... piano, un momento, le perdonava sì, ma soltanto a metà, con disprezzo, freddezza e tenace memoria, umiliandola e senza lasciarla troppo avvicinare, come per farle capire che non era più neppur degna del suo odio... e come avveniva questo perdono? Ecco... ecco... era una sera di ricevimento... l'orchestra fragorosa ritmava la danza... le coppie dei ballerini passavano e ripassavano davanti le porte dorate dei suoi saloni... sotto i lampadari accesi, davanti al buffet, negli angoli intimi, negli atrî, perfino sulle terrazze donde appoggiati sulle balaustre di marmo si poteva veder la luna sorgere dietro le punte nere degli abeti, ovunque nella sua casa, tutta la migliore società, si riuniva; era il momento culminante, quando le conversazioni e la musica si fondono in un solo frastuono, le passioni si accendono, i fiori appassiscono, e nelle orecchie delle dame vengono mormorate galanti dichiarazioni... Allora doveva venire una cameriera a bisbigliarle: "C'è la signora Lisa." Ella si alzava subito... no, la faceva aspettare un poco, poi usciva scusandosi; andava nel vestibolo pieno di pastrani e di cappelli ammonticchiati gli uni sugli altri; non una sedia libera, e tra tutte quelle ricche spoglie, in piedi, poveramente vestita, invecchiata di dieci anni almeno, trovava Lisa che appena la vedeva le veniva incontro con le braccia tese... Piano, piano, carina... e, ristabilite le distanze, ella ascoltava con magnanimità quelle imbrogliate scuse, quelle proteste di amicizia... poi molto fredda, molto superiore le rispondeva: "Sì, ti perdono, va bene... ma bisognerà che abbia pazienza, che tu aspetti qui o su nell'anticamera... Sai, ricevo una quantità di persone alle quali non posso presentarti... gente nobile, capisci? aristocratici... gente che non vuol conoscere chicchessia, gente molto chiusa nel suo circolo... Allora, siamo intesi, vai su e aspettami..." E per tutta la lunga sera la lasciava aspettare... finalmente, a notte alta, si presentava all'infelice, accasciata nell'ombra e nella tristezza, col suo più bel sorriso e il suo più ricco vestito: "Scusami tanto Lisa" le diceva "ma questa sera proprio non posso star con te... vieni domani, forse domani." E con uno scoppio di risa usciva... Chi l'aspettava alla porta, presso una colossale automobile, otto cilindri, cofano nichelato, due chauffeur, tutta foderata di raso? Leo... ed entrambi, rallegrati da questo ritorno di Lisa, partivano nella notte.

Queste cinematografie, galoppanti senza posa sullo schermo della sua anima, consolavano la madre; a intervalli, quando alzava gli occhi, il paesaggio e il sole irrompevano tra i suoi pensieri. Allora si accorgeva di esser la solita Mariagrazia più lontana da quei sogni che non dalle Indie, di camminare a piedi tutta sola per le strade vuote del sobborgo; finalmente si trovò davanti alla villa, spinse il cancello socchiuso ed entrò.

Attraversò in fretta il viale del parco; si sentiva stanca, non sapeva se per causa di quel suo litigio con Lisa o per quel senso di vanità che le restava ogni qual volta si abbandonava alle sue fantasie. Nell'anticamera trovò Michele che fumava seduto in una poltrona:

"Sono morta..." disse togliendosi mollemente il cappello. "Carla dov'è?"

"Fuori" rispose Michele; senza aggiunger parola Mariagrazia uscì.

Michele era di cattivo umore: gli avvenimenti della sera avanti gli avevano lasciato un malcontento ipocondriaco; capiva che bisognava una buona volta vincere la propria indifferenza e agire; senza alcun dubbio l'azione gli veniva suggerita da una logica estranea alla sincerità; amor filiale, odio contro l'amante di sua madre, affetto familiare, tutti questi erano sentimenti che egli non conosceva... ma che importava? Quando non si è sinceri bisogna fingere, a forza di fingere si finisce per credere; questo è il principio di ogni fede.

Insomma, una montatura?

Già, nient'altro che una montatura: "Lisa per esempio" pensava Michele: "non l'amo... non la desidero neppure... però ieri sera le ho baciato la mano... oggi andrò a casa sua; in principio sarò freddissimo, poi mi ecciterò, mi monterò... è ridicolo... ma credo che di questo passo diventerò il suo amante."

Non esistevano per lui più fede, sincerità, tragicità; tutto attraverso la sua noia gli appariva pietoso, ridicolo, falso; ma capiva la difficoltà e i pericoli della sua situazione; bisognava appassionarsi, agire, soffrire, vincere quella debolezza, quella pietà, quella falsità, quel senso del ridicolo; bisognava essere tragici e sinceri.

"Come doveva esser bello il mondo" pensava con un rimpianto ironico, quando un marito tradito poteva gridare a sua moglie: "Moglie scellerata; paga con la vita il fio delle tue colpe" e, quel ch'è più forte, pensar tali parole, e poi avventarsi, ammazzare mogli, amanti, parenti e tutti quanti, e restare senza punizione e senza rimorso: quando al pensiero seguiva l'azione: "ti odio" e zac! un colpo di pugnale: ecco il nemico o l'amico steso a terra in una pozza di sangue; quando non si pensava tanto, e il primo impulso era sempre quello buono; quando la vita non era come ora ridicola, ma tragica, e si moriva veramente, e si uccideva, e si odiava, e si amava sul serio, e si versavano vere lacrime per vere sciagure, e tutti gli uomini erano fatti di carne ed ossa e attaccati alla realtà come alberi alla terra. A poco a poco l'ironia svaniva e restava il rimpianto; egli avrebbe voluto vivere in quell'età tragica e sincera, avrebbe voluto provare quei grandi odi travolgenti, innalzarsi a quei sentimenti illimitati... ma restava nel suo tempo e nella sua vita, per terra.

Pensava e fumava; sulla tavola, la scatola di dieci sigarette non ne conteneva più che una; era quasi due ore che sedeva nell'anticamera piena della luce bianca del mattino; si era alzato tardi e minuziosamente vestito: cravatte, vestiti, camice, quante cure, quante intenzioni di consolarsi delle sue miserie sollevandosi alla lucida estetica dei figurini inglesi. Gli piacevano i gentiluomini fermi in piedi presso la loro torpedo, quei pastrani di forma ampia, quei volti glabri affondati nelle calde sciarpe di lana, e lo scenario banale ed elegante di qualche *cottage* sepolto sotto il fogliame di alberi rotondeggianti e molli come nubi: lo seducevano i gesti, i nodi delle cravatte, le pieghe dei vestiti, i cristalli e le lane.

Ora sedeva nella poltrona con atteggiamento nobile ed elegante; teneva le gambe accavalciate, i pantaloni impeccabilmente rialzati su delle calze di lana, la testa pettinata e lustra un po' reclinata sulla spalla, verso la sigaretta che con languido gesto la mano stringeva tra due dita; sulla sua faccia morbida, rasata e ovale, riflessi d'ironia si alternavano a repentini rabbuiamenti, come l'ombra e la luce sul volto di una statua; fumava e pensava.

Venne Carla dal tennis, salendo lentamente la scala; indossava una maglia policroma sopra una gonna bianca e pieghettata; portava sulle braccia il mantello, la racchetta e la reticella delle palle, sorrideva.

"Dov'è mamma?" gridò; finì di salir la scala, si fermò davanti a Michele: "Ho incontrato Pippo Berardi" disse. "Siamo invitate ambedue a cena, io e mamma; poi ci porteranno al ballo; se tu vorrai potrai raggiungerci laggiù." Tacque; Michele fumava e non parlava.

"Cos'hai?" domandò ella sentendosi osservata: "perché mi guardi così?" La sua voce nervosa suonava nell'anticamera vuota come per una strana sfida piena di malinconia e di speranza; la nuova vita incominciava, tutti avrebbero dovuto saperlo; ma dentro questa effimera vigoria fluiva un disagio intollerabile che la fiaccava e le faceva desiderare di chiudere gli occhi, piegare le braccia in croce e rovesciarsi nell'oscurità di un sonno nero e profondo.

Entrò la madre: "Sai mamma" ripeté Carla trasognata, con voce meno gioiosa, "i Berardi ci hanno invitate a cena... e... poi ci porteranno al ballo."

"Va bene" disse la madre senza entusiasmo; aveva il naso rosso e diaccio, la pelle del volto lustra e spoglia di cipria e un freddissimo sguardo fra le sue palpebre patetiche. "In tal caso" soggiunse "bisogna mascherarsi presto."

Sedette. "E con te" disse guardando Michele, "con te ho da parlare."

Carla uscì. "Con me?" ripeté Michele fingendo uno stupore enorme; "con me? E di che cosa?"

La madre scosse la testa: "Lo sai meglio di me... ieri sera hai gettato il portacenere contro Leo... per fortuna hai colpito me... ne porto ancora il segno..." Levò una mano e fece il gesto di denudar la spalla; ma il figlio la fermò:

"No," disse con disgusto, "no grazie... non facciamo esibizionismi inutili... non sono mica Leo io." Vi fu un silenzio; la faccia della madre si contrasse, i suoi occhi si abbuiarono; restò con quella mano sul petto, con un gesto pieno di dignità, simile ad una madonna che additi il proprio cuore trafitto; dopo essere stata ridicola quella mossa diveniva quasi profonda; era come se la madre avesse voluto mostrare altra ferita che quella prodotta dal portacenere: quale? Michele non avrebbe potuto dirlo, che già l'atteggiamento si decomponeva e la donna parlava:

"Voglio essere buona con te" disse con voce alterata. "Che cos'hai Michele, che cos'hai?"

"Nulla ho." Il malessere del ragazzo aumentava: "Dovrebbe saperlo cos'ho" pensava commosso ed esasperato; la voce piangevole di sua madre lo fece rabbrividire: "Se continua su questo tono" pensò "diventa patetica e ridicola, ridicola e patetica... Bisognerà impedirle ad ogni costo le sue romanticherie... non voglio vederla piangere, né gridare, né supplicare... ad ogni costo."

"Michele," continuava la donna "fai un piacere a tua madre."

"Mille" interruppe il ragazzo con un viso amabile.

"Allora" disse ella un po' rasserenata, ingannandosi su quella ironia, "dammene una prova... per esempio, abbi un po' di amicizia per Leo, fingi magari di averla... guarda, mi basta questo."

Tacquero per un istante, guardandosi: "E lui" domandò Michele con viso improvvisamente duro "ne ha per me?"

"Lui?" fece la madre con un sorriso giovane, commovente d'ingenuità e d'illusione; "lui ti ama come un padre."

"Ah! Ma davvero!" domandò il ragazzo stupefatto; tanta buona fede, tanta incomprensione lo scoraggiarono; "Niente da fare..." pensò, "finché restiamo così, la vita non appartiene a me ma a lei." E apparteneva anche alla madre questo mondo deforme, falso da allegare i denti, amaramente grottesco; per lui, per la sua chiaroveggenza, non c'era posto.

"Lui" disse ancora la madre con quel suo riso chiaro e trionfante "è l'uomo più buono della terra." Ah, bene, benissimo! Non c'era più niente da dire; la terra stessa, oltraggiata, cessava di girare, rassegnato Michele taceva.

"Spesso" riprese la madre "mi parla di te, delle sue preoccupazioni, delle sue speranze..."

"Lo ringrazio" interruppe il ragazzo.

"Non credi?" domandò la madre, "guarda... non più tardi di avant'ieri mi esponeva i suoi programmi per voi due, tu e Carla... avresti dovuto udirlo per capire a che punto arrivi la bontà di quell'uomo: 'So bene' mi diceva," e qui la madre prese un viso compunto come se avesse recitato una preghiera "'che Michele non mi ama molto, ma non importa... io gli voglio bene lo stesso... Tra poco, appena Carla sarà sposata, bisognerà che anche lui si metta a lavorare. Allora', senti, 'allora raccomandazioni, aiuti, incoraggiamenti da parte mia non gli mancheranno'."

"Ha detto questo?" domandò Michele interessato: la sua diffidenza cedeva a queste seduzioni come una donna facile che si sente pizzicare i fianchi e il petto, cedeva con un sorriso di compiacimento. "E se fosse vero" pensò "se veramente Leo volesse aiutarmi a diventare qualche cosa, a diventare... ricco?" Tale speranza fece balenare nella sua eccitata fantasia l'immagine dei suoi desideri e delle sue invidie: le donne di lusso dai preziosi sorrisi, i viaggi, gli alberghi, la vita intensa divisa tra gli affari e gli intensi divertimenti...; era come quando al cinematografo, davanti agli occhi sbarrati della moltitudine, sfilano al ritmo trionfale e nostalgico dell'orchestra le alte città e tutte le loro ricchezze, i paesaggi lontani, le avventure, le donne più belle e gli uomini più fortunati. Al ritmo affrettato del suo cuore illuso, il cinematografo delle sue ambizioni girava sempre più presto... sullo schermo della sua fantasia le immagini si inseguivano, si raggiungevano, si mescolavano, si sorpassavano... era la corsa delle speranze, che toglie il respiro, fa tremar l'anima, illude e finalmente si dissolve lasciando la mediocre realtà; esattamente come al cinematografo, quando si fa luce e gli spettatori si guardano fra di loro con facce disincantate e amare.

"Se fosse vero" si ripeté, "se fosse vero?"

"Questo ha detto" continuava la madre "e tante altre cose."

Tacque per un istante. "È buono" soggiunse guardando davanti a sé come se avesse veduto Leo e la sua bontà, l'uno accanto all'altra, là, nel mezzo dell'anticamera; "è veramente buono... Si capisce, ha dei difetti anche lui, ma scagli la prima pietra chi non ne ha... non si deve giudicare dalle apparenze: è uomo di poche parole, brusco, non dice tutto quel che pensa, nasconde i propri sentimenti, ma bisogna conoscerlo nell'intimità..."

"E tu lo conosci" pensò Michele divertito e irritato.

"Per capire quanto egli possa essere espansivo, gaio, affettuoso... Mi ricordo ancora" soggiunse la madre con un sorriso di tenerezza "di quando vi teneva sulle ginocchia, tu e Carla: eravate piccoli e vi riempiva la bocca e le mani di cioccolatini... Oppure lo sorprendevo mentre giuocava con voi, Michele, giuocava con voi come un bambino..."

Il ragazzo sorrise di pietà: "E dimmi" domandò per sfuggire alla piena di quelle rimembranze patetiche e familiari; "ha detto veramente che mi aiuterà?"

"Sicuro" disse la madre un po' incerta, "sicuro che vi aiuterà... Appena tu sarai laureato... ha tante conoscenze, tante amicizie in alto..." E la madre alzò una mano come per indicare i fastigi dove quelle conoscenze dell'amante sedevano tronfie e impettite... "Sicuro che ti aiuterà..."

"Ah! Mi aiuterà?" Un sorriso di compiacimento tentava le sue labbra: quell'ottimo, quell'eccellente Leo! La madre aveva ragione, in fondo era un uomo pratico, brusco, si sa, ma un cuor d'oro... Un bel giorno si sarebbe recato da lui, gli avrebbe detto: "Senti Leo... fammi un biglietto per il tal dei tali... sai, quel pezzo grosso..." Oppure: "Per favore Leo, avresti centomila lire da prestarmi?" E Leo: "Subito Michele... accomodati... ecco il biglietto... ecco il denaro... lo vuoi in moneta liquida o in chèque?... E, quando hai bisogno" avrebbe affettuosamente soggiunto accompagnandolo alla porta e battendogli una incoraggiante mano sulla spalla, "ritorna sai... ché l'ho promesso alla mamma tua di aiutarti nella vita... dovunque e sempre." Ah! Leo, Leo, uomo forte, uomo sicuro e buono!... Ora la sua anima si gonfiava di amicizia e di affetto... mille ricordi gli tornavano, mille aneddoti nei quali Leo appariva modesto, pratico, sicuro e generoso, tutto irrorato di buon umore, di buon senso e di bontà, figura ora seria, ora gaia, mai ridicola; figura maliziosa, burbera, figura paterna ed esemplare.

"Sì" continuò la madre gradatamente trionfando; "sì, ti aiuterà, ma a patto che tu sia più gentile con lui... altrimenti può finire per aversene a male... Guarda Carla, per esempio: mai una parola di più, mai un gesto fuori di posto... e lui... e lui le si è affezionato."

"Ah, le si è affezionato?..." interruppe Michele con un sorriso trepidante.

"Sicuro, le si è affezionato a tal punto che pensa sempre a lei come ad una figlia... Per esempio, ha capito che bisogna accasarla... ora o mai... e se ne occupa... vedessi quanto ci pensa!... Ieri appunto al ballo me ne parlava... mi diceva che Pippo Berardi sarebbe un buon partito..."

"È tanto brutto!" esclamò Michele.

"Brutto ma simpatico... come vedi" conclude la madre "dobbiamo tenercelo stretto il nostro Leo."

"Il nostro Leo" si ripeté il ragazzo con un fremito di gioia.

"E non allontanarlo da noi con degli sgarbi, o peggio, tirandogli dei portacenere." Completamente rasserenata prese una mano di Michele: "Allora mi prometti" domandò, "mi prometti che sarai più gentile con Leo?" La sua voce tremava per una commozione sincera e improvvisa, il suo cuore si apriva come un cofano pieno d'amore che ella avrebbe voluto, nell'enfasi di questa tenerezza, rovesciare su tutti, su Leo, Carla, Michele, Pippo Berardi... "Me lo prometti, Michelino?" ripeté; quel diminutivo era per lei l'infanzia, il bimbo dagli occhi chiari, gli anni passati, la sua giovinezza; Michelino era il figlio suo, non Michele.

"Ma sì" rispose il ragazzo messo a disagio da quegli occhi lustri dall'emozione, "sì, te lo prometto." Ma capiva ora troppo tardi di essersi perduto, con tutta la sua chiaroveggenza, nella passione della madre, come in una boscaglia senza luce.

Carla entrò: "Cosa fate?" domandò. "Vi credevo già a pranzo."

"Niente" disse Michele già pentito della sua promessa: "si parlava..."

"Già" spiegò loquacemente la madre, "gli dicevo che dovrebbe essere più gentile con Leo... Non ti sembra che io abbia ragione Carla?... Lui ci fa una quantità di favori, è un vecchio amico di casa, si può dire che vi abbia visti crescere... non bisogna trattarlo come una persona come tutte le altre."

Senza muoversi, dritta in piedi nel mezzo dell'anticamera, Carla guardò la madre; allora, per la prima volta, vedendola così cieca e inoffensiva, capì di averla tradita: "Cosa diresti" pensò "se tu sapessi la verità?"

"Io credo" rispose finalmente con voce profonda, socchiudendo gli occhi "che bisogna esser gentili con tutti."

"Ecco" esclamò la madre felice "anche Carla pensa come me... Vieni qui Carla," soggiunse con improvvisa tenerezza, "Vieni qui, fatti vedere." L'attirò, la fece sedere sul bracciuolo della sua poltrona, passò una mano su quelle guance: "Figliola" disse "mi sembri un po' pallida... hai dormito bene?"

"Benissimo."

"Io no" disse la madre con ingenuità. "Ho fatto un sogno terribile... mi pareva che un signore molto grasso sedesse in un angolo... Passeggio in su e in giù, pensando a diverse cose, e finalmente mi avvicino e gli domando che ora sia... lui non risponde... Penso che sia sordo, sto per allontanarmi, quando vedo che ha gli occhi infossati nella carne che quasi non ci vede... le palpebre sono gonfie, la fronte tocca gli zigomi, s'intravede appena qualche cosa di chiaro che spia e si muove tra due pieghe di grasso... insomma un orrore... Impietosita, gli domando che cosa abbia e lui mi risponde che a forza d'ingrassare finirà per non vederci più... 'Dovrebbe mangiar meno' gli dico io, o qualche cosa di simile, e lui come prima non risponde... Allora penso che bisognerebbe ad ogni modo aprirgli gli occhi, 'affinché possa vederci', mi dico non so perché e già stendo una mano per disserrare tutto quel lardo che gli ostruisce la vista, quando incomincia a nevicare... La neve cade così fitta e violenta che in breve non vi vedo più; ne ho pieni gli occhi, le orecchie e i capelli; non faccio altro che inciampare, cadere, rialzarmi e ho un freddo tale che batto i denti... E finalmente mi sveglio e mi accorgo che il vento ha spalancato la finestra... Non è curioso? Dicono che i sogni possono essere spiegazioni... vorrei proprio sapere che significato ha questo."

"Sogno invernale" osservò Michele "... e, se si andasse a mangiare?"

Si alzarono: "Veramente" insistette la madre "Carla, tu sei molto pallida... forse ti sei stancata al tennis?"

"Ma no, mamma." In silenzio discesero.

Sedettero tutti e tre nella fredda sala da pranzo, intorno alla tavola troppo grande; mangiarono senza guardarsi, con gesti gelidi e deferenti di sacerdoti celebranti un rito; non parlarono; questo silenzio appena interrotto dall'urto leggero dei cucchiai nelle scodelle, che in quel bagliore del giorno, riflesso sui paramenti bianchi, ricordava il rumore agghiacciante dei ferri chirurgici, nelle bacinelle, durante le operazioni; questo freddo silenzio senza intimità infastidiva la madre socievole e loquace.

"Che silenzio" esclamò ad un certo punto sorridendo. "Un angelo è passato... dite la verità, non è vero che si sente la mancanza di Leo?"

"Già," mormorò Michele meditabondo, "di Leo."

Carla alzò la testa: "Ne senti ora la mancanza" avrebbe voluto domandare, "e poi? Come farai poi, quando non lo vedrai più?" Si sentiva leggera e turbata, come di chi è in procinto di partire e siede per l'ultima volta alla tavola familiare, mangiando in fretta e pensando all'imminente viaggio... Invece la madre le appariva ferma per sempre al suo posto, pietrificata in quell'atteggiamento e in quella parola di rimpianto: "Si sente la mancanza di Leo" avrebbe detto anche tra dieci, tra vent'anni, e tutti i giorni si sarebbe seduta là a capotavola, pensando con rammarico all'amante perduto.

"È un fatto" disse la madre come se qualcheduno avesse messo in dubbio le sue parole, "che quando vien Leo ci par di essere più allegri... ieri per esempio... che cosa non ha detto?... che cosa non ha fatto?... È stato inesauribile."

"Se proprio ti manca tanto" disse Michele con un sorriso di scherno, "se proprio non ne puoi fare a meno, ebbene invitalo ogni giorno... anzi si potrebbe addirittura prenderlo a pensione."

"Che sciocchezza" ripeté la madre irritata, indovinando. l'ironia; "non ho voluto dire che senza di lui non potrei vivere, no..." "Ma è la verità" avrebbe voluto interrompere Michele.

"...Ma solamente che mi piace la sua compagnia perché è gaio, amabile, divertente... ecco tutto.". Tacque mangiando: "Parliamo d'altro" disse alfine. "Carla chi è che ti ha fatto l'invito: Pippo o gli altri?"

"Pippo."

"Ah! era al tennis... ed è restato molto tempo con te?"

"Una mezz'ora."

"Una mezz'ora soltanto?" ripeté la madre delusa. "E... di che cosa avete parlato?"

"Niente di speciale" rispose Carla posando la forchetta. "Si guardava la partita."

Silenzio; la cameriera tolse via i piatti e ne portò degli altri.

"E... come ti sembra?" insistette la madre.

"Hum... così" rispose Carla vagamente.

"E a te come ti pare?" domandò la madre a Michele.

"Brutto ma simpatico" fu la risposta con le medesime sue parole di pochi minuti prima; ella si guardò intorno insoddisfatta, come se avesse voluto udire ancora il parere di qualchedun altro:

"È un giovane intelligente e colto, ha molto viaggiato, conosce molta gente... credo" soggiunse con una grossolana malizia "che abbia un debole per te, Carla."

"Ah! sì?"

"Debbono esser ricchi" continuò la madre seguendo la logica delle sue idee "molto ricchi..."

"E perciò" avrebbe voluto concludere Michele ironicamente, "sarebbe un buon matrimonio." Ma tacque guardando serenamente, curiosamente tutti questi errori come se non l'avessero neppure toccato, ed egli fosse stato uno spettatore lontano ed estraneo.

"Hanno cinque automobili" soggiunse la madre con evidente esagerazione.

"Dieci" pronunciò tranquillamente Michele, senza alzar la testa: "dieci automobili."

"No," rettificò Carla con calma "non ne hanno che tre: una di Pippo, una del padre, e la piccola delle ragazze."

Entrò la cameriera con un secondo piatto, che salvò la già pericolante situazione della madre:

"La signora Berardi mi ha detto" continuò ella servendosi "che soltanto in vestiti per Mary e Fanny spende ottantamila lire all'anno."

Anche qui era evidente una leggera esagerazione, ma Michele non la rilevò; tanto a che cosa poteva servire? A certe cose non si può metter rimedio.

"Hanno dei bei vestiti" ammise Carla senza invidia, ma come sottointendendo una malinconica constatazione della povertà del proprio guardaroba; un candido malessere la vinceva: nebbia o mussolina? quel bianco fantasma, quel bianco languore che dalle finestre velate fluiva nella stanza, stringeva in una mano enorme e gonfia di bambagia il suo cuore tremante; ad ogni stretta l'ovatta cedevole strideva, gli occhi le si empivano di nebbia, e tutto, intorno, diventava bianco, di un denso e balenante biancore nel quale le voci solitarie di sua madre e di Michele si disarticolavano distendendosi in lunghe vocali, come un grammofono se si rallenta il disco. Allora, spontaneamente, si ricostruiva qualche gesto della notte passata: da quella nebbia che ne inghiottiva subito il volto e il corpo, la mano di Leo si tendeva e accarezzava i suoi grossi seni sensibili, il suo ventre angusto; nonostante la propria immobilità, le pareva di fremerne; poi la nebbia si dissipava e in una realtà, più plastica e più dura dopo tali abbandoni, le apparivano la madre, Michele, la cameriera che le porgeva il piatto.

Rifiutò con un gesto molle:

"Com'è Carla che non mangi?" domandò la madre.

"Così..." Non aveva fame, tra tutte quelle cose affamate della sua vita; in verità questa stanza nella quale avrebbe dovuto nutrirsi, si era nutrita di lei: tutti quegli oggetti inanimati avevano succhiato giorno per giorno la sua vitalità, con una tenacia più forte dei suoi vani tentativi di liberazione: nel legno cupo delle credenze panciute fluiva il suo miglior sangue; in quell'eterno biancore dell'aria si era dissolto il latte della sua carne, nel vecchio specchio là, di fronte al suo posto, era rimasta prigioniera l'immagine della sua adolescenza.

"Così, non è una spiegazione" insistette la madre. Mangiava con avidità, guardando il boccone prima di introdurlo in bocca: "Il padre" soggiunse continuando la sua interminabile biografia "guadagna molto."

"Industriale" recitò Michele versandosi del vino: "cotoni grezzi e lavorati, cotoni stampati."

"Ah! industriale! un uomo intelligente e energico, è venuto su dal nulla, si è fatto da sé." La madre bevve, si asciugò le labbra e finalmente fissò Michele con una curiosa e atona espressione di sazietà:

"È commendatore" disse.

"Ah! ma davvero?" domandò Michele stupefatto. "Berardi è commendatore? e perché?"

"E che vuoi che ne sappia io" disse la madre che non aveva capito nulla; "forse avrà reso qualche servizio allo Stato..."

"Ma come? dove? in che modo?" insistette Michele con la più grande serietà.

"Ah! io non lo so" disse la madre chinando la testa; mangiò; poi rialzò quei suoi occhi incomprensivi:

"Sì" ripeté con un sussiego distante e trasognato, "commendatore... Carla" soggiunse bruscamente "ti osservavo l'altro giorno mentre ballavi con Pippo... mi sei sembrata fredda, rigida... ballavi come un automa... e infatti nei giri seguenti non ti ha più invitata."

"Non ero io fredda" rispose Carla un po' vivacemente; "era lui troppo caldo...: mi faceva certi discorsi indecenti... allora gli dissi di tacere e si ballò in silenzio..."

La madre incredula scosse la testa: "E via" disse con un sorriso penetrante, "via... cosa avrà mai detto di così indecente?... Le solite sciocchezze che dicono i giovani alle signorine... Piuttosto, Carla," soggiunse "io credo che tu abbia un partito preso contro di lui."

Entrò la cameriera con la frutta; la fanciulla aspettò che fosse uscita, prese una mela, la guardò:

"Prima" disse senza alzar la testa, con voce calma "mi fece dei complimenti sulla tua bellezza."

"Sulla mia bellezza!..." interruppe la madre lusingata.

"Sì... poi domandò se potessi andare nel suo studio... Gli chiesi che cosa studiasse, e lui mi rispose che soprattutto si dedicava al nudo femminile."

"Ebbene, cosa c'è di male?" intervenne la madre "dal momento che è pittore..."

"Aspetta... Allora io ingenuamente gli domando se dipinga o disegni... Lui ride, e con quella sua voce, sai? manierata, mi fa: 'Signorina, non so neppure tenere una matita in mano...' 'Oh! allora' chiedo io; e lui ride ancora: 'Venga – mi dice, – venga lo stesso... quanto al suo nudo, può star sicura che qualche cosa se ne farà...' E nello stesso tempo mi fa, come dire? mi fa l'occhiolino..." Qui Carla interruppe il suo racconto, fissò con comica gravità la madre stupefatta e d'improvviso, ridicolmente, le ammiccò: "... Così... e mi domanda se io sarei andata... Io gli rispondo un 'no' secco... e lui... lui come meravigliato esclama: 'Non vorrà mica dirmi che sarebbe la prima volta...' Hai capito? Credeva che io fossi abituata a... ad andare negli studi; naturalmente non gli risposi neppure e tutto finì lì..."

Seguì un silenzio impressionante; la madre molto degna e un po' ridicola, come se Pippo in persona le avesse mancato di rispetto, proprio in quel momento, ingiuriandola o peggio urtandola in modo da scomporre uno di quei suoi atteggiamenti pieni di dignità, incarnava l'indignazione e lo stupore. Michele trasognato guardava Carla: quella storia l'aveva sorpreso nel bel mezzo della sua più grande indifferenza; avrebbe voluto convincersi della ignobiltà di Pippo, dell'offesa recata alla sorella, ma non ci riusciva; tutto questo sfuggiva al suo esame, restava estraneo e lontano dai suoi occhi... era come se egli avesse voluto sdegnarsi per la sorte di Lucrezia, giovane, bella e buona, ma così antica, violata dal dissoluto Tarquinio: "È enorme" pensava, e nello stesso tempo si accorgeva di non sapere in che cosa precisamente consistesse questa enormità.

Finalmente la madre parve ritrovare l'uso della parola; storse con disgusto la bocca e lasciò cadere quest'ingiuria veemente:

"Mascalzone!"

"Il fatto è, mamma," soggiunse Carla senza alzar la testa "che molta gente parla male di me."

La sua calma era grande: presto, pensava, le male lingue avrebbero trionfato; ella sarebbe fuggita con Leo, oppure si sarebbe fatta sorprendere senza rimedio; avveniva sempre così; e tra queste idee di rassegnazione e di scandalo ogni fede in una nuova vita pareva spenta.

"Se no, mamma" soggiunse tristemente "perché Pippo avrebbe parlato in quel modo?"

Michele non staccava gli occhi da sua sorella, gli pareva mesta e inoffensiva... ma oltre tale commossa constatazione non sapeva andare: "Vediamo" pensava, e nel contempo capiva tutta la ridicolaggine di questa domanda: "vediamo... non dovrei sdegnarmi?" Si sentiva freddo e speculativo; esaminava Carla; gli sembrava seducente, gli pareva di capir meglio la libidine di Pippo che l'indignazione della fanciulla: "È una bella ragazza" pensò con superficiale ignobiltà; "non ha mica cattivo gusto Pippo... l'ha adocchiata bene..." E poi chissà, potrebbe anche darsi che non sarebbe stata davvero la prima volta, e che Pippo avesse ragione... Con una fantasia dilettantesca e freddissima immaginava sua sorella tra le braccia di qualcheduno: così... svestita, scapigliata, le gambe accavalciate, rannicchiata contro il petto di lui, seminuda; oppure liberamente seduta sulle sue ginocchia... Possibilissimo... era una donna anche lei... doveva anche lei aver le sue libidini... le sue simpatie... sviluppatissima nel corpo, perché non nel temperamento?... Ricordava di averla vista un giorno per sbaglio, mentre usciva dal bagno: gli era restata l'impressione di un lungo, bianco dorso curvo sotto la grossa testa indolente e bagnata, e di qualche cosa simile ad una pesante e pallida ghianda, un seno, che l'atteggiamento chino della bagnante faceva pendere avanti sotto l'ascella bruna: "Susanna al bagno" aveva pensato discretamente ritirandosi; ed ora Pippo... eh eh, quel Pippo... non aveva mica tanto cattivo gusto poi.

Tra queste ironie taceva: ed ecco, ad un tratto, si avvide che doveva parlare; capì che doveva, in un certo modo imperiosamente richiesto da quelle tristi circostanze, esprimere uno sdegno adeguato e sincero; altrimenti, come sempre, sarebbe ricaduto in quella mortale indifferenza che gli impediva di agire e di vivere come tutti gli uomini; abbastanza aveva giuocato con le sue fantasticherie; ora bisognava tentare di essere una buona volta tragico e sincero: "Ora o mai" pensò.

Guardò la madre: "Davvero mascalzone" ripeté, e si sentì agghiacciare dalla propria voce, che era fredda e banale come se avesse voluto dire "buon giorno" oppure "che ore sono." Allora batté il pugno sulla tavola: "Ma io" gridò con una stridula ed esteriore veemenza "sono anche capace di andare a casa sua e prenderlo a schiaffi." Alzò gli occhi e si vide nello specchio di Venezia appeso alla parete di faccia: era sua o di qualchedun altro quell'immagine dagli occhi ipocriti, che lo guardava di sotto in su come per dirgli "No... non sei capace"?

La madre non parve osservare questo sfogo d'indignazione fraterna: "Tutti sanno cosa sono" ripeteva: "arricchiti... arricchiti e nulla più."

Ma Carla l'aveva udito e si voltò.

"Ti ringrazio tanto" disse "ma l'ho già messo a posto io... è meglio che lasci fare a me."

Questa pacatezza aumentò il bisogno d'ira di Michele: "Lasciar fare a te!" esclamò, e osservò con sollievo di essere già sensibilmente più sincero, "non credi che due mie parole gli farebbero meglio capire che si è grossolanamente sbagliato?"

"Ti prego" ripeté Carla osservandolo attentamente: "lascia fare a me." Era la prima volta che le accadeva di veder Michele sotto l'aspetto insolito del fratello vendicatore, e le parve goffo ed esagerato come un cattivo attore di provincia. "E se sapesse che mi sono data a Leo" pensò turbata "cosa farebbe?" Lo guardò: Michele taceva ora, chinando sul piatto la sua testa lustra e pettinata; taceva, pareva che pensasse e con le dita appallottolava il pane; nulla rivelava i suoi violenti propositi. "Che cosa farebbe?" si ripeté ella; un sottile disagio l'avvertiva che qualche cosa di falso era in quell'atteggiamento, in quel pugno sulla tavola, in quelle parole del fratello, non sapeva perché... e quando Michele alzò gli occhi le parve di sorprendervi un triste e vergognoso segreto; rabbrividì; ora il candido fantasma riafferrava il suo cuore tremante; tutto ridiventava bianco; nella nebbia la madre parlava.

Il pranzo era finito: "Ed oggi" domandò Carla accendendo una sigaretta, "cosa farai mamma?" Aspettò la risposta con una certa ansietà: "Purché" pensò "non mi proponga di accompagnarla." Voleva passare il pomeriggio in casa dell'amante, ormai capiva che non avrebbe potuto farne a meno; l'abitudine si era sostituita al desiderio di una nuova vita, provava un'impazienza avida e dolorosa di tornare in quella stanza, di ritrovarsi con quell'uomo.

"Io?" fece la madre in tono distaccato e distante. "Non so... credo che andrò a far delle spese." Tacque per un istante abbassando gli sguardi sulla punta accesa della sigaretta: "E tu?" domandò, il suo cuore maturo e illuso batteva: quel giorno sarebbe stato suo; l'amante sarebbe tornato a lei ed al suo vecchio ma sicuro amore, come già altre volte (e questa esperienza l'empiva di speranza e molto la consolava) dopo gli errori effimeri.

"Io?" rispose Carla con quello stesso tono distaccato che la madre aveva usato: "Sono invitata a prendere il tè da Claretta." Tacquero ambedue abbassando gli occhi come per nascondere i loro sguardi modestamente trionfanti e soddisfatti; una stessa espressione di sollievo e di serenità si diffuse sopra i due volti, quello maturo della madre, quello puerile della figlia; avevano ambedue nel loro cuore l'immagine del comune amante, e verso di lui, in quel momento, l'anima di ciascuna s'inclinava gentilmente come per dirgli con una gioia trattenuta e compiaciuta: "Ecco... vedi... l'intrigo è fatto... nessuno, caro... nessuno ci disturberà."

Si alzarono, uscirono dalla stanza: nel salotto per prima entrò la madre rabbrividendo e stropicciandosi le mani diacce, e subito con voce sorpresa esclamò: "Oh! c'è Merumeci." Gli andò incontro e gli strinse le mani.

"È molto tempo che ci aspetta?" domandò. Entrò Carla a sua volta, ed anche lei con voce e volto lietamente stupiti, esclamò: "Oh! c'è Leo." Ultimo venne Michele: salutò con un gesto, si fermò ad accendere una sigaretta, ed uscì di nuovo.

"Ebbene" domandò la madre sedendosi e stropicciandosi le mani con maggior vigore, come per esprimere la sua contentezza "ebbene... qual buon vento la porta qui?"

"Non precisamente il vento, ma la mia automobile" rispose Leo con una vieta spiritosaggine, e le due donne ebbero entrambe un riso cordiale e nervoso di gente sazia che dopo pranzo ascolta volentieri, nell'intimità di un salotto comodo e freddo, delle facezie idiote.

"Ho ricevuto" soggiunse egli più seriamente, guardando la madre, "la sua lettera d'affari, e volevo appunto telefonarle... ma ho saputo di quel guasto..."

"Ed è venuto qui" concluse la madre; si voltò verso Carla: "Senti" disse "vedi di avvertire che facciano quattro caffè invece di tre."

Carla si alzò, e uscì con gli occhi bassi.

"Ed ora" disse la madre con sorriso lusingatore, assumendo un atteggiamento più confidenziale; "dimmi... hai pensato a quella risposta che dovevi darmi?"

"Sì" rispose Leo considerando con attenzione la punta accesa del suo sigaro.

"Cosa c'è?" domandò la madre insinuante e inquieta, subitamente alzandosi; "cosa c'è Lulù?" Con volto ansioso, tenero ed eccitato, come chi vuole strappare qualche confidenza e nel tempo stesso fare un gesto intimo, gli si avvicinò alle spalle, gli mise le braccia intorno al collo e chinò la testa fino a sfiorare con la sua la guancia dell'amante: "Cosa c'è?" ripeté.

Infastidito Leo piegò la testa da una parte: "Nulla c'è" rispose, sempre guardando il sigaro; la donna gli prese una mano e se la passò sul volto, strofinandovi, come un cane fedele, il naso freddo e la bocca molle. "Mi ami?" domandò a bassa voce, prima che egli finisse la sua frase; e subito mutando il tono e diventando bruscamente disinvolta come se avesse intuito il pericolo di questa sentimentalità:

"Verrò oggi" soggiunse "ma sarai savio, molto savio." Inconsciamente ripeteva le stesse parole dette la prima volta che Leo con un pretesto qualsiasi l'aveva invitata a casa sua. "Molto savio," aveva detto anche allora, col suo brillante sorriso, entrando nel vestibolo dell'appartamento dell'amante; quindici anni erano passati; quella saggezza ipocritamente invocata era alfine arrivata; molto savio, Leo tentava di svincolarsi dal suo peccaminoso abbraccio.

"Saremo buoni" soggiunse baciando con attenzione quella mano inerte; "faremo i buoni bambini." Morse coscienziosamente il pollice e si passò la lingua sulle labbra: "I buoni bambini" ripeté con voce ed espressione ghiotta, pregustando il rito compiacente che era in questa frase condizionale; ella la diceva con un fremito di gioia e vi aggiungeva il gesto di un dito ammonitore e un'espressione che tentava di essere infantile, ogni volta che dopo essersi distesa tutta bianca e grassa sulla coperta gialla del letto, chiamava l'amante al suo fianco; e lei rispondeva gioiosamente con lo stesso gesto frenetico e ammonitore: "faremo i buoni bambini;" dopodiché, il loro lussurioso e complicato amore incominciava.

Ma Leo scosse la testa: "Debbo dirti, Mariagrazia," mormorò senza imbarazzo "che oggi non possiamo vederci...: ho un appuntamento di affari urgentissimo... impossibile vederci." Curvò la testa guardando il sigaro; un'espressione delusa, stupida e dolente si contorse come una mano sul volto della donna; ma ella restò in quel suo atteggiamento di tenerezza:

"Questo vuol dire" insistette esitante "che oggi non posso vederti."

"Già."

L'abbraccio si sciolse, le mani risalirono al petto fermandosi alle spalle; il volto della madre si fece duro:

"Io no," sibilò mettendo una straordinaria intensità nella sua voce sommessa "ma le donnacce come Lisa sì... per quelle" soggiunse "tutto è possibile... si mandano all'aria anche gli urgentissimi affari... ci si fa bello... si freme... si bolle... Bolli, Lulù, bolli pure." Gli si avvicinò e con la punta delle dita gli diede a denti stretti un pizzico sul braccio.

Leo alzò con furore le spalle, si strofinò la parte offesa, ma non parlò; contemplava la punta oscillante del suo piede, ora con un occhio ora con l'altro, e pareva molto assorto in questa occupazione.

"Ma sai cosa ti dico" fece ella fissandolo; "che hai ragione... non una, mille volte... Sono io la stupida, io la cretina, io che non so vivere... Tu però" soggiunse fieramente, ergendosi sul busto e irrigidendo il volto, con un gesto lungimirante della mano, "lascia fare a me...: tutti i nodi vengono al pettine... domani vedrai." Si allontanò un poco per osservare l'effetto di questa sua minaccia: nessuno; e reggendo il vassoio del caffè Carla entrò:

"Michele è uscito" disse, "Leo berrà il caffè di Michele." Empì le tazzine, le offrì, sedette; bevvero tutti e tre in silenzio.

"Una notizia che le farà piacere" disse la madre posando la tazza vuota: "stamane ho incontrato la sua Lisa..."

"Mia?" interruppe Leo ridendo, "mia? e perché poi? da quando?"

"A buon intenditore poche parole" disse la madre con espressione fine e stupida. "E mi ha incaricato" soggiunse senza avvedersi di mentire "di trasmetterle i suoi più cari, più affettuosi, più cordiali saluti."

"La ringrazio tanto" rispose Leo senza sorridere, "ma non capisco cara signora, che cosa significhi tutto questo."

"Non abbia paura... lei mi comprende benissimo" disse la madre, sempre più fine e come escludendo Carla da tale comprensione; "troppo bene... e mi raccomando, non perda alcuno dei suoi appuntamenti... sarebbe un vero peccato." La sua voce, le sue labbra tremavano; Leo alzò le spalle senza rispondere.

"Di che cosa si tratta?" domandò Carla piegandosi rigidamente avanti con tutto il busto; un irragionevole turbamento affrettava i battiti del suo cuore, il respiro le mancava, avrebbe voluto alzarsi, lasciare quelle persone, uscire da quel salotto, da quell'atmosfera.

"Si tratta..." spiegò la madre sforzandosi di parer disinvolta, e nervosamente giuocando con la sua collana di perle false "di affari... Il nostro Leo" soggiunse con voce più alta guardando in aria e accelerando il giuoco della collana, "è un uomo d'affari... occupatissimo... un affarista come ce ne sono pochi... tutti lo sanno... oh! oh!..." Rise tremando per tutto il corpo e bruscamente strappò la collana; si udì un tintinnio secco, là, sul pavimento: le prime perle cadevano: rigidamente seduta, col busto eretto e le mani posate sui bracciuoli della poltrona, la madre lasciava che la collana si sciogliesse e le perle rotolassero sul suo petto raccogliendosi nell'incavo del grembo; era molto degna, teatrale e, pur nella sua innata ridicolaggine, tragica. Poi d'improvviso, come aveva rotto il filo, pianse; dagli occhi dipinti due lacrime impure scivolarono sopra il suo viso denso di cipria lasciandovi le loro tracce umide, altre due seguirono... e dal collo le perle continuavano a cadere nel grembo tremante; come le lacrime; e tutto l'atteggiamento era rigido, con grandi pieghe, come di statua; e quelle cose che cadevano, lacrime e perle, si confondevano sull'eguale rigidità del volto e del corpo, ambedue contratti, tremuli e dolorosi.

"Al diavolo le donne nevrasteniche" aveva pensato Leo assistendo alla rottura della collana. Ora che l'amante piangeva, un imbarazzo odioso lo metteva a disagio: "al diavolo le lacrime" pensava e tentava di fissare come prima la punta dondolante del suo piede; intanto Carla si era alzata: "Perché?" domandava; "cosa è successo?" La sua voce era fredda, un'espressione di noia era sul volto; Leo ebbe l'impressione che anche la fanciulla fosse seccata di tutti quei piagnistei: "al diavolo le lacrime" si ripeté. Intanto, con un gesto della mano e del capo la madre allontanava da sé la figlia, come se non avesse voluto guastare quel suo rigido e teatrale atteggiamento di dolore.

In questo momento entrò Michele; era pronto per uscire: cappello, guanti, pastrano: "C'è una donna che ti vuole" disse alla madre. "Ha una scatola... credo che sia la sarta..." Ma si fermò di colpo, vedendo quel pianto:

"Cosa c'è" domandò.

"Nulla... nulla" rispose la madre; si alzò in fretta, lasciando cader le perle sul pavimento, si soffiò rumorosamente il naso: "Vengo subito" soggiunse, e rossa e un po' curva come chi vuol nascondere qualche cosa uscì.

"Cos'è successo?" insistette Michele guardando curiosamente Leo; questi si strinse nelle spalle:

"Nulla" rispose, "ha rotto la collana... e poi ha pianto."

Ci fu silenzio; Carla taceva, in piedi presso la poltrona vuota della madre; Leo guardava in basso; immobile nel mezzo del salotto, Michele fissava l'uomo con due occhi irresoluti e imbarazzati; non provava alcuna pietà per la madre, né odio contro Leo; si sentiva superfluo e inutile; per un istante provò un violento desiderio di reagire, di interrogare, di altercare, di protestare... poi, non senza un acuto sentimento di umiliazione e di tedio, pensò che in fin dei conti tutto questo non lo riguardava:

"Fate quel che volete" disse bruscamente: "Io me ne vado." Ed uscì.

"Vieni qua Carla" comandò Leo ancor prima che la porta si fosse chiusa, con eccitata e goffa disinvoltura; "qua... vicino a me."

"Hai dormito bene?" domandò la fanciulla avvicinandosi.

"Benissimo."

Egli stese le braccia, le circondò la vita e l'attirò: "Poi verrai con me" soggiunse con voce profonda: "dirai qualche cosa... un'amica, una visita... e verrai con me." La strinse più dappresso, giungendo le mani in basso, dove le cosce grosse e muscolose si saldavano alle natiche sferiche con una linea netta, riconoscibile sotto le pieghe della veste:

"E stamani?" soggiunse per dir qualcosa; "tutto è andato bene?"

"Tutto bene" ella rispose guardando non sapeva se con ripugnanza o con paura quella testa, laggiù, dell'uomo seduto, che le parlava senza alzare la fronte bassa, senza distogliere gli occhi dal suo grembo, come se il dialogo si fosse svolto tra lui e il suo ventre e non l'avesse interessato che questa sola e men nobile parte del suo corpo; "nessuno si è accorto di nulla."

"Era presto..." egli disse senza cambiare atteggiamento, come parlando a se stesso; si scosse finalmente da quella sua immobilità, alzò gli occhi, fece sedere la fanciulla sulle ginocchia:

"Non hai più paura" domandò guardandola con espressione stupida e ottusa "che venga qualcheduno?"

Carla si strinse nelle spalle: "Ormai" disse con una voce chiara che le empì la bocca di saliva, "cosa m'importerebbe?"

"Ma, vediamo" insistette Leo divertito: "se ora... in questo momento, la mamma entrasse, che faresti?

"Direi tutta la verità."

"E poi?"

"E poi" ella disse con voce malsicura, con l'angosciosa sensazione di mentire rispetto ad una più profonda verità, giuocando col nodo della cravatta dell'uomo, "me ne andrei con te..., andrei a stare con te..."

Lusingato da questa serietà di cui fraintendeva le ragioni, Leo sorrise: "Sei una cara bambina" profferì abbracciandola.

Si baciarono. Si separarono.

"Abbiamo il tempo di restare insieme dalle tre fino alle sette" ricominciò l'uomo; questa previsione non lo entusiasmava; nonostante la propria eccitazione, intuiva oscuramente, stringendo quel grande corpo giovane, che le proprie forze sarebbero state ormai sempre più insufficienti a soddisfare queste sue furibonde avidità. Era un sentimento sgradevole e preciso d'incapacità, come dire? d'impotenza: era come se per saziarlo, gli avessero offerto dei barili traboccanti di vino, delle immense tavole piegate sotto il peso d'ogni più prelibata vivanda e degli appartamenti rigurgitanti delle più belle donne del mondo distese e ammucchiate le une sulle altre come tante bestie. "Dalle tre fino alle sette" pensò con ironia, "cosa potrò mai fare?" Si guardò sopra la spalla di Carla in uno specchio: fronte calva, volto pesante e rosso, guance più gonfie che grasse, dove la barba non rasa metteva un suo riflesso azzurro e metallico: maturità. "Io me ne infischio" concluse serenamente con un vivo senso di realtà: "Quando non ne avrò più glielo dirò." Tra questi pensieri passava distratto una mano sul collo di Carla: "Come sei calda" esclamò.

Ella taceva, guardando attentamente il volto rosso e duro dell'amante.

"Perché mamma ha pianto?" domandò alfine.

"Perché le ho detto che oggi non potevo riceverla."

"Anche a me" domandò la fanciulla con gentilezza, "farai un giorno la stessa cosa, Leo?"

"Perché?" Quel che più interessava e divertiva l'uomo in quel momento, era il contrasto tra le carezze che non senza piacere, a giudicare dai fremiti delle membra docili, Carla si lasciava fare, e l'indifferenza, anzi, meglio ancora, la triste dignità del volto e dei discorsi; "come se il suo corpo non la riguardasse" egli pensò rallegrato. Passò qualche istante di silenzio; poi Leo alzò gli occhi verso quelli della fanciulla: "A cosa pensi?" domandò.

"Al giorno" ella rispose, non senza una certa coscienza di falsità, "nel quale dirai anche a me di non poter ricevermi."

"Fandonie" rispose Leo riabbassando la testa e tornando alle sue studiose carezze. "Che c'entri tu con tua madre?"

"Ora" continuò Carla "dici così... Ma poi?" Ella non sapeva perché parlasse così; in verità non le importava tanto indovinare se l'amante l'avrebbe abbandonata o no, quanto esser certa che il proprio destino non sarebbe stato eguale a quello di sua madre; quella domanda significava "potrò io avere una vita differente da quella di mamma?"

L'uomo non rispose; gualciva con attenzione la gonna, "E qui cosa c'è" domandò puntando un dito sulla gamba.

"La giarrettiera." Ella chinò la testa fino a batter con la fronte la fronte dura dell'amante: "E... mi ami?" chiese.

Meravigliato Leo la guardò: "Voglio dire" ella soggiunse in fretta; "mamma non l'hai mai amata, ma me sì, non è vero?"

Un lampo illuminò la mente di Leo: "È gelosa di Mariagrazia... ho capito... è gelosa... gelosa di sua madre." Fiero della propria perspicacia, lusingato da una tale rivalità, sorrise: "Ma non aver paura... non pensarci neppure... con tua madre è finito, capisci? fini-to!"

"Non è questo..." E già Carla si sforzava di spiegare il proprio oscuro sentimento, quando la porta del salotto si aprì.

"Lasciami" ella mormorò svincolandosi: "ecco mamma." Con un solo movimento si liberò, e scivolò in terra.

Entrò la madre, affaccendata, rasserenata, con un involto in mano:

"Cosa fai?" domandò.

"Raccolgo" rispose la fanciulla; carponi sul tappeto, a testa bassa e coi capelli pendenti, riuniva con alacrità le perle cadute; immobile, Leo considerava con divertimento le natiche alte, mobili, rotondeggianti sopra il dorso incavato e la testa quasi assente.

"Non era la sarta" disse la madre; "era una signora che vende delle stoffe e dei cuscini... ne ho comprato uno."

"Di che?" domandò Carla sforzandosi di raggiungere una perla rotolata sotto il canapè.

"Un cuscino" spiegò la madre. "Guarda" soggiunse indicando "eccone una... là... in quell'angolo." Ostentava di non occuparsi di Leo e si era evidentemente infarinata a nuovo la faccia.

"L'ho vista" disse Carla; curva raccoglieva; ma donde veniva questo bisogno di abbassarsi, di strisciare, di nascondersi, con la mano piena di perle e gli occhi dilatati, fissi e tristi? Non sapeva; un po' rossa si alzò e rovesciò le perle dentro un portacenere.

"Vedere" disse.

La madre spiegò l'involto e mostrò il suo acquisto: era un quadrato di seta azzurra sul quale, con dei colori brillanti, rosso, verde, oro, era stato ricamato il solito drago cinese, dalla bocca fiammeggiante, dalla coda irta.

"Bello" disse Leo.

"Come ti pare?" domandò la madre alla figlia, fingendo di ignorare il giudizio dell'amante.

"Mi sembra per lo meno inutile" disse Carla un po' rudemente. "Abbiamo la casa piena di questa roba... non so dove potrai metterlo."

"Nell'atrio" propose la madre con umiltà.

"Del resto" addolcì Carla con una frettolosa compassione, "non è affatto brutto."

"Credi?" domandò l'altra con un debole e compiacente sorriso.

Carla fece qualche passo verso la porta: "Vado a vestirmi" disse. "Leo, aspettami... usciremo insieme."

"È presto" gridò la madre, guardando l'orologio e correndole dietro.

"Non importa" rispose la fanciulla già in fondo al salotto.

"Ma no" rispose la madre "ma no..." E ambedue parlando, schiamazzando, agitando le braccia come due grandi uccelli spaventati, uscirono in un fracasso di porte sbattute e chiuse.

Solo, Leo gettò il sigaro spento, si stirò le braccia e le gambe, sbadigliò, trasse alfine di tasca una lima e incominciò a nettarsi le unghie; fu in questa occupazione che dieci minuti dopo Carla lo sorprese:

"Allora Leo" disse infilandosi i guanti, "vogliamo andare?"

"All right" rispose Leo; si alzò, seguì la fanciulla; e nel vestibolo si abbandonò alle sue stravaganze gravemente buffonesche:

"Posso" domandò inchinandosi "avere il piacere e l'onore della sua compagnia, signorina?"

"È concesso" disse Carla arrossendo un poco e suo malgrado sorridendo. Uscirono ridendo, urtandosi tra di loro, balzando con agilità e leggerezza faunesche sugli scalini di marmo ingialliti dalle piogge recenti: nel mezzo del piazzale, l'automobile di Leo, bassa sopra le grosse ruote, stava distesa al sole.

Con molte risa e molti scherzi quei due si avvicinarono alla macchina brillante; salirono con pochi movimenti; prima Leo poi Carla; stettero.

"Nulla di dimenticato?" domandò l'uomo attentamente premendo il bottone della messa in moto.

"Nulla" rispose la fanciulla. In quell'aria fredda e limpida le sue tristezze e le sue paure si erano dileguate; seduta al fianco di Leo godeva del cielo azzurro, della natura lavata, della macchina luccicante.

L'automobile partì e rapidamente passò tra i tronchi nudi degli alberi del viale; il sole, i rami pendenti, il vento colpirono variamente quelle due teste immobili, una stessa meraviglia infantile, una stessa colorata e brillante giovinezza erano sui loro volti; estranei alla corsa pareva che mirassero nel vetro del parabrise dove, sopra il confuso variar del parco e del cielo, si riflettevano pochi tratti delle loro figure: gli occhi, le bocche, le guance puerili di Carla, il feltro di Leo, distaccati e sospesi nel vuoto come un miraggio d'impossibile comprensione.

XIII

Michele era uscito per visitare Lisa; per tutta la mattinata l'idea di quest'incontro si era nascosta dietro ogni suo pensiero, creando quello stesso disagio che in una compagnia numerosa provoca un fatto a tutti noto e di cui nessuno osa parlar per primo; per tutta la mattina, questo ricordo, il baciamano del giorno prima, nell'oscurità, non aveva lasciato i piani inferiori della sua coscienza, formando intorno ai suoi pensieri una atmosfera provvisoria e scoraggiante: egli indovinava oscuramente che la questione essenziale non era per quelle ore dedicarsi a questa o ad un'altra occupazione, ma sapere se doveva tornare da Lisa o no, che l'importante non era leggere, scrivere, parlare, vivere in un modo qualsiasi, ma amare Lisa; finalmente, dopo pranzo, col pretesto di una passeggiata era uscito.

La vera ragione di questa sua uscita gli apparve subito appena fuori ed ebbe rivolto gli occhi al cielo che, puro pochi minuti prima, ora si andava riempiendo di una nuvolaglia bianca e minuta. "Si capisce" pensò con calma chiudendo dietro di sé la porticina del parco, "che non esco per passeggiare o per prendere un caffè... no... bisogna che me ne convinca: io esco per andare da Lisa." Gli parve di esser molto forte andando così incontro alle proprie inevitabili viltà, e in un certo modo, di accettare coraggiosamente delle condizioni che nessuna volontà avrebbe potuto trasformare; erano stati inutili quella falsità caparbia, quell'orgoglio puerile che

216

per un solo istante gli avevano fatto credere ad una nuova tresca di Lisa col suo antico amante, e poi gli aveva pesato addosso, obbligandolo a continuare in una direzione sbagliata. Ora capiva che quell'inchino ironico dalla porta a Lisa discinta e ansante non gli era stato suggerito da alcun vero sentimento: egli avrebbe potuto con altrettanta facilità entrare, sedersi, discorrere, oppure accettare con serenità il fatto compiuto, oppure ancora portarsi via Lisa, strappandola dalle braccia di Leo; invece, con un fiuto di commediante costretto ad improvvisare la sua parte, egli aveva scelto quell'atteggiamento ironico come il più adatto o meglio, il più naturale e più tradizionale in tali circostanze: qualche parola, un inchino e via; ma poi, nella strada, nessuna gelosia, nessun dolore: soltanto un intollerabile disgusto di questa sua versatile indifferenza che gli permetteva di cambiare ogni giorno, come altri il vestito, le proprie idee e i propri atteggiamenti.

L'importanza di questa sua visita era per lui evidente ed estrema: era l'ultima prova della sua sincerità, dopo il fallimento della quale o egli sarebbe restato in queste provvisorie condizioni di dubbio e di ricerca, o si sarebbe incamminato per la via opposta, quella di tutti, dove le azioni non sono sorrette da alcuna fede o sincerità, si valgono tutte tra di loro e si accumulano in belle stratificazioni sullo spirito dimenticato fino a soffocarlo; ma se la prova riusciva, tutto sarebbe mutato: egli avrebbe ritrovato la sua realtà concreta come un artista ritrova l'ispirazione dei tempi più felici; una nuova vita sarebbe cominciata, la vera, la sola possibile.

Voltò in una strada più grande e si trovò presso il segnale davanti al quale si fermava il tram che portava al quartiere di Lisa. Aveva da aspettarlo o no? Guardò l'orologio: era presto, meglio andare a piedi. Riprese il cammino coi suoi pensieri; dunque, ricapitolando, le ipotesi erano due: o egli riusciva nei suoi scopi di sincerità, o si adattava a vivere come tutti gli altri.

La prima ipotesi era chiara; si trattava di isolarsi con poche idee, con pochi sentimenti veramente sentiti, con poche persone veramente amate, se ce n'erano, e ricominciare su queste basi esigue ma solide una vita fedele ai suoi principi di sincerità. La seconda, eccola qui: nulla sarebbe mutato se non nel suo spirito sconfitto; avrebbe aggiustato alla meglio la situazione come una brutta casa in rovina, che si rifà qua e là, non essendo possibile per mancanza di denari fabbricarne una nuova: avrebbe lasciato che la sua famiglia andasse in rovina o che si facesse mantenere da Leo, e si sarebbe risolto a sua volta (benché molto l'umiliasse accontentarsi di una tale consolazione) a far la sua piccola sudiceria con Lisa; porcherie, piccole bassezze, piccole falsità, chi non ne depone in tutti gli angoli dell'esistenza come in quelli di una grande casa vuota? Addio vita chiara, vita limpida: sarebbe diventato l'amante di Lisa.

E la villa? e l'ipoteca? Per questo sarebbe venuto a patti con Leo: "Tu mi dài i denari che serviranno a farci campare me e la mia famiglia, io in cambio ti do..." In verità cosa restava che Leo non avesse già preso?... Vediamo, un momento...: restava Lisa... con... con cui Leo aveva tentato invano di riallacciare gli antichi legami... Lisa, già, sicuro... dunque: "Tu mi dài i denari... ed io in cambio convinco Lisa..."

Gli parve di vedere come sarebbe andata quest'ultima faccenda.

Una sera, dopo molte esitazioni, ne avrebbe parlato alla donna; ella avrebbe protestato. "Fallo per amor mio" egli avrebbe allora supplicato; "se mi ami devi farlo." Alla fine ella si sarebbe rassegnata, forse, chissà? non troppo malcontenta in fondo di tornare alle antiche amicizie. "E sia," avrebbe risposto, non senza lanciargli un'occhiata di disprezzo, "fallo venire... ma non credere che io lo faccia per la tua famiglia... soltanto per te." Egli l'avrebbe abbracciata, l'avrebbe calorosamente ringraziata, sarebbe andato di là, nell'anticamera, a chiamar Leo: "Vai" gli avrebbe detto; "Lisa ti aspetta." E l'avrebbe condotto per mano, l'avrebbe gettato tra le braccia della donna; dove glieli avrebbe dati i denari, Leo? qui, nella casa di Lisa, sotto gli occhi della donna, o altrove? Altrove. Poi discretamente, se ne sarebbe andato, chiudendo dietro di sé la porta, augurando la buona notte; sarebbe andato ad aspettare a sua volta nell'anticamera; che lunga, interminabile notte avrebbe allora passato, seduto nel vestibolo, ascoltando i rumori della stanza accanto, dove quei due se ne stavano in letto; dormendo, destandosi ogni tanto di soprassalto e sempre ritrovando davanti a sé quel pastrano appeso all'attaccapanni, rivelatore della presenza dell'uomo presso la sua amante; che notte senza fine! E verso l'alba Leo se ne sarebbe andato senza ringraziarlo, senza guardarlo in faccia, permettendogli appena di aiutarlo a infilare il soprabito; gli avrebbe ceduto il posto in un letto disfatto e insudiciato, presso una Lisa seminuda, rovesciata nel sonno e nell'oscurità dal faticoso godimento, come da una pesante ebbrezza. E non sarebbe stata né la prima né l'ultima volta; Leo sarebbe tornato, spesso, ogni qualvolta egli avrebbe avuto bisogno di quattrini... "Anche questa" concluse distrattamente, "sarebbe una soluzione." Ma si sentiva mortalmente stanco come se tutte queste fantasie fossero state fatti veri e accaduti. E se Leo non avesse voluto saperne di Lisa, o viceversa Lisa di Leo? Allora... allora... non restava che Carla per salvare la situazione... Giustissimo... anche Carla era una risorsa... poiché era necessario vivere in quel modo, meglio andare fino in fondo. Restava dunque Carla... da sposare, già da dare in moglie a Leo... Sarebbe stato un matrimonio di affari, di denari, come se ne vedono tanti e son poi quelli che riescono meglio; l'amore sarebbe venuto dopo... e se anche non fosse venuto non sarebbe stato un gran male... Carla poteva consolarsi in tanti modi, non c'era soltanto Leo al mondo... giustissimo... Però... però... e se Leo non avesse voluto dare i suoi denari che a patto di farne la sua amante?

"È capace anche di questo" pensò Michele "capacissimo." Si fermò un istante: gli parve che la testa gli girasse; una stanchezza, un disgusto senza speranza gli pesavano addosso: il cuore gli tremava; ma implacabile riprese il cammino e i suoi pensieri: "Avanti, avanti..." pensò, e oscuramente si meravigliava di questa sua capacità di scoprire sempre nuove abiezioni; quando ne sarebbe arrivata la fine? "Bisogna arrivare fino in fondo." Sorrise pallidamente... Dunque se Leo non avesse voluto sposarsi... anche quest'ipotesi era probabile... in tal caso un altro accordo avrebbe potuto farsi tra le due parti contraenti... Leo avrebbe dato i soliti quattrini e in considerazione della giovinezza intatta, della bellezza di Carla, gli sarebbe stata richiesta una somma due, tre volte maggiore di quella che sarebbe bastata per Lisa matura e corrotta... Ad ogni merce il suo prezzo... ed egli... ed egli in cambio si sarebbe impegnato, sicuro, in tale atmosfera, sopra un tale pendio anche a questo si poteva arrivare, si sarebbe impegnato a facilitare le cose presso la sorella. Difficile impegno; Carla doveva avere dei principi o forse, chissà? amare qualchedun altro; difficilissimo... Due tattiche erano da prendersi in considerazione: o dire ogni cosa insieme, adducendo vari pretesti, l'onore della famiglia, la miseria, e con la stessa violenza e subitaneità della pressione vincere di un sol colpo la battaglia; oppure preparare lentamente la fanciulla, facendole capire a poco a poco, ossessionandola, oggi una parola, domani un'altra, facendole indovinare con accenni ripetuti e insistenti quel che si esigeva da lei... Di queste due maniere quale la migliore?... La seconda, indubbiamente... molto più facile lasciarle capire certe cose, che dirle... e poi, in un'atmosfera di disagio, abilmente preparata, a forza di accenni e di allusioni, a forza di seduzioni, Carla, sola e debole, avrebbe finito per cedere... "Avviene a tante ragazze" pensò egli "perché non a lei?" Con una lucidità allucinata, camminando passo a passo e guardando in terra, gli parve anche di potere immaginare come sarebbe avvenuta questa seduzione... una giornata grigia, come oggi, una giornata morta, tiepida, senza sole e senza movimento... Come oggi Leo sarebbe venuto, li avrebbe invitati, lui e la sorella, ad un giro in automobile... subito detto, subito accettato... e dopo il giro, dove sarebbero andati a prendere il tè?... In casa di Leo, già, in casa di Leo, dove Carla sarebbe venuta volentieri, rassicurata dalla presenza del fratello... sarebbero tutti e tre discesi davanti a quella porta, avrebbero insieme salito quella scala, lentamente, la fanciulla per prima, poi i due uomini... Sulla soglia della porta, mentre Carla si sarebbe tolta il cappello davanti allo specchio del vestibolo, loro due avrebbero scambiato una stretta di mano come suggello dell'intesa... e dopo aver visitato, ammirato la casa, eccoli tutti e tre, in quella luce blanda del pomeriggio, nel piccolo salotto di Leo, tutti e tre con i loro pensieri differenti, con le loro facce immobili. Poi Carla avrebbe servito in piedi il tè, l'ultimo, e da quelle mani i due uomini seduti avrebbero ricevuto la bevanda, i biscotti farinosi, lo zucchero, il latte; da quella bocca amabile un sorriso senza sospetto, da quegli occhi degli sguardi limpidi... Tutti e tre seduti presso la finestra, perché il cielo si sarebbe fatto un po' fosco e l'ombra avrebbe cominciato ad invadere il fondo della stanza, tutti e tre insieme avrebbero bevuto, mangiato... avrebbero anche parlato, in quel silenzio pomeridiano della casa; i due uomini guardandosi negli occhi, la fanciulla ridendo ignara, scherzando ad alta voce... E dopo il tè, in quel momento di silenzio e di sazietà trasognata che segue ogni appetito soddisfatto, egli avrebbe guardato Leo, e Leo avrebbe reso quello sguardo... poi, con rapido movimento, gli occhi dell'uomo si sarebbero posati sulla testa docile e un po' curva di Carla e sulla porta... Egli avrebbe capito, si sarebbe lentamente alzato: "Vado a prendere le sigarette" avrebbe detto, e con un passo stranamente sicuro, a fronte alta, sarebbe uscito lasciando quei due, la sorella e l'uomo, figure nere e immobili, davanti alla finestra piena di cielo grigio.

Sarebbe andato nel vestibolo, si sarebbe rivestito del suo pastrano; sarebbe partito, chiudendo con precauzione la porta... Le ore di quel pomeriggio, sarebbero passate, interminabili una dopo l'altra, senza Carla, senza Leo, senza nessuno, per strada, oppure in qualche piccolo caffè, in qualche cinematografo. E alla sera egli sarebbe tornato alla villa, avrebbe ritrovato Carla, forse anche Leo, alla tavola familiare, e avrebbe scrutato quei due volti, senza indovinare, da alcuno sguardo, alcun segno, quel che era avvenuto in quella casa tra quelle quattro pareti, dopo la sua partenza...: una fuga per l'appartamento buio, in un fracasso di sedie rovesciate e di porte aperte e chiuse? una breve lotta nell'ombra del piccolo salotto, davanti alla finestra crepuscolare? o piuttosto una mortale rassegnazione di fronte all'inevitabile caduta, presentita da lungo tempo e finalmente accettata?

Egli non avrebbe mai saputo; nonostante questo pomeriggio e tutti gli altri giorni nei quali si sarebbe ripetuta la fruttuosa e colpevole vicenda, la loro vita, per forza di abitudine e di convenienza, avrebbe continuato come prima... un malinteso, una falsità di più e avanti... Oppure un giorno queste segrete vergogne, come dei vermi in un gran corpo in decomposizione, si sarebbero rivelate in un'esplosione di egoismi, provocando il crollo finale... Essi si sarebbero trovati nudi, l'uno di fronte all'altro... allora sarebbe stata la fine, la vera fine...

Gli parve di soffocare; si fermò, guardò davanti a sé, senza vedere, la vetrina di un negozio. Ora era veramente arrivato in fondo al suo avvenire: nulla più da vendere, né la innocenza di Carla, né il proprio amore per Lisa, né il proprio coraggio, nulla più da consegnare a Leo in cambio del suo denaro. Dopo queste fantasie, che non erano più ripide della realtà sulla quale la sua esistenza precipitava, della aridità che gli asciugava la bocca e gli screpolava l'anima, avrebbe voluto gridare e piangere; si sentiva stanco e mortalmente a disagio come se veramente pochi minuti prima avesse lasciato Carla in casa di Leo, e ora, laggiù nell'appartamento chiuso, quella vergogna si compisse, con questi gesti, la lotta, la fuga, l'abbraccio; con quei colori, con quelle forme, le braccia tese, il petto nudo, il corpo prostrato sotto la macchia cupa e curva di un altro corpo, gli occhi chiusi e violati, che a lampeggiamenti gli erano apparsi nel cielo febbrile della sua immaginazione. Si sentiva addosso tanto disgusto e tanta fatica che ne provava un bisogno istintivo di lavarsi, non sapeva perché, un bisogno lamentoso di acqua pura, come se il fiotto fresco delle abluzioni avesse potuto scorrere per quei meandri della sua anima... ruscelli mormoranti fra le erbe, cascate bianche e vive precipitanti con un fragore continuo dall'alto di una rupe, torrenti freddi spumeggianti sui loro letti di ghiaia, i rigagnoli stessi che dalla fronte nevosa delle montagne, al momento del disgelo, serpono giù per delle vie nascoste e si congiungono a valle; tutte le acque più fresche, nella sua triste bramosia, gli parevano insufficienti.

Riprese il cammino: ora capiva che una frase: "Per fortuna non sono che idee," non sarebbe bastata a purificarlo: dal suo animo turbato, dalla sua bocca amara, capiva di aver vissuto quelle fantasie; impossibile rivedere Carla con occhi fraterni, dimenticare di averla immaginata sotto quelle apparenze impudiche che solitamente si attribuiscono alle donne perdute; troppo tardi ora per tornare alle più tranquille visioni: pensare era vivere.

Ma aveva veduto, aveva provato quel che sarebbe diventato, se non avesse saputo vincere la propria indifferenza: senza fede, senza amore, solo, per salvarsi bisognava o vivere con sincerità e secondo degli schemi tradizionali questa sua intollerabile situazione, o uscirne per sempre; bisognava odiar Leo, amar Lisa, provar del disgusto e della compassione per la madre, e dell'affetto per Carla: tutti sentimenti che non conosceva; oppure andarsene altrove a cercare la sua gente, i suoi luoghi, quel paradiso dove tutto, i gesti, le parole, i sentimenti avrebbero avuto una subita aderenza alla realtà che li avrebbe originati.

Questo paradiso di concretezza e di verità gli era sembrato, due anni prima, d'intravederlo nelle lacrime di una donna pubblica fermata per strada e portata in una camera di albergo. Piccola e frivola, aveva un corpo divertente per certa ingenua sproporzione tra le sporgenze goffe dei seni e delle natiche, e la snellezza incavata del dorso, così che nuda pareva che camminasse piegata in avanti ostentando vanitosamente, come un pavone la coda, quelle sue floride rotondità. Un altro contrasto stava nel fatto ch'ella offriva quelle sue seduzioni rosee e sciupate, avvolte in certi miserabili veli neri (e li portava un po' di traverso come un travestimento di carnevale), cenciose gramaglie improvvisate, gli aveva confidato su per la scala dell'albergo, senza ombra di tristezza, con quella indifferente semplicità che si riferisce ad ogni fenomeno naturale, per la morte di sua madre avvenuta una settimana prima. Ma questo luttuoso avvenimento, che l'aveva lasciata, secondo la sua espressione, sola al mondo, non le impediva di cercarsi ogni sera un compagno alla sua solitudine: bisognava pur vivere. In camera aveva fatto la sua piccola commedia del pudore, gaiamente, con una certa fresca e lieta spontaneità: la camera era piccola e modesta: ella aveva lasciato un po' dappertutto in terra, come un fuggiasco che si libera pezzo per pezzo della sua armatura per correr più spedito, le parti leggere del suo vestimento, i veli neri, la gonna, la sottoveste, i panni intimi; e si era alfine rifugiata, vestita delle sole calze, nell'angolo più caldo e oscuro, presso la stufa. Ne era uscita con molte moine e con movimenti goffi del petto e delle anche che facevano credere che ad ogni passo eseguisse una riverenza; ne era uscita con mille proteste, coprendosi dove poteva con le mani; era cautamente entrata nel letto, con un sorriso misterioso e amabile che pareva promettere chissà quali raffinate delizie... ma poi, ad un tentativo di Michele di costringerla a qualche abilità puramente professionale, si era rifiutata e alfine, poiché egli insisteva, era scoppiata in lacrime; non un pianto dignitoso, oppure doloroso e tragico; neppure uno di quegli scoppi isterici accompagnati da grida e da contorcimenti... no, una specie di pianto infantile, con grosse lacrime e singhiozzi veementi, che facevano sussultare tutto il corpo e in particolar modo quei due seni leggeri e teneri come due innocenti viaggiatori costretti da un cavallo bizzarro ad un faticoso e continuo sobbalzare. Egli la guardava stupito, senza comprendere questo rapido passaggio dalla gioia al dolore... Finalmente, dopo molte domande, gli era sembrato di capire che nel momento in cui egli le domandava di mostrare tutte le sue sapienze professionali, in quella testa così vicina e pur così lontana dalla sua, il pensiero della madre morta era stato tanto forte e intollerabile da provocare quel rumoroso scoppio di pianto. Fatte queste confuse spiegazioni con voce lamentosa e assonnata, mentre il ragazzo, ancora attonito, curvo su di lei, la guardava senza parlare, ella si era sollecitamente soffiato il naso, si era asciugate quelle lacrime con un lembo del lenzuolo, ed era tornata serena, gaia, perfino zelante, come se avesse voluto farsi perdonare il suo inopportuno dolore. Tutto era andato bene, e dopo un'ora si erano separati sulla porta dell'albergo, se n'erano andati ciascuno per la propria strada, né si erano mai più rivisti.

Ora quel pianto gli tornava alla memoria come un esempio di vita profondamente intrecciata e sincera; quelle lacrime colate sul volto imbellettato, versate in quel momento, risortivano dalla pienezza segreta di quella vita come muscoli che ad una leggera contrazione affiorano improvvisamente sotto la pelle. Quell'anima era intera, coi suoi vizi e le sue virtù, e partecipava delle qualità di tutte le cose vere e solide, di rivelare ad ogni momento una verità profonda e semplice. Invece egli non era così; schermo bianco e piatto, sulla sua indifferenza, i dolori e le gioie passavano come ombre senza lasciare traccia, e di riflesso, come se questa sua inconsistenza si comunicasse anche al suo mondo esterno, tutto intorno a lui era senza peso, senza valore, effimero come un gioco di ombre e di luci: da quei fantasmi che avrebbero dovuto impersonare tradizionalmente i membri della sua famiglia, la sorella e la madre, o la donna amata, Lisa, per uno sdoppiamento che poteva continuare all'infinito, altri se ne distaccavano, secondo le circostanze e la sua fantasia. Così gli era possibile vedere in Carla una fanciulla disonesta, nella madre una signora stupida e ridicola, in Lisa una donnaccia; per non parlar di Leo che di ora in ora, attraverso i discorsi degli altri e le proprie troppo obbiettive impressioni, cambiava completamente, così, che se in un primo momento credeva di odiarlo, poco tempo dopo lo amava teneramente.

Sarebbe bastato un solo atto sincero, un atto di fede, per fermare questa baraonda e riassestare questi valori nella loro abituale prospettiva; di conseguenza gli appariva enorme l'importanza della sua visita a Lisa; se fosse riuscito ad amarla, tutto poi sarebbe stato possibile: odiare Leo ed il resto.

Alzò gli occhi, si accorse di aver oltrepassato la strada dove abitava la donna: tornò indietro. Ora il suo spirito maligno lo tormentava: "E se veramente" gli domandava "tu sapessi rimettere le cose in quei luoghi dove comunemente stanno, credi tu che te ne troveresti avvantaggiato? Credi tu che diventare un vero fratello, un vero figlio, un vero amante, un vero uomo qualunque, egoista e logico come ce ne sono tanti, significherebbe un progresso di fronte alle tue presenti condizioni? Lo pensi veramente? ne sei proprio sicuro?" Tutte domande senza risposta. "Non credi invece," continuava la voce dubbiosa, "che la strada piena di dubbi e di perversità per la quale ora cammini ti porterebbe molto più lontano? E anche non ti pare che sarebbe una vigliaccheria da parte tua diventare come tutti gli altri?" "O a che cosa porterebbe allora" pensò tra ironico e disperato, "a che cosa porterebbe raggiungere la sincerità?" Guardava davanti a sé, con occhi imbambolati, ingannato dal proprio riflesso nel vetro della bottega; e ad un tratto gli parve di capire a che cosa avrebbe portato la sincerità: nel mezzo della vetrina, che era quella di un profumiere, tra uno scintillio biondo di bottiglie di acqua di Colonia a buon mercato, in cima ad una catasta di saponette rosee e verdoline, un fantoccio réclame attirava l'attenzione dei passanti; dipinto a vivi colori, tagliato nel cartone, raffigurato secondo un modello più umano che fantastico, aveva un volto immobile, stupido e ilare e dei grandi occhi castani pieni di fede candida e incrollabile; indossava un'elegante giacca da camera, doveva essersi alzato proprio allora dal letto, e senza mai stancarsi, senza mai lasciare quel suo sorriso, con un gesto dimostrativo passava e ripassava una lama da rasoio sopra una striscia di pelle; affilava. Non ci poteva esser alcun nesso tra la banale azione che compiva e la lieta soddisfazione della sua faccia rosea, ma appunto in tale assurdità stava tutta l'efficacia della réclame; quella sporporzionata felicità non voleva additare la imbecillità dell'uomo, sibbene la bontà del rasoio; non voleva dimostrare tutto il vantaggio di possedere una modesta intelligenza ma quello di radersi con una buona lama; però a Michele immerso nei suoi pensieri fece tutt'altro effetto.

Gli parve di vedere se stesso e la sua sincerità; gli parve di ricevere da quel fantoccio sorridente la risposta alla sua domanda: "A che cosa servirebbe aver fede?" Era una risposta scoraggiante: "Servirebbe" significava il fantoccio "ad avere una lama, una felicità come la mia, come quella di tutti gli altri, di umile, stupida origine, ma scintillante... e poi l'essenziale è che rade." Era la stessa risposta che gli avrebbe dato una di quelle tante persone dabbene: "Fai come me... e diventerai come me," mettendo la propria persona stupida, goffa, volgare, come un esempio, come uno scopo da raggiungere in cima alla dura montagna dei suoi pensieri e delle sue rinunzie. "Ecco a che cosa servirebbe" insisteva il suo spirito maligno, "servirebbe a diventare un fantoccio stupido e roseo come questo qui." Imbambolato egli guardava il pupazzo che, con un movimento continuo, a piccole scosse automatiche, una, due, tre, affilava la sua lama, e avrebbe voluto colpirlo in faccia e spezzare quel sorriso radioso.

"Piangere dovresti" pensava, "piangere a grosse lacrime." Ma il fantoccio sorrideva e affilava.

Si staccò a fatica da questo spettacolo affascinante (e veramente c'era qualche cosa di pazzo e di allucinante in quel movimento continuo), e voltò nella strada dove abitava Lisa; delle frasi stupide e assurde ballavano nella sua testa: "Ecco, Lisa," si ripeteva, "ecco il tuo povero fantoccio dal rasoio."

XIV

Il corridoio oscuro era pieno di un certo odor di cucina che gli parve di aver già sentito altre volte in altre case eguali; Lisa stessa, evidentemente appena alzatasi da tavola, con una sigaretta tra le labbra e un aspetto tra stravolto ed eccitato, che le derivava forse dal molto vino bevuto, venne ad aprirgli: "Di qui... di qui" ripeté, senza rispondere alle sue parole di saluto, e lo guidò verso il boudoir, chiudendo sul suo passaggio delle porte aperte che rivelavano ora una camera da letto dai lenzuoli in disordine e dall'atmosfera opaca, ora una nera cucinetta colma di utensili, ora il salotto già conosciuto, polveroso e oscuro. "Qui si starà meglio" ella disse entrando nel boudoir. In questa stanza una luce bianca, abbagliante, entrava dalle due finestre velate; in quell'istante la nuvolaglia del cielo doveva essersi un po' schiarita; un riflesso intollerabile e candido era, laggiù, dietro i vetri delle finestre.

Sedettero insieme sul divano: "Ebbene, come va?" domandò Lisa porgendogli una scatola piena di sigarette. Egli ne prese una senza alzar gli occhi, conservando un volto preoccupato: "Sarà meglio cominciare subito" pensava soguardando la donna. Molto infarinata, Lisa indossava una vecchia, ingiallita camicetta bianca, e una gonna grigia dalla stoffa cedevole tutta sformata a forza di portarla; una cravatta vivace, non molto fresca, male annodata, le pendeva dal collo, dei bottoni di smalto, raffiguranti ciascuno una testa di cane, ornavano i polsini... Ma in contrasto con questa maschile acconciatura, il petto florido gonfiava la camicia e la carne rosea e bionda delle spalle esplodeva nella trasparenza del velo, tra le due bretelline bianche e volgari della sottoveste.

"Va male" egli rispose alfine.

"Male?" Un turbamento provocato non sapeva se dal vino bevuto o da altre cause affrettava i battiti del cuore di Lisa, le interrompeva il respiro, e ogni tanto spingeva un fiotto di sangue sulla sua faccia grave ed eccitata: "E perché?" Guardava Michele e sperava che egli si ricordasse di quel baciamano del giorno prima, nell'oscurità del salotto: "Non so." Egli posò la sigaretta, fissò per un istante Lisa: "Ho pensato diverse cose... ho da dirtele?" Vide la donna fare un vivo gesto di assentimento: "Di' pure" e atteggiare il volto e la persona come chi vuol ascoltare con interesse e, si sarebbe detto, con amore: "Chissà cosa crede che stia per dirle" pensò con ironia, "forse che l'amo... eh! già, non aspetta che questo..." Riprese la sigaretta:

"Debbo dirti" incominciò "che io mi trovo in una curiosa posizione di fronte a voi tutti."

"Chi voi?"

"Voi della famiglia...: tu, Leo, mia madre, mia sorella..."

Ella lo scrutò con degli sguardi penetranti: "Anche di fronte a me?" domandò prendendogli, come per caso, con tutta naturalezza una mano. Si guardarono: "Anche di fronte a te" egli rispose; strinse macchinalmente le dita della donna. "Per ciascuno di voi" continuò incoraggiato "dovrei provare un certo sentimento, dico dovrei perché volta per volta mi sono accorto che le circostanze ne esigono sempre uno... È come andare ad un funerale o a delle nozze: in ambedue i casi un certo atteggiamento di gioia o di dolore è obbligatorio come il vestito di cerimonia...: non si può ridere seguendo una bara o piangere nel momento nel quale due sposi si scambiano l'anello... sarebbe scandaloso, peggio, inumano... Chi per indifferenza non prova nulla, deve fingere... così io con voi... fingo di odiar Leo... di amare mia madre..."

229

"E poi?" domandò Lisa avidamente, vedendolo esitare e interrompersi.

"E poi basta" egli rispose. Si sentiva annoiato e triste: "Se aspetti che io parli di te!" pensava guardando la faccia di Lisa. "Soltanto" aggiunse, e la sua voce tremò come se avesse voluto elevare una lamentosa protesta, "io non so fingere... e allora, capisci, a forza di sentimenti, di gesti, di parole, di pensieri falsi, la mia vita diventa tutta una commedia mancata... Io non posso fingere... capisci?" Tacque per un istante: Lisa lo contemplava e pareva delusa. "E poi" concluse confusamente, scoraggiato, sentendo ad un tratto la sua voce sola risuonare inascoltata nel silenzio del boudoir, "tutto questo non ti interessa né puoi comprenderlo... potrei parlarti per un giorno intero e tu non mi capiresti..." Abbassò la testa; allora udì alfine parlare sulla sua fronte la voce falsamente ispirata e confidenziale della donna: "Ti capirei, mio povero Michele... sono sicura che ti capirei." Gli parve di udire quella stessa voce che egli avrebbe avuto se avesse voluto dichiarare il proprio amore a Lisa: "Guarda, guarda" pensò con amara ironia, "siamo tutti e due nelle stesse condizioni." Sentì una mano posarglisi sui capelli, gli venne una disgustata compassione di sé e della donna: "Oh! poveretta" si disse, "vuoi proprio insegnare a me come si fa la commedia?" Ma alzò gli occhi, e incontrò degli sguardi e un volto tanto imperiosamente sentimentali che se ne spaventò: "È già dunque giunto il momento?" pensò confusamente, come il malato che dopo aver immaginato dei lunghi preparativi vede, appena disteso sul lettuccio, brillare per aria il ferro del chirurgo. Guardava la faccia della donna: labbra semiaperte, supplichevoli, occhi turbati, guance rosse, e capiva, cedendo a poco a poco a questa preghiera, che ancora una volta la vita imponeva alla sua indifferenza un falso atteggiamento; poi sentì le dita di Lisa premere leggermente le sue come per invitarlo a decidersi, si chinò e la baciò sulla bocca.

Lungo abbraccio; delle nubi passeggere oscurarono quel chiarore bianco che appena un minuto prima empiva il boudoir, le pareti rapidamente si scolorirono, si raffreddarono...

e sul divano, tra le due finestre, quei due dalle bocche unite, seduti l'uno accanto all'altro, coi busti appena tanto girati quanto bastava per permettere il bacio, stavano immobili e rigidi. Non fossero state quelle loro labbra avide e confuse, i loro corretti atteggiamenti avrebbero fatto pensare piuttosto a una conversazione che ad un abbraccio: Michele teneva le braccia lungo i fianchi, gli occhi bene aperti, e i suoi sguardi erravano oziosamente sulla parete in faccia; Lisa, con le mani in quelle del ragazzo, faceva ogni tanto con la testa il gesto di chi, bevendo, sosta un istante e poi con rinnovata ingordigia ricomincia; alfine si separarono e si guardarono.

"E ora" pensava Michele fissando trasognato il volto confuso, eccitato e grave della donna; "ed ora?" Vide un'espressione di gratitudine arrossare le guance accese di Lisa, le labbra umide socchiudersi ammirate e supplici, una adorazione quasi religiosa, cui non mancava che il gesto delle palme aperte in segno di pietà, empirle gli occhi; poi ella distese una mano e gliela passò fra i capelli mormorando un "caro..." con voce tremula e falsa.

Abbassò gli occhi; Lisa stava seduta in difficile equilibrio sulle proprie gambe, e senza parere di nulla, pur continuando ad accarezzargli la testa, gli si avvicinava strisciando penosamente sul divano: a questo movimento la gonna tirata svelava a poco a poco una coscia grassa dalla calza lenta e arrotolata. Gli vennero un disagio, un'irritazione forte, non seppe se per il dispetto di essersi lasciato trascinare all'abbraccio, o per il contrasto ipocrita tra quelle carezze, quella parola affettuosa e la nudità impura, che quel subdolo movimento veniva discoprendo. "Per chi mi prende?" pensò disgustato: quel po' di libidine che l'abbraccio aveva destato in lui svanì; si ritrasse indietro e, guardando fissamente Lisa, con un gesto goffo si alzò in piedi.

"No" disse scuotendo la testa, "no, non va..."

Stupita, quasi scandalizzata, senza coprire la gamba nuda, senza calmare la sua eccitazione Lisa lo guardava.

"Che cosa non va?" domandò; questa freddezza di Michele oltraggiava il suo rossore e il suo abbandono: "Stupido di un ragazzo," pensava irritata; "avevamo così bene incominciato... ed ora ecco... ecco che si alza." Lo vide scuotere ancora una volta la testa, ripetendo: "Non va." Allora si sporse, gli afferrò con un gesto malcerto una mano: "Vieni..." disse, tentando di attirarlo al suo fianco, "vieni qui... siediti qui... dimmi che cosa non va."

Egli esitò, poi sedette: "Ti ho già detto che cosa non va" spiegò con voce annoiata guardando attentamente qualche cosa dietro la testa di Lisa e fingendo d'ignorare la carezza nervosa delle mani della donna e quei suoi occhi commossi; "ti ho già detto che mi trovo anche di fronte a te come di fronte agli altri..."

"Come sarebbe a dire?"

"Sì... come non posso odiare Leo..."

"Anche ora, dopo quello che ti ho raccontato?..."

Michele guardò la donna: "Debbo dirti" incominciò con un certo imbarazzo, "che quello che hai detto di mamma ho finto d'ignorarlo... invece lo sapevo già..."

"Lo sapevi già?"

"Almeno da dieci anni." Egli si chinò, raccolse un tagliacarte che era caduto dal tavolino; allora, mentre lo riponeva, gli venne ad un tratto un bisogno isterico di verità: "E così, come non posso odiare Leo, di cui potrei raccontarti per filo e per segno tutta la storia delle sue relazioni con mamma... nello stesso modo non posso amarti: è sempre la stessa ragione... indifferenza, sempre indifferenza... Allora" concluse irritato "piuttosto che fingere di caderti fra le braccia, di morir dalla passione per te, di farti delle dichiarazioni... visto che non mi riesce... preferisco non farne nulla..." Tacque e guardò Lisa: la vide così perplessa e annoiata che gli venne una dispettosa compassione: "Sforzati di comprendermi" soggiunse cupamente "come posso io fare una cosa che non sento?"

"Prova..."

Egli scosse la testa: "Non serve... sarebbe come se io andassi da Leo e dicessi: 'Senti, mio caro, non ti odio, anzi mi sei simpaticissimo, ti sono amicissimo, me ne dispiace tanto, ma proprio non posso farne a meno, debbo darti uno schiaffo': e subito giù botte da orbi..."

"Ma l'amore viene sempre dopo..." ella mormorò ostinata, con una mancanza di pudore che parve incredibile a Michele; "quando ci si conosce meglio..."

"Ci conosciamo anche troppo."

Lisa impallidì, nessuno l'aveva mai respinta con tanta durezza; ebbe paura che il suo "adolescente" stesse per sfuggirle per sempre, e per un istante le venne l'idea pazza di gettarsi ai suoi piedi, di supplicarlo come una divinità, ma protestò ancora: "Non parli seriamente."

"Tutto quel che c'è di più serio."

Ella gli venne accanto, gli prese una mano; il cuore le batteva, un'ansietà irragionevole le arrossava le guance: "Non essere cattivo" insistette con voce esitante accarezzandogli una mano; "vediamo... non provi nulla... proprio nulla per questa tua Lisa?... Dimmi, non è vero che mi farai questo piacere?" ella soggiunse mettendo un braccio intorno al collo del ragazzo; "Michele... non è vero che avrai un po' d'amore per me?" Un rossore acre, un accesa eccitazione decomponeva il volto della donna; la sua voce era insinuante, sentimentale... tutta protesa verso Michele toccava con il ginocchio la gamba del ragazzo; questi scosse la testa: "Comprendimi" ripeté; ora un'irritazione forte lo invadeva contro questa testarda libidine: "Dove andrebbe a finire questo tuo amore, se io, senza troppo curarmi dei miei sentimenti, come si fa con le donne perdute, ti... ti prendessi... ti rovesciassi senza tanti complimenti sul divano?... comprendimi..."

"Ma non siamo ancora arrivati a questo punto di... rovesciarmi sul divano..." ella disse con un riso stupido e lusingato; esitò un istante, poi con un gesto molle e irresistibile, gli gettò le braccia al collo, lasciandosi nel contempo cadere indietro sopra il divano. Questo primo movimento le riuscì; sorpreso Michele non resistette e cadde in avanti; ma nel vedere il volto rosso ed eccitato di Lisa, quelle sopracciglia inarcate in segno di comando sopra gli occhi turbati, quella gola protesa, a sentir sulla sua nuca tutto il peso di quel corpo, una collera, un disgusto intollerabile lo invasero; risollevò la testa, puntò la palma della mano su quella faccia imperiosa e supplice e, con una sola spinta, si liberò dall'abbraccio e sorse in piedi.

"Se ne hai proprio tanto desiderio..." disse corrucciato, rassettando macchinalmente la cravatta in disordine; "ebbene torna... torna con Leo..."

Rovesciata sul divano, col volto tra le mani e il petto in tumulto, Lisa fingeva un dolore e un'umiliata vergogna entrambi inesistenti; ma al nome dell'antico amante egli la vide sorgere con occhi allucinati e quel gesto accusatore della mano: "Leo... hai detto Leo... che debbo tornare con Leo?" ella gridò senza curarsi dei suoi capelli in disordine e della sua veste discinta. "E, se non mi sbaglio, hai anche detto che non ti riesce di odiare Leo, non è vero? anche sapendo quello che sai?"

"Sì" balbettò egli turbato da quell'improvviso furore, guardandola: "sì... ma che nesso c'è?"

"Lo so io..." ella ebbe un riso breve e nervoso: "lo so io..." Tacque per un istante inghiottendo la saliva e la propria impazienza: "Sai che cosa ti dico?" proruppe di nuovo sporgendosi dal basso e fissandolo con quei suoi occhi allucinati: "che c'è una sola ma buona ragione perché tu possa odiar Leo ed io non tornarci insieme..."

"Mia madre" arrischiò Michele messo a disagio da quella mano accusatrice; ma vide Lisa rompere in una risata sprezzante: "Tua madre... è proprio di tua madre che si tratta!..." ella ripeté tra i singulti della sua amara risata. "Ma mio povero Michele, tua madre è già da un pezzo fuori combattimento... già da molto tempo..."

Egli la guardò; gli parve allora di vedere molto dall'alto con una superiorità che gli derivava più dalla disgustata compassione che ne provava che da una sua maggiore purezza, in una miseria più bassa e più cieca della sua, quella figura vendicativa; avrebbe voluto chinarsi, ravviare quei capelli scomposti, calmare quel gesto di accusa; ma non ne ebbe il tempo: "No..." ella continuò sempre fissandolo con quei suoi occhi che parevan vedere oltre il boudoir, oltre la casa, le figure della sua memoria; "no caro... qualchedun altro che tua madre... indovina... indovina." Ebbe un piccolo riso nervoso, si rassettò i capelli, la veste, sedette più comodamente.

"Tu" egli profferì.

"Io?"

Ella ebbe un gesto di chi cade dalle nuvole. "Io... ma mio povero Michele, ti ho già detto che c'è una buona ragione perché io non torni con Leo... e questa ragione sai chi è... sai chi è?" Un nome stava su quelle labbra, ella stava per profferirlo ma si trattenne. "No" soggiunse scuotendo la testa; "no... è meglio che io non dica nulla." Passato il primo momento di sincera eccitazione, ora Lisa tornava a quella sua consueta falsità nella quale, come in un giuoco sottile e avvincente, ella trovava le più forti consolazioni alle sue miserie. "Non vorrei che per colpa mia succedessero cose gravi..." Accese una sigaretta e, come chi è deciso a non parlare, fissò gli occhi in basso, sul tappeto.

"Senti Lisa" profferì Michele: "Di' quel che vuoi dire... perché si vede che proprio non ne puoi più... e falla finita..."

Le si avvicinò, le mise una mano nei capelli, le rovesciò indietro la testa... Allora guardando in quegli occhi gli parve di scoprire nella spietata e stupida fissità che ella gli opponeva, un errore indurito e inguaribile; gli venne la stessa disgustata compassione di prima: "Se l'amassi" pensò rigettando da sé la testa, "ella non sarebbe così..." Sedette di nuovo: "Che maniere" ripeteva Lisa turbata, con voce lenta e caparbia, ravviando i capelli scomposti; "che maniere." Michele la guardava: "La colpa non è loro" pensava, "è mia... essi hanno bisogno dei miei sentimenti... e io non ne ho."

"Allora vuoi proprio saper tutto?" ella domandò.

"Sì... e sbrigati..."

Un istante di silenzio: "Hai detto" cominciò Lisa con qualche esitazione "che vorresti e non puoi odiare Leo?"

"Sì" egli rispose, "e ho anche detto" soggiunse impacciato "che vorrei e non posso amarti..."

Un gesto secco della mano: "Non occuparti di me" ella disse freddamente; stette un istante sopra pensiero come chi riunisce i propri ricordi prima di narrare: "La storia è breve" cominciò alfine abbassando gli occhi e guardandosi le mani.

"Ieri... ti ricordi? vennero Leo, tua madre e tua sorella dal ballo... mancava la luce si cercarono le candele... Poi tua madre mi trascinò in camera sua per mostrarmi quel vestito nuovo che ha fatto venir da Parigi...: è un bel vestito, ma ha un difetto alla cintura... Ad un certo momento, non ricordo perché, pensai di uscire... apro una porta, faccio un passo avanti... indovina chi vedo nell'anticamera?"

Michele la guardò: tutto il racconto era stato fatto con voce fredda, parsimoniosa, senza mai cessare quella contemplazione delle mani; distratto egli l'aveva ascoltata senza interesse, come una qualsiasi storia banale; ma ora, d'improvviso, si ricordò che tutti questi preamboli non riguardavano che Leo; questi giri concentrici si stringevano intorno a quel nome; gli venne una ansietà oscura e minacciosa, e così brusca che gli mancò il respiro.

"Leo..." disse in un soffio.

"Sì, Leo" ripeté Lisa scuotendo tranquillamente, ostentatamente la cenere della sigaretta; "Leo con Carla... abbracciati."

Si guardarono; Michele, immobile, senza stupore, ma con quella fissità trasognata che fa la vista doppia e tripla come un vetro difettoso; Lisa con curiosità, timore, e una certa ridicola fierezza, come chi sa di aver vibrato un bel colpo, o detto una gran parola.

"Come abbracciati?" egli domandò alfine.

"Abbracciati" ripeté la donna con crudeltà, irritata da questa incomprensione come dai sussulti di una bestia ferita che non si decide a morire. "Come abbracciati? come tutti fanno...: lei sulle ginocchia di lui, la bocca sulla bocca... insomma abbracciati."

Silenzio; immobile, Michele guardava il tappeto roseo anche quello come il resto del boudoir, tutto spelato sugli orli; sul tappeto erano posati i due piedi uniti di Lisa; più in là c'era il divano: "Abbracciati" si ripeteva intanto, "abbracciati...: questa è straordinaria;" avrebbe voluto gridarlo: "questa è fantastica" divertito, incuriosito da un caso tanto imprevisto. Indignazione non ne provava e neppure disgusto; anzi, se mai, un vivo interesse lo pungeva di ottenere schiarimenti, di saperne qualche cosa di più.

Tale stato d'animo durò pochi secondi; poi, mentre già si apprestava a far delle domande, si accorse, ad un tratto, quasi con spavento, di essere ancora una volta privo di sentimenti che quel triste fatto avrebbe dovuto ispirargli; Leo e Carla abbracciati non gli suggerivano che una curiosità, diremo così, mondana; questa nuova rovina non lo commoveva, questa prova suprema e non prevista della sua sincerità falliva; quei due abbracciati gli apparivano come tante altre coppie note e ignote, e non ciascuno con quella personalità che più lo riguardava. "Vediamo" pensò "si tratta di Carla, di mia sorella... Lisa l'ha vista abbracciata a quell'uomo, l'amante di mia madre... Non è orribile? non è ributtante?... Vediamo... non è quasi un incesto?" Ma Carla e Leo abbracciati e incestuosi restavano lontani dai suoi gesti di costernazione e di disgusto; egli non poteva toccarli.

Guardò la donna, e capì dagli occhi, da tutto l'atteggiamento ch'ella aspettava con delizia e curiosità una bella scena di sdegno virtuoso e familiare: "Collera... ira... odio" pensò febbrilmente; "tutte le ricchezze del mondo per un po' di odio sincero." Ma il suo spirito restava inerte, come di piombo; né collera né ira né odio: Carla in lacrime, nuda, perduta, Leo dalle sanguinose avidità, quella vergogna, quel disagio, nulla serviva a scuoterlo.

Allora gli venne un'idea disperata; poiché l'ultima prova era fallita e nessun più violento stimolante era riuscito a galvanizzare il suo spirito morto, non sarebbe stato meglio decidersi una buona volta a finger tutto, amore, odio, sdegno, finger senza parsimonia, con larghezza, anzi con grandiosità, come chi ha anche da buttarne via?... Idea pazza: "è la fine" egli pensò, e gli parve veramente di rinunziare per sempre a quel refrigerio irraggiungibile delle sorgenti spontanee, limpide e continue della vita; "la fine... ma qualche cosa deve avvenire... qualche cosa avverrà."

Si alzò in piedi; "No" disse cominciando a camminare in su e in giù per il boudoir, come si conviene ad un uomo sdegnato e preoccupato; "questo è troppo... no, non è possibile continuare così... questo è il colmo..." Si sentiva freddo e ironico; gli parve di non avere una voce abbastanza risoluta; decise di modificarla, silenzio: "Leo crede che tutto gli sia permesso" continuò poiché Lisa curva e immobile lo guardava e non parlava, "ma si sbaglia..." "No, questo è troppo debole" pensò senza cessare quel suo andare e venire; "bisogna dire qualcosa di più forte... io sono il fratello oltraggiato dall'amante di sua madre nell'onore di sua sorella (tutte queste parole virtuose e familiari gli facevano un ridicolo effetto come se fossero state arcaiche): bisogna trovare qualche cosa di più duro... magari se è necessario esagerare..." Ma tra queste ironiche falsità la sua triste stanchezza aumentava: avrebbe voluto lasciare questa commedia, inginocchiarsi davanti a Lisa come davanti alla donna che si ama, e dir tutta la verità: "Lisa, io non sono sincero: non m'importa nulla di mia sorella, non m'importa nulla di nessuno... Lisa, come debbo fare?" Ma Lisa non era la donna amata e non l'avrebbe compreso; come tutti gli altri ella esigeva da lui un atteggiamento necessario e naturale.

"Che cosa farai?..." domandò la donna.

Egli si fermò e la guardò, sforzandosi di dare ai suoi occhi calmi un'apparenza allucinata: "Che cosa farò? che cosa farò?... Che cosa farò" ripeté con rapidità; "è chiaro quel che debbo fare...: andare da quel mascalzone e prenderlo per il collo." Gli parve che Lisa fosse stupita da questa sua violenza: "Quando?" ella domandò fissandolo acutamente tra il fumo della sigaretta che le pendeva dalle labbra.

"Quando?... domani... anzi oggi... subito." Prese una sigaretta dalla tavola, l'accese; vide Lisa squadrarlo dall'alto in basso, con una rapida e perplessa occhiata: "E cosa gli dirai?" ella interrogò.

"Oh! gli parlerò molto ma molto freddamente" egli rispose con un gesto della mano; guardava dinanzi a sé con gli occhi accigliati, come chi vede il proprio destino, ora gli riusciva sempre meglio di recitare la sua parte. "Poche parole... e capirà che non c'è nulla da scherzare..." Altra occhiata di Lisa: "Quanto sono cretino" egli pensò.

"Ma quel che più mi ripugna" continuò con un vivo desiderio di accalorarsi e convincer se stesso e la donna, "è la falsità di Leo... la sua ignobiltà... Pazienza s'egli si fosse veramente innamorato di mia sorella... questo non lo scuserebbe ma spiegherebbe in parte la cosa... Invece no... sono sicuro che non l'ama, è nel suo carattere, gli è piaciuta, l'ha trovata carina, e vuol divertirsi con lei... ecco tutto... Ora, a parte il fatto che è sempre una viltà abusare dell'inesperienza d'una ragazza, è tre volte vile l'uomo che lo fa a mente fredda e nelle condizioni in cui egli si trova di fronte a Carla e a noi tutti!... Non si potrebbe essere più...:" egli cercò la parola più espressiva per qualificare la condotta di Leo: "più porci... E poi l'ho già detto: pazienza se l'avesse fatto per forza di passione... trascinato dal proprio sentimento... Invece non c'è amore, qui, non c'è passione, non c'è affetto... nulla c'è se non la libidine e la falsità più odiosa, più ripugnante, quella che simula dei sentimenti puri e ideali... non la si può né scusare né comprendere... soltanto condannare." Prima malcerto, poi sempre più sicuro, Michele profferì le ultime parole con una forza strana e profonda che stupì lui stesso. "Quanto a Carla" concluse dopo un istante, "non ha colpa... si è lasciata stordire da quell'uomo..."

Silenzio; seduta sul divano, immobile, con la testa fra le mani, Lisa considerava il ragazzo: "Non c'è dubbio" disse alfine in tono di vaga approvazione "che la falsità sia un gran brutto difetto."

"Bruttissimo." Egli si mosse ed andò alla finestra; il sole era scomparso, e una bassa, fitta cortina di nubi grigie stava sospesa sulla città. Lisa abitava al primo piano, ma la casa sorgeva sopra una specie di collina, e da quella parte un vasto panorama di tetti si stendeva davanti alla finestra; comignoli, tegole, terrazze, abbaini, poggiuoli, tutta la visione aveva sotto il cielo grigio un umido e uggioso colore tra giallo e marrone, a cui il vetro difettoso della finestra prestava delle sbavature e delle deformazioni di scenario scolorito e mal dipinto; più lontano il fumo che ogni casa esalava si confondeva con le nubi e formava una specie di nebbia nella quale i profili irregolari dei tetti e la selva dei camini perdevano ogni prospettiva, s'infittivano, si confondevano.

Sotto la finestra le tegole erano rossicce e dei ciuffi di erba vi crescevano. Michele contemplava questo paesaggio;

era la prima volta che se ne accorgeva e non sapeva staccarsi; tutti quei tetti lo impressionavano: "Scoperchiarli" pensava; "vedere quel che avviene dentro le case..." Poi un gatto nero passò rapidamente da un abbaino all'altro; egli lo seguì un istante con gli occhi. "Pioverà" pensò guardando il cielo grigio e lo spazio umido e lontano; rabbrividì; si voltò; gli apparvero il boudoir scolorito, e là, sul suo cencioso divano, Lisa pensosa e immobile; le si avvicinò: "Fingere" pensò riaggrappandosi con sforzo alla sua falsa realtà "vorrei... vorrei dormire... ma bisogna fingere." Nessuna connessione era tra il "fingere" e il "dormire," ma quest'ultima parola gli era venuta spontanea come una espressione di quella mortale stanchezza che l'opprimeva.

"Che ora è?" domandò bruscamente; "sarà già tempo che io vada da Leo?"

Con una pigra lentezza Lisa si scosse dalla sua immobilità e guardò l'orologio che portava al polso:

"Le quattro" disse considerando attentamente il ragazzo; silenzio; "ma forse sarà meglio" ella soggiunse "che tu telefoni per sapere se è in casa." Si alzò, mosse verso la porta.

Nel corridoio l'oscurità era completa; Lisa girò l'interruttore e una luce giallastra, da dormiveglia, colò dal soffitto basso sulle pareti oscure; il telefono era inchiodato presso la porta del salotto, ad altezza d'uomo; sotto il telefono era il libro dei numeri; Lisa lo sfogliò rapidamente, girò più volte la manovella: "Ma poi ci andrai?" domandò dubitosa, voltandosi verso Michele.

"E ne dubiti ancora?" egli rispose con energia; ma gli parve che gli occhi della donna fossero pieni di un dubbio malizioso e perverso.

"No... tutt'altro" ella disse; si voltò e ricominciò a girare la manovella.

Il campanello del telefono squillava; alzandosi sulle punte dei piedi Lisa gridava con voce gutturale "prontooo... prontooo..." ; aspettava muta e attenta un istante, ricominciava. Egli contemplava il corridoio; due armadi, una specie di scaffale vuoto, delle sedie... Lisa gli volgeva le spalle, la camicetta tutta imbevuta di luce giallognola lasciava intravedere ancor più che nel boudoir l'abbondanza rosea e bionda del dorso stretto dalle due bretelline opache della sottoveste; i fianchi divorati dall'ombra parevano meno larghi, meno storte le gambe...: tutto questo egli l'osservò con occhi trasognati... "Eccomi in casa di Lisa... nel corridoio..." si ripeteva: "bisogna fingere... non un minuto di riposo... fingere." Senza saper quel che facesse si accostò alla donna e la prese per la cintola: "Ebbene" domandò con voce insinuante e falsa, sfiorando con le labbra la nuca; "ebbene, sei ancora in collera con me?" Qualcheduno parlava al telefono; Lisa diede il numero e si voltò:

"Non pensare a me" disse con quella stessa occhiata estimatrice di prima. "Pensa piuttosto a tua sorella, a Leo..."

"Ci ho già pensato" egli rispose sconcertato; ma la lasciò e si appoggiò alla parete. "Fingere" pensò disincantato, "ma fino a quando?" Quel secondo sguardo gli bastava; evidentemente Lisa dubitava della sincerità del suo sdegno; come fare per convincerla?

Ora ella parlava: "Con chi?" ripeteva, "con chi?... col signor... signor Merumeci?... ah! pardon, ho sbagliato." Rimise a posto il ricevitore e si voltò:

"È in casa" disse seccamente. "È probabile che se vai ora lo trovi." Si guardarono; "Non mi crede" pensava Michele scrutandola sospettosamente.

"Ebbene va'" ella soggiunse alfine. Il ragazzo fece un gesto con la mano, puerile e prudente, che poteva significare "adagio... non c'è fretta;" si mosse: "Vado... sì, vado" ripetè.

"Puoi anche non andarci" disse la donna con voce dura; "far finta di non aver saputo nulla... a me personalmente non importa se tu ci vai o non ci vai."

Nel vestibolo ella lo aiutò a infilarsi il pastrano e gli porse il cappello: "Allora" egli disse "tornerò domani a fare il mio rapporto."

"Va bene... a domani."

Ma Michele se ne andava a malincuore; intuiva che Lisa non aveva creduto una sola parola di quel che aveva detto; avrebbe voluto far dei giuramenti, dei grandi gesti, dir delle frasi profonde: insomma convincerla; esitò... "Sono sicuro" disse alfine prendendo la mano che Lisa gli tendeva, "che tu non credi al mio odio contro Leo, al mio disgusto."

Silenzio: "Infatti non ci credo" ella rispose con semplicità.

"E perché?"

"Così."

Ancora silenzio. "E se io" domandò Michele "te lo provassi coi fatti?"

"Quali fatti?"

Egli esitò di nuovo: ora gli occhi di Lisa esprimevano una malsicura imperiosità: "Quali fatti in verità?" si ripeté. Una lieve paura l'invase di non sapere nominare quel fatto che avrebbe saputo convincere la donna della sua sincerità; poi trasportandosi da Lisa al suo nemico, spontaneamente, come si trova una cosa a lungo e senza saperlo cercata, lo scoprì: ucciderLeo. L'idea gli piacque non in quanto pensava di realizzarla ma per la sua supposta efficacia sull'animo della donna.

"Per esempio" profferì tranquillamente "ci crederesti se io uccidessi Leo?"

"Se tu lo uccidessi?:..." Il primo movimento di Lisa fu di spavento; egli sorrise, soddisfatto dell'impressione che avevano fatto queste parole:

"Già... se lo uccidessi..."

Ma Lisa ora si rasserenava, aveva osservato quella faccia calma, quegli occhi senza ira: "Allora sì..." sorrise con ironia "ma basta vedere il modo col quale lo dici per capire che non lo farai..."

Silenzio: "Il modo" pensò Michele irritato di aver a tal punto guastato il suo effetto; "che modo?... esiste anche un modo per dire che si vuole uccidere qualcheduno?" Il sipario calava, la commedia era caduta; non restava che andarsene:

"Così non mi credi capace di uccidere Leo?" egli insistette; vide la donna scoppiare a ridere, non troppo sicura, ma certo non spaventata:

"Io no... mio povero Michele" ella riprese alfine rallegrata e compassionevole. "Son cose che si dicono... ma tra il dire e il fare... e poi te l'ho già detto: basta guardarti in faccia

per capire che non ne hai alcuna intenzione... Del resto"
soggiunse come per soffocare in se stessa l'ultimo dubbio
"se tu lo avessi detto seriamente, non ti lascerei andare così,
via di casa mia..." Aprì la porta, gli tese la mano: "Sbrigati"
soggiunse, "se no, non riuscirai neppure a vederlo, Leo."

"E se io l'uccidessi?" egli ripeté con un sorriso amaro, come un ritornello, fuori dal pianerottolo.

"Allora sì... allora ci crederei" ella rispose con un sorriso
profondamente incredulo; la porta si chiuse.

XV

Dalla vetrata del soffitto una luce bianca pioveva sulla scala; la porta era chiusa; silenzio: "Nessuno mi crede" egli pensò avviandosi, "nessuno mi crederà mai." Discese lentamente qualche gradino; un disagio lieve ed angoscioso l'opprimeva, e per quanti sforzi facesse non riusciva a sciogliere la triste confusione della sua mente.

Volta per volta, le figure e i fatti della sua miseria, la seduzione di Carla, l'incredulità di Lisa, sua madre, Leo, gli apparivano in brusche chiaroveggenze come squarci di un solo paesaggio illuminato dai lampi di una tempesta notturna. "Nessuno mi crede" pensava, e poi subito dopo: "Carla si è data a Leo;" e con un senso di umiliazione rivedeva la faccia ironica di Lisa, là, nella fessura della porta, o più cupamente indovinava Carla discinta e seminuda tra le braccia dell'amante... Ma se tentava di riunire queste sue immaginazioni, di raggruppare questi fatti e d'impadronirsene come un burattinaio che sa stringere in pugno i fili di tutte le sue marionette, se si sforzava di considerare freddamente, spassionatamente, l'intero groviglio nel quale si era cacciato, allora annaspava, soffocato: i suoi pensieri deboli non bastavano a incorniciare l'irta realtà, i suoi occhi a vedere, fino in fondo e da ogni parte, questo suo panorama della vita.

Tentò di ragionare, di far dei sistemi: "Vediamo..." pensò, "vediamo... la questione ha due facce...: una interna, una esterna... interna la mia indifferenza, la mia mancanza di fede e di sincerità... esterna, tutti gli avvenimenti contro i quali non so reagire... e ambedue le facce sono egualmente intollerabili." Alzò gli occhi come se avesse voluto vederle quelle due facce della sua questione. "No," pensò ancora scontento: "la colpa è mia... non so appassionarmi alla vita." Ricominciò a discendere; la colpa era anche di Carla: "Carla" avrebbe voluto domandarle, "perché hai fatto questo?" E di sua madre; la colpa era di tutti: impossibile scoprirne l'origine, la ragione prima; tutti erano colpevoli... gli pareva di vederli, tutti quanti, là, sul pianerottolo, appoggiati al muro... "Siete dei disgraziati" pensava, "mi fate pietà... tutti... anche tu, madre, colle tue ridicole gelosie, anche tu, Leo con le tue arie di vittoria..." Credeva di veder Leo, di prendergli una mano: "Soprattutto mi fai compassione... sì, proprio tu...: pensi di essere il più forte... ah! ah! povero Leo." Avrebbe voluto dirgliele quelle parole, al suo nemico, tranquillamente, così... una specie di ebbrezza lo possedeva; rovesciava la testa indietro: "Poveri voi, non siete che dei disgraziati... poveri voi... ora state freschi... vedrete cosa vi succederà..." Ma sulla porta si accorse di avere ancora il cappello in mano; questa inezia, questa distrazione, bastarono a farlo crollare dalla sua superiorità; una rabbia, un'angoscia indicibili lo invasero: "Son io, altro che storie... son io il disgraziato" pensò; era di nuovo a terra, in basso; si calcò il cappello sulla testa e uscì.

Le case erano morte, muti i platani, immobile il giorno; un cielo di pietra pesava sui tetti curvi; né ombra né luce per quanto lunga era la strada, ma soltanto una fame arida di tempesta. "Ora andiamo da Leo" egli pensò; a quest'idea un'esaltazione incontenibile lo possedette: "Ah! tu non credi ch'io possa uccidere Leo..." si ripeteva con rapidità; "tu non ci credi... e se l'uccidessi?" Camminava in fretta, mettendo una gran forza nei suoi passi, dando a tutta la sua persona una decisione e una sicurezza irresistibili; delle frasi assurde ballavano, a quel ritmo di marcia, nella sua testa vuota: "Andiamo Lisa, andiamo insieme ad ammazzare Leo... poi lo cucineremo... lo cucineremo a lento fuoco." Oppure: "Leo, Leuccio, Leuccino, lasciati ammazzare come un cagnolino."

Guardava davanti a sé e sorrideva di un freddo e disperato sorriso: "Anche per te Leo è finita, una così bella carriera... un così radioso avvenire... che peccato... sono il primo io a piangere... ma cosa ci vuoi fare? anche per te è finita." Avrebbe voluto cantare: "fi-ni-ta; fi-ni-ta la bella vita," sull'aria di qualche canzone celebre e malinconica; camminava in fretta; camminava con i passi rigidi e diritti di un soldato che va verso la battaglia.

La strada era modesta e secondaria; vi si vedevano ora qua or là delle piccole botteghe speciali, dalle vetrine miserabili; osservò così un negozio di fiori che esponeva corone mortuarie; una tipografia tappezzata di biglietti da visita di ogni specie; un negozio di falegname; un barbiere: "Ecco" pensò, "eccoti servito Leo, prima ti ordino quella splendida cassa da morto, poi ti compro quella bella corona e ci metto il mio biglietto da visita... e il barbiere... il barbiere ti raderà accuratamente..." Dopo il negozio di falegname c'era una casa dall'aspetto severo, dal portone profondo di convento; la oltrepassò non senza gettare uno sguardo nell'androne vuoto; intravide un'altra bottega; la vetrina era dalla sua parte, poi veniva la porta. Prima non capì che bottega fosse: il lustro del vetro, di sbieco, confondeva gli oggetti; ancora un passo: allora gli apparvero "armeria" scritto in lettere bianche, e, sopra un fondo marrone, una rastrelliera di fucili da caccia. "E qui ci compro una rivoltella" pensò; ma non tirò innanzi; davanti alla porta esitò, fece una giravolta ed entrò.

"Vorrei una rivoltella" disse subito, ad alta voce, appoggiandosi al banco. Il più era fatto; gli venne una gran paura che l'armaiolo comprendesse le sue intenzioni; assunse un aspetto freddo, paziente, cogli occhi bassi e le mani immobili; del negoziante non vedeva che il busto vestito di nero che si muoveva lentamente, con dei gesti particolari al mestiere, tra il banco e gli scaffali; sotto il vetro del banco, vide una quantità di brillanti coltelli disposti sopra un fondo rossiccio, alcuni semplici altri complicati e gravidi di lame, aperti gli uni come ventagli, gli altri chiusi e tozzi. Alzò gli occhi: la bottega piccola e oscura era tutta rivestita di scaffali a vetri; certuni contenevano rastrelliere con fucili, certi altri dei collari da cani; più lontano, sul banco, osservò un ceppo di legno nel quale erano incastonati, in ordine di grossezza, dei grani di piombo; parevano il sole e tutti i suoi pianeti. Ora il venditore, un uomo stanco, magro, brizzolato, dai gesti lenti, dagli occhi inespressivi, disponeva sul vetro, una per volta, delle differenti rivoltelle, e di ciascuna, appena la posava, diceva con voce eguale il prezzo: cento, settanta, duecentocinquanta, novantacinque; alcune erano piatte e nere, altre panciute e lucide; automatiche le prime, a tamburo girante le seconde. "Per Leo ci vorrebbe quella" egli pensò con ironia, guardando un'enorme pistola dal calcio pieghevole, una specie di mitragliatrice appesa al muro; si sentiva calmo nei pensieri, spontaneo nei gesti; abbassò gli occhi, scelse con decisione la più economica: "Questa" disse con voce chiara "e una carica." Il portafogli in mano; "Mi bastano appena i quattrini" pensò posando i denari sul banco; un rumore metallico, alfine prese il pacchetto, lo mise in tasca e uscì.

"Andiamo da Leo" si ripeté. Ora lo spazio grigio e immobile pareva deformarsi ogni tanto di labili lacrime; all'angolo della strada c'era una specie di officina meccanica per riparazioni; sulla soglia della porta un uomo vestito di uno scafandro sudicio smontava una ruota di bicicletta; faceva caldo; non una sola voce; le lacrime del cielo deformavano al loro passaggio le case di sei piani, ecco, le vedeva torcersi, piegarsi flessibilmente con tutte le loro finestre, ma non lasciavano traccia sulle pietre del marciapiede; larghi sputi giallognoli or qua or là ma nessuna lacrima; allucinazione?

Girò, sbucò in una strada importante; l'avrebbe tutta percorsa, avrebbe attraversato la piazza, si sarebbe trovato nella via di Leo; non c'era fretta; camminava adagio, come un bighellone qualsiasi, osservando la gente, i cartelli cinematografici, le vetrine delle botteghe; la rivoltella pesava in fondo alla tasca. Si fermò davanti ad un negozio e pian piano, con le dita disfece l'involto e strinse l'impugnatura dell'arma; strano, freddo contatto; il grilletto; una lieve pressione e tutto sarebbe finito; per Leo; un colpo, due, tre colpi; e poi, ecco, la canna, ecco, le scanalature... Strinse i denti, strinse il manico della rivoltella... ecco... ecco, gli pareva di vedere come sarebbe avvenuto tutto questo: avrebbe salito quella scala, sarebbe entrato in quel salotto; atteso con l'arma in mano; finalmente Leo: "Cosa c'è Michele?" avrebbe domandato. "Ecco cosa c'è" egli avrebbe risposto, e subito avrebbe sparato; la prima palla sarebbe bastato conficcarla nel corpo, in una parte qualsiasi; largo bersaglio: Leo sarebbe caduto ed egli avrebbe potuto mirare alla testa; si sarebbe curvato; Leo era là, disteso sul pavimento, con le mani rattrappite sul tappeto, la faccia rovesciata e rantolante; gli avrebbe appoggiato la canna della rivoltella esattamente nel mezzo della tempia; strana sensazione; la testa si sarebbe mossa, oppure gli occhi stravolti l'avrebbero guardato: allora avrebbe ancora sparato; il fracasso; il fumo; dopo bisognava uscire, senza guardarsi indietro, uscire da quella piccola stanza dove, sotto lo sguardo bianco delle finestre, vestito irreprensibilmente, l'uomo ucciso giaceva con le braccia aperte, sul pavimento, discendere la scala prima che qualche inquilino accorresse, sbucar nella strada; la folla; il movimento; lassù, tra le quattro mura di quella piccola stanza, l'ucciso; avrebbe cercato una guardia (dove sono quei commissariati nei quali ci si va a costituire?), un poliziotto fermo in mezzo ad un quadrivio, l'avrebbe toccato leggermente sulla spalla; questi si sarebbe voltato, credendolo qualche passante desideroso d'informazioni: "Per piacere" egli avrebbe detto tranquillamente, "arrestatemi... ho ucciso un uomo," l'altro l'avrebbe guardato senza capire: "ho ucciso un uomo," egli avrebbe ripetuto; "arrestatemi;" intorno a queste parole la folla si sarebbe mossa in tutte le direzioni, i veicoli sarebbero passati... e infine, l'altro l'avrebbe accompagnato incredulo, incomprensivo; l'avrebbe accompagnato senza prenderlo per il collo, senza mettergli le manette, al più vicino commissariato; stanza polverosa; registro; guardie; puzzo di vecchio e freddo di fumo di sigaro; il banco; il commissario brizzolato, grosso, volgare; l'interrogatorio; egli era stato una volta a denunziare un furto; doveva essere così.

Si staccò dalla vetrina di quel negozio, camminò avanti: e poi l'avrebbero processato; tutti i giornali avrebbero parlato di questo suo delitto; titoli enormi; lunghi resoconti; fotografie di lui, dell'ucciso, del "solerte" Commissario di Pubblica Sicurezza che l'aveva arrestato, della stanza dov'era successo il fatto, e non sarebbe neppure mancata una crocetta indicante il luogo dove era stato trovato il cadavere. Interessamento morboso; il giorno del processo l'aula del Tribunale sarebbe stata affollata di pubblico; signore eleganti in prima fila; gente di conoscenza; come al teatro; attesa; sarebbe entrato il giudice, gli pareva di vederlo, vegliardo tranquillo e distratto che gli avrebbe parlato come un maestro di scuola parla allo scolaro, dall'alto del suo trono polveroso, inclinando la testa dalla sua parte, fissandolo senza severità sotto l'arco delle sue sopracciglia bianche, gli pareva udirlo:

"Accusato cosa avete da dire?"

A quest'invito egli si sarebbe alzato in piedi; tutti gli occhi appuntati su di lui; avrebbe raccontato il suo delitto; comodamente sedute, le signore del pubblico lo avrebbero seguito in ogni sua frase, attentissimamente, non senza ogni tanto compiere qualche gesto frivolo come acconciare un capello ribelle o accavalciare le gambe stanche; si sarebbe potuto udir volare una mosca; in questo silenzio egli avrebbe parlato; sinceramente; ogni sua parola densa di quella sua triste verità l'avrebbe sempre più avvolto in una speciale atmosfera come la seppia che si avvolge nelle tenebre del suo inchiostro se viene assalita. A poco a poco, mentre avrebbe confessato la sua mancanza di sincerità, di fede, il suo dilettantismo, gli sarebbe sembrato che il vecchio giudice gli si fosse in qualche modo avvicinato, abbassandosi fino a lui; l'aula grigia si sarebbe spopolata senza rumore: non sarebbero restati che loro due, il giudice e lui, sul palco polveroso, davanti a quello squallore dei muri e delle sedie vuote; egli avrebbe continuato a parlare: "Ecco" avrebbe alfine concluso: "ho ucciso Leo senza odio, a mente fredda... senza sincerità... Avrei potuto con la stessa indifferenza, dirgli invece: 'Mi congratulo con te, mia sorella è una bella figliuola...' Questo è il mio vero delitto... ho peccato d'indifferenza..."

Silenzio; il giudice lo avrebbe guardato con curiosità come si guarda un essere difforme; finalmente un rumore di sedie smosse, molto sonoro, come quegli echi che si ripercuotono sotto le navate delle chiese; il giudice avrebbe lasciato il suo trono, gli sarebbe venuto semplicemente incontro, sul palco polveroso del Tribunale: piccolo, basso, con dei grandi piedi, la veste nera gli sarebbe arrivata fino ai calcagni, come per nascondere qualche mostruosità; forse, a forza di sedere sul suo trono per far giustizia, le gambe gli si erano rattrappite; piccolo, basso, con una gran testa benevola:

"O giudice... giudice...;" egli si sarebbe gettato ai piedi del vecchio. "Sei assolto dal tuo delitto" avrebbe udito dopo un istante di silenzio, "ma sei condannato per la tua mancanza di sincerità e di fede... condannato per la vita." Inesorabile verdetto; e quando avrebbe rialzato la testa, si sarebbe ad un tratto accorto di essere di nuovo nel Tribunale affollato, davanti il giudice distratto, tra due guardie armate; sogno nel sogno; fantasmi.

La realtà sarebbe andata diversamente; gli avrebbero dato un avvocato celebre; avrebbero esaltato la sua figura di fratello e di figlio prima sofferente ed umiliato, poi finalmente vendicatore; al processo lo avrebbero forse anche applaudito; sarebbero sfilati i testimoni; sarebbe venuta Lisa, sbrindellata, trascurata, avrebbe raccontato con quella sua voce falsa come aveva scoperto la tresca di Leo e di Carla; profonda impressione; avrebbe narrato come egli gli aveva manifestato il proposito di uccider Leo, ed ella non ci aveva creduto.

E perché non ci aveva creduto? per il tono con cui l'aveva detto.

E come l'aveva detto? tranquillamente, quasi scherzosamente.

Sapeva Michele di sua madre? sì, sapeva.

Come si comportava l'ucciso in casa dell'amante? da padrone.

250

Da quanto tempo durava questa relazione con la madre? da quindici anni.

E con la figlia? per quel che ne sapeva, da pochi giorni.

Sapeva la figlia del legame di sua madre? sì, lo sapeva.

Che rapporti correvano tra l'imputato e l'ucciso? amichevoli.

Di affari? anche.

Che specie di affari? non ricordava precisamente, le pareva un'ipoteca sulla villa.

Era vero che l'accusato aveva avuto da dire a proposito dell'ucciso che questi li riduceva in rovina? era vero.

Che ragioni l'avevano spinta a rivelare la tresca della sorella a Michele? ragioni di affetto per il ragazzo, di amicizia per la famiglia.

Quale fino allora il comportamento dell'ucciso verso Carla? come di un padre: l'aveva vista bambina, con le trecce sulle spalle e le gambe nude.

Aveva Carla reputazione di fanciulla onesta, seria o no? no... veniva generalmente giudicata con severità.

Credeva ella in qualche passione da parte dell'uomo? no.

E da parte di Carla? neppure.

Credeva che l'ucciso avesse intenzione di sposare Carla? no, per quanto ne sapeva.

Era vero che l'ucciso non nascondeva ai figli i suoi rapporti con la madre? era vero.

E che i dissensi erano frequenti tra i due amanti? sì.

Perché? la madre era gelosa.

Di chi? di tutti.

Sospettava la madre della figlia? no, anzi le aveva spesso confidato che l'amante nutriva per la fanciulla sentimenti puramente paterni.

Un'ultima domanda: avrebbe ella mai creduto che il ragazzo sarebbe stato capace di un simile delitto? no.

Perché? perché troppo debole.

Sarebbe venuta la madre, vestita a lutto, imbellettata, dignitosissima, malsicura; avrebbe oltrepassato la sbarra dei testimoni, sarebbe andata dritta al giudice come ad una persona di conoscenza; interrogata avrebbe fatto una lunga storia, risalendo alle più lontane origini; una voce patetica, dei gesti teatrali, e tutti quei veli neri in continua agitazione, tutti quei veli neri come per una mascherata; interrogata insidiosamente dagli avvocati di difesa che si sarebbero gettati su quella preda come degli squali dai denti aguzzi sopra una molle balena, la madre avrebbe alfine riaffermato il suo attaccamento all'ucciso; alla domanda se era vero che questi l'aveva spogliata del suo patrimonio, avrebbe risposto di no.

E della seduzione di Carla cosa ne sapeva? che era stata una pazzia, ma chi non ne commette scagli la prima pietra.

"E chiamiamola pazzia" avrebbe sottolineato ironicamente l'avvocato di Michele; battibecco delle parti; energico richiamo del presidente.

E credeva ella che Leo avrebbe comunque riparato a questa pazzia, sposando Carla? incertezza...: no... non ne era sicura.

Sensazione: e si sarebbe ella adattata ad una tale situazione, con quell'uomo per casa, amante suo e di sua figlia? imbarazzo; no, ma Leo ci aveva già pensato e aveva già deciso di dar marito a Carla.

Risa. Osservazioni ironiche.

Era vero che l'ucciso avrebbe dato alla fanciulla una certa dote? era vero.

"E in cambio" avrebbe annotato l'avvocato di difesa "si era riservato in anticipo il *jus primae noctis*." Nuovo battibecco; fischi della folla; il pubblico avrebbe parteggiato per lui; minaccia del presidente di fare sgombrare l'aula; avviene sempre così.

Era vero che tra l'ucciso e Michele c'erano stati negli ultimi tempi violente spiegazioni? sì, era vero.

E che Michele una sera aveva gettato un portacenere contro Leo? sì, ma aveva colpito lei, sulla spalla.

La ragione? Michele pensava a torto che l'ucciso volesse approfittar dell'ipoteca per spogliarli.

E come si era comportato l'ucciso in quell'occasione? paternamente, da uomo superiore.

Era vero che frequenti dissensi scoppiavano tra lei e l'ucciso? no, il più perfetto accordo li univa.

Ma la teste Lisa aveva lasciato intravedere diversamente? si capiva, aveva delle buone ragioni per calunniare la memoria dello scomparso.

Quali? Oh! una sola ma sufficiente: era stata sua amante.

Sensazione: "Mi sembra" avrebbe osservato l'avvocato di Michele "che nessuna se ne salvava!"

Quando? prima di lei.

In istruttoria aveva accusato Lisa di avere istigato il delitto, e ora? ora ripeteva l'accusa.

Le ragioni di Lisa? ragioni di gelosia e d'invidia.

E l'accusava ancora di aver voluto corrompere Michele? sicuro... era una donnaccia senza pudore, una svergognata.

Impressione; richiamo del presidente ad un linguaggio più moderato; ribellione della madre.

Sì, era una donnaccia, l'avrebbe gridato forte, una donnaccia e un'assassina.

Nuovo richiamo.

Ed era vero che di fronte alla freddezza dell'amante ella aveva sospettato Lisa invece della figlia? Sì, perché aveva osservato da tempo che Lisa faceva la corte all'uomo.

Insomma, secondo lei, Lisa era la principale colpevole? sicuro, era lei che aveva istigato il delitto, esaltato Michele, era lei che aveva fatto tutto.

E secondo lei l'ucciso aveva anche fatto bene a sedurre sua figlia? no, ma si sa, le debolezze umane, e poi la colpa non doveva essere stata tutta dell'ucciso.

E Michele? Michele era un povero ragazzo irresponsabile, strumento di Lisa; per far da solo era troppo debole.

Ultima delle tre donne della sua vita sarebbe venuta Carla; un po' smagrita, pallida, donna; tra la frenetica curiosità del pubblico, si sarebbe avanzata, né timida, né spavalda; avrebbe indossato un vestitino chiaro, era la mattina, delle calze chiare, un cappellino chiaro; la pelliccia sulla spalla; forse dipinta, certo elegante. Il vecchio giudice l'avrebbe guardata senza severità, come aveva guardato lui; sarebbe venuta ad appoggiarsi alla sbarra, avrebbe parlato con lentezza; curiosità del pubblico, attesa avida di particolari scabrosi, sovraeccitazione; ma dopo una breve confabulazione, il presidente avrebbe ordinato di fare sgomberare l'aula e di continuare il processo a porte chiuse; delusione della folla; mormorii; fischi; l'aula si sarebbe lentamente vuotata; ecco Carla, sola, questa macchia di colore, tra gli strumenti grigi e neri della giustizia; l'interrogatorio sarebbe continuato.

Era vero che negli ultimi tempi dei legami intimi si erano stretti tra lei e l'ucciso? sì, era vero.

Sapeva ella di sua madre? certamente, fin dall'infanzia.

Come fin dall'infanzia? già, bambina li aveva visti un giorno abbracciarsi davanti uno specchio.

Sapeva ella che l'ucciso non poteva o non voleva sposarla? sì, lo sapeva.

Sapeva ella che l'ucciso aveva messo le mani sul loro patrimonio? anche questo sapeva.

E nonostante la conoscenza di tutti questi elementi si era data a lui? già.

Perché? così.

Come si era comportato l'ucciso con lei, come un uomo appassionato o come un libertino? come un libertino.

Allora non l'amava? già, non l'amava.

In che modo egli le aveva manifestato questa passione? un giorno che ella era sola in casa, e si annoiava, leggendo, era venuto, aveva parlato, a poco a poco erano giunti ad una specie di eccitata intimità, poi egli l'aveva baciata e l'aveva invitata ad andare a casa sua.

C'era ella andata? sì il giorno dopo.

Cosa era avvenuto in quell'incontro? tutto.

E ci era ritornata? sì, tutti i giorni.

Era vero che Lisa l'aveva sorpresa nell'anticamera la sera di un ballo, seduta sulle ginocchia dell'amante, abbracciata a lui? sì, era possibile.

Non aveva ella paura in quel momento di farsi scoprire dalla madre? no.

Non pensava ella di rovinarsi mettendosi con quell'uomo? no.

Perché? così.

Le nascondeva la madre i suoi rapporti con l'ucciso? no, anzi si confidava a lei.

Le aveva mai parlato l'ucciso della madre? sì.

Come? male.

Cosa ne diceva? che era vecchia, טיפודda, che non l'amava più.

Secondo sua madre, l'ucciso nonostante questa sua relazione con lei, si proponeva di darle una dote e di maritarla: era vero? no, non era vero.

Come lo sapeva? perché l'ucciso le aveva proposto di abbandonare la famiglia e di andare a vivere in un piccolo appartamento dove egli avrebbe potuto visitarla quando avrebbe voluto.

Avrebbe ella accettato? forse.

Non pensava l'ucciso che Michele si sarebbe opposto a questo programma? no.

Perché? perché diceva che con un po' di denaro Michele sarebbe restato tranquillo.

E la madre? la madre avrebbe gridato ma si sarebbe poi calmata anche lei.

Sapeva ella di precedenti alterchi tra l'ucciso e Michele? sì, una sera l'ucciso aveva minacciato Michele di tirargli gli orecchi.

E Michele? Michele gli aveva gettato in testa un portacenere, il quale aveva però colpito la madre.

Le aveva mai manifestato il fratello il suo proposito di uccider Leo? mai.

Come si mostrava Michele negli affari di famiglia? indifferente e debole.

Anche Carla se ne sarebbe andata; ma prima sarebbe venuta a salutarlo; gli parve di vederla; impacciata, seria, con degli occhi tra supplichevoli e commossi; gli avrebbe domandato come stava, si sarebbero stretta la mano; poi ella sarebbe partita, con quel passo frivolo dei tacchi alti, in quel suo vestitino succinto; e dall'andatura di una prudente e malsicura modestia, dal movimento morbido dei fianchi, dai particolari di tutta la persona, egli avrebbe immaginato una nuova vita che il lutto cencioso e senza dignità della madre gli aveva lasciato intravedere.

Sarebbero scomparse le tre donne dalla sua vita, la sorella, la madre, l'amante, ciascuna per la sua strada; il processo avrebbe continuato; pochi giorni dopo avrebbe parlato il pubblico ministero. Un forte discorso; dopo essersi sforzato di dipingere con foschi colori l'ambiente corrotto e corruttore nel quale il delitto era avvenuto, pur concedendo a Michele le attenuanti avrebbe sostenuto in pieno la tesi della premeditazione.

"Sì, signori giurati" avrebbe esclamato a questo punto battendo il pugno sulla tavola, "si tratta di un delitto premeditato; Michele ha da Lisa la notizia della seduzione della sorella e se ne va accennando, scherzosamente, secondo la deposizione della teste, ad una possibile uccisione del seduttore... dunque tutto era già deciso, Leo era già condannato. Michele non va da Leo per domandargli spiegazioni ma per assassinarlo, siano o non siano vere le parole di Lisa. Tra quella rivelazione e il delitto passano quasi due ore; cosa fa in questo tempo Michele? Appena uscito dalla casa della donna, in quella stessa strada in cui ella abita, si precipita come un pazzo da un armaiolo e compra per settanta lire una rivoltella; dopo di che, erra senza scopo per la città, abbandonato a se stesso e ai suoi sanguinosi propositi di vendetta come una nave alla tempesta; lo vedete, con quella rivoltella in tasca, fermarsi davanti ai negozi, guardare le vetrine, camminare, percorrere più volte la strada dove abita Leo, lo vedete alfine davanti a quella porta, esitare, entrare, salire la scala... Eccolo nel salotto del suo nemico; questi gli viene incontro ilare, affettuoso, amichevole, sorridendogli... quel sorriso, signori giurati, quel sorriso dell'uomo che senza saperlo andava verso la morte!... tendendogli la mano... Allora Michele spara; l'uomo cade; Michele si china e freddamente, spietatamente lo finisce con un colpo alla tempia; poi, con una calma di delinquente inveterato, chiude dietro di sé la porta della casa e va a costituirsi..." L'oratore avrebbe analizzato l'ostinata, implacabile volontà che aveva avuto Michele di uccider Leo, nonostante sapesse che "Carla, come risultava dalle testimonianze, non era quella pura, intatta, virginea fanciulla che si poteva credere, tutt'altra invece, e che di conseguenza, seduzione nel vero senso della parola non c'era stata." Impressione. "Carla," avrebbe definito l'oratore "è una di quelle fanciulle che non sono mai state innocenti: oggi uno domani un altro, sciagurata figura del nostro tempo corrotto." Avrebbe insistito sul fatto che con ogni probabilità non era stato Leo a far la corte alla fanciulla, ma viceversa, e questo per una specie d'insana e morbosa rivalità tra la madre e la figlia. "Signori giurati" avrebbe alfine concluso; "nessuno ha il diritto di sostituirsi alla giustizia umana, e tanto meno a quella divina; Michele ha osato questo; Michele ha condannato il suo nemico ed eseguito la condanna; questa atroce e fredda volontà di uccidere è il suo vero delitto: non uno scoppio passionale, signori giurati, non l'esplosione di uno sdegno virtuoso, ma la preparazione e l'esecuzione di un sanguinoso proposito a lungo meditato; ricordatevi questo, ricordatevi che per Michele Leo era morto mentre ancora viveva, e il suo posto tra gli uomini non era ancora segnato da una tomba." "E tu Michele" avrebbe esclamato rivolgendosi verso l'imputato "accetta questa condanna come una espiazione e una purificazione dopo la quale potrai tornare alla tua famiglia e agli uomini."

"Chissà perché" pensò a questo punto il ragazzo "gli avvocati nelle loro discussioni credono di dover dar del tu agli imputati." Scosse la testa: "Hai torto, pubblico accusatore" pensò con ironia; "hai torto... né purificazione, né espiazione, e neppure famiglia... indifferenza, indifferenza; soltanto indifferenza." Sorrise distrattamente; e chi avrebbe parlato dopo l'accusatore? Il suo avvocato; si sarebbe alzato questo luminare, questo nuovo Demostene, avrebbe delineato una per una le torbide figure di questo processo, avrebbe dipinto anche lui con foschi colori l'ambiente e le persone della sua famiglia: donnaccia senza pudore la madre, profittatore e incestuoso Leo, femmina pettegola e di facili costumi Lisa; vittime loro due, lui e Carla, figli di un alcoolizzato ("il padre è sempre alcoolizzato" egli pensò), cresciuti senza l'amore dei genitori, senza religione, senza morale.

"Amante prima di Lisa, poi della madre" avrebbe gridato l'oratore "Leo lo diventa anche della figlia, della figlia, signori giurati..." avrebbe ripetuto con voce patetica e commossa "che aveva veduto innocente bambina, con le trecce sulle spalle e le gambe nude, che aveva tenuto sulle ginocchia, che aveva, si può dire, allevata per sé e per le sue voglie immonde... Quella casa era il suo harem... non contento di questo tende le mani avide sul patrimonio familiare..." E dopo aver accumulato i soprusi di Leo come le pietre di uno scellerato edifizio, l'oratore avrebbe esaltato, in uno scoppio generoso di voce, la giustizia di quel delitto; e già gli pareva di vederlo, quel suo Cicerone, rosso, congestionato, i capelli al vento, i pugni sulla tavola, gli pareva di udirlo: "Condannerete voi Michele, per avere vendicato l'onore oltraggiato e calpestato della propria famiglia?..." quando, alzando gli occhi, si accorse di essere nella strada dove abitava Leo.

Un freddo, mortale disagio gli gelò il sangue; "Ecco, ci siamo" pensò. La strada era veramente quella che cercava; case nuove, candide, giardini ancor vuoti, qua e là costruzioni cariche d'impalcature, marciapiedi senza selciato; la campagna non doveva esser lontana; poca gente passava; nessuno si voltava per guardarlo, nessuno l'osservava. "Eppure vado ad uccidere un uomo" pensò; frase inverosimile; mise la mano in tasca, toccò la rivoltella; ucciuder Leo significava ucciuderlo veramente, toglierlo dal numero dei vivi, farne scorrere il sangue: "Bisogna ucciuderlo" pensò febbrilmente, "ucciuderlo... così... senza troppo rumore... così... ecco: mirare al petto... egli cade... cade in terra... mi chino, senza far rumore, con lentezza lo finisco." La scena che doveva essere fulminea; gli appariva lunghissima, disgregata nei suoi gesti, silenziosa; un mortale malessere lo vinceva: "Bisognerebbe ucciuderlo senza accorgersene" pensò; "allora sì, tutto andrebbe bene."

Il cielo era grigio; poca gente passava; una automobile; ville; giardini; la rivoltella in fondo alla tasca; il grilletto; il calcio. Si fermò un istante a guardare il numero del portone: in quel momento la propria tranquillità lo spaventò: "Se continuo con questa calma" pensò atterrito "non se ne fa nulla...:. bisogna essere sdegnati, furiosi..." Riprese il cammino; il numero ottantatré era più lontano. "Bisogna montarsi" pensò febbrilmente, "vediamo... vediamo le ragioni che ho di odiare Leo... mia madre... mia sorella... era pura pochi giorni fa... ora in quello stesso letto... nuda... perduta... Leo l'ha presa.. posseduta... mia sorella... posseduta... mia sorella... posseduta... mia sorella... mia sorella... trattata come una donnaccia... distesa in quel sudicio letto... orribile, orribile... nuda tra quelle braccia... la mia anima freme al solo pensiero... piegata al vizio di quell'uomo... mia sorella... orribile." Si passò una mano sul collo, si sentiva la gola secca. "Al diavolo mia sorella" pensò disperato ritrovandosi nella stessa calma di prima; tutte quelle fantasie non l'avevano scosso; guardò un portone; era già il numero sessantacinque; un'atroce paura l'invase di non sapere agire, mise la mano in tasca, strinse nervosamente la rivoltella: "Al diavolo tutti... cosa importano le ragioni... ho deciso di ucciderlo e lo ucciderò." Affrettò il passo, le case sfilavano, una dopo l'altra, più presto, più presto... bisognava ucciderlo e l'avrebbe ucciso... ecco tutto; il numero settantacinque, settantasei, una strada, settantasette, settantotto; improvvisamente si mise a correre, la rivoltella gli sbatteva contro la coscia; osservò sul marciapiede una bambina di forse dieci anni che tenendo per mano un bimbo più piccolo gli veniva incontro; pensò d'incrociarli; ma raggiunse prima di loro il portone di Leo, ed entrò col rimpianto di non averli almeno sfiorati. "E ora" pensò arrampicandosi su per la scala "il più bello sarebbe non trovarlo in casa." Fece di corsa le due rampe, al secondo pianerottolo, a destra, trovò la porta del suo nemico; una targa di ottone portava la scritta: Cav. Leo Merumeci.

Non suonò; voleva entrare col respiro tranquillo ed era ansante; aspettò dritto, immobile, davanti quella porta chiusa, che l'ansito e i battiti del cuore si fossero calmati; ma non si calmavano; il cuore pulsava, saltava con fracasso nel suo petto, i polmoni gli si sollevavano contro volontà in un respiro doloroso. "O cuore, o respiro" pensò con un dispetto triste e nervoso, "anche voi vi mettete contro di me?" Premette con una mano il fianco, tentò di dominarsi; quanto tempo sarebbe stato necessario perché il corpo fosse stato pronto come la sua anima? Contò da uno a sessanta, ridicolmente, immobile contro quella porta silenziosa; ricominciò... finalmente, stanco, s'interruppe e suonò.

Udì il campanello echeggiare nell'appartamento vuoto; silenzio; immobilità: "non è in casa" pensò con una gioia e un sollievo profondi. "Suonerò ancora una volta per scrupolo... e poi me ne andrò" e già, apprestandosi a premere di nuovo il bottone, già immaginava di ridiscendere nella strada, andarsene per la città libero, distrarsi; già dimenticava i suoi propositi di vendetta, quando dei passi pesanti risuonarono sul pavimento, di là della porta; poi questa si aprì e Leo apparve.

Indossava una veste da camera, aveva la testa arruffata e il petto nudo; squadrò dall'alto in basso il ragazzo.

"Tu qui" esclamò con faccia e voce assonnate, senza invitarlo ad entrare; "e cosa vuoi?"

Si guardarono: "Cosa voglio?" avrebbe voluto gridare Michele. "Lo sai bene, spudorato, cosa voglio." Ma si trattenne:

"Nulla" disse in un soffio, ché ora il respiro di nuovo gli mancava; "soltanto parlarti."

Leo alzò gli occhi; un'espressione impudente e stupida gli passò sul volto: "Oh bella, parlare? a me? a quest'ora?" disse con stupore esagerato; si teneva sempre nel mezzo della soglia: "E che cosa vuoi dirmi?... Senti, senti caro" soggiunse cominciando a chiudere la porta, "non sarebbe meglio un altro giorno? Stavo dormendo, non ho la testa abbastanza chiara... per esempio domani."

La porta si chiudeva. "Non è vero che stavi dormendo" pensò Michele, e ad un tratto gli scaturì quest'idea: "Carla è di là... in camera sua" e gli parve di vederla nuda, seduta sul bordo del letto, in atto di ascoltare ansiosamente questo dialogo tra l'amante e lo sconosciuto visitatore; diede una spinta alla porta ed entrò:

"No" disse con voce ferma e turbata, "no, oggi stesso ho da parlarti, ... ora."

Un'esitazione: "E sia" proferì l'altro come chi è al termine della sua pazienza; Michele entrò: "Carla è di là?" pensava e un turbamento straordinario lo possedeva.

"Di' la verità" proferì alfine con sforzo mentre quello chiudeva la porta, posandogli una mano sulla spalla; "di' la

verità che ho turbato qualche dolce colloquio... c'è qualcheduno di là non è vero?... eh, eh!... qualche bella ragazza..."
Vide l'uomo voltarsi e schermirsi con un sorriso odioso di
malcelata vanità: "Assolutamente nessuno... dormivo." Capì
di aver colto nel segno.

Mise la mano in tasca e strinse la rivoltella; "Dormivo
proprio" ripeté Leo senza voltarsi, precedendolo nell'anticamera; "dormivo profondamente e facevo dei sogni bellissi-
mi."

"Ah! sì?"

"Sì... e tu sei venuto a destarmi."

"No, colpirlo alle spalle no" pensò Michele; trasse di tasca la rivoltella e tenendo la mano contro il fianco la puntò
nella direzione di Leo... appena questi si sarebbe voltato,
avrebbe sparato.

Leo entrò per primo nel salotto, andò alla tavola, accese
una sigaretta; avvolto nella veste da camera, come un lotta-
tore, a gambe larghe, con la testa, arruffata e tozza, china
verso l'invisibile fiammifero, egli dava l'impressione di un
uomo sicuro di sé e della sua vita; poi si voltò; allora, non
senza odio, Michele alzò la mano e sparò.

Non ci fu né fumo né fracasso; alla vista della rivoltella
Leo spaventatissimo si era gettato con una specie di muggi-
to dietro una sedia; poi il rumore secco del grilletto. "S'è in-
ceppata" pensò il ragazzo; vide Leo urlare "Sei matto!" e alzare una sedia in aria mostrando tutto il corpo: si protese in
avanti e sparò daccapo; nuovo rumore del grilletto. "È scarica" comprese alfine atterrito, "e le palle le ho in tasca io."
Fece un salto da parte, per evitare la seggiola di Leo, corse
all'angolo opposto; la testa gli girava, aveva la gola secca, il
cuore in tumulto: "Una palla" pensò disperatamente, "soltanto una palla." Frugò, arraffò con le dita febbrili alcuni
proiettili, alzò la testa, tentando, curvo colle mani impazza-
te, di aprire il tamburo e cacciarvi la carica; ma Leo scorse
il suo gesto ed egli ricevette di sbieco un colpo di seggiola
sulle mani e sulle ginocchia, così forte che la rivoltella cadde
in terra; dal dolore chiuse gli occhi, poi una rabbia indicibile
lo invase; si gettò su Leo tentando di stringerlo al collo; ma

fu preso, scagliato prima a destra poi a sinistra, e alfine respinto con tanta violenza che dopo aver ciecamente urtato e rovesciato una sedia, cadde sul divano... L'altro gli fu subito sopra e lo prese per i polsi.

Silenzio; si guardarono; rosso, ansante, costretto in malo modo dentro il divano, Michele fece uno sforzo per liberarsi; Leo gli rispose torcendogli i polsi; altro sforzo; altra torsione; alfine il dolore e la rabbia vinsero il ragazzo: gli parve oscuramente che la vita non fosse mai stata così aspra come in questo momento nel quale, così brutalmente oppresso, gli tornava un lamentoso desiderio di certe lontanissime carezze materne; gli occhi gli si empirono di lacrime; allentò i muscoli doloranti, si abbandonò. Per un istante l'uomo lo guardò: la veste da camera era aperta, il petto nudo e peloso gli si sollevava in un respiro che ogni tanto si sfogava per le narici frementi in una specie di soffio ferino: guardava, guardava e tutta la sua persona esprimeva un minaccioso furore a stento trattenuto.

"Sei matto!" profferì alfine con forza scrollando la testa; e lo liberò.

Michele si alzò fregandosi i polsi indolenziti: vedeva Leo dritto, immobile nel mezzo della stanza, la sedia rovesciata e là, nell'angolo, quella cosa nera, la rivoltella... veramente tutto era finito... tutto era stato fatto... ma non gli riusciva di capire... non sapeva se doveva mostrarsi ancora indignato o invece timoroso... guardava Leo e macchinalmente continuava a fregarsi i polsi.

"E ora" disse alfine l'uomo voltandosi verso la porta, "ora fammi il santissimo piacere di andartene." Avrebbe voluto profferire qualche violenza ma si trattenne. "E di questa tua sciocchezza" soggiunse "parlerò con tua madre."

Ma Michele non si mosse: "Non mi rimprovera, non si sfoga, ha fretta ch'io me ne vada" pensò "perché teme ch'io scopra Carla... Carla è di là... nella stanza attigua." Guardava la seconda porta e quasi si meravigliava di vederla così comune ed eguale a tutte le altre, e che la presenza della sorella non vi si rivelasse in qualche modo, per esempio con un lembo di veste rimastovi serrato nel momento che precipitosamente era stata chiusa.

"Dov'è Carla" domandò alfine con voce chiara; un lievissimo stupore passò sul volto impudente dell'uomo: ma fu cosa labile:

"Carla?" egli ripeté con la più grande naturalezza. "Cosa vuoi che ne sappia? sarà a casa, oppure in strada." Gli si avvicinò e lo prese per un braccio: "Vuoi andartene sì o no?"

"Ssst" fece il ragazzo impallidendo e guardandolo, senza svincolarsi; "non credere di farmi paura... me ne andrò quando vorrò."

"Vuoi andartene sì o no" ripeté Leo con voce più alta; fece un primo movimento per trascinare Michele verso la porta, l'altro resistette:

"Io credo" gridò in fretta puntando i piedi "che Carla sia proprio là, in camera tua." Una spinta. "E tu lasciami" ingiunse dibattendosi; ma Leo non lo lasciò.

"Te ne andrai" ripeteva quasi con gioia; "in casa mia faccio quel che mi pare e piace... te ne andrai come un santo." Spinto alle spalle Michele non sapeva come voltarsi.

"Ah! mascalzone!" gridò sentendosi mancare il pavimento sotto i piedi, "mascalzone..."

"Mascalzone sì... quanto vorrai" ripeté Leo spingendolo, "ma te ne andrai."

Fu in questo momento che la porta si aprì e Carla entrò.

Non aveva giacca, indossava una gonna succinta e una maglia di lana marrone; doveva essersi vestita allora, in gran fretta, i capelli erano arruffati, era pallida, con quel particolare aspetto tra disadorno e stanco delle donne che non hanno potuto o voluto acconciarsi. Chiuse l'uscio dietro di sé, e dritta, con gli occhi fissi, si avanzò nel mezzo del salotto:

"Ho sentito del rumore" disse "e sono venuta."

"Ma come?" Dopo un primo istante di stupore Leo aveva lasciato Michele, le era corso incontro e ora la scuoteva per un braccio. "Ma come? ti dico di restar di là! e tu vieni lo stesso... ma come? ... per chi mi prendi... siete tutti pazzi voi... ma come?" Dal furore non riusciva a parlare; poi parve dominarsi: "Ebbene dal momento che hai voluto venire" soggiunse, "ebbene, eccolo là tuo fratello Michele che spara addosso alla gente... parlaci tu, fanne quel che vuoi...: io me ne lavo le mani..." La lasciò e, come chi non vuol essere disturbato, andò a sedersi presso la finestra.

Michele guardava Carla; dov'era restato lo sdegno virtuoso che aveva immaginato di dover provare in tal momento? Altrove; l'idea stessa della seduzione non gli sarebbe venuta se Leo non avesse con quei modi brutali afferrato per un braccio la fanciulla, e certa negligenza non avesse rivelato la frettolosa vestizione. "Dio sa com'era quando sono venuto" pensava e cercava, cercava con una dolorosa avidità, le tracce della colpa: sul volto pallido, gli occhi cerchiati, violati, le labbra scolorite dall'uso, l'espressione confusa e sazia, tutto confermava quel suo sospetto; ma il corpo ecco, il corpo posseduto, bruciato, piegato in mille modi dalla libidine, il corpo non rivelava nulla, era come tutti gli altri giorni; soltanto il principio del petto gli faceva la strana impressione di non essere più quella cosa innocente che si era abituato a considerare staccata, separata dalle altre membra nascoste, ma un lembo impuro dal quale si poteva indovinare l'intero corpo nudo.

"Tutti i miei complimenti" disse alfine con sforzo, "ma era inutile che tu ti scomodassi a vestirti... potevi venire avanti come Leo... in veste da camera." E additò l'uomo; questi ebbe un gesto irritato e si coprì il petto.

Silenzio: "Michele, non parlare così" ella disse ad un tratto supplichevole e ansiosa; "lascia che ti spieghi..."

"Non c'è nulla da spiegare." Michele si avvicinò alla tavola e vi si appoggiò: "Non so se tu lo ami" continuò come se l'altro non fosse stato presente anche lui, là presso la finestra, "ma certo, ti sei fatta un male enorme... Tu sapevi quel che egli rappresenta per mamma e che uomo sia, e ciò nonostante ti sei data a lui... e per di più sono sicuro che non lo ami..."

"Non lo amo" ella ammise senza alzare gli occhi, "ma c'è un'altra ragione..."

"Ah! c'era un'altra ragione!" si ripeté Leo; li guardava tutti e due, fratello e sorella, con una specie di divertito disprezzo; ora l'ira era sbollita e non restava altro da fare che aspettare gli eventi. "Te la direi io la ragione" pensò, e gli tornava in mente l'atteggiamento lascivo nel quale ricordava di aver veduto Carla non più di dieci minuti avanti; "è la voglia, mia cara, il bisogno che avevi..."

"Neppure tu sai perché hai fatto questo" continuò Michele; infervorato gli pareva di leggere nella colpa della sorella come in un libro aperto; "neppure tu sapresti dirlo."

"Lo so" ella protestò alzando gli occhi.

"Allora dillo."

Turbata Carla guardò Michele poi Leo; "per avere una nuova vita," avrebbe voluto rispondere; ma non ebbe il coraggio; quella sua lontana ragione, ora che vedeva che nulla era mutato se non nel suo corpo posseduto, le pareva ridicola e indegna, e un pudore, un timore, di non essere creduta o di venir derisa le impediva di rivelarla; tacque abbassando la testa.

"Te lo dirò io il perché" continuò Michele trionfante e pur dentro di sé terribilmente irritato dalla parte che gli toccava fare (Cosa sono? pensava, un padre di famiglia?): "Hai avuto un momento di debolezza, di noia, non hai voluto neppure cercare più in là di Leo, lo hai accettato subito come avresti accettato un altro se si fosse fatto avanti... gli hai ceduto senza saper perché, forse soltanto per far qualcosa."

"Sì... per far qualcosa" ella ripeté.

"Quel che ha fatto lo chiama qualcosa" pensò Leo con ironia; si sentiva senza pietà per quei due: soprattutto gli pareva assurdo e ridicolo che Michele, quel ragazzo stupido che aveva tentato di spargargli addosso e si era dimenticato di caricare la rivoltella, e quella sgualdrinella, Carla, che fino a pochi minuti prima egli aveva tenuta nuda tra le sue braccia, nel suo letto, e a cui aveva fatto tutto quel che aveva voluto, ora s'innalzassero entrambi su dei troni di giudici, si affibbiassero delle ali d'angiolo e delle aureole di santi, facessero i puri lasciando lui nella bassezza e nel fango: "Ma fatemi il santissimo piacere," avrebbe voluto gridare, "lasciate quelle facce compunte, quei discorsi gravi... dite pane al pane, e vino al vino... siate quel che siete e nulla più."

Ma si trattenne, curioso di veder come sarebbe finita questa scena fraterna.

"E poi ti sei accorta che non avevi fatto nulla" continuò Michele, "che eri uscita da una situazione impossibile per cercarne un'altra non meno triste e noiosa... ecco come è andata..." Tacque per un istante guardando Carla; allora, vedendola, là, dritta, davanti a lui, muta e ostinata, non come una colpevole ma come una persona in atto di ascoltare con rispetto, magari anche con sottomissione, ma certo con indifferenza, un rimprovero qualsiasi, e sentendosi nel contempo tanto lontano dalla verità e a tal punto avvolto nelle menzogne a cui l'obbligava l'inerzia del suo spirito, una angoscia nera, una umiliata sofferenza lo invasero: "Non c'è che oscurità," pensò, "nient'altro che oscurità..." Abbassò gli occhi: "Ora tutto è da ricominciare..." soggiunse con voce profonda e malsicura. "I nostri errori sono stati ispirati dalla noia e dall'impazienza di vivere... tu non ami quest'uomo, io non lo odio... eppure ne abbiamo fatto il centro delle nostre azioni opposte..." Il cuore gli tremava, dal disagio e dall'incapacità che si sentiva addosso avrebbe voluto gridare: "Tutto è da rifare" ripeté amaramente "sarà una nuova vita."

"Una nuova vita?" Scoraggiata Carla si avvicinò alla finestra; le prime gocce di pioggia rigavano i vetri polverosi; guardò per un istante trasognata. Una nuova vita? dunque nulla era davvero mutato? quella sua sudicia avventura restava una sudicia avventura e nulla più? le parve di soffocare.

"No" disse con voce chiara senza voltarsi. "Non credo che una nuova vita sia possibile."

"Sono andata con lui," ella indicò con un gesto goffo l'amante immobile, là, presso la sua sedia; "ho fatto questo, capisci? per questa nuova vita... Ora mi accorgo invece che nulla è cambiato...: meglio allora non far più tentativi... restar così."

"Ma no, ma no" incominciò Michele con voce indifferente; ora, costretto a scendere dal proprio commosso sentimento al caso particolare della sorella, si accorgeva con paura che anche quel po' di fede lo lasciava; "ma no... nulla è cambiato perché tu non ami Leo... è stato un errore inuti-

le... bisogna, per vivere e cambiare, agire sinceramente...:"
gli parve d'improvviso straordinario e stupido che tutti i casi
convergessero nel suo come per quei malati che attribuiscono a tutti la loro stessa malattia; ebbe paura di essere egoista, di non veder che se stesso, di non capir Carla: "Almeno
io credo che sia così" soggiunse scoraggiato; "credo che tu
debba separarti da quest'uomo che non ami... venderemo la
villa, lo pagheremo, se ci resterà qualche cosa tanto meglio...
lasceremo tutte queste feste, questa gente, quest'ambiente,
tutta questa roba che ci è venuta a noia... andremo a vivere
in poche stanze... sarà una nuova vita." Ma gli mancavano,
lo capiva, il calore, la voce forte, la mano sulla spalla, il tono
sicuro e cordiale; si sentiva indifferente e stanco.

Carla distolse gli sguardi da quegli occhi senza fede e
senza illusione e li fissò verso la finestra: "È impossibile"
disse alfine come parlando a se stessa. Silenzio; il discorso
del ragazzo aveva agghiacciato Leo nel bel mezzo della sua
acre e calda ironia: "Vender la villa... quello è pazzo," pensò; già, se vendevano la villa l'affare sfumava; se la vendevano l'avrebbero fatta stimare: allora sarebbe venuto fuori il
vero valore di questa ampia dimora, situata nel centro del
miglior quartiere della città, circondata da quel vasto parco
la cui area poteva vantaggiosamente esser venduta a lotti,
per nuove costruzioni... allora l'affare sarebbe andato a
monte. Guardava Carla, Michele: "È una rovina," pensava,
"altro che nuova vita;" e ad un tratto un'idea gli venne, e,
come quei mendicanti disperati che non vanno discussi, decise subito di applicarla:

"Un momento" gridò "un momento... ci sono anch'io." Si
alzò, scostò Michele con un gesto, prese l'amante per un
braccio, la costrinse a sedere: "Siediti qui." La fanciulla obbedì con una docilità che parve orribile a Michele: "Non se
ne farà mai nulla" pensò disperato; a sua volta Leo si era seduto di fronte a Carla:

"Certamente" cominciò con quella risolutezza e quella
precisione che metteva in tutti i suoi affari, "certamente abbiamo fatto male... abbiamo commesso degli errori... ci ho
pensato mentre voi parlavate, ci ho pensato Carla... Ora,

che cosa diresti se ti proponessi una riparazione... se ti proponessi di sposarci?" Un sorriso tra trionfante e persuasivo fioriva sulle sue labbra carnose; era sicuro di convincerla: "Che ne diresti, eh?" ripeté prendendole una mano sopra la tavola.

La mano di Carla tentò di svincolarsi ma non ci riuscì: "Sposarci?" ella ripeté con un sorriso deluso; "noi due sposarci?"

"Già" insistette Leo "noi due sposarci... cosa ci sarebbe di strano?"

La fanciulla scosse la testa: le ripugnava l'idea di questo matrimonio, con la madre per casa, amante e gelosa di suo marito; e poi era troppo tardi, non sapeva perché, troppo tardi per sposarsi; si conoscevano ormai troppo bene per divenire marito e moglie... meglio andar via... separarsi... oppure, chissà?... oppure restare così... amanti... Nel suo primo impulso di disgusto, nel suo primo istintivo movimento di difesa di quella pura e lontana idea del matrimonio, ogni più vile e penosa situazione le pareva preferibile alle nozze; pensava ma non sapeva parlare, come affascinata dal sorriso e dagli sguardi dell'amante; poi sentì due mani posarsi sulle sue spalle, le mani di Michele. "No" egli le mormorò, "digli di no," ma con voce non abbastanza bassa perché Leo non udisse.

Questi lasciò la mano di Carla e si alzò in piedi: "Vuoi farmi il piacere di lasciare una buona volta in pace tua sorella?..." gridò irritato. "È lei che deve sposarsi, non te... lasciala pensare... lasciala rispondere secondo il suo interesse... Anzi sarebbe quasi meglio che tu te ne andassi per un momento di là e ci lasciassi soli, me e Carla... poi ti si chiamerebbe quando si fosse finito."

"Calmati... io resto qui" rispose Michele in tono di sfida; l'altro fece un gesto impaziente ma non rispose:

"Allora" disse risedendosi "pensaci." Strinse di nuovo la mano di Carla: "Pensaci... non sono un partito disprezzabile... ho un capitale, una posizione solida, sono conosciuto e stimato... pensaci..." Tacque per un istante: "E poi" soggiunse "come vorresti trovare marito in queste tue condizioni?"

"Come... in queste tue condizioni?" ella ripeté guardandolo.

"Così" Leo storse la bocca: "Sei senza un quattrino... e occorre dirtelo? assai screditata."

"Come screditata" ella interruppe di nuovo con una voce esile.

"Screditata" ripeté Leo. "Tutti questi tuoi amici non ti considerano come una ragazza seria... mi spiego... abuserebbero di te ma non ti sposerebbero... finché si tratta di divertirsi son tutti buoni..."

Silenzio; si guardarono: "È per colpa vostra, di te e di mamma che sono così" ella avrebbe voluto gridare; ma si trattenne e abbassò la testa:

"Invece io" continuò Leo "metterei tutto in regola... non solamente te ma anche la tua famiglia... si prenderebbe tua madre in casa... Michele lavorerebbe... magari gli farei fare io qualche cosa, gli troverei un posto." Ad ogni nuova promessa guardava attentamente Carla, come il legnaiuolo che ad ogni colpo di accetta osserva il tronco intaccato dell'albero per veder se cade; ma Carla contemplava la finestra sulla quale ora la pioggia silenziosa lacrimava violentemente, e non rispondeva.

Un'ombra umida di caverna aveva invaso il salotto; in quest'ombra, in su e in giù Michele passeggiava: "Trovare un posto... lavorare" si ripeteva turbato; senza alcun dubbio Leo parlava seriamente... quel che asseriva l'avrebbe fatto... lo avrebbe fatto guadagnare... a quella sua vaga sincerità l'uomo contrapponeva delle promesse solide... cosa scegliere?... La tentazione era forte... denaro, conoscenze, donne, forse viaggi, forse opulenze, ad ogni modo una vita sicura, diritta chiara, piena di soddisfazioni, di lavoro, di feste, di parole cordiali... tutto questo glielo avrebbe dato il matrimonio di Carla... non avrebbe venduto sua sorella, non credeva a queste grandi e terribili parole, non credeva all'onore e al dovere... si sentiva indifferente, come sempre, speculativo e indifferente. "Non le dirò nulla" pensò alfine quasi senza volerlo; "la lascerò decidere... se accetterà bene... se rifiuterà sarà anche bene." Ma un lieve disagio l'avvertiva dell'igno-

269

biltà di questi suoi pensieri; alzò gli occhi, guardò verso la finestra; le due teste in quella luce incerta si disegnavano nettamente, nere contro i vetri grigi; doveva piovere; riprese a passeggiare, ogni tanto si fermava, guardava: dove aveva già visto quelle due figure contro quella finestra? Ogni volta che le osservava una tristezza nervosa lo invadeva:

"Ecco" pensava, "ecco... io passeggio in su ed in giù in quest'oscurità... essi stanno seduti là, presso la finestra, io passeggio... essi parlano... siamo separati... lontani... perché siamo così? è come se fossimo soli, è come se non ci vedessimo." Gli occhi gli si empivano di lacrime; dove le aveva già viste? Leo parlava: "Se esiti a causa di tua madre, mettiti l'anima in pace... ti assicuro che tutto fra me e lei è finito da tempo."

Silenzio; Carla scosse la testa: "No, non è per mia madre" rispose, "non è per questo."

"Forse per Lisa" suggerì ancora Leo.

"Oh! no."

"Oh! allora?" egli esclamò, "perché rifiuteresti?... non vedo perché dovresti rifiutare... Non sarà certo..." soggiunse con un sorriso e una stretta alla mano della fanciulla "per ragioni sentimentali."

Ella lo guardò; ora, al suo primo impulso di rifiutare, seguiva una specie di triste chiaroveggenza: "E veramente, perché dovrei negargli la mia mano dopo avergli concesso tutto il resto?" Una nuova durezza era nella sua anima; le promesse di Leo non la convincevano, oh no: "Non ci amiamo" pensava, "sarà un matrimonio infelice;" ma quelle di Michele le parevano addirittura puerili: "La vita non cambia" pensò ancora, "non cambierà mai... Leo ha ragione... meglio sposarci." E già stava per cedere, per dirgli di sì, con un sorriso tra umiliato e vergognoso, già immaginava che il suo futuro marito l'avrebbe presa per la vita, baciata sulla fronte, immaginava una bella scena commovente, quando dal fondo del salotto si alzò, la voce di Michele: "Per l'amor di Dio, Carla, per l'amor di Dio, digli di no."

Si voltarono; in piedi nel mezzo del salotto, Michele pareva quasi vergognoso di quella sua commossa invocazione; e Leo si era alzato e batteva un pugno sulla tavola.

"Vuoi finirla" gridava, "vuoi finirla una buona volta di interessarti agli affari che non ti riguardano?"

Michele fece un passo avanti: "È mia sorella" disse.

"È tua sorella" ripeté Leo, "e poi? non sarà forse libera di scegliere il marito che più le piace?" Risedette di nuovo: "Da' retta a me, Carla," insistette "non ascoltare i consigli di tuo fratello... egli non sa quel che si dice."

Ma la fanciulla gli accennò con la mano di tacere: "Perché?" domandò volgendosi verso il ragazzo "dovrei dir di no?"

Lo vide esitare: "Non lo ami..." egli incominciò.

"Non è abbastanza... dell'amore si fa anche a meno."

"C'è nostra madre..."

"Oh! Lei," Carla alzò le spalle "lei non dà fastidio."

Silenzio: "Carla" insistette Michele dopo un istante "dovresti rifiutarlo soltanto perché te lo chiedo io... Se tu sposassi Leo, ecco... sarebbe una vera rovina..." La sua voce tremava. "Certo" ella pensò osservando il ragazzo, "bello non sarebbe." Ma dopo l'ubbriacatura della nuova vita un triste, meschino bisogno di realtà la possedeva:

"E in cambio" domandò con voce aspra "cosa ne avrei?"

"Cosa ne avresti?" Egli la guardò: gli occhi di Carla erano calmi e vuoti, nere le guance, una massa indolente di capelli irti le circondava la faccia: "Cosa ne avresti?... saresti libera... libera di farti una nuova vita." Silenzio. "Non credere ch'io dica delle cose false" egli soggiunse, colpito dalla vacuità delle sue stesse parole, "sono anch'io in un certo modo nelle tue condizioni... so che si oppongono molte difficoltà... ma alla fine arriveremo... arriveremo alla nostra vita." Vide Carla scuoter la testa senza staccare gli occhi dalla finestra. "Abbi fede" avrebbe voluto gridarle; Leo sorrideva, sicuro:

"Delle parole" ripeteva; "la vita non è né nuova né vecchia, è quello che è."

Alfine ella si scosse e si voltò verso l'amante: "E così, Leo," domandò con una sforzata civetteria "tu vuoi che ci sposiamo?"

"Sicuro" egli rispose con veemenza.

"E non hai paura che vada male?" ella insistette. "Io, per

esempio" soggiunse tranquillamente, "sono convinta che tu mi tradirai."

"Sei tu che mi tradirai, sgualdrinella mia" pensò Leo, fissando quella testa florida divorata dall'ombra; avrebbe voluto darle un colpetto, là, sui grossi seni, un colpetto di scanzonata e beffarda allegria, ché ogni tanto gli pareva di riverderla come era stata pochi minuti prima, nuda e bianca, con quei movimenti di bestia goffa che dà l'inesperienza. "Mi sposo una sgualdrina" si ripeté; tese una mano:

"Ti giuro" disse con solennità "che ti sarò sempre fedele."

"Carla" insistette Michele "digli di no." Le si avvicinò, le mise una mano sulla spalla. "Digli di no.... la ragione c'è... la saprai dopo."

Carla taceva guardando la finestra; la grossa testa sferica pareva sproporzionata per quelle sue spalle esili; era ormai notte; un resto di luce, una specie di incerta fosforescenza si ritraeva dai vetri bagnati; pioveva; l'oscurità della casa li aveva raggiunti: non si vedevano che le facce scavate, divorate, e le mani posate sulla tavola.

"È tempo di andare" ella disse finalmente; si alzò.

"E la risposta?" domandò Leo; si alzò anche lui, andò a tastoni alla parete, accese la luce, per un istante in quella chiarità si guardarono con occhi abbagliati, come stupiti di vedersi, Carla e Michele, l'uno a fianco all'altra presso la finestra, Leo presso la porta. Allora, per la prima volta, l'uomo osservò una certa somiglianza fra il fratello e la sorella: stessa espressione indecisa, stesso gesto timoroso delle braccia; ma il volto di Carla non era che stanco, ecco, ella si passava una mano su quei suoi occhi violati, mentre su quella di Michele era riconoscibile una tristezza tra nervosa e fantastica; stavano l'uno accanto all'altro, nel vano della finestra e parevano paurosi di lui.

"La risposta?" ripeté la fanciulla dopo un istante. "Domani, Leo... domani...: ho da parlare alla mamma." Si voltò verso suo fratello, gli mise una mano sul petto: "Michele, aspettami qui," soggiunse guardandolo attentamente: "vado a mettermi il cappello e vengo." Passò tra il ragazzo e la tavola, con una frivola e disinvolta agilità, passò davanti all'amante, aprì la porta a destra; non la chiuse; poi quella stanza s'illuminò; Michele vide un armadio con lo specchio, un tappeto, una sedia sulla quale era stata gettata una camicia maschile; una manica pendeva; davanti a quello specchio, Carla andava e veniva; prima, da persona pratica del luogo accese la lampada sull'armadio e accuratamente si pettinò; poi uscì, tornò con la giacca e il cappellino, indossò l'uno e l'altro non senza civetteria, scomparve di nuovo, tornò con la borsetta, s'incipriò... Durante questi preparativi i due uomini non si mossero né parlarono; Leo restò presso la porta, in quella sua veste da camera, stretta alla cintola, corta e abbondante in pieghe, con le gambe larghe, il petto nudo, e gli occhi e la testa rivolti in basso come se avesse profondamente meditato; sulla sua fronte calva i capelli arruffati e fini avevano l'aspetto di una piccola nube livida; teneva le mani riunite sul dorso e ogni tanto, senza alzar la testa, si sollevava sulle punte dei piedi e ricadeva pesantemente sui calcagni; Michele non si staccò dalla finestra, donde con occhi trasognati, osservò i movimenti familiari e frivoli della sorella davanti allo specchio. Gli pareva che un'atmosfera pesante e corrotta riempisse quella stanza attigua; doveva esserci un disordine impuro, lenzuola rovesciate, indumenti gettati sulle sedie, cuscini caduti, profumi, odore di tabacco e di sonno... e in quell'atmosfera, in questo disordine, Carla si muoveva liberamente, quasi gaiamente, con quelle sue gambe agili... era scapigliata, stanca, pallida... Ora eccola, pronta ad uscire, col cappellino ben calzato sugli occhi, la faccia incipriata, fresca, rosea, le labbra dipinte, due riccioli aguzzi sulle guance; eccola lasciar quello specchio appannato, quell'aria torbida, quella parete, quella sedia, e venirgli incontro.

"Andiamo" ella disse tranquillamente; tese la mano a Leo: "arrivederci Leo."

"Allora è di sì non è vero?" egli mormorò baciandole le punte delle dita; si sentiva contento e sicuro; Carla lo guardò ma non rispose; uscirono tutti e tre nel vestibolo, prima la fanciulla poi i due uomini; soddisfatto, quasi eccitato, Leo girava intorno all'amante: "Ci sposeremo... ci spo-

portata a grande velocità verso un luogo sconosciuto; dove? Così finivano la giornata e la sua vecchia vita: con una domanda alla quale era impossibile rispondere; dove si va di giorno o di notte, con l'oscurità e la pioggia o in piena luce? Nessuno lo sa; ebbe paura! volle restringere la sua meta, rimpicciolire il suo mondo, vedere tutta la sua esistenza come una stanza angusta. "Sposerò Leo" pensò. Fissava con quei suoi occhi stanchi il vetro di faccia, e le parve di vedere affacciarsi, delinearsi su quella superficie lucida e buia delle figurette luminose; o vetri di casa, nelle notti piovose, vetri di treno, loquaci e monotoni, dagli scintillii misteriosi, finestre aperte sulla campagna nera dei sogni: Ecco... ecco... affiorare da quell'ombra i gradini assolati di una chiesa, lei tutta candida nei suoi lunghi veli di sposa, col volto un po' curvo, doveva essere una giornata di sole, aggrappata al braccio del suo compagno; e dietro di loro uscire, svestirsi di quell'oscurità, una per una, le figure del corteo nuziale; la madre molto lontana, doveva certamente piangere ma non si vedeva, con un rotondo e smagliante mazzo di fiori tra le mani; Michele a testa bassa come se avesse guardato dove metteva i piedi; Lisa in uno straordinario vestito primaverile; e molti altri invitati di cui non si distinguevano le facce, le donne vestite di bianco, gli uomini di nero, sparpagliati, affollati dietro di loro; alcuni ancora per metà nell'ombra, altri in piena luce, tutti molto eleganti, si potevano distinguere le pieghe impeccabili dei pantaloni degli uomini; ciascuno di essi stringeva tra le mani una luccicante tuba dai molti riflessi; si potevano distinguere fiore per fiore i mazzi colorati e tondi delle donne... Tutti uscivano dal portale invisibile della chiesa, discendevano dietro gli sposi; gli scalini erano pieni di sole; poi, improvvisamente, scoppiava una musica lenta, religiosa, che a passo a passo pareva seguire il corteo nuziale; organo o campane? le pareva di udirli, quei suoni trionfali che l'accompagnavano; erano solenni, ma colmi di una tristezza amara ed esultante come se ella così vestita, così aggrappata al braccio di suo marito, non stesse andando verso la gioia, ma invece verso un sacrificio ingrato, verso una vita piena di sgomento e d'insuperabili difficoltà...

Si scosse; una mano, quella di Michele, stringeva la sua; l'ombra del vetro dilagava rapidamente sulle figurette luminose del corteo nuziale, come quella di una lastra fotografica bruciata dal sole; l'automobile aveva rallentato, si era fermata, aspettava, immobile, di attraversare una strada affollata; pioggia; fruscìo; campanelli; trombe; voci; luci; facce; alfine con una scossa l'automobile si mosse, ripartì:

"Ebbene," ella domandò voltandosi "cosa c'è?"

Vide il fratello fare un gesto goffo e convulso con la mano: "Se non mi sbaglio" egli chiese con sforzo, "se non mi sbaglio non te l'ho detta la ragione per la quale dovresti rifiutare Leo."

Ella lo guardò: "No."

"Eccola." Il ragazzo si chinò e cominciò in fretta senza transizione a raccontare: "Eccola la ragione... Oggi, prima di andar da Lisa...: a proposito, è stata lei a rivelarmi tutto, su te e Leo..."

"Ah! è stata lei."

"Sì, a quel che pare vi aveva sorpresi ieri, nell'anticamera... Ma andiamo avanti... ieri, prima di andar da Lisa, non ricordo come, venni a pensare agli affari nostri, alle nostre condizioni che in verità sono molto cattive... e a poco a poco mi addentrai tanto nei miei ragionamenti, che persi, come dire? persi ogni ritegno, e mi sorpresi a pensare press'a poco questo: "Ecco, noi siamo rovinati; non c'è rimedio; tra un anno, se continuerà così, cadremo in miseria... per evitare questo disastro non sarebbe consigliabile venire a qualche sacrificio o magari ad un compromesso? La sola persona sulla quale si poteva contare per una simile combinazione era Leo... Dunque, per esempio, pensai allora quasi senza accorgermene, dato il carattere dell'uomo, è donnaiuolo, per una donna che gli piace darebbe tutto quel che ha; non sarebbe utile fargli capire che in cambio dei suoi denari io mi impegnerei, capisci? a portargli mia sorella, Carla, tu, insomma, a portargliela in casa sua?"

"Hai pensato questo?" ella domandò voltandosi vivamente e guardandolo; in quel momento la luce di un fanale illuminò per un attimo la faccia di Michele; ella vide gli occhi aperti, dilatati e sul volto bianco che accennava di sì, una ripugnante, goffa umiltà; stornò la testa; una tristezza angosciosa strinse il suo cuore tremante; l'automobile correva; Michele parlava:

"Ho pensato questo... e mi pare di vederlo, sai?" egli fece con la mano un gesto come se avesse voluto afferrare qualche cosa; "mi pareva di vedere come saremmo andati tutti e tre, io, te e Leo in casa di quest'ultimo...; quando son turbato mi par di vedere le cose che penso...; come avremmo preso il tè nel salotto di Leo, come alfine io me ne sarei partito, discretamente, secondo gli accordi prestabiliti, lasciandoti sola insieme con Leo..."

"È orribile" ella mormorò con spavento, ma Michele non la udì.

"Allora... capisci? quando vi vidi poco fa, seduti l'uno in faccia all'altro, davanti alla finestra del salotto, e udii Leo proporti di sposarlo... mi sembrò di scorgere la scena che avevo immaginato... succede a tutti...: si va per la strada, si pensa di trovare delle persone in certi atteggiamenti, e infatti si trovano... Ma nel mio caso c'era quel calcolo in più, quel calcolo sul denaro di Leo. 'Ecco' mi dissi, 'tutto è avvenuto come avevo pensato, come non avrei dovuto pensare, tutto è come se veramente io avessi detto a Leo: — Senti Leo... c'è Carla, mia sorella... è una bella e florida ragazza... —' Non offenderti... è così che immaginavo parlargli..."

"Non mi offendo" ella mormorò senza voltarsi, "continua pure."

"Una bella, florida ragazza" ripeté Michele; "tu mi dai del denaro, molto, ti addossi il sostentamento della mia famiglia e io in cambio... in cambio ti lascio mano libera su Carla... fanne quel che vuoi..."

"Ma cosa pensavi..." ella proruppe triste e irritata; "cosa pensavi ch'io fossi? un oggetto? un animale?"

"No, ma sapevo" rispose Michele con un mezzo sorriso di vittoria "che ti annoiavi... come dire? che eri nelle condizioni adatte, che avresti facilmente ceduto..."

"Sapevi questo?" ella mormorò.

"Che non avessi agito" continuò Michele senza rispondere "non aveva ormai più importanza...: ne avrei subìto lo stesso il rimorso...: vedendovi là, sposati, vivendo di quei denari, ne avrei sempre sofferto come di una vera colpa..: capisci?... capisci?..." egli ripeté preso da una subita esasperazione, afferrandola per un braccio; "capisci?... Si pensa una brutta, malvagia azione, ma non la si fa... poi tutto avviene come si aveva pensato, ma non completamente, fino ad un certo punto, in modo da poterne ancora impedire l'esecuzione... Cosa si deve fare allora? si cercherà di opporsi, d'impedire che questa cosa orribile avvenga... se non lo si fa, è come se si fosse stati complici dal principio alla fine, è come se io ti avessi veramente ceduta a Leo per il suo denaro, e ti avessi veramente portata in casa sua... Capisci ora? se tu lo sposi per me è come se veramente io avessi favorito la vostra unione, la vostra colpa, avessi da una parte spinto te tra le braccia di Leo e dall'altra ricevuto il denaro... capisci?... capisci ora?..." Un sobbalzo della vettura li gettò ripugnanti l'uno contro l'altro; silenzio, l'automobile correva:

"Mi perdoni" domandò alfine il ragazzo con voce commossa e umile, curvandosi in avanti, accanto alla sorella; "mi perdoni, Carla?..."

Ella taceva e guardava davanti a sé; poi ebbe un riso sforzato e secco:

"Non c'è nulla da perdonare" rispose; "non mi hai fatto nulla... nulla di male... cosa avrei da perdonarti?" Silenzio. "Non ho nulla da perdonare a nessuno" ella ripeté esasperata, con voce di pianto, senza distogliere gli occhi dal vetro dell'automobile; "a nessuno... non voglio che essere lasciata in pace." Gli occhi le si empirono di lacrime; tutti erano colpevoli e nessuno, ma ella era stanca di esaminare se stessa e gli altri; non voleva perdonare, non voleva condannare, la vita era quel che era, meglio accettarla, che giudicarla, che la lasciassero in pace.

Parve a Michele di trovare in queste parole la sua definitiva condanna: "Non ho fatto nulla" si ripeté con stupore, ché gli pareva di essere invecchiato, di aver molto vissuto in quel solo giorno: "è vero... non ho fatto nulla... nient'altro che pensare..." Un fremito di paura lo scosse: "Non ho

amato Lisa... non ho ucciso Leo... non ho che pensato... ecco il mio errore." Si chinò, afferrò una mano della fanciulla:
"Ma lo rifiuterai, non è vero?" domandò ansiosamente; "dimmi che lo rifiuterai..."

Silenzio: "Lo sposerò" ella disse alfine; silenzio ancora: "Cosa avverrebbe di me se non lo sposassi?" ella continuò con voce triste e dura; "che cosa diventerei...? Pensaci un istante... in queste condizioni..." E fece un gesto come per mostrarsi quale era; nuda, perduta, povera: "Sarebbe una pazzia rifiutarlo, non mi resta che sposarlo..." Tacque, guardando come prima davanti a sé.

La rigidità del tono aveva persuaso Michele più di qualsiasi ragione: "Tutto è finito" pensò guardando le guance puerili di Carla, che il fanale dell'automobile illuminava; "è una donna." Si sentì vinto : "E così Carla" domandò ancora come un bambino mal convinto, "lo sposerai?"

"Lo sposerò" ella ripeté senza voltarsi.

La corsa dell'automobile volgeva alla fine; le strade si allargavano, si spopolavano; non più case, ma ville chiare e cupi giardini fradici di pioggia; scarsi i fanali, larghi e deserti i marciapiedi. Carla seguiva attentamente la corsa e con quella stessa velocità i pensieri turbinavano nella sua mente eccitata e stanca; l'automobile era la sua vita, lanciata ciecamente nell'oscurità. Avrebbe sposato Leo... vita in comune, dormire insieme, mangiare insieme, uscire insieme, viaggi, sofferenze, gioie... avrebbero avuto una bella casa, un bell'appartamento in un quartiere elegante della città... qualcheduno entra nel salotto arredato con lusso e buon gusto, è una signora sua amica, ella le viene incontro... prendono il tè insieme, poi escono; la sua macchina le aspetta alla porta; salgono; partono... Ella si sarebbe chiamata signora, signora Merumeci, strano, signora Merumeci... Le pareva di vedersi, un po' più alta, più grande, le gambe ingrossate, i fianchi più larghi, il matrimonio ingrassa, dei gioielli al collo e sulle dita, ai polsi; più dura, più fredda, splendida ma fredda, come se avesse avuto, là, dietro quei suoi occhi rigidi, un segreto, e per conservarlo nascosto, avesse ucciso nella sua anima ogni sentimento. Così atteggiata, vestita elegantemente, eccola entrare nella sala affollata di un albergo; suo marito la segue, Leo, un po' più calvo, un po' più grasso, ma non molto cambiato; si seggono, prendono il tè, ballano, molti la guardano e pensano: "Bella, donna bella ma cattiva... non sorride mai... ha gli occhi duri... sembra una statua... chissà a che cosa pensa." Altri in piedi, laggiù presso le colonne della sala, mormorano tra di loro: "Ha sposato l'amico di sua madre... un uomo più vecchio di lei... non lo ama e certamente deve avere un amante." Tutti mormorano, pensano, la guardano; ella sta seduta accanto a quel suo marito, tiene le ginocchia accavalciate, fuma... effetto di gambe, il vestito è succinto, la scollatura è profonda... tutti l'osservano con bramosia come se volessero morderla; ella risponde loro con sguardi pieni d'indifferenza... Una camera... ecco: la signora Merumeci, in ritardo per qualche visita di obbligo, corre incontro al suo amante; tra quelle braccia perde quella sua durezza di statua, queste donne rigide sono sempre le più ardenti, ridiventa fanciulla, piange, ride, balbetta, è come una prigioniera liberata che rivede alfine la luce... la sua gioia è bianca, tutta la stanza è bianca, ella è senza macchia tra le braccia dell'amante... la purezza è ritrovata. Poi, quando vien l'ora, stanca e felice, torna alla casa coniugale e ricompone sul suo volto l'abituale freddezza... La sua vita continua così per degli anni... molti la invidiano... ella è ricca, si diverte, viaggia, ha un amante, che più? tutto quel che può avere una donna lo ha...

L'automobile si fermò; discesero; non pioveva più; l'aria era fredda e nebbiosa; un vento umido agitava senza posa il fogliame cupo dei giardini. Carla saltò agilmente la larga pozza che si frapponeva fra il marciapiede e la via, e dritta, in piedi sotto un fanale, aspettò che il fratello avesse pagato; allora osservò, arenata sull'orlo della strada, come un cetaceo lasciato lì dall'alluvione, una forma nera e lunga, una grande automobile; il cofano brillava; col berretto calato sugli occhi, incastrato sul suo sedile, il conduttore dormiva. "La macchina dei Berardi" ella pensò stupita, e ad un tratto si ricordò di quell'invito per il ballo mascherato.

"Michele" disse al fratello che le veniva incontro scavalcando con precauzione le pozze del fossato; "la macchina dei Berardi."

"Già" egli osservò con una rapida occhiata all'automobile: "saranno venuti a prenderci."

Entrarono nel parco; l'attraversarono in silenzio, guardando con cautela dove mettevano i piedi; rumore della ghiaia calpestata; umidità, ombre cupe e fantastiche contro il cielo nebbioso; vasto fruscìo oceanico dei grandi alberi; senso di tregua; non pioveva più.

Nel vestibolo caldo e illuminato Michele si tolse il pastrano e il cappello:

"Carla" disse alfine alla sorella che sulla soglia della porta lo aspettava: "quando parlerai a mamma di questo matrimonio?"

Ella lo guardò: "Domani" rispose tranquillamente.

Passarono nel corridoio; un rumore di voci e di risa arrivava dal salotto; la fanciulla si avvicinò alle tende che nascondevano quella porta, le allargò con precauzione, spiò per un istante:

"Sono tutti là" disse voltandosi; "tutt'e tre... Pippo, Mary e Fanny."

Salirono la scala; nell'anticamera vennero loro incontro la madre e Lisa; la madre si era già travestita da spagnuola: aveva la faccia molle e patetica tutta impiastricciata di un lussureggiante belletto, guance accese e punteggiate di nèi, labbra vermiglie, occhi affogati in una languida tintura nera: il costume da spagnuola, lungo e tutto nero, le ondeggiava intorno ad ogni dondolìo dei fianchi, con una molle abbondanza di pieghe; un sontuoso velo ricamato a giorno le ricadeva dal largo pettine di tartaruga sulle spalle grasse, sulle braccia larghe, tremule e nude; teneva tra le mani un ventaglio di piume di struzzo, sorrideva stupidamente e come paurosa di turbare con qualche movimento l'equilibrio della sua acconciatura, camminava con la testa dritta e rigida; al suo fianco, come il giorno accanto alla notte, stava Lisa, biondiccia, di una bianchezza farinosa, tutta vestita di chiaro.

Appena vide Carla e Michele la madre venne loro incontro: "È tardi" gridò prima ancora che avessero finito di salire. "I Berardi aspettano già da un quarto d'ora."

Era soddisfatta, contenta: Lisa aveva passato tutto il pomeriggio con lei: di conseguenza l'amante le aveva detto la verità e non la tradiva; dalla gioia si era mostrata affabilissima con l'amica, le aveva fatto mille confidenze, e per un istante aveva anche pensato d'invitarla al ballo di quella sera; ma vi aveva rinunziato un poco per un parsimonioso egoismo, un poco perché i Berardi conoscevano pochissimo Lisa e avrebbero potuto offendersi di questa sua libertà. "Presto... presto" ripeteva a Carla che immobile la contemplava; "presto, vatti a mascherare..."

"Devo mascherarmi?" domandò la fanciulla con voce dubitosa e profonda, senza alzare gli occhi da terra.

La madre rise. "Svegliati Carla," disse agitandosi con quel suo ondeggiante velo spagnuolo; "a che cosa pensi... non vorrai mica andare al ballo senza mascherarti?" Prese la figlia per un braccio: "Andiamo" soggiunse "andiamo... se no facciamo tardi."

Con un gesto meccanico Carla si tolse di testa il cappello e scuotendo la grossa testa indolente e arruffata seguì la madre, il velo spagnuolo ondeggiava con eleganza dalle due sporgenze fasciate delle natiche; Carla la guardava e le pareva, vedendola così eguale a se stessa, così immutabile, che nulla in quel pomeriggio fosse avvenuto: "Eppure" pensava "bisognerà informarla di questo matrimonio." Così, l'una trascinando l'altra, uscirono dall'anticamera.

Restarono soli Lisa e Michele; fin dal primo momento la donna aveva osservato dal suo angolo, con una curiosità avida e turbata, quei due, fratello e sorella, che arrivavano insieme; ora, dopo avere invano aspettato che il ragazzo parlasse per il primo, gli si avvicinò:

"Ebbene" domandò senza nascondere questo suo indiscreto interessamento; "dimmi... com'è andata?"

Egli si voltò, la guardò: "Com'è andata" ripeté lentamente; "com'è andata?... male è andata... gli ho sparato addosso."

"Misericordia!" esclamò Lisa con un terrore esagerato, guardandolo vivamente "e l'hai ferito?"

"Neppure toccato."

"Vieni qui." Eccitata ella lo attirò sul divano e gli sedette accanto: "Siediti qui... raccontami..."

Ma Michele ebbe un gesto stanco e impaziente: "Ora no... più tardi." Osservava quella carne rosea e bionda, quel petto florido... un desiderio insaziabile lo invadeva di dimenticare anche per un solo istante la sua miseria... "Vai al ballo?" domandò alfine poiché ebbe cessato di esaminarla.

"No."

"Allora;" egli esitò: "allora, poiché neppure io ci vado, vengo a cena da te... e così... ti racconterò tutto."

La vide assentire con entusiasmo: "Va bene, benissimo... ceneremo insieme." E sorrise con amarezza. "Questa volta" pensò irritato e compiaciuto "non aver paura, non temere, non ti respingerò."

Un disgusto opaco l'opprimeva; i suoi pensieri non erano che aridità, deserto; nessuna fede, nessuna speranza alla cui ombra riposare e rinfrescarsi; la falsità e l'abbiezione di cui aveva pieno l'animo egli le vedeva negli altri, sempre, impossibile strapparsi dagli occhi quello sguardo scoraggiato, impuro che si frapponeva tra lui e la vita; un po' di sincerità, si ripeteva riaggrappandosi alla sua vecchia idea fissa, "un po' di fede... e avrei ucciso Leo... ma ora sarei limpido come una goccia d'acqua."

Si sentiva soffocare; guardò Lisa, pareva contenta: "Come vivi?" avrebbe voluto gridarle: "sinceramente? con fede? dimmi come riesci a vivere." I suoi pensieri erano confusi, contraddittori: "E ancora" pensava con un brusco, disperato ritorno alla realtà, "forse questo dipende soltanto dai miei nervi scossi... forse non è che una questione di denaro o di tempo o di circostanze." Ma quanto più si sforzava di ridurre, di semplificare il suo problema, tanto più questo gli appariva difficile, spaventoso. "È impossibile andare avanti così." Avrebbe voluto piangere; la foresta della vita lo circondava da tutte le parti, intricata, cieca; nessun lume splendeva nella lontananza: "impossibile."

Tornarono la madre e Carla, travestita quest'ultima da Pierrot; aveva il volto nascosto da una mascherina di raso nero, portava un enorme collare oscillante intorno al collo, giubbetto, pantaloni, scarpine di seta bianca con grandi bottoni neri; camminava sulle punte dei piedi, col tricorno un po' di traverso, e sorrideva misteriosamente:

"Come vi sembriamo?" domandò la madre.

"Molto bene... molto bene" ripeté Lisa: "divertitevi."

"È quel che faremo" disse la fanciulla con uno scoppio di risa; così travestita si sentiva un'altra, più gaia, più leggera... Si avvicinò al fratello, gli diede sulla spalla un colpetto col ventaglio. "E con te domani parleremo" disse a bassa voce; la confessione nell'automobile le aveva lasciato una penosa impressione; le pareva che Michele si stesse rovinando la vita; "e invece tutto è così semplice," aveva pensato infilandosi davanti allo specchio i pantaloni da Pierrot: "lo prova il fatto che nonostante quel che è avvenuto io mi travesto e vado al ballo." Avrebbe voluto gridarglielo a Michele: "tutto è così semplice," e già pensava di fargli trovar del lavoro, un posto, un'occupazione qualsiasi, da Leo, appena si sarebbero sposati... Ma la madre la trascinava:

"Andiamo" ripeteva "andiamo... i Berardi aspettano."

Discesero la scala, l'uno accanto all'altra, il Pierrot bianco e la spagnuola nera; sul pianerottolo la madre fermò la figlia:

"Ricordati" le mormorò in un orecchio "di essere... come dire?... gentile con Pippo... Ci ho ripensato... forse ti ama... è un buon partito."

"Non aver paura" rispose Carla seriamente.

Discesero la seconda rampa. Ora la madre sorrideva soddisfatta: pensava che anche l'amante sarebbe venuto al ballo, e pregustava una piacevole serata.

1929

INDICE

NOTE

I GRANDI Tascabili Bompiani
Periodico quindicinale anno XVIII numero 283
Registr. Tribunale di Milano n.133 del 2/4/1976
Direttore responsabile: Elisabetta Sgarbi
Finito di stampare nel mese di dicembre 2005 presso
il Nuovo Istituto Italiano d'Arti Grafiche - Bergamo
Printed in Italy